Amor
NO NINHO

Universo dos Livros Editora Ltda.
Rua do Bosque, 1589 – Bloco 2 – Conj. 603/606
CEP 01136-001 – Barra Funda – São Paulo/SP
Telefone/Fax: (11) 3392-3336
www.universodoslivros.com.br
e-mail: editor@universodoslivros.com.br
Siga-nos no Twitter: @univdoslivros

Maribell Azevedo

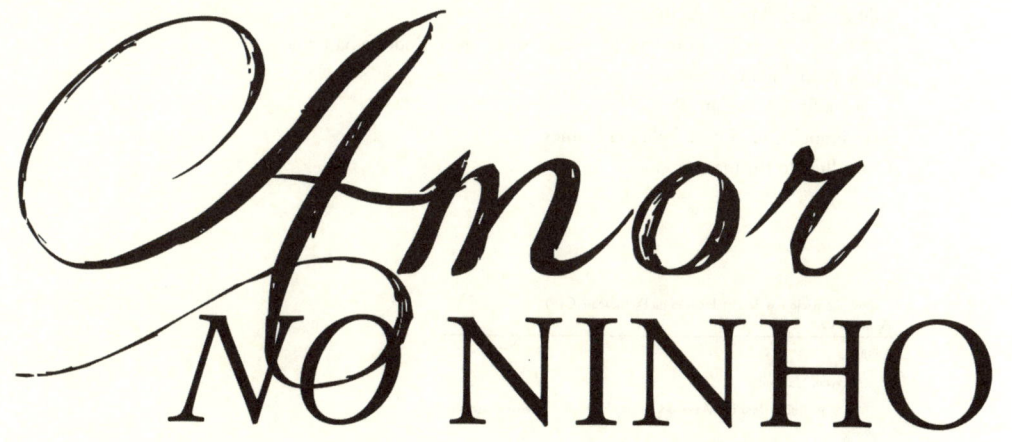

São Paulo
2016

UNIVERSO DOS LIVROS

© 2016 by Universo dos Livros
Todos os direitos reservados e protegidos pela Lei 9.610 de 19/02/1998.
Nenhuma parte deste livro, sem autorização prévia por escrito da editora, poderá ser reproduzida ou transmitida sejam quais forem os meios empregados: eletrônicos, mecânicos, fotográficos, gravação ou quaisquer outros.

Diretor editorial: Luis Matos
Editora-chefe: Marcia Batista
Assistentes editoriais: Aline Graça, Letícia Nakamura e Rodolfo Santana
Preparação: Juliana Gregolin
Revisão: Bruna de Carvalho
Arte: Francine C. Silva e Valdinei Gomes
Capa: Renato Klisman

Dados Internacionais de Catalogação na Publicação (CIP)
Angélica Ilacqua CRB-8/7057

A988a
    Azevedo, Maribell
        Amor no ninho / Maribell Azevedo. –– São Paulo : Universo dos Livros, 2016.
    368 p.
    ISBN: 978-85-7930-916-8

    1. Literatura brasileira 2. Romance I. Título II.

15-0891   CDD B869

Para minha querida e saudosa avó, Odette.
A primeira a acreditar.

Tanto de meu estado me acho incerto,
que em vivo ardor tremendo estou de frio;
sem causa, justamente choro e rio,
o mundo todo abarco e nada aperto.

É tudo quanto sinto um desconcerto;
da alma um fogo me sai, da vista um rio;
agora espero, agora desconfio,
agora desvario, agora acerto.

Estando em terra, chego ao Céu voando;
Numa hora acho mil anos, e é jeito
Que em mil anos não posso achar uma hora.

Se me pergunta alguém por que assim ando,
respondo que não sei; porém suspeito
que só porque vos vi, minha Senhora...

Luís de Camões

– CAPÍTULO 1 –

Marina

NUNCA ESQUECEREI DAQUELE DIA. Cada imagem está gravada na minha mente, os cheiros, as texturas, as cores, as pessoas, tudo.

Estava sentada no banco traseiro do carro e olhava pela janela as ruas de Londres, ainda sem acreditar que finalmente aquele dia tão aguardado tinha chegado. Depois de pouco mais de um ano no orfanato, uma família inglesa tinha se interessado em me adotar e eu podia me considerar muito feliz em estar ali, porque eram incomuns as adoções de pessoas na minha idade, e ainda mais incomuns para quem estava há tão pouco tempo naquela instituição.

O mês de dezembro estava particularmente gelado aquele ano, mas eu me sentia bem quentinha usando um casaco rosa e lilás, com o qual eles me presentearam naquela manhã.

De onde estava, via a parte de trás da cabeça de meu novo pai, seu cabelo curto e castanho, e seu pescoço bem coberto pelo casaco preto que ele usava. Olhei para quem estava ao seu lado e vi o cabelo loiro de minha nova mãe, preso num rabo de cavalo; ela usava uma jaqueta de couro marrom, que a fazia parecer, ao mesmo tempo, uma mulher moderna e charmosa. Inesperadamente, ela se virou para trás e me olhou, abrindo um sorriso sincero, que eu logo retribuí com outro feliz e ansioso.

– Nervosa? – perguntou-me.

– Um pouco – respondi, com a voz trêmula.

— Não se preocupe! — ela disse. — Seus irmãos estão tão felizes ou até mais do que nós, não é verdade, Charles?

— Sem dúvida! — ele respondeu, animado. — Acho que nem dormiram direito essa noite, de tão excitados que estavam! — completou, me observando rapidamente pelo retrovisor.

Soltei um suspiro ao ouvir aquilo, pois o mesmo ocorrera comigo, ante a expectativa do que aconteceria pela manhã.

Pouco tempo depois, entramos num bairro bem residencial, onde observei que havia muitas casas, alguns prédios baixos e pouco comércio. O carro foi desacelerando e, logo em seguida, Charles estacionava o carro em frente a uma casa grande e bonita, com tijolos vermelhos e dois andares.

— Chegamos! — papai avisou, abrindo o cinto de segurança e virando-se na minha direção. — Pronta?

Eu estava tão nervosa que não consegui falar. Tive medo que, se tentasse dizer alguma coisa, não seria capaz de parar de gaguejar, então preferi acenar afirmativamente com a cabeça. Depois, abri a porta do meu lado, saí para a calçada, que estava coberta de neve, e apertei firmemente a alça da mochila que eu carregava com alguns pertences pessoais.

Caminhamos em direção à casa da minha nova família, os Harrison. Fui guiada pelas mãos da minha mãe e seguindo o meu pai, que carregava minha única mala, com o restante das minhas coisas.

Passamos por uma cerca baixa, de metal, e atravessamos o pequeno jardim. Subimos então os poucos degraus da entrada da casa, onde se abriu uma porta bonita e envernizada. Entramos num pequeno vestíbulo, tiramos nossos casacos e os penduramos nos cabides, que estavam presos em uma das paredes da entrada.

— Bem-vinda, minha querida! Esta agora é sua casa — expôs, emocionada, Francis, minha nova mãe.

— Vou chamar as crianças. Elas devem estar loucas de curiosidade! — comentou Charles, meu novo pai.

Seguimos em direção a uma sala grande e espaçosa, dividida em vários ambientes. Meus olhos captavam tudo ao mesmo tempo: um conjunto de sofá de couro marrom, acompanhado de duas poltronas confortáveis; um enorme tapete com motivos geométricos cobria todo o chão; na parede lateral ao sofá, uma lareira cercada de grades protetoras e, acima desta, mais ao alto na parede, um lindo e grande quadro com moldura dourada, com uma bela paisagem, provavelmente do interior da Inglaterra, um bosque com muitas árvores e um riacho; nas outras paredes, alguns quadros menores, geralmente com os mesmos temas de paisagens ou fotos de família; nas janelas, cortinas brancas e esvoaçantes ajudavam a tornar o ambiente claro e agradável. Percebi também, em locais estratégicos, algumas cantoneiras com pequenos vasos que continham flores variadas. Contemplei com curiosidade o ambiente ao meu redor, achando tudo muito bonito e de bom gosto. Andamos mais um pouco e paramos no início da escada que dava acesso para o segundo andar.

– Crianças! Estamos aqui – mamãe anunciou.

Meu coração batia descompassado, eu estava séria, um reflexo do meu nervosismo. E minha mãe, percebendo isso, me abraçou pelos ombros. Ouvi passos e, em seguida, três pares de pernas apareceram correndo acompanhados de três pares de olhos azuis ansiosos.

– Crianças, ela chegou, sua nova irmã chegou! – informou nosso pai, entusiasmado.

Primeiro, vi duas meninas altas e loiras, que assim que me viram sorriram para mim e, em seguida, surgiu um lindo menino de cabelos castanhos como os de Charles, e com bochechas rosadas. Ele me olhou de forma curiosa, mas permaneceu estranhamente sério, observando-me com atenção. Todos eles vestiam calças jeans, camisetas coloridas e meias nos pés; então, ao observar minha própria roupa, não me senti deslocada, praticamente estávamos usando o mesmo estilo, esportivo e casual. Meu coração, que já batia fora de ritmo, acelerou mais ainda, batia tão forte no peito que fiquei com medo que pudessem escutar, por isso procurei respirar calma e profundamente, na tentativa de me acalmar. Também tentei ficar imóvel, com medo de que, se andasse, tropeçaria nos meus próprios pés e causaria um vexame ao despencar no chão.

– Marina, estes são seus novos irmãos, Margareth, ou Maggie; Catherine, ou Cate; e esse garotão é o Daniel, ou Dan – apresentou Charles.

– Muito prazer – respondi com timidez.

– Estamos felizes por estar aqui, Marina – disse Maggie, que aparentava ser a mais velha.

– Obrigada, também estou – retribuí, sorrindo um pouco.

Eles me rodearam, observando-me. Foi então que aconteceu. A partir daquele momento e para sempre, quando meus olhos se encontraram com os de Dan, fui atingida por um sentimento muito forte e alguma coisa nasceu dentro de mim. Apesar da pouca idade, eu sabia que ali havia sido plantada a semente de algo especial e único, algo que no futuro chamaria de amor. Quando ele veio à escada e nossos olhares se encontraram, o mundo pareceu menor, porque ele se tornou o meu mundo. Aquele menino bonito, que me fitava com desconfiança, transformou-se no príncipe encantado dos meus sonhos infantis.

– Quer ver seu quarto? – perguntou Cate.

– Sim – concordei baixinho.

Ela pegou minha mão e nós quatro subimos juntos os degraus da escada. Lá em cima havia um corredor com seis portas, andamos até o final e subimos mais um lance, dessa vez menor, que dava acesso a uma única porta. Ao abri-la, entramos no quarto mais lindo que eu já tinha visto. As paredes estavam pintadas num tom de lilás, os móveis de linhas simples e clássicas eram brancos e faziam um contraste bonito com a suavidade da cor. Na cama, um aconchegante edredom estampado com lindas flores em cores frias combinava com o ambiente, conferindo-lhe um aspecto muito feminino. Havia também um guarda-roupa, uma estante com alguns livros e uma mesa com computador. Não conseguia acreditar que tudo aquilo era só para mim e fiquei muda de espanto.

– O que achou? – perguntou Cate, animada. Como eu continuava calada, ela me interpretou mal e franziu a testa. – Você não gostou?

Arregalei os olhos.

– Não, adorei, é muito lindo! Isso tudo é só para mim?

– Claro que sim, mamãe e papai capricharam pensando em você – Maggie respondeu. – Experimente sua cama, veja se gosta do colchão.

Sentei na minha nova cama e nem acreditei que estava reunida ali com todos eles. As meninas pareciam muito simpáticas. Maggie era muito bonita, alta e magra; com seu cabelo longo e rosto com feições delicadas; chamava atenção. Já Cate, apesar de ser loira como a irmã, era mais rechonchuda e tinha o rosto redondo, com sardas e covinhas nas bochechas. Compensava, porém, sua aparência comum com um sorriso alegre e cativante. Na verdade, ambas, cada uma ao seu modo, lembravam bonecas de porcelana. Até aquele momento, Dan permanecera parado, encostado à porta, e ainda não tinha falado nada, só me observava sério. Então, ele se aproximou de repente, esticou a mão e inesperadamente puxou uma mecha do meu cabelo.

– Ai! – reclamei, me afastando dele.

– Dan, o que é isso? – gritou Maggie, zangada.

– Eu só queria saber se são de verdade – ele respondeu.

– De verdade, como assim? – perguntou Cate.

– O cabelo dela é tão comprido, volumoso e cacheado que não parece de verdade. Queria testar se era uma peruca – ele comentou, com espontaneidade.

Naquele momento, eu quis sumir, mas só baixei a cabeça, morrendo de vergonha.

– Dan, deixa de ser retardado, não está vendo que é de verdade? Repara não, Marina, mas nosso irmão é meio lesado, age primeiro e pergunta depois – tranquilizou Maggie e, virando-se novamente para ele, explicou: – Não é porque todo mundo aqui em casa tem cabelo liso e escorrido que o restante seja falso, certo?

– Peça desculpas – ordenou Cate, zangada.

– Desculpa – ele murmurou, mal-humorado.

– Tudo bem – respondi. Meus olhos estavam cheios de lágrimas reprimidas, e eu estava triste por aquele menino tão bonito, que mudou o foco do meu mundo, não demonstrar ter gostado de mim também.

Nesse momento, chegaram nossos pais querendo saber se estava tudo bem, mas, quando eles notaram a umidade em meus olhos, logo perguntaram o que tinha acontecido, e as minhas novas irmãs lhes contaram. Minha mãe ficou uma fera com o Dan, e este foi o início de um padrão que se repetiria por toda a infância: eu adorava em segredo o chão que o meu irmão pisava, e ele implicava comigo o tempo todo, daí minha mãe brigava com ele e meu pai tentava acalmar os ânimos da família.

Mais tarde, à noite, já sozinha no quarto e deitada na cama, pensei em como minha vida havia mudado em pouco mais de um ano.

Lembrei-me com carinho dos meus pais biológicos, que eram filhos de imigrantes brasileiros. Por este motivo, cresci aprendendo a falar as duas línguas, o português e o inglês, mesmo tendo nascido em Londres.

O falecimento deles foi causado por um acidente de carro cerca de um ano atrás, e transformou completamente minha realidade. Senti-me tão sozinha e amedrontada ao saber da tragédia, vi-me subitamente rodeada por estranhos que me dirigiam palavras incompreensíveis, e teria que abandonar minha casa, meu quarto, meu refúgio, além de mudar de escola e ficar longe dos meus amigos. Restaram somente as lembranças de uma infância cheia de amor e carinho. A família era pequena e, infelizmente, por não termos parentes conhecidos, fui encaminhada a um orfanato, em que ficara até o feliz dia no qual meus novos pais me adotaram.

Voltei o olhar em direção ao teto. Todas as luzes estavam apagadas, mas nunca tive medo de escuro; sentia-me à vontade na escuridão, considerava-a relaxante, jamais fui o tipo de criança que na hora de dormir pede à mãe para deixar o abajur aceso ou coisa parecida.

A luz da rua que entrava pela janela iluminava o suficiente para que eu pudesse observar à minha volta. Realmente tinha adorado aquele quarto, não só por perceber que havia sido preparado com detalhes especialmente para minha chegada, mas também por, enfim, poder ter um pouco de privacidade, coisa de que havia sentido muita falta. Num lugar como um orfanato, onde tudo era partilhado por todos, privacidade era um luxo inexistente.

Eu reconhecia que, apesar da tragédia que tinha ocorrido comigo, ainda podia me considerar uma garota de sorte, pois quantas crianças na mesma situação continuariam por tempo indefinido naquele lugar, que apesar de bem administrado não era o substituto para um lar de verdade?

Mesmo consciente disso tudo, senti-me estranhamente melancólica naquela manhã, quando fui levada até a sala da diretora da instituição. Entre as paredes, Charles e Francis aguardavam ansiosos para me conhecer. Mostraram-me meus novos documentos de identificação e fiquei um pouco chocada ao me dar conta de que agora era real e definitivo, que a partir daquele dia eu tinha um novo sobrenome que seria usado por mim pelo resto da vida. Sei que não devia me sentir assim, porém foi como se um pedaço de mim também tivesse morrido e repousasse no túmulo com meus pais.

Afinal de contas, a alteração de um nome no papel não muda realmente o que somos; acreditei que esse fato acrescentaria algo valioso na identidade, mas eu carregaria para sempre na minha formação o calor de uma cultura tropical, aquele jeito expansivo e comunicativo dos meus pais, o cheiro dos temperos na cozinha comandada por minha mãe, a música que escutávamos... Eram tantos detalhes que antes passavam despercebidos e, depois de tudo, faziam doer o coração quando me lembrava; sentia muita falta da sonoridade da língua portuguesa. Ouvir e falar português era como sentir uma carícia nos ouvidos e nas cordas vocais.

E então, lá estava eu, numa casa grande e bonita, morando com uma autêntica família inglesa que, embora me tivesse recebido de braços abertos, ainda era estranha para mim, assim como eu ainda era estranha para ela. Como seria o nosso futuro? A assistente social do orfanato explicou sobre a existência de um período de adaptação. Poderia ser uma fase desafiadora, mas, se todos estivessem dispostos a concessões quando necessário, respeitando os limites individuais, o sucesso seria quase garantido.

Sacudi a cabeça, tentando afastar estes pensamentos. Não importava aonde fosse ou que nome usasse, eu ainda era Marina, inglesa de nascimento, brasileira de coração.

Embora ainda estivesse agitada diante de tantas novidades, devagar senti meus olhos pesados e, sem perceber, adormeci profundamente.

Na manhã seguinte, acordei, abri os olhos e me espreguicei na cama macia e fofa. Observei o ambiente, ainda sem acreditar que aquela nova vida tinha realmente começado, mas estava impaciente para saber como seria nossa primeira manhã em família. Joguei o cobertor para o lado, me levantei, abri a porta do quarto e percebi que o corredor estava silencioso e tranquilo. Fui até o banheiro para cumprir a higiene matinal e, assim que terminei, desci para tomar o café da manhã. No entanto, só encontrei meu pai na cozinha.

– Bom dia. Acordou cedo – cumprimentou, logo que me viu.

– Gosto de acordar cedo – respondi, e ele me olhou com surpresa.

– Verdade? Então, finalmente alguém nessa família, além de mim, tem esse hábito – comentou, brincalhão. – Seus irmãos estão aproveitando as férias para dormir mais um pouco. – Eu apenas sorri levemente.

– O que vai querer? – perguntou, abrindo a geladeira. – Temos suco, leite, pão, queijo, geleia e cereal.

– Suco, pão e queijo estão ótimos para mim. Obrigada.

Ele foi colocando tudo na mesa.

– Sirva-se à vontade, agora esta é sua casa também, inclusive a geladeira – Deu uma piscadela, e eu sorri de volta.

Gostei muito daquele novo pai, que me deixava sempre confortável.

Comemos em silêncio, ambos lendo o jornal. Enquanto ele se fixava nas notícias locais e internacionais, eu pegava o caderno que continha as histórias em quadrinhos e o restante da seção de entretenimento. Esse padrão, que começou naquele dia, duraria por muitos anos. Nos tornamos companheiros matinais pois adorávamos comer aproveitando o silêncio da manhã, desfrutando do breve momento de tranquilidade, antes de toda a família chegar e impor o seu barulho. Como logo percebi, se tem uma coisa que os Harrison faziam era falar pelos cotovelos, eram verdadeiras metralhadoras verbais, e eu me tornei a Harrison comedida. Meu pai adorou esse meu jeito.

– Qual a idade dos meus irmãos? – perguntei.

– Maggie tem catorze, Cate, treze e Dan, onze – respondeu automaticamente, sem tirar os olhos do jornal.

– Então agora sou a caçula? – retruquei, depois de pensar durante um tempo, já que eu tinha oito anos.

– Sim, você é nossa nova caçulinha, e isso vai ser muito bom pro Dan, sabe? – ele respondeu, erguendo a cabeça um pouco. – Ele já estava ficando muito mimado.

Enquanto acabava de comer, fiquei ruminando aquela informação: talvez fosse esse o motivo para o Dan ter sido o único a me receber com tanta frieza. Talvez ele estivesse enciumado por ter perdido a posição de filho caçula, e isso me deixou preocupada.

Depois de papai sair para trabalhar, as atividades normais da casa tiveram início. Eram férias de inverno, a neve caía lá fora e passamos o dia brincando dentro de casa e vendo TV. À tarde, mamãe preparou um delicioso chocolate quente acompanhado dos típicos biscoitinhos de gengibre.

– Quer jogar damas, Cate? – perguntou Dan, ainda com a boca cheia.

– Ah, hoje não, estou louca para terminar de ler essa história – ela resmungou, enfiando a cabeça no livro à sua frente.

Dan se virou para Maggie, mas ela tinha acabado de atender uma ligação e conversava animadamente com uma amiga. Ele olhou rapidamente para mim e depois baixou os olhos, carrancudo.

Fiquei em dúvida se deveria me oferecer para brincar com ele. Por fim, resolvi ser corajosa.

– Sei jogar, se você quiser brincar comigo.

Ele me olhou surpreso por um momento e, sacudindo os ombros, respondeu:

– Pode ser.

Sentamos de pernas cruzadas no carpete da sala, um de frente para o outro, o tabuleiro nos dividindo. Aquela foi uma ótima oportunidade de poder vislumbrá-lo mais de perto, sem parecer literalmente enfeitiçada por ele. Observei seu cabelo liso e cheio que caía numa franja grossa na testa pequena, enquanto as sobrancelhas formavam um arco perfeito sobre os olhos azuis. Reparei que ele tinha cílios cheios e longos, na verdade, os cílios mais compridos que já havia visto em um homem até então. Continuei a observá-lo: suas bochechas eram altas e marcadas, traço que tornava seu rosto bem masculino, a boca rosada e perfeita, nem grande nem pequena demais. Não sei por quê, mas associei o formato de seus lábios a um morango, com aquele lábio inferior ligeiramente mais gordinho e carnudo. Descendo mais o olhar, cheguei ao queixo, talvez um pouco fino demais, mas que combinava com o restante dos traços e criava um equilíbrio nas formas.

Sem graça, percebi que tinha parado de jogar para contemplá-lo. Tratei logo de voltar a atenção para o tabuleiro, procurando disfarçar e me concentrar na minha primeira jogada.

Modéstia à parte, eu jogava bem, porém facilitei para ele ganhar a primeira partida. Não achei muito sábio humilhar logo de cara alguém que poderia me considerar uma possível rival de sua posição na família.

Seguiu-se então uma série de partidas, e percebi que ele também era bom jogador. Em determinado momento, quando me concentrava num possível movimento, ergui os olhos de repente e peguei-o desprevenido. Ele me observava, atento, mas fechou a cara para disfarçar e baixou os olhos na direção do jogo. Em seguida disse, quase num sussurro:

– Gosto dos seus olhos.

– Meus olhos? – perguntei, surpresa e confusa.

– Sim, são diferentes – ele respondeu com uma mordida nos lábios.

– Como assim? – quis saber, erguendo uma sobrancelha.

– Ah, todos aqui em casa têm olhos azuis, então é bom ter uma cor diferente para variar – ele respondeu, corando e sacudindo os ombros.

– Acho tão comum, de onde vim a maioria das pessoas tem olhos castanhos – comentei, dando de ombros.

Ele ergueu o rosto e fixou o olhar em mim.

– Abra bem os olhos.

Franzi a testa, estranhando aquele pedido, mas acabei por atendê-lo.

– Eles são claros, meio dourados, puxando para um mel – disse, e enquanto ele analisava, pisquei os olhos, nervosa. Não estava acostumada a um menino me olhar tão de perto, ainda mais aquele.

Por fim, resolvi olhar também nos olhos dele e suspirei, ao mergulhar num mar azul. Encaramo-nos em meio a confidências visuais, e novamente senti aquela doce emoção que percebi quando nos conhecemos, aquela mistura de suave espanto, misteriosa fascinação e magnetismo inexplicável. Junto dessas emoções, emergia uma sensação de vergonha e culpa. Alguma coisa estava errada, não era para eu desenvolver esses sentimentos. Não por ele. Eu o fitava, sem saber se ele correspondia ao que estava dentro de mim pois sua expressão era indecifrável, talvez um pouco tensa, denunciada pela maneira como ele contraía a mandíbula. De repente, Dan fechou os olhos e declarou com firmeza:

– Cansei de jogar. – E, para minha surpresa, começou a recolher as peças, levantando-se em seguida.

Pouco depois, nossa mãe apareceu na porta, usando um avental um pouco sujo de farinha, pelo jeito estava fazendo mais alguma receita.

– Dan, por que não chama sua irmã para ver TV no quarto com você? – ela sugeriu.

– Por que eu ia querer a Maggie ou a Cate lá? – ele rebateu, mal-humorado.

– Estava me referindo à Marina, afinal vocês têm quase a mesma idade.

– Ah! – exclamou, sem graça, dando-se conta do furo.

– Não, mãe – disse apressada, antes que ele respondesse, já me pondo de pé. – Acho que vou para o meu quarto escutar música – e reparei no alívio evidente no rosto do Dan.

– Então está bem – mamãe disse e saiu em seguida.

Corri para o meu quarto, passando direto por Dan, mas evitei olhá-lo. Entrei esbaforida, fechei a porta com a respiração pesada e coloquei a mão no peito, como se dessa forma fosse possível conter a estranha sensação de abandono.

– CAPÍTULO 2 –

Marina

O NATAL FOI UMA OCASIÃO maravilhosa e assustadora. Maravilhosa porque seria o primeiro em meu novo lar, e assustadora porque eu seria oficialmente apresentada ao restante da família – leia-se avós, tios, primos e até um tio-avô completamente surdo.

Até hoje me lembro do meu vestido de veludo, escolhido cuidadosamente para a ocasião, num tom vermelho-escuro, quase vinho, mangas compridas e gola branca de renda. Lembro-me de Maggie e Cate arrumando meu cabelo com uma fita da mesma cor do vestido.

Mas, quando chegou a hora de aparecer, quem disse que eu saía do quarto? Nenhum argumento foi forte o suficiente para me fazer mudar de ideia. Travei por completo, estava apavorada, imaginando ter de encarar um monte de adultos e crianças estranhas e responder a perguntas inconvenientes. E se não gostassem de mim? Se me achassem diferente ou até esquisita? Fiquei deitada na cama, de costas para a porta, vendo a neve cair pela janela, ouvindo os convidados chegando lá embaixo, enquanto lágrimas silenciosas rolavam por minha face.

Eu me sentia péssima. Meus pais, porém, estavam muito empolgados com essa oportunidade de me apresentar, e durante aquela semana gastaram um tempo enorme com os preparativos e convites. De verdade, eu queria poder agradá-los, mas não conseguia, tremia de medo só de me imaginar naquela situação. E então, além de apavorada, também estava triste por decepcioná-los daquela forma.

Encontrava-me mergulhada em minha pequena tragédia pessoal, quando ouvi a porta do quarto abrir e fechar; automaticamente fiquei alerta, mas não me virei, só escondi o rosto no travesseiro.

– Você não vai descer mesmo? – alguém disse bem baixinho atrás de mim. Assim que reconheci o dono daquela voz, virei-me abruptamente e me coloquei sentada. Em seguida, confirmei: era Dan.

Como não conseguia falar, só mexi a cabeça em resposta negativa, e ele suspirou.

Usava um pulôver de lã do mesmo tom dos seus olhos e uma calça comprida escura. O cabelo, surpreendentemente, estava bem penteado, repleto de gel, e imaginei que somente à minha mãe poderia ser creditado aquele milagre. Na minha opinião, ele se parecia mais com um príncipe do que nunca, e eu o admirava, completamente abobalhada.

– Por quê? – ele perguntou.

Eu estava tão distraída contemplando-o que esqueci o que ele tinha me perguntado.

– Por que o quê? – perguntei também, sentindo-me muito estúpida.

– Por que você não vai descer? – repetiu, com paciência.

Virei-me para ele e procurei em seu rosto algum sinal de malícia ou gozação, mas só encontrei calma e sinceridade.

– Estou com medo – respondi, por fim.

Ele continuou fitando-me com curiosidade e começou a se mover em direção à janela, onde ficou de costas.

– Às vezes eu também tenho medo – falou, depois de dar um suspiro.

– Verdade? – perguntei surpresa, enquanto fungava o nariz.

– Sim, pessoas me olhando sempre me deixam nervoso. – Ficamos um momento em silêncio, até que ele se virou para mim de novo, com o rosto sério. – Você quer saber o que eu faço quando me sinto assim?

– Sim – respondi, tímida.

Ele se aproximou e se sentou na beirada da cama.

– Eu conto, mas você tem que me prometer nunca revelar isso para ninguém, promete?

Ele perguntou aquilo com uma seriedade penetrante, uma demonstração de que iria fazer uma revelação importante.

– Prometo – respondi, curiosa, à espera do que viria.

– Certo. Esse vai ser o nosso segredo! – Em seguida, ele coçou a cabeça, indeciso sobre como começar. – Bem, pode parecer meio estranho a princípio, mas quando estou assim, nervoso, ou com medo de enfrentar um monte de gente desconhecida, fecho os olhos e me imagino num palco vazio, como se fosse um teatro, e como se eu estivesse ali para atuar, para representar uma cena ou para recitar um texto. Não tem ninguém na plateia, então posso ser o que desejar naquele momento, posso dizer o que quiser, porque sei que existe um lugar no qual estou protegido, no qual não há ninguém para me julgar. Então fico mais calmo e faço o que tenho de fazer.

Depois de ouvi-lo, fiquei refletindo por um tempo e achei muito interessante o modo como Daniel tinha criado esse refúgio dentro de si mesmo.

– Que tal, você quer tentar? – perguntou, um pouco inseguro.

– Tentar o quê? – eu disse, piscando repetidas vezes.

– Fechar os olhos e fazer de conta que está num palco, talvez isso também te ajude a se acalmar.

Olhei para Dan, hesitante. Ele provavelmente percebeu meu dilema e sorriu para mim um sorriso tão lindo e tão doce que me desarmou por completo. Foi a primeira vez que ele sorriu só para mim, e foi esse gesto espontâneo que me fez decidir.

– Ok. Vou tentar.

Sentei-me mais reta na cama, fechei os olhos, respirei profundamente e procurei visualizar o que ele tinha sugerido. Aos poucos, senti um relaxamento e, no final, estava me sentindo até um pouco com sono. Abri os olhos ao sentir uma mão pesar sobre meu ombro.

– Funcionou? – perguntou, tranquilo, e agora era eu quem sorria para ele.

– Acho que sim – murmurei.

— Então... vamos descer? Prometo que fico ao seu lado o tempo todo — ao som daquelas palavras, senti o coração bater mais forte, com a força da minha emoção.

— O tempo todo, promete mesmo? — Eu não conseguia acreditar.

— Prometo. — Ele se levantou da cama e estendeu a mão. — Vamos?

Vi a mão dele e estendi a minha, que ele agarrou com firmeza, puxando-me para que ficássemos em pé.

— Esta é minha cor favorita — disse, apontando para o meu vestido, e senti que corava imediatamente.

— Sabe, acho que você poderia ser um ator — comentei, enquanto caminhávamos em direção à porta.

— Ator? — questionou, surpreso. — Por que diz isso?

— Não sei, mas quando você disse que se imagina num palco ou num teatro tive essa impressão. Acho que você leva jeito. Pense nisso.

— Hum... quem sabe? — respondeu, sacudindo os ombros.

Ao sair do quarto em companhia dele, só não tive coragem de revelar uma coisa: quando fechei os olhos e visualizei o palco, não me imaginei sozinha, me imaginei com ele.

Aquele Natal foi meu rito de passagem na família Harrison. Depois desse evento, eu podia me considerar um membro efetivo da família. E, daquele dia em diante, mergulhei de cabeça no estilo de vida deles, que aos poucos se tornou o meu também.

Seguindo uma tradição de família, fui matriculada em uma escola para meninas. Achei um pouco diferente a princípio, mas logo me adaptei à nova realidade e fiz algumas amigas, enquanto Dan, Cate e Maggie, como eram mais velhos, frequentavam uma escola mista.

O tempo passava e os meses transformavam-se em anos, com uma sucessão de acontecimentos normais na vida de uma família de classe média: formaturas, aniversários, apresentações escolares e extracurriculares, recitais de música e dança, além de férias, viagens e tantas outras atividades que essa classe podia desfrutar.

Sendo meu pai o chefe do setor de contabilidade de uma grande empresa mineradora e minha mãe uma administradora hospitalar, não éramos ricos; contudo, usufruíamos de um padrão de vida confortável, que nos permitia estudar em boas escolas. E, com base em nossas aptidões individuais, desenvolvíamos nossos talentos ao frequentarmos aulas de piano, violão e dança. Assim como também praticávamos diferentes tipos de esporte, como natação, futebol e tênis.

Como os anos passam rápido quando se está feliz, eu tinha a impressão de que pisquei os olhos e fiquei mais velha. E, naquele ano, ao completar onze anos, quase podia sentir o cheiro de mudança no ar, a começar pelos estudos: finalmente eu iria sair da escola para meninas e iria para uma mista, a mesma onde Dan estudava.

Eram férias de verão e, como toda boa londrina, eu aproveitava o sol deitada numa toalha no gramado do quintal atrás da casa; na verdade, me sentia como se estivesse bebendo o sol através da pele, tão boa era a sensação. Afinal, num país tão chuvoso, aquela estação era uma festa. Eu vestia uma camiseta branca sem mangas, um short florido e curtinho, e passava, feliz, meus pés descalços na grama, enquanto lia um livro.

Mamãe e papai não estavam em casa, pois já haviam ido trabalhar, Maggie tinha saído para ensaiar com o coral e Cate tinha viajado para um acampamento de férias por duas semanas.

Olhei para o céu e, pela posição do sol, devia ser quase meio-dia. Estava com fome, então me levantei e fui até a cozinha, com intenção de preparar algo rápido. Abri a despensa, dei uma olhada nos ingredientes disponíveis e decidi preparar um sanduíche de atum com bastante recheio, pois sabia que logo Dan chegaria da aula de piano, com certeza muito faminto. Preparei uma jarra de limonada geladinha e coloquei na geladeira.

Montei meu sanduíche com pão integral e passas, meu favorito, e coloquei também alface, tomate e bastante pasta de atum com maionese, me servi de um copo de limonada e me sentei à mesa da cozinha. Tinha acabado de dar a primeira mordida quando ouvi a porta da sala bater e, em segundos, um Dan suado apareceu.

– Que calor está fazendo lá fora! – exclamou, enxugando a testa molhada de suor. – Oba! Tem para mim também? – perguntou, assim que me viu comendo. Como eu estava de boca cheia, apenas apontei na direção da pia onde tinha deixado tudo. Ele já ia pegar o saco de pão quando consegui falar.

– Espere aí, porquinho, não se esqueceu de nada, não? – Ele se virou para mim, com a testa franzida.

– O quê? – perguntou, irritado.

– Primeiro princípio básico de higiene, lavar as mãos antes de comer – expliquei, paciente, antes de dar mais uma mordida no sanduíche.

– Ih, lá vem você dar uma de mamãezinha! – censurou, virando os olhos.

– Faça como achar melhor, mas o risco é todo seu – revidei.

Ele refletiu por um momento, mas acabou cedendo, e foi até a pia pegar o detergente. Ao terminar, enxugou as mãos na toalha e virou-se para mim mostrando os dedos.

– Satisfeita, "mamãe"? – perguntou de forma debochada, e eu dei uma olhada rápida.

– Serve, mas você está precisando cortar as unhas. – Ao ouvir aquilo, ele me mostrou a língua e acabei rindo.

– Estou morto de sede – disse, abrindo a geladeira e pegando a limonada; bebeu um copo de uma só vez.

Ele olhou para o pacote de pão integral e fez cara de nojo.

– Não tem pão "normal", não?

– Tem na despensa – respondi.

– Não sei como você aguenta comer essa coisa com passas, eca! – comentou, com uma careta.

– Deixa de ser ingrato, quem foi que preparou tudo? E é melhor do que aquele monte de lanche gorduroso que você costuma comer por aí.

– Imagina! – disse, fingindo-se de ofendido. – Se quer saber, eu tenho é um paladar muito exigente!

– Claro! – retruquei, concordando com a cabeça. – Sorvete e batata frita fazem de você um verdadeiro *gourmet*!

Ele se sentou na minha frente e, embora eu tivesse começado a comer primeiro, terminamos juntos. Levantei-me, lavei a louça que sujara e fui para o quintal.

Já tinha voltado para minha leitura, quando Dan apareceu usando apenas uma bermuda, segurando o MP4, e estendeu uma toalha ao meu lado. Ele tinha crescido muito nos últimos anos e estava bem alto para a idade, mas era magro e desengonçado, com uma brancura que assustaria até um fantasma.

– Se eu fosse você passaria protetor solar – comentei, observando-o de relance, antes de voltar a ler meu livro.

– Ah, não começa de novo! – reclamou, chateado.

– Tá bom, tá bom, não está mais aqui quem falou.

Ele deitou-se na toalha e, depois de um momento, esticou o braço.

– Coloque o seu braço ao lado do meu.

Levantei o braço em resposta à sua solicitação, e era chocante o contraste do meu bronzeado com a sua cor.

– Nossa! Como você conseguiu este tom em tão pouco tempo?

– DNA – respondi. – Cem por cento DNA brasileiro.

– Sorte sua – ele disse, sorrindo. – Já eu, no máximo viro uma lagosta! Pensando bem, vou passar o protetor – falou, pegando a embalagem do meu lado e espalhando uma generosa quantidade no peito, nos braços e no rosto.

– Passa nas costas para mim?

– Ai, a exploração não tem fim, não? – perguntei um pouco aborrecida, tentando disfarçar.

– Você que deu a ideia – disse, estendendo o protetor para mim.

– Ok.

Joguei o livro para o lado, peguei a embalagem, despejei uma boa quantidade nas mãos e comecei a espalhar.

Fazia um bom tempo que eu não pensava nos meus sentimentos pelo Dan; não que eles tivessem diminuído, muito pelo contrário, cresciam ano a ano, mas procurava me distrair ao máximo, fugindo da tortura daquela atração proibida. Só que, em momentos como aquele, ficava muito difícil resistir à onda de vontade que eu sentia de poder tocá-lo, mesmo que fosse por um motivo tão inocente. Para prolongar a experiência, espalhei o creme bem devagar.

– Hum, isso é tão bom – comentou, suspirando.

– Você se parece com aqueles gatos que ronronam quando a gente faz carinho neles – brinquei, assistindo à cara de satisfação dele. – Pronto, acabei.

Depois ficamos ali juntos, curtindo a tarde, cada um fazendo o que gostava.

Algumas horas depois, comecei a sentir uma dor incômoda na barriga. Era uma dor estranha, não me lembrava de ter sentido aquilo antes, por isso procurei mudar de posição, mas não melhorava. Talvez a combinação de sanduíche e calor não tivesse me caído muito bem.

– Dan – chamei, mas ele estava de olhos fechados e com fones de ouvido, então toquei seu braço.

– O que foi? – perguntou, abrindo os olhos.

– Vou subir e tomar um banho. Não estou muito legal – avisei, pondo a mão na barriga.

– O que você tem? – ele quis saber, demonstrando preocupação.

– Não sei, acho que foi o sanduíche – respondi ao me erguer.

– Tome algum remédio – sugeriu.

– Boa ideia.

Dentro de casa, fui direto para o chuveiro. A sensação da água fria no corpo quente era agradável; me ensaboei, lavei o cabelo e já terminava de tirar o excesso de condicionador quando, distraída, olhei para baixo e vi o chão vermelho. Por um momento, pensei que pudesse ter me cortado com alguma coisa sem perceber, mas, examinando melhor, vi que o sangue saía do meio das minhas pernas, então a ficha caiu.

"Fiquei menstruada!", pensei, agitada; agora eu entendia que aquela dor correspondia às temidas cólicas.

Saí do boxe e me enrolei na toalha, pensando no que fazer primeiro. Comecei a procurar por um absorvente no armário do banheiro, mas não achei nada. E agora? Tinha medo de sair pela casa sujando tudo. Ai, por que isso foi acontecer logo agora, quando não tinha nenhuma outra mulher em casa? Se bem que esses assuntos não eram novidade para o Dan, que crescera rodeado por mulheres e para quem isso era tema banal. Não teve jeito, abri a janelinha do banheiro e gritei seu nome, porém ele não respondeu.

– Droga, os malditos fones! – lembrei.

Peguei no armário um rolo de papel higiênico, mirei e arremessei-o pela janela, que caiu bem em cima do peito do meu irmão e o fez olhar para cima, num susto.

– Venha aqui correndo! – gritei para ele. Um minuto depois, ele já batia na porta.

– Está tudo bem aí? – perguntou.

– Mais ou menos – respondi, nervosa.

– Ainda está passando mal?

– Mais ou menos.

– Quer parar de responder "mais ou menos" e dizer o que está realmente acontecendo?

Respirei fundo:

– Preciso que você me faça um favor.

– O quê?

Fechei os olhos, no ápice de meu nervosismo.

– *Precisoquevocêpegueumabsorventeparamim!* – falei rápido.

– Marina, repete que eu não entendi nada.

– Preciso que você pegue um absorvente para mim – repeti pausadamente, e em seguida houve um profundo silêncio. Já estava achando que ele tinha fugido, quando ouvi sua voz:

– Isso quer dizer que aquela dor era... – e interrompeu-se.

– Sim – respondi.

– Então, você ficou... – outra pausa.

– Sim – respondi, num fio de voz.

– Caramba! – exclamou. – Mas não tem o que você precisa aí, não?

Agora eu estava perdendo a paciência.

– Você acha que, se tivesse, eu estaria pagando esse mico, te chamando aqui?

– Ok, fica calma, onde tem?

– Qualquer lugar no quarto das meninas, rápido!

– Estou indo! – Ouvi os seus passos se afastando.

Depois de certo tempo, que para mim pareceram horas, escutei uma batidinha na porta, abri uma fresta, e lá estava ele, com a cara vermelha e estendendo uma caixa em minha direção.

– Achei no quarto da Maggie, estava escondidíssimo!

– Ah, obrigada! – Peguei e fechei a porta correndo, mas assim que li o rótulo, chamei-o de novo.

– Dan!

– O que foi agora?

– Esse não serve para mim.

– Por quê?

– Porque... porque não é do tamanho certo. – Eu queria morrer!

– Tamanho... como assim?

– Isso aqui é tamanho super – outro silêncio embaraçoso.

– Essa porcaria tem tamanhos diferentes?

– Claro que tem!

– E agora? – perguntou.

– Vou precisar que você me faça outro favor, dessa vez dos grandes – pedi, com os nervos à flor da pele. Ouvi um longo suspiro.

– Qual?

– Você pode ir à farmácia para mim?

– Só pode ser brincadeira! – berrou, do outro lado da porta.

– Por favor, Dan, por favor! Eu não tenho mais ninguém agora, por favor, fico te devendo para o resto da vida! – falei desesperada.

– Ai! Hoje é meu dia!

– Olha, tenho uma ideia. Você pega um xampu ou um desodorante só para disfarçar e coloca o absorvente junto, ninguém vai reparar.

Seguiu-se um momento de silêncio, no entanto eu quase podia imaginar as engrenagens do cérebro dele girando, pensando se devia ou não ir.

– Tudo bem, eu me rendo, mas qual o tamanho certo?

– O menor que você achar! – respondi, aliviada.

– Já volto!

Aguardei andando de um lado para o outro, então finalmente o ouvi chegar.

– Pronto, está aqui!

Abri a porta, peguei a caixa e li a palavra "mini".

– Perfeito! Fico te devendo essa! – gritei, ao fechar a porta.

– Com certeza você me deve!

Agora vinha a outra parte complicada: colocar o bendito absorvente interno, minhas mãos tremiam. Li as instruções com atenção e, após duas tentativas frustradas, completei a missão. Depois, coloquei rápido um vestidinho fresco, curto e soltinho.

– Dan! – chamei do corredor.

– Estou aqui! – a voz vinha do quarto dele, e corri para lá.

Ele estava deitado na cama, com o ventilador de teto no máximo. Aproveitei para me aproximar e num impulso o abracei, deitando ao seu lado. Ele ficou imóvel.

— Obrigada – agradeci com a voz trêmula, e logo senti uma mão nos meus cabelos. Não sei o motivo, mas esse gesto me deu vontade de chorar.

— Você está chorando? – perguntou, confuso, mas não respondi e só o abracei mais forte.

— Ah, vocês, mulheres, são tão complicadas... – confessou, e senti que me abraçava também, passando a mão nas minhas costas, e procurava me acalmar. Depois que extravasei o estresse por meio do choro, enxuguei as lágrimas, olhei para ele e sorri.

— Obrigada, você foi incrível!

— Ok, só prometa que nunca mais vai me pedir algo assim – declarou com firmeza.

— Nem precisa falar! Estou te incomodando por ficar aqui? – Afinal, era uma cama de solteiro.

— Não. – Ele parecia meio indeciso sobre a resposta.

— Vou virar, acho que pode ficar mais confortável. – Fiquei de costas para ele, no estilo conchinha. – Melhor?

— Acho que sim. Eu estava pensando, será que a Maggie não é mais virgem?

— De onde veio isso? – Fiquei espantada com a pergunta.

— Ah, você não disse que o absorvente da Maggie era tamanho super? Segui a lógica, você usa mini, ela usa o grandão, então...

— Então você tira conclusões apressadas. Pode ser apenas uma diferença fisiológica, ela é bem mais alta que eu.

— É, você pode estar certa, mas é que ela vive se agarrando com aquele namorado dela, então quem sabe?

— Eu é que não vou perguntar – comentei para encerrar o assunto.

Senti que a mão dele voltara para meu cabelo e fazia uma carícia suave. Depois, Dan me cheirou rapidamente atrás da orelha e me provocou arrepios.

— Você tem cheiro de muffin.

— Muffin? – perguntei, rindo.

— Sabe quando a mamãe faz muffins, no fim de semana, e a casa se enche com o cheiro de baunilha? Seu cheiro é parecido, meio docinho, mas sem ser enjoativo. — Ele voltou a cheirar mais um pouco e se afastou.
— Sim, definitivamente é baunilha.
— Baunilha é bom? — perguntei, curiosa, e ele demorou a responder.
— Muito bom — disse, por fim.

Não sei quanto tempo ficamos assim, mas abri os olhos assustada e percebi que tínhamos adormecido. Estava escuro e anoitecia lá fora. Enquanto dormíamos, mudamos de posição: estávamos deitados de lado, um de frente para o outro, minhas mãos pousadas em seu peito, minha perna direita presa entre suas pernas. Contemplei seu rosto, ele devia estar tendo um sonho bom, pois sorria levemente. Sorri também, respirando fundo ao sentir seu cheiro. Se eu era baunilha, ele era chocolate com pimenta: doce, forte, picante. Tudo ao mesmo tempo.

Mexi a perna, e foi aí que senti algo diferente através da sua bermuda; tentei puxar a perna, mas o efeito foi pior. O que fazer quando seu suposto "irmão" está tendo uma reação íntima tão próxima a você? Dei um puxão mais firme com a perna, sem sucesso. Só para complicar a situação, e mesmo dormindo, ele me segurou pelos quadris, e me apertou mais contra a sua virilha. Comecei a pensar que logo nossos pais chegariam e ia ser mais difícil disfarçar esta situação constrangedora; não teve jeito, tive que acordá-lo. Comecei por chamá-lo baixinho para não assustá-lo, mas ele caíra num sono profundo, então sacudi seu peito. Ele despertou devagar e me olhou. Parecia não entender onde estava, porém em seguida arregalou os olhos. Ao perceber o que estava acontecendo, ele me soltou tão rápido que perdeu o equilíbrio, e caiu da cama.

— Você está bem? — perguntei, e ele não respondeu. Parecia muito perturbado. Levantou-se e virou de costas pra mim.

— Marina, vá para o seu quarto! — gritou, curto e grosso. — Agora!

Pulei rápido da cama e saí andando com as pernas bambas.

Entrei em meu quarto tremendo, sem saber o que pensar, com uma mistura de sentimentos dentro de mim: primeiro a culpa, por ser muito jovem e não conhecer bem o que havia presenciado. Pensei que de alguma forma eu podia ter feito algo errado, provocando aquela situação embaraçosa, mas ao mesmo tempo eu sentia que não tinha do que me envergonhar, pois estava apenas lidando com uma simples casualidade, com o que muitos chamam de fatos da vida. Respirei fundo na tentativa de me acalmar, e sentei na cama refletindo sobre o ocorrido.

Estávamos crescendo e nossos corpos iniciavam aquele famoso processo de mudança conhecido como puberdade. Mais do que nunca, comprovei que o Dan infantil que eu conhecera estava mudando, e que uma sexualidade ainda superficial tinha despontado, porém já forte o bastante para provocar este tipo de reação inesperada.

Senti que não era só ele que enfrentava transformações: eu também começava a sentir algo forte e diferente em meu corpo, algo novo e muito poderoso. Lembrei-me de todas as minhas reações ao tocá-lo naquele dia, e também ao ser tocada por ele, e comparei com o que vinha sentindo até o momento. Percebi então que algo diferente, muito diferente, algo maior e crescente, assombroso, aflorava dentro de mim.

Depois daquele episódio, ele passou a evitar ficar sozinho comigo. Na verdade, passamos a ter o mínimo de contato físico possível.

Naquela tarde, tínhamos atravessado um portal, que separava a infância da adolescência, em um caminho sem retorno.

Agora, mais um componente poderoso se unira de forma definitiva à química do meu amor: uma forte atração física. Naquele crepúsculo, morreu o meu amor de menina e, como a noite que surgia, nasceu meu amor de mulher.

– CAPÍTULO 3 –

Marina

ERA O ÚLTIMO FIM DE SEMANA antes de começar mais um período letivo. Uma mistura de ansiedade, nervosismo e melancolia me invadiu, pois as férias acabavam e na segunda-feira, além de recomeçarem as aulas, eu estaria numa escola nova, com novos professores e amizades – ao menos, era o que eu esperava.

Era manhã de sábado. Papai lavava o carro lá fora e eu estava arrumando meu quarto, quando escutei mamãe me chamando. Encontrei-a na lavanderia, tirando as roupas da máquina de lavar e colocando-as na secadora.

– Chamou, mãe?

– Sim, querida – confirmou. Virou-se para mim e passou a mão no rosto para tirar o suor. – Por favor, esqueci de pegar as roupas do Dan para lavar e ele não me escuta com aqueles fones de ouvido que usa o tempo todo. Você faria o favor de pedir para ele trazê-las aqui?

– Claro.

– Obrigada, meu bem.

Subi as escadas e bati na porta do quarto dele. Desde o fatídico episódio eu não ia mais lá, por isso me sentia um pouco desconfortável naquele momento. Ele não atendeu, por isso bati de novo. Nada.

– Droga! – Comecei a literalmente socar a porta com as duas mãos.

— Que foi? O mundo acabou? – perguntou, abrindo a porta de supetão, tão rápido que não tive tempo de parar: perdi o equilíbrio e caí com tudo em cima dele. Caímos os dois no chão do quarto, comigo por cima.

— Caramba, Marina! Ficou maluca? – reclamou, zangado.

— A culpa é sua! Você nunca tira essa porcaria do ouvido! – respondi, irritada.

— Puxa, começaram os amassos e nem para me chamar, meu chapa! – Ouvimos uma voz dizer da porta.

Levantei como um raio, ergui os olhos e deparei com o sorriso cínico de Lance Brown, o melhor amigo do Dan, que estava encostado no umbral.

Pelo que eu sabia, Dan e Lance eram amigos desde o jardim de infância e sempre aprontavam alguma coisa juntos. Eu até achava bem natural esse comportamento, já que Dan não tinha um irmão companheiro de brincadeiras, porém eu e Lance tivemos o que se pode chamar de antipatia imediata um pelo outro. Desde o início, achei suas piadinhas irritantes e seu modo de agir quase promíscuo, pois se tinha algo de que Lance Brown gostava, e muito, eram garotas. Este era mais um motivo para eu nunca baixar a guarda com ele.

Ao fitá-lo com a frieza habitual, reparei que Lance e Dan estavam praticamente com a mesma altura e peso. Mas, diferente de Dan, o cabelo de Lance era liso castanho-escuro e seus olhos eram de um azul tão escuro que chegavam quase à cor violeta, formando um belo contraste com a pele clara. Infelizmente, era obrigada a afirmar que Lance era muito bonito; mais do que isso, extremamente másculo, era aquele tipo de cara que, quando passa, arranca suspiros. O pior de tudo é que ele tinha consciência desse seu estranho poder de atração e o usava sem piedade.

— Você tem uma mente poluída, sabia? – rebati.

— Bom dia para você também, Marina! – respondeu, com aquele sorriso irritante.

— Oi, cara, que bom te ver! Voltou quando? – recebeu-o Dan, sorrindo. Nem tinha se abalado, já estava acostumado com as besteiras do Lance.

– Acabei de chegar. Encontrei seu pai lá fora e ele me disse que podia entrar. Mas, se eu soubesse que ia interromper um momento tão "delicado", não tinha vindo sem anunciar primeiro.

Ignorando o idiota, me virei para Dan, e passei o recado da mamãe:

– Mamãe está pedindo sua roupa suja.

Sem dizer nada, ele começou a recolher todas as roupas espalhadas pelo quarto – que não eram poucas – e pegou mais algumas no interior do guarda-roupa.

– Pronto, pode levar – disse, parando na minha frente e entregando-me todo aquele enorme monte de roupa suja.

– Por acaso tenho cara de empregada? Deixe de ser preguiçoso e vá lá entregar para ela. – Dan era muito abusado. Se deixasse, pediria até que eu lhe amarrasse o cadarço do tênis.

– Nossa, sua irmã continua o mesmo "doce" de pessoa – comentou Lance.

– E você continua o mesmo babaca – rebati com o olhar fulminante, espumando de raiva.

– Ok, podem parar com os elogios. Você, fora do meu quarto – Dan disse para mim. – Lance, espere aqui que eu já volto.

– Certo, mas não demora que eu quero te contar sobre umas francesinhas fantásticas que conheci na viagem. – Ouvi Lance dizer quando passei por ele.

Para completar meu dia "perfeito", Lance ficou para o almoço – ai, eu mereço! Mas não posso culpá-lo muito, a macarronada com almôndegas da minha mãe era famosa. Além desse motivo, era visível que ele tinha uma quedinha por Maggie, tanto que passou o almoço inteiro admirando as pernas dela. Para minha alegria, ele foi totalmente ignorado.

Após o almoço, nossos pais foram tirar uma soneca, e eu e as meninas resolvemos ficar de bobeira no quintal. Maggie estava sentada na escada, pintando as unhas, Cate lia uma revista de fofoca, deitada numa toalha, e eu fiquei ao lado dela terminando de ler meu livro, até que chegaram os meninos com uma bola de vôlei.

— E aí meninas, que tal uma partidinha? — Lance perguntou, virando-se esperançoso para Maggie.

— Estou fora. Acabei de fazer as unhas — ela respondeu, e ri comigo mesma ao ver a cara de decepção dele.

— Eu topo! — exclamou Cate. — Você vem, Marina?

— Sim — respondi, só para ter o prazer de tirar aquele sorriso bobo da cara do Lance.

Nosso quintal não era enorme, mas tinha espaço suficiente para alguns jogos criativos. Fiquei assistindo aos meninos colocarem a rede de vôlei e, quando terminaram, me levantei.

— Meninas contra meninos? — perguntou o imbecil.

— Acho que não vai dar certo, vocês dois juntos vão ter vantagem, pois são bem mais altos que a gente. É melhor dividir — sugeriu Cate. Fiz uma careta ao ouvir aquilo.

— Que foi? — perguntou, olhando para mim. Revirei os olhos e ela entendeu, já que sabia que eu não ia muito com a cara daquele garoto. — Ah, tá... então, que tal eu e Lance contra Marina e Dan? Pode ser? — Felizmente, eles concordaram.

Lance logo tratou de tirar a camisa; eu poderia apostar que ele só queria se exibir para Maggie, que patético! Tiramos a sorte no cara ou coroa para ver quem começava, e eu e Dan ganhamos. Ele sacou a bola e começamos a partida. Eu podia ser baixinha, mas me garantia, e logo marquei o primeiro ponto.

— Valeu, Mari! — Dan gritou, rindo para mim de um jeito que era capaz de me derreter, e batemos as mãos em comemoração.

A partida prosseguiu e, apesar dos esforços da dupla adversária, conseguimos vencer o primeiro *set*. Já estávamos com vantagem no segundo quando, ao me virar, senti uma bolada nas costas.

— Ai! — reclamei.

— Desculpa, foi mal! — Lance desculpou-se, mas não vi arrependimento algum na cara dele.

— Está tudo bem? — Dan perguntou.

— Estou ótima — respondi, encarando meu adversário sem temor.

Aguardei o momento certo de revidar, e a oportunidade surgiu. Dan levantou a bola para mim, então corri, pulei e cortei-a com força, de modo que ela voou na direção da cara de Lance.

— Desculpe, foi mal! — repeti a mesma frase, e ele me olhou roxo de raiva.

— Sua cadelinha! — Lance gritou, dirigindo-se a mim.

— Peça desculpas agora, Lance! — gritou Dan, que estava atrás de mim.

— Qual é, cara, foi ela quem jogou a bola na minha cara!

— Não interessa! Peça, agora! — Dan falou com firmeza.

— Nem pensar! — Lance respondeu, sacudindo a cabeça.

Dan se aproximou da rede. Meu irmão era o cara mais calmo e tranquilo que eu conhecia, mas era bom que ninguém quisesse vê-lo zangado, pois aí ocorria uma transformação total.

— Se não pedir agora, vou fazer você pedir — ameaçou em tom baixo, visivelmente alterado.

— Calma, gente! Vamos agir de modo civilizado — propôs Cate ao erguer as mãos, na tentativa de apaziguar o clima.

— Peça! — insistiu Dan.

— Agora vai ficar do lado da irmãzinha, é? — Lance falou, de gozação. — Esqueceu que sou seu melhor amigo, cara?

— Ninguém fala deste jeito com a Marina na minha frente. Ninguém! — Dan respondeu, enfatizando bem a última palavra.

— Tudo bem, Dan — tentei acalmá-lo. Aproximei-me dele e coloquei a mão em seu braço, mas ele não desviou o olhar de Lance.

O amigo babaca nos encarou e, surpreendentemente, desatou a gargalhar.

— Ai, quanta frescura! Tudo bem! Desculpe, Marina! — disse, com muita ironia. — Pronto. Satisfeito? — perguntou para Dan, que pareceu ter ficado na dúvida.

— Agora que tudo foi resolvido, podemos acabar com isso de uma vez? — sugeriu Cate. Felizmente, Dan concordou e voltamos às nossas posições.

Prosseguimos o jogo, e o placar final foi três sets a um. Ganhamos com folga!

No final da tarde, a confusão já havia sido esquecida e Dan e Lance já tinham se reconciliado. Mamãe pediu algumas pizzas e todos nós comemos com vontade, bebendo muito refrigerante. Pouco depois, finalmente Lance se despediu de todos.

Terminei o dia suada e suja, então fui tomar um banho refrescante. Enquanto me ensaboava, lembrei-me do rosto do Dan ao me defender durante a partida de vôlei. Tinha ficado realmente irritado, mas não pude deixar de sentir uma onda mista de emoção e gratidão com o ocorrido. Quando já estava vestida, sentada na cama e acabando de pentear o cabelo, Dan apareceu à porta, e nas suas mãos estavam seu violão e algumas folhas de papel.

– Posso entrar? – indagou. Parecia inseguro.

– Claro – respondi, confesso que um pouco surpresa.

Ele se aproximou, puxou uma cadeira e colocou-a perto de mim, sentando-se.

– Será que pode me ajudar?

– Pode falar – respondi, curiosa.

Depois do que tinha feito por mim, andaria até sobre brasas se ele me pedisse. Dan me estendeu as folhas de papel e eu as peguei. Entretanto, fitei-o sem compreender a situação.

– Aprendi essa música na aula de violão desta semana. Meu professor disse que é uma música brasileira muito famosa. Eu tenho a letra em inglês, mas queria ouvir como ela soa no original, em português. Você cantaria para mim enquanto eu toco?

Olhei para a folha e li o título da música: "Garota de Ipanema".

– Conheço essa música, mas não escuto faz muito tempo, e meu português deve estar meio enferrujado – expliquei, sem graça.

– Não tem problema, também trouxe a letra em português. Faz assim, eu canto uma vez, em inglês mesmo, só para você pegar o ritmo, depois é a sua vez.

Baixei os olhos com vergonha. Nunca tinha me sentido tão tímida. Andar em brasas, inclusive, soava agora muito mais atraente. Voltei a olhar para Dan, que me fitava com evidente empolgação. Definitivamente, eu era um caso perdido: seria impossível resistir a ele.

– Está bem – respondi, insegura. – Mas não ria de mim!

– Combinado – afirmou. Em seus lábios, aquele sorriso que me desarmava.

Ele pegou o violão, posicionou-o na perna e começou a tocar. Meu quarto foi inundado pela melodia e por sua voz macia.

Apesar de conhecer a canção, nunca tinha prestado muita atenção à letra. Sabia que, apesar da aparente simplicidade, era muito romântica e famosa; porém, agora, ao ouvi-la cantada por Dan, ela ganhou toda uma nova conotação, a emoção parecia fluir entre cada palavra dita e entre cada nota tocada. A música era como um mágico fio condutor entre nossos corações, como se houvesse mais mensagens na linda harmonia do que pudesse ser visto a olho nu. Na hora em que a música acabou, eu estava sem fala: tinha cantado com tanto sentimento que quase enfartei quando ele levantou o rosto, pronunciando a última estrofe me olhando nos olhos.

– E aí, foi tão ruim assim? – perguntou, sem graça, já que eu continuava muda.

– Na-na-não! – gaguejei. – Foi incrível, adorei!

– Sério? – Ele estava alegre.

– Você arrasou! – confirmei.

– Obrigado. Agora é a sua vez! – Ele olhou minha cara apavorada e sorriu. – Pode deixar, não vou rir, prometo – disse, ajeitando o violão na perna novamente. – Pronta?

– Não, mas pode começar – murmurei, trêmula.

Comecei a cantar bem baixinho, com medo de nem saber mais pronunciar direito as palavras. Mas, para minha surpresa, minha língua desenrolou e, já na segunda estrofe, comecei a me desinibir. Ele sorria para mim, estimulando-me a continuar. Voltei a me emocionar profundamente, não só pelo momento partilhado com ele, mas também por poder matar a saudade de praticar esse idioma tão querido. Não sabia se estava cantando bem ou mal, tudo o que sabia era da sinceridade de minha apresentação, na qual permiti à emoção que fosse minha guia. Ao término da canção, sentia-me ótima.

– Agora é a hora em que você começa a arremessar os tomates e ovos podres? – brinquei.

– Hum... sabia que tinha me esquecido de trazer alguma coisa! – e, ao dizer aquilo, rimos juntos. – Brincadeira, Marina! Foi ótimo! Vamos tentar mais uma vez? Agora, vou gravar no MP4 – disse, tirando o dispositivo do bolso. Repetimos a canção novamente e, desta vez, quando me senti bem mais confiante, soltei a voz:

Olha que coisa mais linda
Mais cheia de graça
É ela menina
Que vem e que passa
Num doce balanço, a caminho do mar
Moça do corpo dourado
Do sol de Ipanema
O seu balançado é mais que um poema
É a coisa mais linda que eu já vi passar
Ah, por que estou tão sozinho?
Ah, por que tudo é tão triste?
Ah, a beleza que existe
A beleza que não é só minha
Que também passa sozinha
Ah, se ela soubesse
Que quando ela passa
O mundo inteirinho se enche de graça
E fica mais lindo
Por causa do amor.

– Olha, adorei a música em português, soa muito melhor com a melodia, e devo confessar que fica muito mais... romântico – disse, quando terminamos.

Depois disso, não sabia mais o que falar. A gente se entreolhava com timidez, e Dan, sem graça, começou a dedilhar o violão. Contemplei-o, me questionando como alguém conseguia ser tão atrapalhado e tão fofo ao mesmo tempo.

"Que se dane a vergonha!", pensei inesperadamente.

Aproximei-me dele com velocidade e, para sua surpresa, dei um beijinho na sua bochecha, que o fez congelar e arregalar os olhos.

– Obrigada. Isso é por você ter me defendido hoje à tarde – justifiquei, virando-me rápido e beijando também a outra bochecha. – E isso por ter cantado esta música linda para mim. – Depois me afastei para sentar de novo na cama.

– Hum... bem... de nada – ele murmurou, visivelmente envergonhado, e se levantou de modo abrupto. – Acho... acho melhor ir agora, para ensaiar mais, outro dia a gente tenta de novo. Obrigado pela ajuda, gostei muito.

– Claro – falei calmamente. – Também gostei.

Não tive como não rir ao vê-lo sair tropeçando em tudo pelo caminho.

– CAPÍTULO 4 –

Marina

Acordei assustada com o despertador, e minha impressão é que só fazia cinco minutos que tinha adormecido. Arrastei-me até o banheiro, na esperança de que um banho me fizesse sentir melhor, e no caminho escutei minha mãe gritando para acordar o Dan.

Pouco tempo depois, quando, mais animada, voltei para o quarto, ouvi minha mãe ainda chamando por ele. Já havia trocado de roupa e descia para tomar o café da manhã quando escutei a ameaça final.

– Daniel Charles Harrison! Se não levantar agora, considere sua mesada da semana suspensa!

Sorri ao ouvi-lo sair do quarto um minuto depois, e correr para o banheiro. Depois de quinze minutos, ele entrou na cozinha com a cara amassada e fechada, o cabelo despenteado, a camisa para fora da calça e uma gravata na mão. Como meu humor também não era dos melhores, continuei comendo em silêncio, enquanto lhe assistia pegar o suco na geladeira, que bebeu direto da embalagem. Ele devia ter acordado com alguma tendência suicida aquela manhã, se mamãe entrasse na cozinha naquele momento, iria trucidá-lo. Normalmente, eu iria alertá-lo, porém, como estava esquisito, permaneci muda e o deixei à mercê da própria sorte.

– Já está pronta? – perguntou, mal-humorado.

– Só preciso pegar a mochila – respondi, sem olhar pra ele.

– Te espero lá fora – avisou, passando na minha frente.

"Nossa, ele está realmente azedo hoje", pensei ao me levantar.

Quando saí para a varanda, vi que ele me aguardava encostado na grade, com as mãos nos bolsos da calça, a mochila nas costas e a gravata enfiada de qualquer jeito no colarinho.

– Dan! – chamou mamãe, surgindo atrás de mim. – Tome conta da Marina, ela é sua responsabilidade! – Fiz careta ao ouvir aquelas palavras, e ele se limitou a revirar os olhos.

– Tenha um ótimo primeiro dia de aula, querida! – desejou mamãe com um abraço de despedida, ao passo que a abracei de volta e lhe dei um beijinho. Em seguida, me posicionei ao lado de Dan.

– Vamos passar primeiro para pegar o Lance e depois continuamos o caminho – explicou enquanto estávamos na calçada.

– Ótimo! Vou "adorar" andar com o Lance todo dia pela manhã – comentei e ele se pôs a caminhar, fingindo não entender a ironia do meu comentário.

Quando chegamos à casa do Lance, ele já nos aguardava no portão. Ao observá-los, parados um na frente do outro, engoli o riso. Enquanto Dan parecia ter saído de um furacão, Lance tinha a roupa e os cabelos impecáveis, parecendo um modelo de catálogo de roupas.

– Bom dia, pessoas! E aí, animados? – cumprimentou com um enorme sorriso, antes de avaliar a aparência do Dan, de cima a baixo. – Cara, o que você fez com seu uniforme, mastigou?

Dan não respondeu, mantendo o rosto carrancudo.

– Nossa, estamos "alegres" esta manhã, não? – Lance perguntou, examinando-nos.

– Cale a boca e vamos logo – resmungou Dan.

A escola não ficava longe, chegamos lá em quinze minutos. A entrada estava lotada de estudantes, muitos contavam com animação as histórias coletadas durante as férias, e outros, como Dan, faziam cara de tédio. Eu estava um pouco assustada por me ver em meio a tantos estranhos, mas ainda bem que não estava sozinha. Já conhecia as instalações da escola, pois a havia visitado em outras ocasiões. Sabia que era enorme, um complexo formado por prédios antigos, apesar de reformados com os confortos modernos. O pátio interno era grande, arborizado e tinha um pequeno chafariz.

– Aonde vamos agora? – perguntei, agitada, rodando sem parar minha pulseira.

– Daqui a pouco vão nos chamar para o auditório. A diretora sempre faz um discurso no primeiro dia de aula para dar as boas-vindas, fazer apresentações, explicar as regras, toda essa baboseira – respondeu Lance, enquanto Dan continuava caladão.

Não demorou muito e apareceram vários funcionários da escola para convocar os estudantes. Dirigimo-nos devagar rumo ao local indicado e, ao entrarmos no imenso auditório, nos sentamos em uma das últimas filas de cadeiras.

Olhei para o Dan, que tinha se recostado na cadeira, fechado os olhos e fingia dormir. Já Lance era o oposto, cumprimentava amigos que passavam e mexia com algumas garotas. Estava tão animado que não parava de pular na cadeira, parecia até que tinha sentado num formigueiro.

A uma boa distância, vislumbrei um grande palco, onde havia sido posta uma mesa comprida com várias cadeiras, nas quais os professores estavam sentados. Ao centro da mesa, numa cadeira um pouco mais ostensiva, encontrava-se a diretora, uma mulher de meia-idade, com cabelos grisalhos e um ar severo. Ela estava vestida num *tailleur* elegante de cor cinza. Depois que todos se acomodaram em seus devidos lugares, ela se inclinou e falou no microfone à sua frente.

O discurso foi realmente enfadonho. Eles tinham regras para tudo, algumas óbvias, do tipo: dentro dos limites da escola não se podia fumar, ingerir bebidas alcoólicas ou quaisquer outras substâncias ilícitas, era proibido o uso de dispositivos sonoros ou celulares durante as aulas, era proibida a leitura de material não didático em sala de aula, e só podíamos frequentar o banheiro correspondente ao nosso sexo biológico. Ri ao ouvir essa última regra, e fui acompanhada por muitos outros alunos.

– Resumindo: é proibido viver! – expôs Dan, de olhos fechados.

– Caraca! Onde vou dar meus amassos esse ano? – quis saber Lance, preocupado.

– Como assim? – perguntei, curiosa. Dan abriu os olhos e respondeu:

– No ano passado, o Lance foi flagrado no banheiro feminino, beijando uma garota de dezesseis anos.

– Adoro mulher mais velha! – ele confirmou com um sorriso malicioso.

– Daí, quando o levaram para a diretoria e o acusaram de quebrar as regras, ele se defendeu dizendo que nunca havia sido informado sobre ser proibido frequentar o banheiro feminino. – Olhei em choque para Lance, que sorria com cinismo. – Acho que por isso esse ano eles resolveram estabelecê-la no regulamento – completou, fechando os olhos novamente.

No final da apresentação, ao sermos dispensados, a diretora indicou um funcionário que levaria os alunos do primeiro ano para a sala de aula.

– É isso aí, Marina, bem-vinda à selva! – saudou Lance, enquanto nos levantávamos.

– Você deveria dizer purgatório – contradisse Dan. – Boa sorte!

Despedimo-nos ali mesmo. Nervosa, eu os vi à distância, mas segui o caminho indicado, junto dos outros alunos, com a insegurança no modo automático. Entramos na sala de aula, sentei-me a uma mesa encostada na parede, observando os outros estudantes que ocupavam os assentos vazios. Uma menina morena, de olhos grandes, com cabelo preto e comprido se aproximou de mim. Parecia indiana, havia muitos deles vivendo na Inglaterra.

– Este lugar está ocupado? – ela me perguntou com um sorriso, apontando para a mesa ao meu lado.

– Não, pode sentar – respondi, retribuindo o gesto.

– Meu nome é Shanti Khan, qual é o seu? – inquiriu, depois de tirar a mochila do ombro, colocando-a em cima da mesa.

– Marina Harrison.

– Nossa, estou tão animada! Meu irmão estuda aqui também, não via a hora de vir para cá. Você viu quantos gatinhos tem por aí? Tenho certeza que vamos nos dar bem esse ano!

A menina falava sem parar, era simpática e alegre, sempre sorrindo com aqueles dentes muito brancos. Gostei dela logo de cara, seu jeito franco e descontraído era cativante. Felizmente, pareceu também ter simpatizado comigo, mesmo que eu fosse seu visível oposto. Desejei de todo o coração ter feito, naquele momento, minha primeira amiga de verdade da escola.

Na hora do almoço, fomos juntas para o refeitório e entramos na fila para pegar a comida. Olhei ao redor, curiosa, mas não vi Dan ou Lance. Sentamos à mesa junto a outros colegas. Já estávamos comendo há algum tempo, quando Shanti comentou baixinho e com a cabeça inclinada em minha direção:

– Você já se deu bem.

– Como assim? – perguntei, sem entender.

– Não se vire agora, mas tem um garoto que não para de olhar para você.

– Tem certeza? – indaguei, passando uma mecha de cabelo por trás da orelha, na tentativa de disfarçar o embaraço da notícia.

– Absoluta – respondeu, observando algum ponto atrás de mim.

– Como ele é?

– Branco feito papel, parece alto, mas como está sentado não dá para ter certeza, magrelo, tem uma cara engraçada, olhos azuis, cabelo castanho-claro, que precisa urgente de um bom corte, e suas roupas parecem ter sido usadas como pano de chão – ela disse tão rápido que quase não consegui entender tudo, mas deu para perceber que era esperta e observadora.

Depois que consegui absorver as suas palavras, logo percebi quem se encaixava perfeitamente naquela descrição.

– Acho que já sei quem é – afirmei, virando para trás apenas para confirmar a suspeita. – É ele mesmo – concluí, bebendo meu suco.

– Quem é? – ela perguntou, curiosa.

– Meu irmão, Daniel.

– Irmão? – questionou, franzindo a testa. – Mas vocês são tão diferentes.

– Não somos irmãos de sangue. Sou adotada. – Já estava acostumada com aquela observação.

– Ah, entendi! E eles são legais, sua família?

– São maravilhosos! – respondi sinceramente.

– Que ótimo! – comentou, dando mais uma olhada na direção dos garotos. – Seu irmão então deve ser do tipo protetor, não? Já que fica olhando desse jeito para você.

– Ah, meus pais têm essa mania de colocar o Dan para tomar conta de mim. Particularmente, não gosto nem um pouco e acredito que ele também não, mas acho que esse é o mal de toda filha caçula.

– Nem me fale! – Shanti disse, revirando os olhos. – Sou a mais nova de uma família de cinco filhos e sou a única mulher, então você pode imaginar o que é crescer tendo quatro irmãos mais velhos! É de enlouquecer!

Comecei a rir, ouvindo-a contar casos engraçados que envolviam seus irmãos. Enquanto isso, acabamos de comer, e reparei que Shanti disfarçadamente olhou mais uma vez em direção à mesa do Dan.

– Nossa, tem um menino que está conversando com seu irmão que não é nada mal. – Virei-me e dei mais uma olhada.

– Aquele é o Lance, o melhor amigo dele – informei, desanimada.

– Interessante – ela disse, com os olhos transbordando curiosidade.

Naquele momento, o sinal tocou, nos levantamos, e vários estudantes se amontoaram na saída. Foi quando voltei a me aproximar dos garotos.

– Vejo que ainda está viva, Marina – Lance zombou, tentando fazer piada.

– Mas não graças a você – respondi, implacável.

– Dan, acho que sua irmã me ama! – ele debochou, colocando a mão no peito de maneira teatral. – Confesse, Marina! Confesse que você tem o sonho secreto de me conquistar!

– Isso não seria um sonho, seria um pesadelo! – contestei, irritada.

Enquanto eu e Lance começávamos a travar mais uma de nossas famosas briguinhas clássicas, Shanti e Dan nos observavam. Shanti se mostrava visivelmente curiosa e admirava Lance com discrição, e Dan, bem, era difícil dizer o que ele estava pensando. Tinha o rosto impassível, talvez levemente aborrecido.

– Tragédia? – perguntou Lance, gargalhando diante dos meus insultos. – Me beijar seria uma tragédia? Gata, cuidado que um dia desses posso te provar o contrário!

– Chega! Vocês dois! – Dan reclamou, perdendo a paciência. – Se ainda não notaram, paramos bem no meio do caminho e tem gente querendo passar. Vamos embora, Lance!

Dan agarrou o amigo pelo braço e conseguiu arrastá-lo dali, não sem antes piscar para nós e jogar um beijinho.

– Eu detesto esse garoto! – declarei, furiosa, para Shanti ao meu lado. – Nunca conheci cara mais convencido!

– Pode ser – Shanti admitiu, contemplando-os enquanto sumiam de vista. – Mas você não pode negar, ele é um gato!

Fiz cara de nojo ao ouvir aquele comentário. Felizmente, eu parecia ter sido vacinada contra aquela doença que contaminava todas as garotas que conheciam Lance Brown que, pelo que pude notar, também já havia afetado Shanti.

Assim, ao voltarmos para a sala de aula, vendo Shanti com uma expressão perdida e sonhadora, que consistiam nos primeiros sintomas daquela estranha enfermidade, fiz uma anotação mental para avisá-la sobre a chave de cadeia que era o melhor amigo do Dan.

✦•✦

Três anos se passaram e meu desejo tinha se realizado: eu e Shanti nos tornamos amigas inseparáveis, e nossas diferenças, respeitadas de forma natural, estabeleceram uma amizade equilibrada e sólida.

– Isso é tão estúpido – comentou Shanti, sentada na minha cama, em frente ao notebook. – Que tipo de lição de casa é essa? "Escreva uma prosa ou poesia com tema livre." A professora nem se deu ao trabalho de pensar num assunto! Não é à toa que os professores ganhem tão pouco. Tem alguma sugestão?

Eu estava sentada de frente para meu computador e rodei na cadeira giratória para encará-la. Ri da revolta de Shanti, que era corriqueira: ela reclamava de todo e qualquer dever que nos era passado, embora nunca deixasse de fazê-los, além de tirar ótimas notas. Ela era esse tipo de estudante que não precisava de muito esforço para entender a matéria, parecia ter algum tipo de memória fotográfica, pois guardava a informação tão logo lhe era explicada. Talvez fosse por isso que detestava tanto as tarefas para casa, porque as considerava repetitivas. De fato, aprendi que, por trás de seu suposto comportamento fútil e materialista, Shanti era uma pessoa muito culta, que curtia ler tanto revistas de moda quanto obras literárias clássicas. Eu admirava muito minha amiga quase gênia, adoraria ter toda aquela capacidade. O jeito era me conformar com minha normalidade.

– Escreva sobre um tema qualquer, alguma coisa que você goste muito de fazer, por exemplo – respondi.

Ela mordia a ponta de sua caneta, pensativa.

– Se eu for sincera, escreverei sobre fazer compras, mas aí vão me chamar de consumista desenfreada. Tem que ser outra coisa.

– Que tal escrever sobre a conservação do meio ambiente? É um assunto bem sério e popular hoje em dia.

– Todos os puxa-sacos e nerds da sala vão escrever sobre isso e se tem uma coisa que Shanti Khan não faz é ser comum, tem que ser um tema original – esclareceu, olhando a tela que continuava em branco. – O que você vai fazer?

– Já fiz, foi uma poesia – respondi, evitando encará-la.

– Sério? Puxa, que rápida! – exclamou, surpresa, e eu entendi sua reação, uma vez que geralmente acontecia justamente o contrário. – E qual tema escolheu?

– É algo de que gosto – respondi, de forma evasiva.

Shanti já me conhecia bem o suficiente para saber que não adiantava insistir, eu não revelaria detalhes, então apenas me lançou um olhar curioso, mas permaneceu calada, o que para ela era um desafio e tanto.

– Vou ao banheiro – avisei.

– Vou deixar para fazer isso mais tarde, pelo menos já terminei a pesquisa de História. Posso usar sua impressora? – perguntou, quando eu já estava de saída.

– Claro, fique à vontade.

Quando voltei, pouco tempo depois, Shanti estava sentada na minha cadeira e lia uma folha de papel atentamente. Então, parei a seu lado para ver o que se mostrava tão interessante, e senti o pânico me invadir, pois sabia de cor o que estava ali: meu segredo mais bem guardado.

As Coisas que Amo
Por Marina Harrison

Amo o céu e o mar
Infinito e imenso
Porque eles me lembram teu olhar
Em doce lamento

Amo as rosas e os corais
De lindos matizes
Porque eles me lembram teus lábios
Em macio tormento

Amo iogurte e nata
Com branca cremosidade
Porque eles me lembram tua pele
Em suave formigamento

Mas acima de tudo
Amo os pássaros
Pequenos e frágeis
Porque fazem construções resistentes

De intrincado entrelace
Abrigo perfeito para o puro sentimento
De um amor no ninho.

– O que pensa que está fazendo? – perguntei, nervosa, ao arrancar a folha das mãos dela. – Mexendo nas minhas coisas!

– Claro que não, Marina! – Shanti respondeu, com a expressão ultrajada. – Eu cliquei para imprimir meu trabalho e, quando fui pegá-lo na sua impressora, essa folha estava junto.

Agora que ela tinha explicado, lembrei que tinha imprimido pouco antes de sua chegada e me esquecido de guardar.

– Desculpe, Shanti – arrependi-me, muito embaraçada. – Eu não desconfio de você, só que quando te vi segurando isso não me contive.

Ela me olhou atentamente e disse:

– Tudo bem, também não gosto que mexam em algo que seja particular.

Movi a cabeça em concordância, afastei-me, sentei-me na cama e dobrei a folha cuidadosamente ao meio. Por alguns instantes, fiquei sem saber o que dizer e, quando ergui de novo a cabeça, me deparei com o olhar desconfiado de Shanti, que me fitava com atenção. Fiquei ainda mais desconcertada.

– Marina, eu já li, então não adianta fingir que não aconteceu – explicou, de forma direta. – Baseada neste e em outros pequenos fatos, só me resta perguntar: você gosta do Dan? E, quando digo gostar, não é no sentido fraternal.

Apertei com força a folha entre as mãos, mordi os lábios e então, como se tivesse tomado um poderoso soro da sinceridade, cuspi a resposta de forma dramática:

– Gostar? Não! Eu o amo! Amo tanto que às vezes penso que vou enlouquecer! – revelei. – E garanto que o sentimento não tem nada de fraterno.

Como em nossa dupla sempre fui a garota reservada e tímida, Shanti estava agora de boca aberta, parecia assombrada com meu súbito descontrole emocional. Ela continuava sem reação, e eu senti as faces vermelhas quando larguei o papel e cobri o rosto com as mãos. Onde eu estava com a cabeça, para confessar tudo para Shanti? O que ela deveria estar pensando de mim naquele momento? Tinha até medo de imaginar.

– Eu sei, Shanti. Deve ter alguma coisa errada comigo, não devia sentir isso por ele – desabafei, num rompante de angústia. – Acho que não sou normal. Pode dizer, sou uma aberração!

Ouvi passos e, pouco depois, percebi Shanti sentada ao meu lado.

– Marina, olhe pra mim – pediu, ao puxar minhas mãos, e eu cedi, soltando-as. – Você pode ser qualquer coisa, menos uma aberração. Por que seria? Por amar o Daniel? Pelo que eu saiba, vocês são dois seres humanos, até aí tudo muito normal.

– Mas... ele é meu irmão – murmurei, temerosa.

– Apenas no papel – esclareceu, muito prática.

– Então você não acha que é pecado? – perguntei, um pouco mais calma.

– Se vocês fossem irmãos de verdade, acredito que seria sim, mas não existe essa ligação entre vocês dois, apesar de terem sido criados juntos e conviverem na mesma casa.

– E termos os mesmos pais – completei.

Shanti considerou aquilo por um minuto.

– O que ele sente por você? – perguntou.

– Acho que o mesmo que sente por nossas outras irmãs – respondi, dando de ombros. – Só tem uma pequena diferença.

– Qual?

– Eu o sinto mais reservado comigo. Ele sempre me tratou bem, nunca fez distinção entre nós mas não sei, tenho a impressão de que às vezes ele me evita, como se algo em mim o incomodasse. Como se não conseguisse ficar completamente à vontade comigo.

– E o que você acha que o motiva a agir assim?

– Acho que minha chegada, quando passei a ser a nova caçula da família, talvez não lhe tenha agradado muito – respondi, confusa. – O que você acha?

– Acho que nesse mundo tudo é possível, até mesmo porcos com asas – respondeu, de um jeito muito desinibido, que era sua marca registrada. – Seja lá qual for o motivo, acho que não é uma coisa que deva preocupá-la. Para mim, o Dan sempre foi um esquisitão, então talvez essa seja somente mais uma esquisitice pra fazer parte da coleção. – Fiz uma careta de desaprovação ante seu último comentário, e ela suspirou. – Tá bom, desculpe. Já entendi. Você o ama, e pra você ele é o cara mais perfeito do mundo. Dizem por aí que o amor é cego, não é mesmo? Então acredite quando digo que você não tem por que se sentir culpada ou envergonhada de seus sentimentos. Até que me provem o contrário, vocês são dois seres livres e desimpedidos; se rolar, rolou.

A capacidade com que Shanti ouvia, assimilava e digeria informações, considerada chocante pela maioria, era mesmo impressionante. Porém, agora mais do que nunca, aquela qualidade era uma bênção em minha vida. Eu já tinha aberto a boca para fazer um pedido quando ela completou:

– E pode ficar tranquila, guardarei o seu segredo.

– Shanti, você é o máximo! – exclamei em meio a sorrisos, antes de lhe dar um grande abraço.

❦

Nos anos que se seguiram, nossa rotina não mudou muito. À exceção de termos crescido, claro, e agora cada um fazia os cursos de que gostava.

Quando eu e Dan completamos dezesseis e dezenove anos, respectivamente, Maggie e Cate já haviam terminado o colégio e saíram de casa para continuar os estudos na universidade. Maggie cursava jornalismo e Cate estudava sociologia, e agora só nos encontrávamos nas férias ou nos feriados.

Já Dan tinha se formado há um ano na escola, fato quase milagroso, devido às notas medianas e à quantidade de faltas e atrasos que ele acumulou. Na verdade, se ele tinha um diploma de curso secundário, o mérito era todo de nossa mãe. Ela o incentivou a cada ano – quero dizer, talvez incentivar não seja a palavra mais apropriada – ela praticamente o obrigou a frequentar a escola, empurrando-o porta afora a cada manhã e vigiando de perto seu rendimento escolar. No dia da formatura, papai disse para quem quisesse ouvir que o diploma era mais da mamãe do que dele. Não que Dan fosse "burro". Estava muito longe disso; sempre fora um cara inteligente e sensível, mas com certeza seu futuro não estava no mundo acadêmico, pois desde muito cedo ficou claro para mim que sua estrela o guiava em outra direção. Era um excelente músico, tocava piano e violão, e tinha um estilo de vida meio boêmio, adorava uma noitada com os amigos. Profissionalmente, tinha optado pela carreira de ator. Foi admitido em um grupo de teatro, fez algumas peças e chegou a gravar alguns comerciais para a televisão.

Ele havia se desenvolvido bastante fisicamente: continuou alto e magro, mas agora estava mais encorpado, com ombros largos e pernas fortes, os músculos esculpidos pela prática constante de esportes. Não chegava a ser sarado, mas se tirasse a camisa não faria feio. Porém, para mim, o rosto permanecia aquilo que mais me chamava a atenção. Não era propriamente um rostinho com traços perfeitos, mas um rosto interessante de olhar, diferente e curioso, que logo nos fazia pensar "parece ser um cara legal, preciso conhecê-lo!". Isso sem mencionar os olhos, que constituíam as janelas da sua alma, límpidos e transparentes. Para mim, não havia no mundo um rosto mais querido. E eu me conservava uma silenciosa admiradora.

Não cresci muito. Tive que me contentar com 1,65 cm de altura. Junto com Shanti, comecei a frequentar aulas de balé, o que ajudou a me manter magra, afinar minha cintura e desenvolver pernas bem torneadas. O que realmente não tinha parado de crescer foram os meus seios. Não que fossem exagerados, mas é meio embaraçoso quando você, aos treze anos, tem mais busto do que sua irmã mais velha. Lembro-me até hoje da primeira vez em que fui à escola vestindo sutiã, com a sensação de que todos estavam olhando para mim, ainda mais considerando o olhar descarado do Lance e as suas palavras naquele dia:

– Puxa Marina, como você "cresceu" esse ano! – gracejou, claramente admirando a parte abaixo do meu pescoço. Não deixei-o impune. Eu podia ser tímida, mas do Lance eu sabia me defender.

— Engraçado, já você parece ter encolhido — devolvi, mirando com os olhos a calça dele. — Pelo menos, é o boato que anda circulando entre as garotas.

Tive o prazer de passar todo aquele dia sendo inquerida por Lance, que insistia em saber o nome da autora dessa "infame mentira".

Minha relação com Dan tinha permanecido a mesma: fraterna, pelo menos às vistas da sociedade, porque por dentro ainda me desmanchava toda por ele, apesar das implicâncias eventuais — como em um determinado sábado pela manhã.

— Marina! — chamou Dan quando entrou no meu quarto, gritando como um doido. Fingi que continuava dormindo, nem me mexi.

— Ande, acorde! — pediu enquanto me sacudia. Eu, porém, conservei-me imóvel.

— Prepare-se, foi você quem pediu! — falou ao me escalar, fazendo cócegas impiedosamente por todo o meu corpo.

Ele sabia que esse era meu ponto fraco: jamais resistia a cócegas, comecei a rir sem qualquer controle e o mandei parar, pois já estava ficando sem fôlego. Inesperadamente, ele segurou minhas mãos acima da minha cabeça e aproximou seu rosto do meu.

— Se rende? — perguntou, com um sorriso travesso.

Abri os olhos em uma respiração profunda. Encontrar seu rosto tão perto impeliu meu coração a saltar do peito. Mesmo depois de todos esses anos de convivência, ele ainda exercia aquele efeito sobre mim. Olhei para baixo e verifiquei que ele estava sem camisa; usava apenas uma calça de moletom preta. Quase fiquei vesga quando vislumbrei o peito dele, e senti vontade de escorregar minhas mãos por seu tórax. Sorte elas estarem bem presas por ele.

— Acordou? — questionou com insistência.

— O que acha? — perguntei, irônica. — Será que agora dá para me soltar? — Ele me encarou mais um instante e libertou minhas mãos, mas continuou sentado com as pernas abertas por cima de mim. — Posso saber o porquê deste ataque matinal?

– Vim te contar uma coisa – respondeu, com um sorriso glorioso. – Passei, Marina, ganhei o papel! Vou fazer meu primeiro filme!

Sentei na cama no mesmo instante.

– O quê? Sério, quando? – perguntei, atordoada.

– Acabaram de ligar, consegui!

– Ah! – gritei de alegria e saí da cama. Ficamos um de frente para o outro, pulando como duas crianças.

Há muito tempo Dan procurava uma oportunidade no mercado cinematográfico, que era extremamente competitivo. A cada dia, mais e mais atores tentavam ingressar nesse ramo; a maioria, porém, só conseguia uma sequência de pequenas participações ou sequer era aceita. Após inúmeras recusas, muitos desistiam de prosseguir. Mas ele era muito jovem, decidido e talentoso e já tinha participado de alguns testes, sem todavia obter sucesso até então. Assim, quando a agente o indicou para mais uma audição, ele foi, mas meio desanimado, pois se tratava de uma produção de grande porte, que era baseada num monumental sucesso literário. Ele, porém, estudou o texto com cuidado e fez o seu melhor. Voltara indeciso para casa porque não tinha ideia de qual havia sido o resultado e suspeitava que se tratasse de mais tempo perdido. Mas, com essa notícia incrível e surpreendente, a situação mudara, e eu estava muito feliz por ele estrear em um filme tão esperado.

Deixando-me levar pela alegria do momento, saltei em seu pescoço, e ele me segurou apertado, enquanto rodopiava comigo pelo quarto. Ríamos juntos de pura felicidade.

– Isso é maravilhoso!

– Nem me fale! Ainda não acredito, parece um sonho! – Ele estava tão feliz que me contagiava.

– A gente tem que comemorar! – ressaltei.

– Com certeza. Vou marcar um encontro com a turma toda. Você topa?

Eu sei que não deveria, mas meus sentimentos eram mais fortes do que eu. Mesmo ciente de que era um sonho impossível, já tinha imaginado um jantar de comemoração à luz de velas, num lugar romântico, mas despenquei para a realidade depois que ele sugeriu um programa com a galera. Mantive o sorriso no rosto apesar da decepção, e respondi o óbvio:

— Claro, já estou lá!

— Vou começar a ligar pra todo mundo agora mesmo! — disse, me dando um beijo rápido no rosto antes de se retirar do quarto.

Sozinha, sentei na beirada da cama, cruzei os braços, fechei os olhos e dei um suspiro profundo.

— Marina, quando você vai aprender? — recriminei-me. — Controle-se! Mantenha o foco!

Às vezes, era muito difícil lembrar que ele era só o meu irmão, principalmente quando uma situação gerava proximidade física, como tinha acontecido há pouco. Isso aflorava todo o sentimento guardado dentro de mim. Respirei fundo na tentativa de me acalmar, e fui para o banheiro para dar início ao meu dia.

Já tinha tomado o café da manhã quando ouvi meu celular tocar. Verifiquei a tela, já com um palpite em mente sobre quem poderia ser.

— Está pronta? — Shanti perguntou quando atendi.

— Quase. Te encontro em vinte minutos.

Tínhamos combinado de ir ao shopping naquela manhã de sábado para fazer compras, almoçar e fofocar um pouco. Vesti minha inseparável combinação de jeans, tênis e camiseta, prendi o cabelo num rabo de cavalo, passei batom rosa-claro nos lábios e pendurei brincos de argola nas orelhas. Contemplei-me no espelho para confirmar que não tinha esquecido nada; satisfeita, peguei minha bolsa e saí.

Encontrei Shanti em frente ao shopping e fomos às compras. Na verdade, quem comprava mesmo era ela, mas mesmo assim era divertido ajudá-la a escolher roupas, sapatos, entre outros itens. Deixamos minha loja favorita para o final: uma livraria imensa e moderna, repleta de tudo o que eu mais gostava: livros, filmes e música. Para desespero de Shanti, saí de lá com três livros balançando numa sacola.

— Sabia que, com o que você gastou nesses livros, poderia comprar uma roupa incrível? – perguntou, enquanto sentávamos no meu restaurante italiano favorito.

— Sei, Shanti, mas no momento não estou precisando de nada. – Ela me fitou, incrédula.

— Marina, uma garota sempre precisa de alguma coisa. Roupa nunca é demais.

Suspirei ao desistir de contradizê-la, naquele assunto Shanti era absolutamente irredutível.

Depois que o garçom anotou nossos pedidos, ela se virou para mim com atenção, pousando as mãos cruzadas em cima da mesa.

— Ok, Marina – avisou, com um meio sorriso. – Esperei que você me contasse por iniciativa própria, mas parece que vou ter que arrancar a informação de você. Desembucha! Como foi seu encontro com Simon ontem à noite?

Mordi os lábios, nervosa, realmente havia evitado aquele assunto a manhã toda, porque sabia exatamente qual seria a reação dela quando contasse.

— Foi assim tão ruim? – perguntou, fazendo uma careta.

— Na verdade não, o filme foi bom, ele é legal, comprou pipoca e refrigerante, mas... – não consegui continuar.

— Mas...? – questionou, me encorajando.

— Ele tem uma risada bem estranha – falei, cabisbaixa, à espera dos gritos dela. No entanto, como ela permaneceu em silêncio, arrisquei uma espiada, e ela estava de olhos fechados, respirando fundo.

— Marina – pontuou devagar, e agora me fuzilava com o olhar. – Não me diga que você saiu desse encontro sem beijar o cara! Ele é tão fofo!

— Não dava, Shanti! Ele fazia piadinhas estranhas e depois dava uma risada esquisita, não rolou clima! – expliquei, elaborando uma justificativa.

— Marina, você tem dezesseis anos e ainda é BV!

— Sei bem disso, não precisa me lembrar – assenti, me sentindo péssima.

— Puxa, sabe com quantos caras você saiu esse ano e nada aconteceu? Um moooonte! – protestou, enérgica. – Um tinha mau hálito, o outro pés tortos, outro se vestia mal, outro tinha nariz engraçado... Marina, o que você está procurando?

Continuei em silêncio, olhando para baixo, sem coragem de responder.

– Nenhum deles vai ser o Dan, querida. – Fechei os olhos quando ela disse isso.

Shanti suspeitara do meu segredo logo no primeiro ano. Apesar de eu ter sido muito discreta quanto à verdadeira natureza de meus sentimentos por Dan, Shanti era uma pessoa dotada de uma sensibilidade incomum, que quase beirava o sexto sentido. Bastou me observar assistindo ao Dan praticar esportes na escola, admirando-o arrebatada, para que ficasse desconfiada. Finalmente, suas supeitas foram confirmadas devido à minha distração, na vez em que deixei meu poema perto demais de sua curiosidade. A partir do momento em que consegui abrir meu coração para Shanti, ela tornou-se minha confidente para todos os assuntos que me afligiam e, para minha sorte, ela sempre se mostrou leal e jamais contou nada a ninguém.

– Eu sei, eu sei – respondi, triste.

– Até parece maldição! Você tem que se livrar dessa assombração chamada Daniel Harrison! – alertou, impaciente. – Sério, não sei o que você vê nesse cara. Desengonçado, se veste mal e faz cada piadinha sem graça! – Não tive como não rir de ver como a Shanti enxergava o Dan.

– Como explicar por que uns gostam de morango e outros não? Apenas o vi e gamei na hora, foi simples assim.

– Mas esse sentimento não está te fazendo bem, Marina! Você disfarça bem, é verdade, mas posso imaginar a tortura que deve ser morar naquela casa e ver o cara dos seus sonhos todo dia passar por você. E nada acontecer, nunca. Por que você não tenta esquecê-lo?

– Olha. Estou tentando...

– Não, não está! – me interrompeu, falando com firmeza. – Ouça, Marina, me desculpe, sou sua melhor amiga e preciso ser sincera. Você não pode continuar vivendo desse jeito, sempre à espera, sempre suspirando pelos cantos, sempre fantasiando com ele. Se você quer tanto esse cara, por que não parte para o ataque?

— Não é assim tão fácil — respondi, mexendo as mãos com nervosismo sobre a mesa.

— Então me explique, porque não sei mais o que pensar. — Ela cruzou os braços.

— Veja bem — fiz uma pausa, tentando organizar os pensamentos. — Eu e Dan somos criados como irmãos de verdade; nossos pais falam o tempo todo "seu irmão isso" ou "sua irmã aquilo". Fica impossível esquecer o nosso papel lá em casa. Na cabeça deles, não existe qualquer possibilidade romântica entre nós dois, então já imaginou o choque que seria? E se rolasse alguma coisa, o que duvido que possa acontecer, talvez nunca fosse aceito por eles.

Ficamos um momento em silêncio.

— Já reparou que você diz muito as palavras "se" e "talvez"? — recomeçou. — Isso significa que você não tem certeza de nada. Pode ser que rolasse, pode ser que eles aceitassem.

— Mas eu nem sei se sou correspondida, Shanti! — desabafei.

— Você me disse que às vezes ele te olha diferente.

— Às vezes, quando olho para ele, tenho a impressão de que há algo no ar, mas é sempre tão rápido, e geralmente ele parte logo para outro assunto, ou simplesmente vai embora. Talvez seja coisa da minha cabeça, sabe? — Dei uma risada. — Vai ver, sem perceber, depois de todos esses anos, enlouqueci de paixão e estou imaginando coisas que não existem!

— E se você arriscasse?

— Como assim?

— Agarra ele e pronto, tire sua dúvida!

— Já pensei nisso, mas a verdade é que tenho medo. Medo de ser rejeitada. De ele não me querer como o quero, medo do que vou enxergar nos olhos dele. E se ele ficar com raiva de mim, ou pior, nojo, sabe? Sei lá! Eu não aguentaria, Shanti! Não conseguiria suportar que ele pensasse mal de mim! — expus, baixando o rosto depois do desabafo.

— Marina, olhe para mim, vai! — ela me incentivou a levantar a cabeça, mas eu estava tão aflita com aquele assunto que acabei chorando. Escorreram algumas lágrimas que eu procurei secar discretamente com as mãos.

— Não puxei esse papo para deixá-la triste, mas para fazê-la refletir sobre a situação atual da sua vida, para incentivá-la a tomar atitudes — explicou, carinhosa.

— E quais são minhas alternativas? — perguntei, limpando o nariz no guardanapo.

— Tenho duas para você. Primeira: literalmente ir pra cima do Dan, pegar o cara à unha, tascar um beijo daqueles e ver como ele reage.

Olhei-a com espanto, refletindo se ela não tinha surtado para sugerir algo assim, mas ao perceber seu olhar sério e decidido, vi que tinha dito aquilo para valer.

— E a segunda? — perguntei, tremendo.

— A segunda é partir para outra e esquecer que o cara existe. Mas você tem que realmente se dedicar a isso, Marina, precisa querer esquecê-lo e encontrar outra pessoa. Poxa! Tem um monte de garotos bonitos e interessantes por aí, que adorariam ter uma chance com você — paramos um pouco a conversa, pois o garçom chegou com os pedidos.

— Vai pensar nas coisas que eu te disse? — perguntou, quando ficamos sozinhas de novo.

— Vou sim — respondi com sinceridade.

— Quero que você saiba que, independente da escolha que faça, estarei ao seu lado para o que der e vier — continuou, desferindo um tapinha na mesa.

— Obrigada. Prometo que quando decidir você será a primeira a saber.

Mais tarde, voltei para casa com a cabeça cheia de interrogações. Shanti acertara ao afirmar que eu não podia continuar vivendo desta maneira, que eu tinha que conduzir minha própria vida, escolher e ter coragem de seguir em frente, de assumir as consequências, de correr riscos.

Ao me arrumar para ir ao bar-restaurante naquela noite, me olhei no espelho e pensei o quanto estava cansada daquilo tudo, de ser covarde, de esconder meus sentimentos, cogitei se não seria melhor romper logo com tudo, mudar definitivamente e esquecê-lo.

Acabava de passar o batom quando ouvi uma batidinha na porta.

– Pode entrar.

A porta se abriu e Dan apareceu, vestido de preto da cabeça aos pés, cabelos cheios de gel e aquele sorriso matador nos lábios. Olhou-me de cima a baixo, soltando um assovio, e corei de prazer.

– Gostou? – perguntei, dando uma voltinha e fazendo rodopiar meu vestido longo vermelho-escuro.

– Muito. Você sabe que fica muito bem com essa cor, combina com seu tom de pele – respondeu, observando o ondular do tecido.

– Obrigada – agradeci, sorrindo.

– Vamos, já deve ter um monte de gente nos esperando. – Ele estava eufórico.

Pegamos um táxi até o lugar marcado. Quando chegamos, já estava tudo lotado.

"De onde o Dan conhecia esse povo todo?", pensei.

Assim que chegamos, fomos cercados por vários amigos que se puseram a nos cumprimentar alegremente.

– Marina, alguém já te disse que você está altamente "pegável" essa noite? – Lance insinuou ao se aproximar. – Amigo, se fosse minha irmã não deixava sair assim.

– Pode olhar à vontade, Lance – respondi para ele. – Agora, tocar, só em pensamento. Ou melhor, nem em pensamento.

– Hum, adoro mulher difícil!

Revirei os olhos. Lance não aprendia mesmo.

Comecei a caminhar, passando por um monte de gente. Todos conversavam com animação. Deixei Dan recebendo os cumprimentos dos amigos pela conquista e finalmente avistei Shanti numa mesa, acenando para mim.

– Guardei um lugar para você! – ela precisou gritar para que eu ouvisse.

– Caramba! Isso aqui está uma loucura hoje! – declarei ao me sentar do outro lado da mesa, bem à sua frente.

– Nem me diga, não sabia que o Dan era tão popular!

– Para falar a verdade, nem eu! – concordei.

Pedimos nossas bebidas, alguns petiscos e ficamos ali, batendo papo, rindo, brincando e observando o movimento.

– E aí, meninas! Posso me sentar um pouco com vocês? – Era o inconveniente do Lance.

– Claro! – permitiu Shanti, se espremendo toda contra a parede para que ele sentasse ao seu lado. Ela sempre tivera uma quedinha por ele, mas a fuzilei com o olhar por cima da mesa.

– Marina, se prepara que agora o telefone não vai parar de tocar na sua casa! – ele comentou, rindo.

– Por quê? – perguntei, indiferente.

– Porque o seu querido irmãozinho acaba de entrar para o distinto grupo dos maiores pegadores de Londres. – Lance procurou me deixar confusa com este comentário.

– Ainda não entendi. Explique – inquiri, e ele revirou os olhos.

– Agora ele vai fazer parte do elenco de um filme famoso, ainda por cima para interpretar o personagem de quem todas as gatinhas estão a fim, então o que vocês acham que vai acontecer, ou melhor, que já está acontecendo? – E apontou para uma mesa onde o Dan estava sentado, rodeado de gente. Olhei com mais atenção e vi uma garota loira pendurada no ombro dele, rindo de alguma coisa que ele sussurrava em seu ouvido. Congelei na hora.

– Quem é a garota? – perguntou Shanti.

– Conheci essa noite, se chama Karen Michaels, e desde que chegou não sai de perto dele. O Dan vai ser um otário se não ficar com ela hoje, afinal, ela já deu o sinal verde.

A garota era realmente bonita, mas pelas roupas que usava tinha uma aparência ousada demais para o meu gosto. Ela pegou o copo em que ele estava bebendo, tomou um gole e devolveu-o, num gesto muito íntimo.

Baixei os olhos para minhas mãos, bebi mais um pouco do refrigerante, e procurei disfarçar minha tristeza. Não era ingênua de pensar que Dan nunca tinha saído com outras garotas antes, pois eu sabia que isso acontecia esporadicamente, porém ele sempre foi muito discreto, nunca tinha levado uma namorada para casa, então eu ainda não tinha testemunhado uma cena parecida. Lance e Shanti engataram um papo animado sobre cinema no qual fingi prestar atenção, mas sem deixar de espiar o casalzinho. Reparei que ela se inclinava toda sedutora na direção dele, falava alguma coisa ao seu ouvido e provocava risadas em seguida. Passado algum tempo, Shanti e Lance começaram a conversar sobre a carreira dele, a mesma do Dan, mas eu já não prestava nenhuma atenção, estava concentrada em outra coisa. De repente a tal Karen se levantou e Dan a seguiu. Foram juntos para os fundos do estabelecimento. As imagens percorriam minha mente, e eu tentava imaginar o que estariam fazendo. Contei mentalmente até trinta, não aguentei mais e me levantei.

– Vou ao banheiro, já volto – informei Shanti, que só resmungou um "está bem" e prosseguiu seu papo com Lance.

Andei devagar entre os convidados, mas, sem encontrar o que buscava, saí do salão e entrei no corredor pouco iluminado que dava acesso aos sanitários. Mal tinha dado três passos e os vi: a garota estava encostada na parede, segurando Dan pelos cabelos enquanto se beijavam. A impressão que tive é de que tinham dado um tiro em meu peito, tamanho o golpe que senti. Levei a mão ao pescoço, como se estivesse engasgada. Concluí que precisava sair dali, e rápido. Atordoada dos pés à cabeça, me virei de modo abrupto e não vi a garçonete que transitava atrás de mim, carregando uma bandeja cheia de copos, esbarrei nela e ela derrubou tudo no chão. O barulho interrompeu o beijo dos dois e os motivou a olhar na minha direção. Por um segundo, meu olhar se encontrou com o dele, e reparei que se afastou da garota no mesmo instante, mas não quis presenciar mais nada, me desculpei com a garçonete e escapei, apressada. Voltei para a mesa e agarrei minha bolsa em alta velocidade.

– Vou pra casa, agora! – avisei, afobada.

– Já? – Shanti perguntou, surpresa.

— Depois me liga! — pedi, antes que me fizesse mais alguma pergunta. Só queria sair daquele lugar. Assim que cheguei à calçada, tomei um táxi.

Entrei em casa e corri para o meu quarto, alegando para mamãe que tinha chegado mais cedo por estar com dor de cabeça. Entrei, bati a porta e arranquei com raiva aquele vestido que ele tinha gostado tanto — nunca mais usaria aquela porcaria. Fui ao banheiro para tirar a maquiagem, e pude finalmente deixar as lágrimas rolarem livres.

— Você é uma idiota completa! Chega de ser boba! — reclamei comigo mesma, fitando o espelho. — Nunca, nunca mais choro por você, Daniel Harrison! — prometi a mim mesma.

Apaguei a luz e me deitei, mas estava sem sono. Não conseguia dormir; rolava na cama, torturada pelas imagens de Dan beijando a tal Karen. As horas passavam, a casa estava escura e silenciosa. Ouvi quando um carro parou em frente à casa, fui à janela e vi Dan saindo do táxi. Voltei para a cama, me cobri até o pescoço, ouvi passos na escada e depois o silêncio. Percebi a maçaneta da minha porta girando e fechei os olhos, fingindo dormir; ele devia estar parado na porta. Depois de um tempo, pensei que ele já tivesse ido embora, quando senti seus passos no tapete em minha direção. O que ele estava fazendo ali? Inesperadamente, senti um carinho suave em meus cabelos e ouvi um suspiro, mas continuei imóvel; estava magoada demais. Depois disso, ele não demorou muito e saiu do quarto. Abraçada ao meu travesseiro, voltei a chorar, até cair no sono.

Acordei tarde, com meu celular tocando, olhei o visor — era Shanti —, atendi e lhe disse:

— Lembra aquela escolha que eu tinha que fazer? Já fiz.

– CAPÍTULO 5 –

Marina

– SHANTI, VOCÊ TEM CERTEZA de que isso é necessário? – perguntei, receosa.

– Absoluta – afirmou, decidida. – Agora, me deixe ver como ficou. – Respirei fundo e saí do provador.

Eu estava usando o short mais curto e apertado que já tinha vestido em toda a minha vida, cintura baixa, e, para completar, vestia uma camiseta tipo top, de algodão branco. Sentia-me como uma cantora de hip hop naquele visual.

– Perfeito! – aprovou Shanti com um sorriso de satisfação. – Não tem como um rapaz olhar para você com essa roupa e não começar a hiperventilar e babar. Vamos levar três shorts e meia dúzia desses tops em cores variadas. Além de calças, blusas e saias, é claro.

– Você não acha um exagero?

– Não, isso é só o início – atestou com uma piscadinha, me deixando alarmada.

Saímos da loja carregadas de sacolas e fomos para a praça de alimentação. Assim que nos sentamos, já com as bandejas, Shanti pegou sua agenda, uma caneta e começou a rever seu plano mirabolante.

– Muito bem, acho que já temos quase todas as armas de que precisamos – comentou, enquanto corria os olhos por uma lista anotada na agenda.

– Quase todas? – perguntei, surpresa, dando uma mordia no meu sanduíche.

– Sim – respondeu com um sorrisinho malicioso. – Depois que a gente acabar de comer, falta comprar o último item da lista, a arma final para o nosso plano "Morte ao Porco!" – Por "Porco", entenda-se Daniel Harrison.

– Você é formidável, Shanti! – Não tinha como não rir quando ela dizia aquilo.

– Agora, vamos recapitular – indicou, enquanto saboreava as batatinhas. – Primeira fase do plano: "Ignore o Porco". Como estamos?

– Muito bem, essa tem sido fácil, porque depois que ele começou a gravar diariamente no estúdio, a gente quase não se vê, e à noite, quando chega em casa, finjo que ele não existe.

– Ótimo! – aprovou, feliz. – E o contato visual, fez o que a gente combinou?

– Fiz. Se ele fala comigo, olho para qualquer outro lugar, menos para ele. – A gente tinha combinado isso porque eu confessei a Shanti que ficava meio boba quando ele sorria para mim.

– Certo. Isso vai quebrá-lo com certeza, ele vai ficar com uma minhoca na cabeça que vai desestabilizá-lo, deixá-lo vulnerável e inseguro, pronto para a segunda fase: "Faça o Porco sofrer".

– Vou ser sincera, Shanti, essa parte do plano me assusta! – confessei, enquanto bebia meu refrigerante.

– Essa parte é essencial. Ele precisa saber o que perdeu, Marina! – Shanti justificou com uma expressão de ódio.

– O problema vai ser eu ganhar coragem para vestir essas roupas e sair desfilando na frente dele – expliquei, ruborizando, enquanto ela revirava os olhos.

– Você lembra da cena do beijo na noite da comemoração?

– Claro que sim. Nunca vou esquecer!

– Então pronto. Toda vez que te faltar coragem, lembre-se daquela imagem! – A recordação me impeliu a fechar os olhos e, automaticamente, uma onda de raiva me atingiu com força.

– Certo. Isso realmente ajuda – concordei.

– Na segunda fase do plano, você precisa ficar completamente irresistível, porém, intocável! Ele precisa ver exatamente o material que lhe escapou das mãos. Para isso, você vai mostrar mais desse corpinho, aposentando de vez aquelas roupas que escondem todo o seu potencial de mulher fatal. O segredo é usar e abusar das roupas estilo "vestida para matar". – Demos umas boas risadas juntas.

– Será que vai funcionar? – perguntei, insegura.

– Marina, você não confia no seu taco, não? – ela perguntou, incrédula. – Você tem o maior corpão, só que ele vive escondido! Quando você começar a revelá-lo, tenho certeza absoluta de que os rapazes vão ficar malucos, especialmente o Porco! À noite, quando ele estiver em casa assistindo à TV, você vai entrar naquela sala pronta para a guerra, rebolando muito o quadril e com cara de paisagem, como se fosse a coisa mais natural do mundo.

– Como você entende tanto dessas coisas? – perguntei, curiosa.

– Tenho irmãos mais velhos em casa, lembra? Escuto esses papos o tempo todo! Ah, eu queria ser uma mosquinha para ver a cara do Dan quando você aparecer na frente dele pela primeira vez – imaginou, sonhadora. – Faça esse cara suar frio, ouviu?

– Vou fazer o possível – prometi, rindo.

– Esse seu novo visual também vai ajudá-la na terceira fase do plano: "Morte ao Porco"! Enquanto estiver na segunda fase, comece a escolher o alvo, procure um rapaz que você possa esfregar na cara do Dan, vai ser o golpe final! – acrescentou, dramática.

– Shanti, o que eu faria sem você? – perguntei, agradecida.

– Para isso servem as amigas, meu bem, para ajudar a torturar os homens pobres e indefesos. Agora, vamos acabar logo de comer, que ainda temos mais uma loja para conferir.

Quando terminamos o lanche, Shanti me levou à loja Victoria's Secret, onde eu fiquei alarmada, pois começamos a olhar um monte de lingerie.

– Shanti, o que estamos procurando?

– Bem, procuramos algo sexy, mas sem excessos, algo insinuante e ao mesmo tempo ingênuo, uma peça que valorize os atributos que a

Mãe Natureza conferiu a você – ela respondeu, enquanto analisava cada peça nos cabides. – Acho que encontrei, experimente! – disse, estendendo um baby-doll branco, composto por uma camiseta e um short de algodão, com babadinhos do mesmo tom nas beiradas.

– Por que devo vestir isso? – perguntei, desconfiada.

– Faça o que estou mandando e não discuta, vamos!

Suspirei, resignada, pegando o conjuntinho da mão dela, fui para o provador e coloquei o baby-doll. Shanti às vezes era chata, com aquela mania de achar que sabia tudo, mas ao olhar meu reflexo no espelho fui obrigada a concordar, ela realmente tinha bom gosto.

– Maravilha! – exclamou, quando abri a cortina. – O queixo do Dan vai cair!

– Como assim, o queixo do Dan vai cair? – perguntei, fazendo-a dar um sorriso maquiavélico.

– Esse vai ser o golpe de misericórdia, Marina. Depois que tiver escolhido o seu alvo e estiver prestes a desfilar com ele, você vai aparecer para o Dan com essa roupa.

– Está brincando!

– Você acha que eu brinco com coisa séria? – ela falava para valer. – Você vai escolher o melhor momento, provavelmente um pouco antes de dormir, e ele vai ficar se revirando na cama a noite toda, sabendo que deixou um avião como você escapar.

– Shanti, não quero nunca ter você como inimiga! – declarei.

– Toma, pegue também esse conjunto de sutiã e calcinha e veja como fica.

– Você quer que eu apareça de calcinha e sutiã na frente dele? – perguntei, quase histérica.

– Não, Madre Teresa de Calcutá! Esse aqui é para você usar quando sair com seu pretendente, nada como uma lingerie nova para fazer a gente se sentir poderosa – Com isso, respirei aliviada.

Fui para casa com as mãos cheias de sacolas e a cabeça repleta de expectativas. Será que o Dan iria reagir como a Shanti esperava? Eu estava dividida: ao mesmo tempo queria que a noite chegasse e também não queria; as horas transcorriam devagar. Tomei um banho demorado e passei hidratante em todo o corpo, para ajudar a aliviar a tensão. Finalmente escutei a porta batendo, percebi quando ele entrou, ouvi seus passos na escada, e depois em direção ao seu quarto. Esperei impaciente que ele tomasse banho, trocasse de roupa e fosse para a cozinha ou para a sala. Dei uma última olhada no espelho, ajeitei os ombros, empinei o busto e sai rebolando escada abaixo.

– Seja má, seja má, seja má... – eu ficava repetindo mentalmente, como um mantra.

Ele não estava na sala, então com certeza devia estar comendo na cozinha. Fui para lá, parei, respirei fundo e abri a porta.

Ele estava de pé bem de frente para mim, então, quando ele ergueu o rosto, não tinha como não me ver. Foi uma imensa satisfação interna. Tive o prazer de ver seus olhos se arregalarem e ele soltar a colher cheia de iogurte que levava à boca, derrubando-a no chão. Fingi que não tinha acontecido nada, fui até a geladeira e peguei uma garrafa de água.

– Com licença – pedi ao me aproximar dele. Como ele não se movia, repeti, sorrindo: – Alô, câmbio, Terra para Marte, quero pegar o copo atrás de você!

Ele piscou numa expressão atordoada, mas saiu do lugar e passei bem perto, quase roçando em sua perna. Ele se afastou um pouco mais, enchi o copo d'água e comecei a beber devagar. Dan pegou a colher que tinha caído, limpou o chão e foi se sentar de frente para a mesa.

– Roupa nova? – perguntou, olhando para a minha barriga, enquanto comia.

– Nem tanto, já tinha comprado há algum tempo, mas tinha me esquecido dela – menti descaradamente.

– Ah! – foi a única coisa que ele respondeu.

Saí da cozinha e, ao cruzar com ele, dei uma boa rebolada. Fui para o quarto rindo comigo mesma. Certo tempo depois, ouvi alguém chegando. Era o Lance. "Perfeito!", pensei, e fui para a sala.

Lance estava sentado no sofá, ao lado do Dan, falando sem parar sobre algum assunto, mas quando ele me viu descendo a escada, no mesmo instante, parou de falar e arregalou os olhos, exclamando:

– Nossa!

Prossegui, fingindo que nada estava acontecendo, me abaixei propositalmente, para simular que pegava o controle remoto na mesa, de maneira que tivessem uma visão privilegiada do meu decote. Sentei na poltrona e coloquei os pés na mesa, para que minhas pernas ficassem bem à mostra, e liguei a TV.

– Marina, onde você escondia todo esse material? – Olhei para ele e apenas sorri inocentemente; também dei uma espiada na cara do Dan, que fitava Lance com um olhar assassino.

– Venha, Lance, vamos pro meu quarto – Dan chamou, levantando-se visivelmente irritado.

Quando eles estavam subindo a escada, ouvi o Lance dizer:

– Rapaz, como ela tá gata!

– Cale a boca, Lance!

– Você viu aquelas pernas?

– Cale a boca, Lance! – Dan repetiu.

– Você vai dizer para mim que tem uma deusa dessas no final do corredor e nunca tentou nada?

– Juro que se você falar mais alguma asneira te coloco para fora com pontapés!

– Você é normal? – Escutei a porta do quarto do Dan batendo com força e ri.

Continuei a olhar, sorrindo, para a TV, peguei meu celular e contei, assim que Shanti atendeu:

– Iniciada a segunda fase com sucesso. – Escutei a gargalhada dela do outro lado da linha.

Depois de duas semanas com o plano em prática, não era só o Dan que estava tenso, eu também estava uma pilha. A gente mal se falava, primeiro porque ele estava se dividindo entre ensaios e gravações do filme, segundo porque eu continuava bancando a indiferente sexy o tempo todo. Comecei a sentir muita falta dele, do nosso companheirismo, das conversas na cozinha, dos desabafos na varanda, sentia saudade da naturalidade da nossa convivência, agora sempre tão carregada de mágoa, dor e sedução.

– Não sei por quanto tempo mais aguento isso – desabafei com Shanti por telefone, certa noite.

– Aguente firme, Marina! Se você chegou até aqui, pode ir até o fim. Na verdade, esse final vai ser decidido por você, quando encontrar o novo pretendente a namorado. Por falar nisso, alguma sorte nessa busca?

– Nada – respondi, desanimada.

– Não esquenta, vai aparecer, tenho certeza, você só não pode exigir perfeição, porque isso não existe! – nisso eu discordava totalmente de Shanti, a perfeição existia a duas portas de distância, mas preferi não comentar nada.

Naquela noite, ele chegou bem tarde, mais do que de costume e, para meu espanto, foi direto para o meu quarto.

– Posso entrar? – perguntou, parado à porta.

– Claro – concordei, sem olhar para ele, encarando a tela do computador.

Ele entrou e se sentou no tapete, com as costas apoiadas na parede, porém sem falar nada. Achei aquilo estranho e resolvi dar uma espiada.

Dan estava de olhos fechados, com uma aparência cansada e abatida, e meu coração balançou.

Foco, Marina, foco, recriminei-me e voltei a olhar para a tela. Foi então que ele disse algo que me fez perder completamente a compostura:

– Vou desistir do filme – afirmou baixinho.

– O quê? – inquiri, chocada, me virando e olhando em seus olhos pela primeira vez desde o incidente.

– Vou desistir de tudo, Marina – acrescentou, melancólico.

– Mas... por quê?! – Eu não conseguia acreditar. – Você queria tanto, batalhou tanto por essa chance, por que está desistindo?

– Porque... ah, isso é muito constrangedor! – reagiu, passando as mãos no rosto cansado.

– Fale logo, antes que eu tenha um troço! – Agora eu tinha me levantado e sentado na frente dele, com as pernas cruzadas.

– Eu não sei dançar, não consigo aprender a maldita coreografia que estamos ensaiando, e ela faz parte do filme! – confessou com o rosto vermelho de vergonha, e eu abri a boca, tamanho o espanto causado pela notícia.

– Mas e os outros, também estão achando difícil?

Ele riu sem humor.

– Alguns melhores, outros piores, mas nenhum é tão ruim quanto eu, pode ter certeza! – Encostou a cabeça na parede e novamente fechou os olhos, e tive que me conter para não abraçá-lo, coisa que eu teria feito em outros tempos.

Não podia acreditar que o Dan ia perder a grande chance de sua carreira por algo tão banal como uma coreografia idiota. Eu mesma já tinha me apresentado várias vezes, pois há anos estudava balé. Papai inclusive tinha mandado espelhar uma parede inteira do meu quarto e instalar uma barra para facilitar os meus treinos. Foi olhando naquela direção que tive a ideia mais idiota da minha vida.

– Não. Você não vai desistir! Eu vou treinar essa coreografia com você, até fazer seus pés sangrarem! – falei, impetuosamente. – Mas você não vai abandonar a chance da sua vida! – Agora, era ele quem me olhava boquiaberto.

– Você está falando sério? – perguntou, incrédulo.

– Alguma vez já falhei contigo? – inquiri, decidida.

– Meu muffin de baunilha! – ele exclamou, sorrindo.

Em questão de segundos, ele já me fitava com expressão agradecida, depois deu um grito de alegria e, não sei como, no momento seguinte, se jogou completamente em cima de mim. Como era muito maior e mais pesado do que eu, perdi o equilíbrio e caí para trás, com ele por cima, me abraçando e agradecendo sem parar.

– Você é incrível, maravilhosa, fantástica... – A cada elogio que ele me fazia, beijava minha testa, minha bochecha, meus cabelos, meu pescoço, eu ficava sem fôlego, com ele desabando em cima de mim e surtava com aquela proximidade toda. Mesmo por um motivo tão inocente, tive que fazer um esforço sobre-humano para não retribuir um abraço tão esfuziante.

— Dan, ok. Mas estou sem ar... — E era verdade. Ele se levantou imediatamente e respirei aliviada.

Quando consegui mais uma vez me sentar, ele já estava de pé, dando voltas de um lado para o outro.

— Já sei como vamos fazer! — disse. — Amanhã te levo ao estúdio, para você aprender a coreografia com o restante do elenco. Se for necessário, te levo todo dia, até você aprender e poder treinar comigo.

— Se não for um problema para você, por mim tudo bem!

— Ótimo! Nossa, estou tão aliviado que até me deu fome, acho que vou fazer uma boquinha. Quer vir comigo?

— Não, obrigada, estou sem fome — respondi, e ele saiu em seguida.

Assim que ele se afastou, peguei o celular e liguei para Shanti; precisava contar as novidades. Shanti, porém, ficou quase dez minutos gritando sem parar no telefone, depois que contei a história toda:

— Aaaaaaaaaaaahhhhhhhhh!!! Você vai conhecer o meu futuro marido, Antony! Aaaaaaaaaahhhhhhh!!! Você vai conhecer a fofa da Monica! — ela gritava a plenos pulmões os nomes dos atores principais do filme, de quem era muito fã, e assim prosseguia sem pausas.

— Céus! Pare de gritar um pouco, mulher, vou ficar surda! — berrei em resposta e, finalmente, ela sossegou e me deixou continuar.

— E agora, como fica nosso plano? — perguntei.

— Não muda nada, você ajuda o Dan, mas continua secretamente torturando o Porco, até passarmos para a terceira fase do plano.

Terminei a ligação prometendo tirar fotos de tudo e de todos, além de informar o Antony que ele já tinha uma noiva chamada Shanti.

◆•◆

No dia seguinte, depois da escola, lá fomos eu e Dan na van da produção do filme. Estava bastante nervosa, mas ele me acalmou dizendo que o pessoal era bacana.

Assim que chegamos, percebi que o estúdio era enorme. Fiquei olhando feito uma boba ao redor, surpresa com os cenários gigantescos, andando de costas sem olhar para trás, e quando me dei conta caía de um degrau enorme. Gritei.

Estava preparada para sentir o chão duro, mas surpreendentemente me vi agarrada por dois braços fortes e ouvi uma voz com um sotaque delicioso:

– Se eu soubesse que chovia garotas bonitas na Inglaterra, tinha vindo para cá mais cedo.

Virei para encarar o rosto do meu salvador, que me pareceu familiar. Eu ainda estava muda pelo choque, mas consegui murmurar um agradecimento.

– Às ordens, foi um prazer! Meu nome é Marcel Dupont, mas se preferir pode me chamar pelo nome do meu personagem, Adonis.

"Adonis", pensei, surpresa, lembrando quem ele era, um famoso e jovem ator francês.

O nome desse símbolo de beleza combinava perfeitamente com a aparência: alto, forte, moreno-claro, com cabelos cheios e castanhos, levemente cacheados. Seus músculos firmes se sobressaíam pela camiseta fina, seu rosto era largo, com olhos grandes e escuros, levemente amendoados, e o nariz era forte e proeminente, mas combinava com sua aparência viril e a reforçava. A boca era larga mas bem-feita, e o queixo era quadrado – resumindo, era o protótipo do ideal estético masculino, ao representar vigor e charme.

– Marina, você está bem? – perguntou Dan, preocupado, me observando lá de cima. – Já vou descer!

– Acho que agora você pode me colocar no chão – pedi sem graça para Marcel, pois ele continuava me segurando no colo.

– Você conhece o Dan? – perguntou, curioso, me pondo no chão.

– Claro que ela me conhece, somos irmãos – respondeu Dan, de forma possessiva, posicionando-se ao meu lado.

– Irmãos? – ele perguntou, surpreso, me medindo de cima a baixo. – Que susto! Ainda bem que você não disse que ela é sua namorada, já pensou ter que trabalhar com um namorado ciumento? – comentou, sorrindo e piscando para mim, o que me deixou vermelha, pois ele tinha um sorriso sedutor.

– Marina, daqui para frente, preste atenção por onde anda. Certo? – Dan advertiu, virando-se para mim e ignorando o colega de trabalho. – Você nem pode pensar em se machucar agora, senão quem vai me ajudar?

– Ok, não precisa ficar nervoso! – respondi, chateada.

– Você veio conhecer o estúdio? – Marcel me perguntou, e uma vez mais Dan respondeu por mim, me deixando ainda mais irritada:

– Não, ela veio dançar "comigo" – seu tom de voz demonstrava impaciência. Ele parecia incomodado com alguma coisa e eu não conseguia compreender o motivo. – Vamos, não quero me atrasar.

– Posso acompanhar vocês? Também estava indo para a aula de dança. – Observei Dan, que fechou a cara ainda mais.

Caminhamos um pouco, entramos em um corredor comprido, e paramos em frente a uma porta enorme. Ao abri-la, nos deparamos com num salão grande com piso de madeira encerado e paredes espelhadas.

Lá já se encontrava o restante do elenco, os atores principais e alguns figurantes, que aparentavam ter em sua maioria a mesma faixa etária, entre dezoito e vinte anos. As outras pessoas presentes pareciam ter mais idade e julguei que devia se tratar do coreógrafo e do pessoal do suporte técnico. Fiquei superemocionada.

– Ai, são eles! – exclamei baixinho, assim que avistei a dupla de atores mundialmente famosos.

– Se controla e vê se não dá vexame – Dan sussurrou no meu ouvido. – Venha, vou te apresentar – alertou, me puxando pela mão.

Eles estavam reunidos num canto e conversavam tranquilamente, alguns sentados, outros em pé.

– Oi, pessoal! Essa aqui é minha irmã, Marina – ele apresentou com simplicidade e eu fiquei lá, toda sorridente.

– Oi, tudo bem? – foi o que consegui dizer para todos.

Monica Fielding, uma das protagonistas do filme, aproximou-se e me deu beijinho no rosto. Esse gesto fez com que todos os outros seguissem o exemplo, o que me deixou encabulada e supervermelha.

"Se a Shanti me visse agora, ia morrer de inveja!", pensei, assim que Antony Mitchell, o grande galã e estrela internacional, sonho de consumo de toda garota que eu conhecia e o protagonista do filme, se aproximou.

– Quando vi você entrando, segurando-a pela mão, pensei que fosse dizer que era sua namorada – disse Antony, brincando com o Dan. – Mas ainda bem que não é.

– Você já é o segundo que me diz isso hoje – falou Dan, azedo.

– É mesmo? – perguntou Antony, rindo. – Quem foi o outro?

– O francês – respondeu, indicando Marcel com a cabeça.

– Relaxa e vai se acostumando, isso é que dá trazer irmã gatinha no meio da rapaziada – avisou, desferindo tapinhas no ombro do Dan.

– Fique tranquila, Marina – encorajou Monica, que estava ao meu lado. – Esses garotos latem mas não mordem.

– Olha que eu já te dei umas mordidas... – brincou Antony, dirigindo-se a ela.

– Até parece! – ela respondeu, brincalhona, e se virou novamente para mim. – Vocês são bem diferentes, os garotos nunca iriam imaginar que são irmãos – completou, apontando para o Dan.

– Sou adotada – esclareci. – Sou filha de ingleses, mas meus avós eram brasileiros, daí minha ascendência.

– Ah, entendi! Nós temos um rapaz brasileiro no elenco, espera aqui que eu vou te apresentar. – Ela olhou ao redor e avistou alguém. – Felipe! Venha aqui! – Ao ser chamado por Monica, aproximou-se de nós um rapaz negro, de estatura mediana e muito musculoso.

– Quero te apresentar a Marina, ela é irmã do Dan e é descendente de brasileiros.

– Que legal! Muito prazer, eu sou Felipe Santos – apresentou-se, me dando um beijo no rosto. – Você fala português?

– Falo, mas estou meio enferrujada, por falta de prática – respondi, sem graça.

– Esta é uma boa oportunidade de praticar – comentou, sorrindo.

– Bem, então vou deixar vocês aqui praticando. – Monica se afastou e me deu uma piscadinha.

– Você é mesmo irmã do Dan? – começamos a conversar em português.

– Sou adotada, neta de brasileiros, mas vivi a vida toda aqui na Inglaterra.

– Ah, mas então está superadaptada! – "Que simpático", pensei, ao notar seu sorriso espontâneo. – E aí, está gostando do estúdio?

– Estou adorando, é incrível! E você, como veio parar aqui?

– Sou capoeirista, fiz a audição para o personagem, que vai mostrar este jogo afro-brasileiro.

– Que máximo!

– Quem sabe um dia desses a gente pode combinar de você assistir a um treino meu.

– Boa ideia, eu...

– O que você pensa que está fazendo? – Dan apareceu, me cortando e me fuzilando com os olhos.

– Conversando – respondi.

– Sei, mas agora chega de papo furado, quero te apresentar para o coreógrafo – falou, puxando-me sem cerimônia.

– Depois a gente combina – Felipe ainda conseguiu completar.

– Nossa, Dan! Precisava ser tão grosseiro? – adverti, quando nos afastamos.

– E você precisava ser tão simpática? – sua resposta fez com que eu mostrasse a língua em sinal de desaprovação.

Um homem alto e bem magro se aproximou de nós. Era o famoso coreógrafo Brad Thompson.

– Brad, quero te apresentar minha irmã, Marina. – Cumprimentamo-nos educadamente. – Ela veio aprender a coreografia para treinarmos juntos. Ela estuda balé.

– É mesmo? Treinar com o Harrison... Que coragem! – disse, rindo, o que provocou constrangimento em Dan. – Você trouxe roupa de dança? – Limitei-me a confirmar com a cabeça. – Ótimo, pode se trocar que já te ensino a coreografia.

– Venha por aqui – Dan me chamou, indicando com o dedo onde ficavam os vestiários. Troquei de roupa rapidamente, prendi o cabelo e voltei para o salão.

– Vou te mostrar os passos básicos e você tenta me imitar, ok? – Brad falou.

– Sim – respondi, prestando atenção. Ele pediu que ligassem a música e começamos.

Os passos eram relativamente simples, porém precisavam ser bem marcados. Além disso, o rapaz deveria rodopiar a parceira no ar, e eu estava com medo de o Dan me deixar cair no chão.

– Acha que já assistiu o bastante? Quer tentar comigo agora? – Brad perguntou.

– Vamos tentar.

Deslizamos pelo salão e, à medida que dançávamos, Brad me corrigia. Depois do quinto rodopio já começava a me sentir mais segura, percebi que agora todos nos observavam e mais: pareciam gostar. Paramos na frente de Dan.

– Sua irmã é muito graciosa, Harrison! Pena que essa qualidade não é comum a todos na família – disse, dando uma risadinha. – Podem começar a ensaiar. – Virei-me para o Dan, ouvindo a música que continuava a tocar num ritmo lento e cadenciado.

– E então, o que achou? – perguntou.

– Não é muito difícil, mas você tem de se concentrar bastante para memorizar os passos e contar no ritmo certo.

— Parece tão fácil quando você faz, e aprendeu a coreografia num piscar de olhos! — Ele me fitava com surpresa.

— É porque já estou acostumada. Pronto para começar? — Ele me encarou, nervoso.

— Não! Mas como dizem por aí: quem está na chuva é para se molhar. — E me pegou pela cintura.

— Você confia em mim? — perguntei, olhando nos olhos dele.

— Sempre — respondeu, concentrado.

— Então, faça tudo o que eu mandar.

Começamos a ensaiar. No início, ele pisou um bocado no meu pé, pedindo inúmeras desculpas, constrangido.

— Dan, presta atenção, você tem que parar de olhar para os seus pés, mantenha os olhos junto aos meus e conte os passos mentalmente.

— Isso não vai dar certo! — queixou-se, me largando com um nervosismo súbito e levando as mãos à cabeça.

— Vai, sim! Anda, faça e não discuta — alertei, agarrando suas mãos e colocando-as novamente na minha cintura. — Conta comigo, um, dois, três, quatro... cinco, seis, sete, oito...

Ele resmungou, meio zangado. Não entendi esta reação, mas ele fez o que pedi, de modo que ergui meu rosto e recomeçamos. Meus olhos se encontraram com os dele, e então aconteceu o que eu andava evitando a todo custo: a conexão. Eu me esforçava ao máximo na tentativa de me concentrar somente na coreografia, mas ele me desarmava por inteira quando me encarava com aqueles olhos, que pareciam me atravessar. E eu começava a tomar consciência do calor de seu peito tão próximo a mim, de suas mãos macias que me tocavam. Tanta proximidade começou a ser perturbadora, porém me esforcei em transmitir tranquilidade e profissionalismo.

Enquanto dançávamos, senti que aos poucos ele começava a relaxar, passou a acertar os passos e não pisava mais tanto no meu pé. Então aconteceu algo que quase me fez perder o equilíbrio: ele sorriu para mim e inesperadamente me puxou de encontro a ele, e nossos corpos ficaram perigosamente colados; o mundo ao meu redor deixou de existir. Eu estava presa ali. Não por correntes, mas por uma força muito superior. Os braços dele formavam as grades de uma prisão, da qual não queria nem tinha forças para me libertar.

Aos poucos, percebi algo diferente em seu rosto, uma mudança sutil, mas que só notei quando o olhar dele se tornou intenso. Por alguns segundos, foi como se chamas brilhassem em suas pupilas, porém ele piscou os olhos e, no momento seguinte, a emoção que eu pensei ter visto espelhada neles havia desaparecido. Confusa, senti-o afrouxar o aperto e procurei voltar a me concentrar no que fazíamos.

Da primeira vez que ele me ergueu, rodopiando comigo, confesso que pensei que ele fosse me derrubar, mas me sustentou inusitadamente o tempo todo, colocando-me no chão com cuidado.

– Parabéns, Dan. – Ele sorriu de prazer com o elogio.

Já tínhamos dado no mínimo umas vinte voltas, havíamos progredido bastante.

– Ai, me deixa sentar um pouco, preciso recuperar o fôlego! – pediu, enxugando o suor da testa.

– Já ficou cansado? Isso é que dá ter vida sedentária, quem mandou parar de fazer exercícios? Você está muito fora de forma, ainda bem que sua genética é boa. – Virei-me ao sentir uma mão na minha cintura.

– Posso ter a honra? – era Marcel, e antes que eu pudesse responder ou Dan reclamar, ele me puxou e começamos a dançar pelo salão.

O francês era ótimo dançarino: não errou uma única vez e me ergueu no ar com facilidade, sorrindo para mim de um jeito encantador.

– Você dança muito bem – elogiei.

– Obrigado, mas com uma parceira como você não é preciso muito esforço. O Dan escondeu você direitinho, muito esperto da parte dele.

– Como assim? – perguntei, curiosa.

– Bom, ele nunca mencionou você antes, pelo menos até hoje, e imagino que ele agiu assim porque sabia que, no momento em que o pessoal a descobrisse, não ia largar do seu pé – respondeu, flertando descaradamente.

– Como você é exagerado! – comentei, sem graça.

– Não posso falar pelos outros, mas da minha parte é o que eu faria. Ou melhor, o que pretendo fazer – disse, me apertando mais forte, como para reforçar suas palavras.

– Sempre ouvi dizer que os franceses são os homens mais conquistadores da Europa, e agora começo a entender o porquê dessa fama – tais palavras o impeliram a soltar uma sonora risada.

– Que é isso, Marcel, monopolizando a garota mais bonita do salão? Não seja egoísta – reclamou Felipe, parado do nosso lado. – Vem, Marina, vamos ver se você tem mesmo sangue brasileiro nas veias – desafiou, tirando-me dos braços de Marcel, que pareceu não gostar nem um pouco e fuzilou o colega com o olhar.

Felipe fez um sinal para alguém que mexia no som, de repente começou a tocar um samba, e ele saiu rodando comigo, fazendo-me sentir numa gafieira. Ele grudou o corpo musculoso no meu, enquanto requebrava, com uma de suas pernas entre as minhas. O pessoal começou a aplaudir, enquanto dançávamos e desenvolvíamos passos mais elaborados.

– Acho que por hoje é só, *amante latino* – Dan interrompeu-o, postando a mão no ombro do Felipe. – Acabou. Agora vamos para casa.

– Ah, que pena! – Felipe falou ao me soltar. – Estava realmente me divertindo!

– É, reparei – Dan comentou, enquanto me puxava para longe, mal permitindo que me despedisse.

– Precisava dar todo esse espetáculo? – reclamou, entredentes.

– Estou aqui te fazendo um favor, isso não significa que também não possa me divertir com alguém que não pise nos meus pés! – respondi, irritada.

– Com licença – interrompeu Monica, se aproximando. – Até logo, Marina, foi um prazer conhecer você, espero que possa vir sempre aos ensaios. Parabéns, você é muito talentosa! – parabenizou-me dando um abraço, que retribuí. Ela já estava se afastando, quando voltou e disse rápido: – Ah, só mais uma coisa: se eu não soubesse do parentesco de vocês, juraria que eram um casal de namorados brigando. – E deu um sorrisinho malicioso antes de partir. Depois dessa, só me restou sair dali e trocar de roupa.

Frequentei os ensaios por uma semana e acabei ajudando não somente ao Dan, como também aos outros membros do elenco. Tirei fotos enquanto dançava com todos os atores principais, e quando levei as fotos para a escola todo mundo morreu de inveja.

Marcel e Felipe ficaram se revezando para chamar minha atenção. Se antes o problema era arrumar um pretendente, agora era decidir quem seria o escolhido.

– Ué, na dúvida, fica com os dois – aconselhou-me Shanti, como se fosse a coisa mais natural do mundo. Fitei-a, chocada com sua sugestão.

Durante aquela semana, não deixei o Dan descansar, para garantir que ele realmente aprendesse direito. Quando chegávamos em casa, continuávamos ensaiando no meu quarto, enquanto ele reclamava muito, mas eu não me deixava comover por suas reclamações de cansaço ou desânimo, simplesmente o empurrava para a frente do espelho e o fazia dançar comigo até a exaustão. Por sempre termos sido tratados como irmãos, tínhamos toda a intimidade e a cumplicidade que envolvem uma relação fraterna, então era muito natural que nos tocássemos e tivéssemos proximidade física. Digo por mim, mas os sentimentos e sensações que o toque dele me despertava não tinham nada de fraterno, mesmo numa situação tão corriqueira.

Então, certa noite, ele me pediu para aproveitarmos o treino e ensaiarmos uma cena do filme enquanto dançávamos. A princípio, não vi problema e aceitei, mas ao pegar o roteiro e ler sobre o que era, amaldiçoei a mim mesma por ter concordado sem pensar duas vezes. Era uma cena escandalosamente romântica, com diálogos cheios de duplo sentido entre a personagem dele e a da garota que interpretava sua parceira de dança. Li, horrorizada, imaginando como conseguiria sobreviver àquilo. Apesar do pavor, procurei memorizar o texto o melhor que pude, então desta vez, quando ele me segurou pela cintura, estava tão tensa que resolvi não olhar para seu rosto, fixando minha visão em seu peito; encarar o olhar dele seria demais para mim naquele momento.

– Pronta? – perguntou, enquanto começávamos a nos mexer.

– Sim – respondi, nervosa. – Mas não se esqueça de que não sou atriz, então não espere nenhum desempenho digno de Oscar aqui.

– Tudo bem, é só um ensaio – respondeu rindo do meu nervosismo, o que me deixou irritada.

– Então vamos começar logo!

Depois que ouvi mais uma de suas risadinhas implicantes, ele ficou em silêncio por um instante e então começou a cena comigo. Fiquei impressionada com a mudança da postura e do tom de voz dele ao incorporar a personagem. Mais uma vez, ficava evidente para mim como ele era talentoso. Procurei fazer minha parte o melhor que pude, enquanto o diálogo prosseguia.

– "Por que não aceita isso de uma vez? Por que continua fugindo de mim?" – ele disse, lendo o texto.

– "Você não entende, jamais vai entender" – respondi.

– "Quando você vai entender que somos feitos um para o outro?" – ele continuou.

– "Você sabe que não podemos. Pode ser perigoso, muito perigoso."

– "Olhe pra mim" – pediu.

Na verdade quem pedia era seu personagem, mas naquele momento eu não conseguia mais separar o real da ficção. Quando Dan, com delicadeza, segurou o meu queixo, fazendo-me erguer o rosto e finalmente encará-lo, quase desfaleci com as emoções que ele representava ali, num olhar apaixonado e desesperado.

– "O que você quer de mim?" – ele prosseguiu num sussurro, enquanto parava de dançar, e me segurou com firmeza pelos braços. – "Quanto mais vou conseguir suportar essa tortura?"

– "Eu... você..." – gaguejei, buscando pelas palavras, mas elas me faltaram.

O texto acabava de ir para o espaço, e eu tinha perdido completamente o pouco de concentração que me restava. Minha mente entrou em colapso, meu corpo estava trêmulo, aquele texto, a interpretação intensa e vibrante dele somados à nossa proximidade física, me desarmaram, senti minhas barreiras ruírem e lágrimas começaram a escorrer por minha face, num choro sufocado.

– Marina? – voltou a falar no seu tom normal, e franziu a testa. – O que houve? Por que está chorando?

Não consegui dizer nada, apenas continuei chorando diante de seu olhar preocupado, e depois ele tocou meus cabelos.

– O que foi? Vamos, me diga – insistiu.

– Você... você interpreta tão bem, me emocionei – consegui responder, tentando elaborar uma resposta coerente.

Seu olhar se suavizou, desfazendo a expressão preocupada.

– Tão sensível o meu muffin de baunilha – disse, sorrindo; sua voz era uma carícia suave em meus ouvidos.

Ele tocou carinhosamente a minha bochecha com a ponta dos dedos, como se estivesse se segurando para não mencionar algo, e eu fiquei ali, à espera do que viria. Mas, quando dei por mim, ele me soltou e estabeleceu uma distância razoável entre nós.

– Acho que está cansada. Foi um dia difícil, melhor pararmos por hoje. Tudo bem com você?

Eu apenas assenti com a cabeça, e ele então se aproximou novamente para me dar um beijo rápido na testa. Quando percebi, ele já tinha ido embora e eu estava sozinha.

❖•❖

No último dia de ensaio, Dan já estava dançando direitinho e sem erros. Claro que nunca seria um dançarino profissional, mas pelo menos não ia fazer feio.

Chegamos em casa naquela noite, e fui direto tomar um bom banho. Confesso que estava exausta; tinha sido uma semana puxada tanto física quanto emocionalmente. Fiz um lanche rápido e fui direto para a cama. Mal havia começado a ler uma revista, quando Dan apareceu, já de banho tomado, com o cabelo ainda molhado.

– Estou atrapalhando? – perguntou, parado à porta.

– Não, pode entrar – respondi, enquanto continuava a ler a revista, distraída.

– Só queria agradecer o que você fez por mim essa semana – disse, caminhando na minha direção.

– Não foi nada. Tenho certeza de que, se fosse o contrário, você teria feito o mesmo por mim – falei ao fechar a revista, quando ele parou ao meu lado.

– Sim, mas eu queria te agradecer de alguma forma especial – esclareceu, alegre, mostrando-me algo parecido com uma embalagem de creme dental.

– O que é isso?

– Creme corporal relaxante. Vou te presentear com uma massagem caprichada nos pés! – respondeu, já se sentando na cama.

– Quê?! – perguntei, constrangida. – Não precisa, Dan, de verdade!

– Deixa de ser boba, é o mínimo que posso fazer – insistiu, agarrando meus pés e colocando-os em cima de suas pernas cruzadas. – Agora relaxa e aproveita.

Relaxar? Eu estava mais tensa do que nunca!

Ele começou espalhando o creme pelo meu pé direito, depois iniciou uma massagem deliciosa, fazendo movimentos circulares com os dedos. Comecei a sentir arrepios, que me subiam pelas pernas e iam até o último fio de cabelo. Passei a respirar mais rápido, enquanto as sensações se intensificavam.

"Minha nossa, e ele ainda está no primeiro pé!", pensei, numa inspiração profunda. "Que tortura!"

Quando ele começou a apertar mais forte, tive que morder o lábio para não gemer.

– Estou te machucando? – perguntou, de repente. – Você está com uma cara engraçada, parece que está sentindo dor.

— Não, estou ótima, é que eu tenho os pés muito sensíveis – tentei disfarçar. Ele sorriu e passou a massagear o outro pé, enquanto eu cobria os olhos com o braço.

— Hum... – acabei murmurando, quando ele apertou um ponto especialmente sensível.

— Sabia que você ia gostar – comentou, com um sorriso angelical.

— Ai, aperta mais aí... – pedi.

— Aqui?

— Isso, vai com força e não para! – supliquei, completamente rendida.

— Deixa comigo!

— Ai, que delícia! – suspirei, e ele soltou uma risada.

— A gente falando desse jeito não parece que estamos fazendo um monte de sacanagem? – Fui obrigada a rir também. – Já ouvi falar que para algumas pessoas os pés são zonas erógenas.

"Com certeza sou uma delas!", pensei.

— Pronto, acabei. Foi bom para você?

— Foi ótimo, obrigada. – Se ele ao menos desconfiasse do quanto tinha sido bom para mim... De repente, tive uma ideia. – Agora é a minha vez.

— Como assim? – perguntou, surpreso.

— Quero retribuir a delicadeza – disse, ao me erguer em pé. – Venha, tire a camiseta e deite aqui de costas – pedi, dando um tapinha no colchão. Ele pareceu meio na dúvida, mas acabou atendendo ao pedido.

Sentei-me com as pernas abertas em cima dele, peguei o tubo do creme de massagem, coloquei uma quantidade generosa nas mãos e comecei a espalhá-la nas suas costas. Comecei massageando seus ombros vigorosamente, sentindo os nódulos de tensão e me concentrando neles.

— Nossa, onde você aprendeu a fazer isso? – perguntou.

— Digamos que é um talento natural.

— Você dança, faz massagem... Me pergunto o que mais você sabe fazer bem... – ele disse, rouco, e eu preferi não responder.

Continuei com a massagem, baixando as mãos lentamente, até que me aproximei da sua calça e escutei um suspiro. Concentrei-me naquela região só por mais um tempo, parei, dei um tapinha rápido no seu bumbum e disse:

– Prontinho, pode levantar. – E saí de cima dele.

Ao vê-lo sair cambaleante, comprovei que a segunda fase do plano tinha sido um sucesso.

– CAPÍTULO 6 –

Marina

As FILMAGENS PASSARAM A EXIGIR todo o tempo do Dan, logo ele e o elenco inteiro viajaram para gravar as cenas externas, mantendo-se distantes por cerca de um mês.

Enquanto isso, tive tempo suficiente para refletir sobre meus sentimentos por ele, naquele plano maluco a que dera início e nas escolhas que estava prestes a fazer. Eu amava o Dan profundamente, desesperadamente, totalmente e tolamente. Sim, eu era uma tola por amá-lo desse jeito, há tanto tempo e sem a menor possibilidade de concretizar esse amor. Bastaria uma palavra dele para que eu jogasse tudo para o alto, eu daria qualquer coisa por apenas um beijo, por uma simples carícia que demonstrasse com clareza que eu significava algo a mais para ele, que não era apenas sua irmãzinha.

Mas, como Shanti me lembrou bem: até quando esperar, deixar de ter minha própria vida, de experimentar algo concreto e real? Eu precisava parar de viver só de sonhos e fantasias.

Foi com dor no coração e na alma que optei por desistir dele, virar esta página inconclusiva da minha vida. Shanti continuava me pressionando a pôr logo um fim naquilo, mas fui firme ao esclarecer que o amor de uma vida inteira não se abandona assim, como se descarta um sapato velho. Necessitava me despedir aos poucos de todas as lembranças, de todos os momentos que passamos juntos, das risadas, dos sorrisos, das piadas, das lágrimas, das brigas, do toque, dos cheiros, enfim, de tudo que o simbolizasse. Perguntava-me o que sobraria em mim depois de todo aquele exorcismo, porque amá-lo era como estar possuída por uma força sobrenatural. Tudo o que sentia agora era um profundo e imenso vazio, se pudesse gritar por dentro só meu próprio eco me responderia.

Foi nesse clima sombrio que o recebi de volta em casa. Era com uma frieza cortante que respondia a ele quando se dirigia a mim, e eu podia enxergar, em seu olhar, uma mistura de confusão, mágoa e ressentimento com minha mudança de atitude. O tempo passava e fui me afastando, destruindo pontes e desfazendo laços.

❖•❖

Na noite anterior ao lançamento do filme, coloquei em cima da cama o baby-doll comprado com Shanti. Avaliei-o indecisa, até que decidi não usar. Não senti necessidade nem motivação, e o deixaria reservado para outra ocasião.

Finalmente, chegou o dia tão aguardado, toda a família estaria presente no evento, era uma ocasião de gala. Arrumei-me com todo o cuidado, usei o melhor penteado e a melhor maquiagem, porque decidi que aquele seria o dia definitivo na transformação; meu futuro parceiro já estava definido.

Logo após a apresentação do filme, haveria um jantar comemorativo e em seguida uma festa fechada num famoso clube noturno, restrita a poucos convidados. Como irmã do Dan e amiga de quase todo o elenco, claro que havia sido incluída na lista de participantes. Decidi, então, que lá se daria o desfecho deste amor proibido e que lá eu inauguraria uma nova fase da vida. Dan também tinha avisado que, na manhã seguinte à estreia, ele e boa parte do elenco viajariam por duas semanas, percorrendo vários lugares para a divulgação do filme.

Coloquei meu vestido de tafetá, estilo tomara que caia num tom de verde-oliva, com bordados e detalhes em vinho. O comprimento era um pouco acima do joelho. Ainda bem que o sutiã que eu tinha comprado com Shanti tinha alças removíveis, e havia chegado o dia de usar a tal lingerie que faria me sentir poderosa.

Prendi os cabelos num rabo de cavalo alto, coloquei brincos compridos para combinar, uma sandália com salto agulha, e fiz uma maquiagem leve – porém com os olhos bem realçados –, dei uma boa borrifada de perfume e estava pronta.

Havia acabado de tirar a carteira de motorista e iria dirigindo o carro da mamãe, porque nossos pais voltariam para casa logo após o jantar e eu seguiria para a festa, infelizmente dando carona para o Dan. Peguei meu casaco e bolsa e desci a escada.

– Uau! Nossa princesa está linda! – papai disse assim que me viu, tirando uma foto e fazendo-me piscar com o flash.

A família estava toda reunida na sala. Minhas irmãs também estavam presentes; todos elegantemente vestidos. Meu olhar percorreu o ambiente e, quando encontrei Dan, senti o familiar aperto na boca do estômago: ele estava lindo com aquele cabelo cuidadosamente despenteado, vestindo calça social, camisa cinza e paletó preto. Desviei rápido o olhar; evitaria olhá-lo o máximo possível naquela noite, queria me concentrar totalmente no meu objetivo, que não o incluía.

Tiramos várias fotos, todos juntos. Evitei ficar ao lado dele, mas isso foi impossível quando mamãe sugeriu, fazendo um gesto com a mão, que nos aproximássemos.

– Vai, Dan, só ficou faltando uma foto sua com a Marina!

Olhei para Dan, que, sério, se aproximou, e ficamos parados de pé, retos, um ao lado do outro.

– Que caras são essas? Vamos, sorriam e se abracem! – encorajou mamãe.

Não tivemos alternativa: obedecemos. Abraçamo-nos pela cintura e demos sorrisos forçados. Assim que papai tirou a foto, nos afastamos depressa.

– Ok, já está bom, não é? Não quero me atrasar! – Dan disse, indo em direção à porta.

Entrei no carro e, em seguida, ouvi a outra porta se abrindo. Também vi Dan entrar, se sentar ao meu lado, colocar o cinto, e eu dei a partida.

Andava devagar pelas ruas, nervosa por ser a primeira vez que dirigia oficialmente e por estar com ele ao meu lado.

— Nessa velocidade, vamos chegar amanhã! — comentou, impaciente.

— Quem sabe agora que você ficou famoso e cheio da grana, compre um carro só seu e aprenda a dirigir — rebati.

— Não gosto de dirigir — disse, fazendo uma careta.

— Como você pode dizer que não gosta se nunca tentou?

— Não é preciso tomar veneno para saber que é perigoso, não é mesmo? Além disso, carros me deixam nervoso — e encerrou o assunto, mexendo as mãos sem parar.

Era de conhecimento público que Dan tinha sérios problemas com ansiedade, motivo pelo qual não confiava em si mesmo atrás de um volante.

— Você está nervoso?

— Muito! Vai estar cheio de gente lá olhando, tirando fotos. Sabe como me sinto em multidões! — desabafou, rindo nervosamente.

— Fique tranquilo, tenho certeza de que o filme vai ser um sucesso — encorajei, tranquilizando-o. — Respire fundo, sorria e pense: "Sou talentoso, bonitão, fiz um bom trabalho e minha roupa está arrasando!".

— Você realmente acha isso? — perguntou, olhando fixamente em meu rosto.

— Que você é talentoso? Claro, já te disse isso várias vezes — respondi, distraída.

— Não, a outra parte, você realmente me acha bonitão? — Ele sorria com cinismo agora. — Gostou da minha roupa?

Tive vontade de morder a língua por ter dito aquilo. Droga! Agora não poderia voltar atrás.

— Olha, você sabe que tem boa aparência, certo? — perguntei, irônica. — E, sim, gostei da sua roupa, ficou muito elegante. — Senti que ele me media de alto a baixo.

— Também gostei muito da sua, você está muito sensual. — Quase bati o carro quando ele disse isso, e freei abruptamente. — Ei, cuidado! Quero chegar vivo! — ele reclamou, nervoso, se segurando na porta.

– Então pare de criar distrações e me deixe dirigir! – e permanecemos em silêncio até chegarmos ao destino.

O lugar estava uma loucura: atores, jornalistas, convidados, fãs, curiosos, gente berrando histericamente, seguranças, policiais. Guiei o carro com dificuldade até o estacionamento reservado, e assim que saímos do automóvel comecei a ouvir muitos gritos. Várias pessoas falavam ao mesmo tempo. Chamavam o Dan com as mãos, diziam que adoravam o seu personagem, pediam autógrafos, gritavam que ele era lindo.

– O que eu faço agora? – perguntou, nervoso.

– Vai lá, fale meia dúzia de bobagens para os jornalistas, sorria muito, dê autógrafos, tire fotos e aproveite! Este é o seu momento! – respondi, começando a me afastar.

– Não! Fique comigo, por favor! – Ele estava realmente apavorado.

– Daniel, calma! – falei, parando à sua frente. – Vai dar tudo certo, respire fundo, vamos! – Tentei puxá-lo, mas ele não se moveu.

– Espere, antes de ir você faria uma coisa por mim? – perguntou Dan, segurando minha mão.

– O quê?

– Me dá um abraço de boa sorte?

Olhei seu rosto, coisa que estava evitando fazer até então, e enxerguei um par de olhos azuis suplicantes, olhos de menino, os mesmos que vi tão curiosos descendo a escada na primeira vez que cheguei à nossa casa, anos atrás. E eu soube, mais uma vez, que não importava que já tivesse desistido dele, não importava quantos homens passariam por minha vida no futuro, sempre amaria aqueles olhos, até o último suspiro.

Aproximei-me dele, ergui os braços e o abracei pelo pescoço, ficando na ponta dos pés e sentindo o cheiro maravilhoso de perfume em sua nuca. Ele retribuiu me abraçando pela cintura, me apertando contra seu peito e respirando profundamente.

– Obrigado, você sempre me acalma – sussurrou no meu ouvido.

— Ok. Agora vamos, já estamos atrasados! — alertei, me afastando e tentando conter a emoção.

Entramos juntos no tapete vermelho, mas logo ele foi parado pelos jornalistas e fotógrafos e eu segui andando até entrar no cinema. Nossa família já estava sentada nos lugares reservados, nos aguardando.

— Vocês demoraram! — disse Cate, quando sentei ao seu lado.

— Lá fora está uma loucura, um monte de gente chamando pelo Dan!

— Imagino!

Depois de um bom tempo ele chegou, em meio a sorrisos e um brilho no olhar, e sentou-se ao meu lado.

— Consegui. Ufa!

— Vá se acostumando, isso é só o início! — declarou Cate.

As luzes finalmente se apagaram e o filme começou. Estávamos todos ansiosos, ele tinha um papel secundário, mas era inegável que, toda vez em que aparecia em cena, éramos de imediato atraídos pelo magnetismo de sua interpretação. Na cena em que ele dançava, não resisti, me virei para ele e perguntei:

— Quantas vezes você pisou no pé da sua parceira?

— Só duas — respondeu, rindo.

Chegou então uma parte muito dramática do filme, em que seu personagem era torturado. Tive vontade de esconder o rosto para não continuar vendo suas expressões de sofrimento e dor, que ele representava de forma espetacular, até que não me contive mais e desatei a chorar.

— Fala sério, Marina! — Dan zombou, tirando um lenço do bolso.

— Ah, cala a boca! — respondi, embaraçada, pegando o lenço que ele estendia e assoando o nariz.

O filme terminou, as luzes voltaram a se acender, e começou a hora dos cumprimentos, todo mundo feliz e orgulhoso do resultado. Parabenizei todo o elenco e tirei um monte de fotos. Reparei que Felipe parecia um pouco mais contido comigo durante o evento e entendi o motivo, quando percebi que estava acompanhado de uma bela morena.

Surpreendi-me quando senti uma mão na minha cintura, e uma voz macia com sotaque carregado falando no meu ouvido:

– Alguém já disse que você está linda esta noite?

– Oi, Marcel! Obrigada, você também está ótimo! – falei, observando suas roupas elegantes. – Parabéns pelo filme. Está maravilhoso!

– Obrigado – agradeceu, sorrindo. – Você vai conosco na comemoração, mais tarde?

– Claro, não vejo a hora! – respondi, sorrindo.

– Ótimo, quero dançar com você a noite toda – informou de forma direta, demonstrando suas intenções ao apertar ainda mais minha cintura.

– Combinado, a gente se vê lá – Ele me deu um beijo no rosto e saiu, sorrindo e insinuante.

– O que o francês queria? – perguntou Dan, carrancudo, surgindo de repente.

– Não é da sua conta – respondi com frieza, irritada com seu tom de voz, e o encarei, aborrecida.

– Então, vamos jantar? – perguntou mamãe, atrás de nós.

Seguimos para o espaço reservado para a ocasião: um salão imenso de um luxuoso hotel, que foi todo decorado com cartazes e imagens do filme, e sentamo-nos a uma das várias mesas redondas dispostas no local. O diretor chegou e todos o aplaudiram. Ele ergueu os braços num pedido de silêncio, e proferiu um breve discurso de agradecimento. No final, entraram vários garçons servindo taças de champanhe, e brindamos à boa sorte do filme e de todos os presentes. Voltamos a nos sentar e não demorou muito para a entrada ser servida, logo seguida pelo prato principal, e saboreamos, felizes, a deliciosa refeição. Durante todo o tempo, a conversa rolou solta e animada, mas continuei bravamente nos meus esforços de não fixar o olhar nele. Também tiramos mais algumas fotos em família e com os amigos.

Aos poucos, o salão começou a se esvaziar de convidados, sinal de que estava ficando tarde. Papai estava recostado em sua cadeira, e parecia sonolento; mamãe, depois de disfarçar um bocejo, colocou a mão no ombro dele, sugerindo que já era hora de voltarem para casa. Infelizmente, nem Maggie nem Cate poderia nos acompanhar à festa, já que ambas tinham compromissos bem cedo no dia seguinte. Olhei meu relógio de pulso e confirmei que tinha chegado a hora de partirmos.

– Está pronta? – perguntou Dan, já se levantando de sua cadeira.

– Sim, só vou colocar meu casaco – respondi, ao me erguer.

Voltamos calados para o carro e nos dirigimos ao clube noturno, que não era muito longe dali. Deixei o carro no estacionamento, saímos e fomos andando lado a lado em direção à entrada da festa, onde um forte esquema de segurança fora montado.

Paramos próximos da pista e, ajeitando os ombros, ergui bem as costas e abri um grande sorriso, pronta para começar a colocar meu plano em prática.

– Dan, agora é cada um por si – falei, me virando para ele.

– Como assim? – perguntou, desconfiado.

– Quero dizer que vou procurar minha turma e você procure a sua. Até mais! – respondi me afastando dele, rindo ao deixá-lo lá, mudo de espanto.

Passou um garçom que servia champanhe e peguei uma taça: essa era a minha noite e iria aproveitar cada momento dela.

– Finalmente, encontrei a minha dama – disse Marcel, aparecendo de surpresa. – Pronta para fazer dessa uma noite inesquecível? – virei meu rosto e sorri para ele, acabando de beber o champanhe.

– O que estamos esperando? – perguntei. Ele sorriu de volta, pegou meu copo vazio e o colocou numa mesa próxima, e em seguida segurou minha mão e deu um beijo nela, olhando-me fixamente, o que me fez arrepiar de expectativa. Em seguida, conduziu-me à pista de dança, onde tocava uma música bem agitada.

– Adoro essa música! – gritei para ele.

– Eu também! – respondeu, animado.

Começamos a dançar, rindo e brincando, requebrando sob o ritmo alucinante. As músicas mudavam e nos soltávamos completamente, cantando junto o que mais gostávamos, de vez em quando bebendo mais taças de champanhe gelado para refrescar. Aos poucos, fui me desinibindo por completo e comecei a remexer os quadris no ritmo insinuante da música. Marcel logo se animou, me segurou pela cintura e me puxou para perto do seu corpo, e ficamos bem próximos, nos movendo na mesma sintonia.

– Com certeza, você dança muito bem – disse em meu ouvido, e dei uma risada.

Iniciou-se uma música de batida forte, rápida e envolvente, nos obrigando a acelerar ainda mais os movimentos. Ele me olhava nos olhos, parecia gostar daquilo tanto quanto eu, e subitamente me pegou pelo quadril, me virou e grudou minhas costas em seu peito largo, enquanto nossos quadris se chocavam.

– Estava louco para dançar essa música com você! – falou, enquanto cheirava meu pescoço.

Nesse momento, ergui o rosto e vi Dan do outro lado do salão, com uma bebida na mão, ao lado de algumas pessoas que conversavam, mas parecia não estar prestando nenhuma atenção nelas, pois olhava disfarçadamente em minha direção; por um momento, nossos olhares se cruzaram, e senti Marcel beijando levemente meu pescoço. Fiz questão de encarar Dan fixamente naquele momento, adorando a sensação de vingança ao registrar o resultado da carícia que acabara de receber e degustar a expressão endurecida de seu rosto. Mais músicas se sucederam. Estava um pouco suada e quis lavar o rosto para retocar a maquiagem, então pedi licença ao meu charmoso acompanhante e fui para o toalete.

Como todo o restante da casa, o banheiro era enorme e chique, decorado como se fosse um camarim de teatro, com muitas luzes ao redor do imenso espelho. Mármore negro cobria quase todo o lugar, inclusive a imensa bancada que se estendia de uma parede a outra. Depois de me refrescar um pouco, me olhei no espelho para retocar a maquiagem. Passei as mãos no cabelo, observei meu rosto com os olhos brilhantes, e me senti ótima e poderosa. Dessa vez, iria até o fim, um homem lindo e sedutor me aguardava lá fora, e eu não desperdiçaria mais meu tempo. Saí do banheiro praticamente já dançando de novo, cruzei com um garçom e peguei outra taça de champanhe. No entanto, alguém retirou-a rapidamente das minhas mãos.

— Chega. Você já bebeu muito — Dan advertiu, aparecendo ao meu lado.

— Quando você bebe, parece nunca ser demais! — contestei, irritada com sua petulância.

— Você não está acostumada e isso não é suco! — rebateu.

Por que ele tinha que ser tão invasivo? Mas eu não iria permitir que ele interferisse em nada.

— Vá cuidar da sua vida! — falei furiosa, me afastando dele.

Voltei para a beirada da pista de dança, onde Marcel me aguardava.

— Está tudo bem? — perguntou, tocando meu rosto e observando meus olhos tensos.

— Tudo bem, só o Dan com essa mania de tomar conta de mim. Ai, como me irrita! — desabafei.

Ele segurou minha mão e deu um sorriso charmoso.

— Esqueça o Dan, ele só está se comportando como um típico irmão mais velho e protetor. Às vezes, não é fácil entender que a irmãzinha cresceu. Bem, chega de falar no seu irmão, que tal retomarmos de onde paramos? — E eu sorri, voltando a relaxar, e me deixei guiar por suas mãos fortes.

De volta à pista, dançamos várias outras músicas, enquanto rolava mais champanhe. Agora nossos corpos se roçavam sugestivamente e, ao tocar uma sucessão de músicas vibrantes, grudamos nossas pernas, enquanto ele me segurava pela cintura. Marcel sussurrou meu nome ao pé do ouvido, com aquele sotaque maravilhoso, suas mãos descendo e subindo por minhas costas. Seus lábios iam e voltavam perigosamente perto dos meus, e me senti ansiosa por ter essa experiência.

— O que você acha de irmos para um dos reservados lá em cima? — perguntou, enquanto roçava os lábios na minha orelha, provocando-me arrepios. Confirmei, fazendo um gesto com a cabeça, e ele sorriu, animado.

De mãos dadas saímos da pista, driblando os outros casais que encontrávamos pelo caminho, subimos a escada que dava acesso a um balcão onde várias pessoas dançavam, admirando a pista lá embaixo, algumas se abraçando ou se beijando. Na parede oposta, vi também várias portas, Marcel foi naquela direção e me levou junto a ele. Verificando uma a uma, constatamos que a maioria já estava ocupada, até que encontramos vazia uma das últimas e entramos. A sala pequena estava iluminada por um abajur no canto, e um sofá imenso de couro preto cobria toda a parede, com uma mesa ao centro. Ele se sentou no sofá comigo ao lado, me abraçou com carinho, e com uma das mãos segurou meu rosto.

– Você é tão linda – declarou, aproximando o rosto do meu.

"Ai, caramba, vai ser agora, meu primeiro beijo!", pensei, ofegante, fechando os olhos e sentindo o calor do seu hálito na minha pele.

Inesperadamente, a porta se abriu com violência e nos fez pular, surpresos.

– O que você pensa que está fazendo? – gritou um Dan furioso, entrando na sala.

– Saia já daqui! – gritei igualmente furiosa, pondo-me de pé.

– Chega desse espetáculo, você já foi longe demais! – berrou de volta.

– Calma, Dan... – pediu Marcel, tentando acalmar a situação.

– Com você eu me acerto depois! – ameaçou Dan.

– Cala a boca, Dan! Você não vai se acertar com ninguém, muito menos com o Marcel, você não manda na minha vida!

– Venha comigo agora, Marina!

– Nem pensar! Você não é nada meu para exigir saber o que faço ou aonde vou!

– Marina, esse é o último aviso, venha comigo agora! Ou você vem por bem, ou vem por mal!

– Nem amarrada! – gritei.

– Eu te avisei! – subitamente, Dan me agarrou pela cintura, me suspendeu em seu ombro, e foi para a porta.

Fiquei sem fôlego por um momento, surpresa por ser arremessada sem aviso algum, e horrorizada por ele ter a audácia de agir como um troglodita, mas me recuperei rápido e comecei a socar suas costas.

– Espera, Dan! Vamos conversar... – ouvi Marcel dizer.

Dan se virou para ele e disse, apontando-lhe o dedo:

– Você fica fora disso, isso é assunto de família! – Em seguida, saiu porta afora, comigo esperneando jogada em seu ombro na tentativa de chutá-lo. Xingava-o com todos os palavrões que eu conhecia – até inventei uns novos – enquanto as pessoas nos olhavam, assustadas.

Ele desceu a escada dessa maneira e, como eu não parava de lutar, entrou comigo por uma porta e me colocou no chão. Assim que voltei a ficar de pé, percebi que se tratava do banheiro feminino, onde já havia estado. Completamente furiosa, observei-o trancar a porta e se virar pra mim.

– Você enlouqueceu? – gritei.

– Quem parece ter enlouquecido é você! – gritou de volta.

– Você não tinha esse direito! Você não é meu pai!

– Duvido que você fosse se comportar desse jeito na frente dele! Rebolando, se agarrando com um quase desconhecido na pista de dança, bebendo sem parar...

– Pode parar! – cortei. – Eu estava me divertindo, dançando como todo mundo, e o Marcel não é um desconhecido! Já vi você fazer coisa bem pior nos bares que frequenta com suas "amiguinhas"!

– Isso é diferente, Marina!

– Não, não é diferente, estamos no século XXI, direitos iguais, lembra? Como ousa me humilhar dessa forma na frente de todos? Nunca vou te perdoar por me fazer passar essa vergonha, agora suma daqui! – disse, virando de costas para ele, tremendo de raiva.

– Nunca imaginei que um dia pudesse ver você fazendo papel de vadia! – o que ele disse foi a gota d'água, e sem pensar me virei rápido e dei um sonoro tapa em seu rosto.

Fiquei olhando para o rosto dele de perfil, depois do tapa que lhe dei. Seus olhos estavam fechados, vi as marcas vermelhas que os meus dedos fizeram em sua pele, e imaginei que tivesse ido longe demais. Abrindo os olhos, voltou o rosto pra mim, numa máscara de fúria que me fez gelar até os ossos, seu olhar fervia numa raiva intensa. Já tinha aberto a boca para me desculpar, quando ele me agarrou pelos braços com força, quase me machucando:

– Você não sabe que só existe um castigo para a mulher que bate em um homem? – E, me puxando com violência de encontro a seu corpo, esmagou meus lábios contra os dele.

Fui pega completamente de surpresa com aquele ataque repentino. Dan me apertava com força, sua boca obrigava a minha a se abrir, bati o quadril na bancada, enquanto ele me pressionava com seu corpo.

Estava zonza, sem conseguir pensar com clareza, muito menos conseguir assimilar que o que havia sonhado, imaginado e rezado para acontecer estava de fato se realizando.

Senti sua língua invadir a minha boca, me levando a uma rendição total, e literalmente me senti devorada por ele. Estava em choque com o ataque, me segurei em seu pescoço para não cair, até que o beijo foi mudando de intensidade, indo da raiva para algo mais lento e sensual. Sentia sua língua se movendo dentro da minha boca, mas ele deve ter percebido minha inexperiência, porque se afastou por um momento e sussurrou:

– Relaxe os lábios e mexa sua língua junto com a minha – disse, respirando rápido.

Olhei rapidamente em seus olhos e não vi mais raiva, apenas desejo; eu tremia da cabeça aos pés pela forte emoção que me dominava. Não conseguia acreditar que, dessa vez, tinha o homem dos meus sonhos, não só pedindo meus beijos, como me ensinando a beijar. Como um símbolo de rendição, fechei os olhos e aguardei ansiosa, me entregando ao momento. Primeiro senti seu hálito, seu perfume natural deixando-me inebriada, depois senti o toque suave de seus lábios nos meus, tão delicados que pareciam seda. Senti uma de suas mãos em minha nuca, enquanto a outra me segurava pela cintura, com firmeza e carinho, e seguindo sua orientação movi meus lábios com os dele, saboreando sua maciez e sabor tão característicos. Abrimos nossos lábios um pouco mais e, quando nossas línguas se encontraram pela primeira vez, abracei-o fortemente junto a mim, enquanto nos beijávamos em completa harmonia.

O estouro de uma manada de búfalos furiosos, a explosão de uma bomba nuclear, o impacto de um meteoro, tudo isso era pouco comparado às emoções liberadas naquele momento, sensações fortes e intensas que vinham em ondas cada vez maiores, como se estivesse me afogando em fogo líquido, se é que isso era possível. Perdi completamente o domínio sobre minhas ações, sentia como se tivesse me tornado uma marionete em suas mãos, à medida que o beijo prosseguia e ganhava força e calor, assim como seu abraço se tornava possessivo e exigente. Minha boca não parecia mais suficiente para ele, pois desceu os lábios para meu queixo, onde mordiscou levemente, antes de seguir para meu pescoço; arrepios de prazer percorriam meu corpo à medida que ele beijava e sugava bem atrás da minha orelha. Naquele sublime momento, éramos somente Daniel e Marina, nosso sobrenome em comum havia ficado para trás.

Tive a impressão de ouvir batidas na porta, mas não tinha certeza, pois Dan nessa hora voltou a atenção novamente para minha boca, aplicando-me mais um beijo arrasador e me fazendo arder em chamas; abracei-o ainda mais forte, porém agora eu ouvia que estavam realmente esmurrando a porta e desgrudei a minha boca da dele.

– Dan... – chamei, sem fôlego. – Tem gente batendo na porta, querendo entrar.

– Eles podem esperar – falou, enquanto mordia minha orelha.

– Abram essa porta, ou vamos arrombar! – ouvi uma voz de homem ameaçando.

– Dan! Por favor, vamos sair daqui! – implorei, criando coragem e empurrando-o com as mãos.

Ele olhou para o meu rosto, e vi tanto sentimento em seus olhos que minhas pernas ficaram moles, mas ele pareceu me ouvir dessa vez, pois se afastou um pouco.

— Já vamos! — gritou, ajeitando as roupas e o cabelo. Fiz o mesmo ao me olhar rapidamente no espelho, alisando o vestido e passando a mão no cabelo para arrumá-lo.

Dan abriu a porta, e demos de cara com um segurança mal-encarado.

— Algum problema, senhorita? Esse cavalheiro a está molestando? — perguntou se dirigindo a mim, já se preparando para partir para cima do Dan.

— Não, está tudo bem, garanto! — respondi rapidamente.

— Tem certeza? — tornou a perguntar, e confirmei, afirmando com a cabeça. Depois de lançar mais um olhar ameaçador para o Dan, foi embora.

— Venha! — Dan falou, me puxando pela mão.

— Aonde vamos? — Ainda estava atordoada e tropeçava sem parar.

— Você ainda não dançou comigo essa noite — respondeu, me conduzindo à pista de dança.

Ao chegarmos lá, tocava uma música muito alegre, com uma batida contagiante. Ele se agarrou comigo e começamos a dançar, mexendo os quadris de forma sensual no ritmo da música, se é que aquela ralação toda podia ser chamada de dança. Eu não conseguia parar de olhar seu rosto vermelho, excitado, olhos brilhando e aquele meio sorriso, que acabava com as boas intenções de qualquer garota. A música mudou para uma melodia mais tranquila e romântica, que ajudou a nos acalmar um pouco. Sentia um clima de encantamento no ar, entrelaçamos as mãos, pousei minha cabeça em seu peito, sentindo seus lábios em meu cabelo, enquanto nos movíamos de um lado para o outro. Reparei em vários casais se formando na pista. Ele me abraçou pela cintura, enquanto conduzia minhas mãos para a sua nuca, e nos deixamos envolver pela melodia.

— Quero que todos vejam que você é minha — sussurrou no meu ouvido, e eu tremi de alegria ao ouvir aquelas palavras.

Fitávamos os olhos um do outro, completamente absortos em relação ao que rolava ao redor. Senti seu rosto se aproximar cada vez mais do meu e, mais uma vez, fechei meus olhos; ele me beijou com tanta ternura que juro que, se ele não estivesse me segurando, tinha caído ali mesmo.

Abracei-o firme, passando minhas mãos por seu cabelo, sentindo a textura de seus lábios quentes, macios e saborosos. Quando o beijo acabou, dei uma olhada rápida ao redor e pude perceber vários pares de olhos surpresos, algumas pessoas rindo com discrição, enquanto outras apontavam abertamente para a gente. Fiquei um pouco sem graça, afinal cheguei à festa como sua irmã, e agora estávamos nos agarrando daquela forma. Para quem assistia devia ser, no mínimo, esquisito.

– Vamos embora? – sugeriu.

– Vamos – respondi prontamente. Naquele momento, iria até o inferno, desde que fosse com ele. Fomos pegar meu casaco e minha bolsa.

– Melhor você me dar a chave do carro – ele pediu.

– Mas você não sabe dirigir – argumentei.

– E você não está em condições de dirigir, depois de tanto champanhe. Vou pedir para alguém da produção levar o carro, e nós vamos de táxi – fui obrigada a concordar com seus argumentos e entreguei a chave a ele.

Saímos de mãos dadas na noite fria.

– Aonde você quer ir? – perguntou, e pensei por um momento.

– Estou com fome – acabei por responder.

– Ótima pedida. Vamos comer alguma coisa – ele concordou com um sorriso, solicitando um táxi que passava.

Durante todo o trajeto, eu me questionava se aquela noite não era um sonho, se o braço que envolvia meus ombros não era uma ilusão, se o brilho de seus olhos ao me olhar não era uma miragem.

Já era muito tarde, quase tudo estava fechado, então resolvemos parar na primeira lanchonete que encontramos aberta. Já passava das três horas da manhã quando nos aproximamos, de mãos dadas, da moça no caixa. Olhando para a parede ao lado, vi um quadro intitulado "Funcionário do Mês", onde aparecia justamente uma foto da garota que nos atendia.

– Vou querer uma promoção completa e um milkshake de chocolate – ele pediu, sem hesitar.

– E a sua namorada? – a moça perguntou, sorrindo.

Fui pega completamente desprevenida por aquela pergunta. Namorada? Até bem pouco tempo atrás, eu era sua irmã; agora, ao ser referida como "namorada" por uma desconhecida, fiquei sem fala. O que será que eu era para o Dan nesse momento? Não tinha certeza. Como eu continuava muda, a atendente se virou de novo para ele.

– Ah, eu já sei, para ela pode pedir a promoção especial, com suco de laranja – respondeu por mim.

– Legal quando o namorado da gente conhece nossos gostos, não é? – comentou a garota sorridente, e eu quis sumir. Já Dan não parecia nem um pouco perturbado.

– Se você quiser, pode ir se sentar, que eu levo a bandeja – ele sugeriu, e saí dali na mesma hora, antes que pudesse ouvir outro comentário daqueles.

Escolhi uma mesa ao lado de um espelho, e pude dar uma boa olhada no meu rosto. Estava com as bochechas muito rosadas e um olhar estranho, parecia que estava com febre. O cabelo estava um pouco despenteado, mas ainda no lugar, os lábios completamente sem batom, e sorri comigo mesma ao lembrar o motivo. Acabei por achar graça em meu reflexo.

– O que é tão engraçado? – perguntou Dan ao se aproximar, sentando-se à minha frente.

– A vida – respondi, alegre. – Oba! Estou faminta! – falei, avançando no sanduíche.

Enquanto comia, permaneci me admirando no espelho, analisando meu rosto, minhas expressões, me observando. Até que ouvi uma risadinha.

– Você fica muito engraçada bêbada – comentou, rindo.

– Bêbada? Estou bêbada? – perguntei, surpresa.

– Bem, não muito, só de pilequinho, na verdade. Mas você está muito engraçada, comendo e se olhando no espelho com um olhar de quem está "toda se querendo". – Não tive como não rir do comentário dele.

– Espera aí, isso merece ser registrado, seu primeiro pileque... – Ele pegou o celular e mirou na minha direção, e assim que fiz uma pose segurando o sanduba, ele tirou a foto.

A gente continuou comendo, com aquela naturalidade de quem se conhece a vida toda, rindo, brincando, fazendo comentários bobos sobre alguém que entrava, e caindo na risada.

– Senti muita falta disso – disse, segurando minha mão por cima da mesa.

– Do quê?

– De estar assim, com você, conversando sem estresse, falando um monte de bobagem, sem julgamentos, sem brigas. Você tem estado muito diferente de uns tempos para cá. – Baixei os olhos e dei um suspiro. – Por quê? Por que você mudou tanto? – ele perguntou, com uma expressão triste.

– Você não desconfia? – questionei, vislumbrando nossas mãos unidas.

Ele segurou meu queixo com a outra mão e me obrigou a encará-lo.

– Nós? – ele perguntou, me olhando nos olhos. – É esse o motivo?

– Sempre foi – confirmei. Não precisava dizer mais nada por enquanto, sabia que ele tinha entendido.

Dan se levantou e se sentou ao meu lado, passando o braço por trás do meu ombro.

– Mas agora esse motivo não existe mais – ele disse, carinhosamente.

– Não? – perguntei, insegura.

– Não – respondeu, mexendo no meu cabelo. – Você acha que agora que eu provei o gosto da sua boca vou te deixar fugir? – Senti várias borboletas voando pelo meu estômago, quando o ouvi dizer aquilo.

– Quem disse que quero ir embora?

– Não sei. Nunca se sabe quando pode aparecer um gavião na área.

Fui até seu ouvido e sussurrei:

– Nunca houve outro, só você. – Já ia afastar meu rosto, mas ele me segurou pela nuca, impedindo que me afastasse.

— Você não espera dizer uma coisa dessas no meu ouvido e sair ilesa, não é? – falou, com um sorriso na voz, beijando-me apaixonadamente em seguida.

Quando paramos o beijo, ele estava tão sem fôlego quanto eu, e encostou sua testa na minha.

— Deixe-me tirar uma foto da gente junto. – Ele colocou o rosto ao lado do meu, ergueu o celular, e sorrimos. – Vamos, namorada? – perguntou, ao se levantar. Olhei para ele ainda sem acreditar que tudo aquilo estava acontecendo.

— Namorada? Tem certeza? – quis saber, abraçando-o pela cintura.

— Longe de mim contrariar a Funcionária do Mês – disse, rindo e me dando um beijo rápido no nariz.

Pegamos um táxi e fomos para casa. O carro de mamãe já estava estacionado bem em frente ao local.

— Puxa, esse pessoal da produção do filme é realmente eficiente – comentei, já na calçada.

— Com certeza. É melhor a gente colocar logo o carro dentro da garagem, não é?

— Sim, é melhor. Cadê a chave?

— Está aqui, no lugar que eu combinei – disse, pegando-a embaixo do capacho, e me entregando. – Você está bem para guiar o carro lá para dentro?

— Tranquilo, pode deixar. – Ele se sentou ao meu lado no carro e o manobrei sem dificuldade, abrindo a garagem com o controle remoto.

Entramos. Parei o carro e ficamos em silêncio, vendo o portão da garagem se fechar atrás de nós, só as luzes do painel nos iluminando.

— Já quer subir? – perguntou.

— Qual é sua sugestão?

— Hum, podia colocar uma música aqui para gente – sugeriu, já mexendo no som, e em seguida comecei a ouvir uma música suave. Que clima! Olhei para o relógio, que marcava pouco mais de quatro horas da manhã.

– Que horas eles vêm buscar você? – perguntei.
– Às seis e meia da manhã – respondeu, desanimado.
– Você não vai dormir nada! – falei, preocupada.
– Não vai ser a primeira vez.
– Então... a gente não tem muito tempo, não é?
– Não.

Primeiro, olhamo-nos assim, meio de lado, quase com timidez, e no segundo seguinte nos atiramos um nos braços do outro, nos beijando com avidez. Eu sentia uma urgência diferente no Dan, talvez por causa do pouco tempo que tínhamos antes de ele viajar. Ele parou de me beijar, virou-me e, inesperadamente, me puxou, colocando-me sentada de lado em seu colo, encostando minhas costas na porta ao lado dele. Ele começou a beijar e sugar meu pescoço, provocando-me sensações desconhecidas e intensas. Movi minhas mãos para sua camisa e comecei a passá-las por seu peito, mas estava meio torta e me senti desconfortável naquela posição, o que ele logo percebeu.

– Espera aí, tenho uma ideia – disse, abrindo a porta do nosso lado e, saindo do carro, deu a volta e abriu a outra porta, onde no momento estavam meus pés. Observei-o arrancar o paletó rapidamente e jogá-lo no banco de trás, e em seguida me puxou pelos tornozelos, de maneira que fiquei deitada nos dois bancos da frente, a cabeça numa porta, os pés na outra. Ele entrou no carro e ficou exatamente em cima de mim, pressionando minhas pernas com a dele, sustentando o próprio corpo com os braços.

– Melhor? – perguntou, sorrindo.
– Muito melhor – respondi, puxando-o para mim pela camisa.

Beijávamo-nos completamente entregues ao momento. Eu passava minhas mãos sem parar pelos seus cabelos, descendo por seu pescoço e seguindo pelas costas. Ele soltou minha boca, percorrendo meu pescoço com seus lábios, brincando com minha orelha, mordendo-a de leve e voltando para o pescoço. Minhas mãos passaram para a frente de sua camisa, e ousei abrir dois botões para poder fazer algo que eu ansiava, sentir seu peito com minhas mãos. Assim que as introduzi pela abertura, ele parou o que fazia e as segurou.

– Marina. Acho que isso não é uma boa ideia – comentou, tentando controlar a respiração.

– Como assim? – perguntei, confusa.

– Você não está acostumada com isso, não quero ir... longe demais com você – respondeu, me encarando.

Não sabia o porquê, mas aquela rejeição fez aflorar em mim todos os meus complexos reais e imaginários. Será que ele não me queria por não me achar bonita, ou por não me achar experiente o suficiente? Dan me conhecia muito bem, e logo viu no meu rosto que havia alguma coisa errada.

– O que foi? Por que essa ruga aqui? – interpelou, tocando minha testa com a ponta dos dedos.

– Nada.

– Desembucha, Marina! Se você não disser, vou ficar maluco tentando adivinhar – permaneci em silêncio, e ele analisou meu rosto mais um pouco. – Te magoei, não foi? – Neguei com a cabeça, mas na mesma hora meus olhos se encheram de lágrimas traidoras.

– Marina... você está chorando? – Ele parecia apavorado. – Por favor, não faz isso, anda, fala pra mim o que você está pensando, não importa o que seja!

Era muito difícil falar sobre isso, e eu não sabia como começar.

– Você...

– Sim? – disse, me encorajando.

– Você me acha atraente? – perguntei, num fio de voz.

Ele me olhou com uma expressão que eu não soube decifrar e, para meu espanto, em seguida, caiu na risada.

– Sua bobinha, é isso que você está pensando? Que eu não te acho atraente só porque pedi para você parar? – Ele apoiou meu rosto em suas mãos, com delicadeza. – Você é a coisa mais linda do mundo! – E, para me provar o que disse, me deu um beijo arrebatador.

– Pensei que talvez você não se sentisse atraído o suficiente por mim – confessei, quando nossos lábios se separaram.

– O que mais desejo no momento é te ter aqui e agora, mas não posso fazer isso, não seria certo nem justo com você. Você merece algo belo e especial, não apenas sexo apressado dentro de um carro, visando unicamente a minha satisfação. – Ele me segurou forte em seus braços e sussurrou em meu ouvido: – Quando fizermos amor pela primeira vez, quero ouvir você gemer de prazer em meus braços. Quero sentir você tremer sob meu toque, e quero olhar dentro de seus olhos quando te fizer minha. – Ele voltou a contemplar meu rosto com ternura. – Fui claro?

– Como água – respondi, ainda surpresa com sua declaração.

– Bem, isso não significa que não podemos brincar um pouco até lá – disse, insinuante.

– Adoro aprender brincadeiras novas – admiti, fingindo ingenuidade. – Você quer ser meu professor?

– Só se prometer ser uma aluna aplicada – respondeu, aproximando os lábios dos meus.

Começamos a nos beijar, ao mesmo tempo com carinho e desejo, e quando ele sugou mansamente meu lábio inferior me senti envolta por chamas invisíveis. Finalmente, fiz o que ansiara por tanto tempo: corri minhas mãos livremente por seu peito, sentindo seus músculos em minha palma, seus pelos nas pontas de meus dedos. Percebi que, enquanto ele me beijava, corria as mãos por todo o meu vestido, como se procurasse por algo, até que o ouvi suspirar, frustrado:

– O que foi?

– Onde fica o zíper do seu vestido? – perguntou, afastando-se para me olhar melhor.

– Aqui do lado – respondi, apontando para a lateral do vestido. – Pensei que você tivesse dito que queria ir devagar.

Ele me lançou um olhar maroto, enquanto sorria levemente.

– Bem, mas olhar não tira pedaço, tira? – indagou, colocando sua mão onde eu tinha indicado. – Se você não quiser... – Ele parecia um pouco inseguro se devia continuar.

– Quero – falei, sem titubear, e o vi abrir um largo sorriso.

Ele foi puxando devagar, quase com medo, descendo o zíper lentamente. Depois de aberto, senti a ponta de seus dedos na lateral do meu sutiã e vi seus olhos se arregalarem.

– Renda? Você quer me matar? – perguntou, desesperado.

– Algum problema? – perguntei também, confusa com sua reação. – Você é alérgico?

– Não! Sou fissurado por lingerie com renda! – Dei uma risada gostosa com sua resposta.

Ele foi puxando devagar o meu vestido, e quando meu sutiã começou a aparecer percebi que ele parou de respirar.

– Minha nossa... – murmurou, com a voz carregada. – É melhor do que eu imaginava. É perfeito! – Corei no segundo em que ouvi o elogio.

Ele me olhava com tanta veneração que fiquei comovida. Aproximou devagar a sua mão e tocou a borda do sutiã delicadamente com a ponta dos dedos, quase com reverência. Mas, antes que continuasse a baixar meu vestido e acabasse por revelar o restante, fomos interrompidos.

– Dan, é você? – Ouvimos uma voz ainda distante, e nos olhamos, apavorados.

– É o papai! – falei, pulando imediatamente.

– Caramba! – ele disse, me soltando.

– O que vamos fazer? – perguntei, assustada.

Estávamos num estado difícil de disfarçar, completamente despenteados, Dan com a camisa desabotoada, eu com o vestido aberto, e com parte do sutiã à mostra. Dan deu um puxão no meu vestido, tentando colocá-lo no lugar, mas ouvimos os passos se aproximando.

— Se abaixe e fique completamente imóvel — sugeriu antes de sair do carro, passando as mãos no cabelo e abotoando rápido alguns botões. Vi que ele fechou os olhos, se concentrando, e quando os abriu sua feição estava inteiramente relaxada e casual. Nossa, de fato, ele era um ótimo ator!

— Sou eu, papai! — Dan avisou se afastando, e ouvi uma porta se abrir.

— Ouvi o barulho do carro entrando na garagem e vim ver se está tudo bem — ouvi papai dizer.

— Está tudo em perfeito estado.

— Onde está sua irmã? — Fiz uma careta ao ouvir aquilo.

— Já foi deitar — mentiu Dan, com a maior cara de pau.

— E o que você ainda faz aqui?

— Vim procurar meu celular, acho que deixei no carro.

— Ah, então está bem. Vou voltar para a cama. Daqui a pouco você viaja, não é mesmo?

— Sim, em poucas horas — confirmou.

— Certo, se não voltar a vê-lo pela manhã, boa viagem, filho!

— Obrigado!

Ouvi os passos do papai se afastando e continuei sem me mexer, até o Dan se aproximar me fazendo um sinal para que saísse do carro. Fiquei de pé ao seu lado, coloquei o vestido no lugar e fechei o zíper.

— Essa foi por muito pouco! — comentei bem baixinho, ainda nervosa.

— Nem me fale, ainda estou em choque! — falou, no mesmo tom.

— Você merecia um Oscar por sua atuação, não deu para suspeitar de nada!

— Deixe os elogios para depois, agora vamos subir antes que mais alguém apareça!

Tiramos os sapatos, saímos da garagem e subimos na ponta dos pés.

— Vá para seu quarto, vou tomar um banho e terminar de arrumar minha mala, passo lá antes de sair — sussurrou.

— Tá bom — murmurei em resposta, ficando na ponta dos pés para conseguir beijar seu queixo.

– Tentação! – ele disse, se aproximando.

– Vai, vai logo! – falei, rindo e empurrando-o para a porta do quarto dele.

– A aula foi suspensa, mas ainda não terminou! – sussurrou para mim, dando aquele sorriso que eu amava, antes de fechar a porta do quarto.

– CAPÍTULO 7 –

Marina

ACORDEI DEVAGAR DE UM SONO profundo e me mexi imaginando que horas seriam. Sentia a cabeça um pouco pesada e a língua seca; realmente tinha exagerado na noite passada, não estava acostumada a beber e tinha entornado muito champanhe, pelo que me lembrava.

Apesar do desconforto físico, me sentia leve e satisfeita. Tentei organizar meus pensamentos, procurando o motivo de estar me sentindo tão bem. Imagens sucessivas começaram a inundar minha mente e, quando as últimas lembranças da madrugada me atingiram, abri os olhos e sentei na cama quase ao mesmo tempo.

– Ai... – Senti minha cabeça rodar por causa do movimento brusco que fizera.

Olhei para a janela e, pela claridade que entrava no quarto, já devia ser bem tarde. Desviei o olhar para o relógio ao lado e confirmei minhas suspeitas: já passava das três horas da tarde.

– Droga! – reclamei baixinho.

Tinha caído no sono esperando pelo Dan e não havia conseguido me despedir dele. Voltei a deitar, frustrada, pois teria adorado dar-lhe um beijo de despedida.

Ainda não estava muito certa de que tudo aquilo tinha acontecido, a noite passada parecera um sonho fantástico. Ainda assim, passei os dedos nos lábios, lembrando-me dos beijos que trocamos, das carícias, do seu toque aveludado, do jeito carinhoso e meio desesperado com que ele me olhava, de suas palavras gentis e ao mesmo tempo repletas de más intenções. Só de pensar em tudo aquilo sentia meu corpo vibrar e ansiar por ele. Meu coração cantava em meu peito uma música alegre, me sentia tão ridiculamente feliz!

Espreguicei-me com um sorriso nos lábios, levantei e fui dançando até o banheiro. Despi-me sem pressa, liguei a água quente e entrei de cabeça. Ao ensaboar meu corpo, lembrei-me do Dan, do jeito intenso como ele me fitou o tempo todo, e ri embaraçada ao pensar na sua reação. Ele afirmou me achar bonita, ele disse que me queria, minha nossa, ele disse que queria fazer amor comigo! Só podia ser um sonho, uma ilusão criada pela minha mente cheia de bebida e fantasia.

Mas, ao me olhar nua no espelho do banheiro, pela primeira vez encontrei provas de que a noite passada tinha sido bem real. Meu pescoço tinha algumas manchas roxas e vermelhas, provas mais do que concretas que uma certa boquinha tinha passado um bom tempo ali. Imaginei a mamãe e o papai vendo aquilo e gelei; teria que usar alguma coisa para esconder as provas do crime. Enxuguei-me e corri para o quarto antes que alguém me visse. Abri o guarda-roupa para decidir o que usar. Encontrei um lenço comprido, enrolei-o no pescoço, conferi o resultado no espelho e fiquei satisfeita com o que vi: disfarçava perfeitamente. Fui para a cozinha para colocar alguma coisa no estômago, e encontrei mamãe, que me encheu de perguntas, querendo saber como tinha sido a comemoração. Falei animada sobre quase tudo, menos, é claro, as partes que envolviam o ataque de um rapaz de olhos azuis e cabelos bagunçados. Estava acabando de comer quando ouvi a campainha, fui atender e, assim que abri a porta, uma Shanti sorridente entrou sem esperar convite.

– Marina, anda! Conta, como foi? Quem estava lá? Tinha muito gato? Que músicas tocaram? Dançou com alguém? Quero saber tudo e... – Coloquei minha mão em sua boca, fazendo-a parar com aquela metralhadora verbal.

– Calma, uma pergunta de cada vez, prometo responder a todas, mas primeiro vamos pro meu quarto – falei, rindo.

Assim que entramos, fechei a porta e sentamos na cama, de frente uma para a outra. Comecei a descrever tudo, desde que saí de casa brigando com o Dan no carro, até nossa chegada ao cinema, o tapete vermelho, a exibição do filme. Nesse ponto da narração, Shanti me fez descrever várias cenas, quis saber o que cada ator vestia e com quem falei.

– Você tirou várias fotos, não foi? – perguntou em tom ameaçador.

– Sim, Shanti, de tudo! Agora, pare de interromper e me deixa continuar! – Ela pareceu satisfeita com minha resposta e ficou quieta.

Quando cheguei à parte da festa, comecei a falar sobre o lugar, sobre como as pessoas estavam vestidas, e ela me interrompeu, estendendo as mãos:

– Certo, já entendi, tudo lindo, todo mundo muito chique, mas vamos para a pergunta que não quer calar. Você beijou alguém? – perguntou, ansiosa.

– Sim – respondi, sem consegui deixar de sorrir.

– Ah, milagres existem! – exclamou rindo, jogando as mãos para o alto e olhando para o teto. – Quem foi o príncipe encantado que quebrou o feitiço? Já sei, deixe-me adivinhar: foi o Felipe, o atleta brasileiro!

– Ih, está muito frio, Shanti! – disse, rindo com vontade.

– Não? Então só nos resta o charmoso francês no páreo! Acertei?

– Hum... esse aí quase conseguiu, esteve muito perto, mas no último segundo alguém passou na frente – respondi, fazendo suspense.

– Outro? – indagou, arregalando os olhos, surpresa. – Minha nossa, Marina, não vai me dizer que você ficou com o Antony! – sugeriu quase gritando, e eu caí na gargalhada.

– Não, Shanti, também não foi ele. Olha, deixa eu te mostrar primeiro uma coisa, antes de revelar quem foi o príncipe. – Tirei o lenço e aguardei a reação dela.

– Isso é o que estou pensando? – perguntou, incrédula. – Cruzes! Então não foi um príncipe e sim um vampiro! Ai, Marina, acaba logo com essa agonia e me conta, por favor!

– Você realmente não consegue adivinhar? Acho que agora ficou tão óbvio!

– Tão óbvio... – repetiu, apertando os olhos e pensando. – Espera aí! Não vai me dizer que o chupa-cabra que te fez isso foi o... Dan?!

Sorrindo de orelha a orelha, confirmei:

– Sim, foi ele!

Ela começou a gritar, animada, e tive que tampar sua boca novamente.

– Calma, Shanti! Daqui a pouco a mamãe vai vir aqui saber o que está acontecendo, se você continuar histérica desse jeito!

– Caramba, mas essa foi demais, Marina! O porquinho finalmente agiu? Anda, cuspa tudo agora! Quero todos os detalhes!

Contei, então, um resumo do que havia acontecido. Da minha quase pegação com o Marcel – deixando a Shanti inconformada com o "quase" –, do surpreendente ataque de fúria do Dan e do desenrolar da briga até o momento culminante do beijo.

– E aí, como foi o beijo?

– Bom, eu nunca beijei outra pessoa pra comparar, então não sei se é sempre assim que a gente se sente, mas... – Fechei os olhos, lembrando a sensação de ser beijada por ele. – Foi incrível! Ele foi tão carinhoso e sedutor ao mesmo tempo, e o gosto da boca dele, hum... – falei, sugestiva.

– Ai, amiga! Estou tão feliz por você! Depois desse lance no banheiro, teve mais alguma coisa? – perguntou, desconfiada.

– Nem te conto!

Relatei todo o restante da história, até a hora do quase flagrante do papai.

– Que noite alucinante, Marina! Então, vamos recapitular a noite passada: quase amassos com o Marcel, ainda não me conformo! Você não é mais "boca virgem", obra do porquinho vampiresco chupa-cabra; você tomou seu primeiro porre com classe, bebendo champanhe; escutou um monte de confissões românticas; agarrões em alto nível no carro da sua mãe; momento quase terror com a chegada do seu pai e a promessa de mais agarração no futuro – disse tudo isso num fôlego só, de tão rápido. – Esqueci alguma coisa?

– Só uma. Ele me chamou de namorada – anunciei fechando os olhos e me jogando na cama.

– Realmente esse foi um ponto alto da noite – concordou, sorrindo.

– Ah, Shanti, sou louca por ele! – confessei, ainda de olhos fechados.

– Eu sei. Você está radiante, sabia? Nunca te vi tão feliz, e você merece essa felicidade depois de esperar tanto tempo por aquele boçal. – Abri os olhos e fiz uma careta pra ela. – Mas... sem querer jogar água na fervura, ontem, para um primeiro encontro, vocês foram bem longe, não? – Fiquei pensando um tempo antes de responder.

– Não sei, talvez – respondi, ainda refletindo. – Mas é que é tão diferente esse lance com a gente.

– Diferente, como assim?

– Bom, por exemplo, se eu tivesse ficado com o Marcel em vez do Dan, com certeza a coisa não teria ido tão longe, porque eu ainda não o conhecia direito, a gente se beijaria, mas pararia por aí. – Sentei de novo antes de continuar. – Já com o Dan, é muito diferente, eu conheço completamente aquela cabeça desmiolada, conheço seus gostos, manias, qualidades e defeitos. Vejo-o acordar e ir dormir todos os dias há anos, já brigamos, já fizemos as pazes, rimos e choramos juntos, se duvidar eu o conheço melhor do que ele mesmo – e terminei minha análise.

– Te ouvir falar assim soa quase como se vocês já fossem casados! – brincou Shanti.

– A gente convive na mesma casa há quase nove anos, como não conhecer uma pessoa depois desse tempo todo? Então, quando ficamos juntos, não tínhamos aquela insegurança que dá quando num relacionamento você ainda está na fase de "se conhecer melhor", simplesmente porque já ultrapassamos tudo isso, a única coisa que falta mesmo entre nós é a intimidade física – completei, pensativa.

– E, pelo jeito que a coisa vai, em breve essa também vai ser uma etapa concluída – comentou, sorrindo maliciosamente.

– Ah, não sei, vamos ver... – falei, sem graça. – Agora estou mesmo é com saudade dele.

– Ah, qual é? Faz só algumas horas que ele partiu!

– Eu sei, mas queria tanto que ele estivesse aqui! – suspirei, tristonha.

— Fica assim não! Pensa que, quando ele voltar, vocês estarão mortos de saudades um do outro, e com bastante tempo para ficar juntos! — ela disse, animada.

— Tomara, Shanti!

✦•✦

Já fazia um tempo que Shanti tinha ido embora quando resolvi navegar um pouco na internet. Abri minha caixa de e-mails na busca por alguma novidade, quando o título de uma mensagem me chamou a atenção: "Toda se querendo". Abri ansiosa e li o seguinte conteúdo:

Bom dia, Namorada!
Ou será boa tarde, talvez boa noite? Sonhou comigo?
Não importa, estou aqui escrevendo rapidinho do aeroporto porque estou pensando em você.
Opa! Estão me avisando que o avião já vai partir, tenho que ir. Estou enviando nossas fotos para você não se esquecer da nossa noite.
Sinta-se beijada da cabeça aos pés.

Namorado

Terminei de ler o e-mail rindo e chorando, tudo ao mesmo tempo, lia e relia sem parar. Abri o anexo e lá estavam as fotos. Na primeira, eu estava rindo para ele, com um olhar de "toda se querendo", como ele denominou e, na outra, nós dois juntos, num momento perfeito.

Respondi o seguinte:

Boa tarde, Namorado!
Obrigada, adorei a surpresa!
Já comecei a contagem regressiva pro seu retorno, volta logo!
Saudade, saudade, saudade...

Beijos de baunilha,
Namorada

Usei nossa foto como proteção de tela do meu computador e fiquei olhando para ela um tempão. Beijei um dedo da minha mão e encostei o mesmo dedo em cima da imagem dele.

– Por favor, não demore, Namorado – sussurrei.

✦•✦

Foram as duas semanas mais longas da história! Procurava acompanhar pela internet todos os lugares por onde ele passava, via as fotos, lia os comentários e as críticas, e sempre via o Dan cercado de fãs e admiradoras. Bateu uma insegurança: com tanta garota rodeando ele o tempo todo, será que ele tinha se segurado? Será que tinha pensado em mim?

Para meu azar, nossos horários se desencontraram, pois quase todas as vezes que ele ligou infelizmente eu não estava em casa; estava em aula, ensaiando, ou já estava dormindo, então pouco nos falamos.

O tempo parecia se arrastar, e eu já estava enlouquecendo de saudade. Até que um dia à noite recebi o seguinte e-mail:

Namorada,
Voltando pra você!
Chego amanhã à tarde. Faça um bom uso da sua habilitação e esteja no aeroporto pra me pegar.
Sentiu a exploração?

Beijos molhados,
Namorado

– Aaaahh!!! – gritei, e saí pulando pelo quarto.

A manhã seguinte parecia não ter fim, quase não comi de tanta ansiedade. À tarde, já estava quase enfartando, e conferia o relógio a cada cinco minutos. Peguei o carro e cheguei ao aeroporto com quase uma hora de antecedência. Andava de um lado para o outro, sentava, levantava, não conseguia ficar parada. Finalmente, foi anunciado que o voo dele tinha chegado, corri para o portão de desembarque e fiquei aguardando, torcendo as mãos.

O portão foi enfim aberto, começaram a sair algumas pessoas e nada de ele aparecer. Já estava achando que estava no lugar errado quando alguém alto, desengonçado e usando óculos escuros apareceu.

Senti-me numa cena de filme. Assim que ele me viu, abriu um largo sorriso, me fazendo esquecer de quem eu era e onde estava; corri e pulei no colo dele, abraçando-o com minhas pernas em volta de sua cintura e segurando-o pelo pescoço.

– Bem-vindo! – disse, alegremente.

– Uau! – ele exclamou surpreso e feliz, antes de me beijar.

Foi um beijo com gosto de saudade, forte e intenso, cheio de promessas. Fomos interrompidos por uma voz bem ao nosso lado:

– Por favor, procurem um lugar reservado – olhei, surpresa, e vi o Antony passando pela gente com um sorriso malicioso.

– Acho que exagerei, não é? – perguntei sem graça, colocando os pés no chão.

– Não, foi apenas você mesma – disse, me abraçando e me beijando rapidamente. – Nunca tenha vergonha de mostrar o que sente. – Ouvir aquilo me fez quase levitar de contentamento.

Pegamos a bagagem e nos dirigimos para o estacionamento. Assim que nos sentamos no carro, lado a lado, ele pegou minha mão e a beijou com ternura.

– Senti sua falta – falou, inclinando-se na minha direção.

– O tempo não passava nunca! – confessei, observando-o beijar as pontas dos meus dedos.

– Eu sei exatamente o que você quer dizer – respondeu, enquanto mordiscava minha mão, provocando-me arrepios pelo braço.

Ele começou a beijar novamente meus dedos, seus lábios foram subindo pelo meu braço, como se seguissem as veias, e os arrepios foram se intensificando. Parou um pouco na dobra do cotovelo, chegando ao ombro. Depois, concentrou-se no meu pescoço, enchendo-o de beijos, e descobriu um lugar sensível bem atrás da minha orelha, se mantendo ali, fazendo-me fechar os olhos e suspirar. Com a outra mão, pegou-me pela cintura e me virou para ele. Senti sua boca se abrindo, e seus lábios mordiscaram mansamente a região.

– Não, assim não – pedi, recuando.

– Por que não? – perguntou, surpreso, erguendo o rosto, mas ainda sem me soltar. – Não está bom pra você?

– Não é isso, muito pelo contrário. – Ao me ouvir dizer aquilo, ele sorriu, avançando novamente, mas o parei com um gesto. – É que estamos indo pra casa, papai e mamãe estão lá, e vai ser muito suspeito se eu chegar com o pescoço marcado – tentei explicar, fazendo uso da razão.

Ele me olhou longamente antes de responder.

– Está bem – concordou, se afastando.

Dei a partida no carro e saímos dali; um silêncio estranho se instalou entre nós. Olhei pra ele de esguelha e reparei que estava sério, quase carrancudo.

– Está zangado comigo? – tomei a coragem de perguntar.

– Não – respondeu sem olhar pra mim. – Só muito irritado.

– Comigo? – quis saber, nervosa.

– Não – respondeu, dando um suspiro alto. – Estou irritado por ter que manter essa situação ridícula para os nossos pais. – Então, se virou para mim e continuou, exaltado: – Odeio quando eles nos chamam de irmãos, odeio ter que voltar pra casa e ver que as coisas continuam as mesmas, odeio não poder curtir você do jeito que desejamos porque eles podem descobrir!

– Odeio isso tanto quanto você – confessei, baixinho. – Mas seja sincero, o que você acha que eles iriam fazer, se chegássemos agora e confessássemos tudo? Você os conhece tão bem quanto eu, como você acha que eles iriam reagir?

Ele ficou calado, passando nervosamente a mão pelo cabelo, e parecia mais calmo quando respondeu:

– Nada bem.

— Sim, nada bem — reforcei. — Olha, minha sugestão é que, por algum tempo, mantenhamos nosso relacionamento em segredo, apenas o tempo suficiente para que eu possa me tornar mais independente, ser maior de idade, e depois disso ninguém mais poderá mandar em mim.

— O quê? — ele quase gritou. — Marina, você ainda vai completar dezessete mês que vem! Ainda falta muito para você ser maior de idade!

— Eu sei — disse, quando entramos na nossa rua. — Não consegui pensar em nada melhor.

Entrei com o carro na garagem de casa e permanecemos ali, sentados em silêncio, olhando para a frente.

— Se você achar que isso tudo não vale o sacrifício, vou entender, não vou culpá-lo por querer algo diferente, ou melhor — falei, com a voz trêmula. Tudo o que eu mais queria era ficar com ele, para mim nenhum sacrifício seria grande o bastante, pois nenhum obstáculo era difícil o suficiente, mas não poderia obrigá-lo a se sentir como eu, ou tomar as mesmas decisões.

— Melhor? Do que você está falando, enlouqueceu? — Ele parecia alucinado. — Quando você diz "isso tudo", significa nós, Marina? Olha pra mim! — Virei meu rosto pra ele, mordendo a boca, nervosa. — Quero deixar uma coisa bem clara, não vou desistir da gente! Não depois de passar nove anos quase enlouquecendo nesta casa! — Ele me segurou firme pelos ombros. — Vendo você todo dia, sem poder te ter, sentindo seu cheiro e te desejando, sem poder te tocar! Eu quero você, Marina! Quero você na minha vida, na minha cama e na minha alma! Eu te amo!

Olhei pra ele só por um segundo, antes de nos atirarmos nos braços um do outro. Sua boca se movia urgente junto à minha, cada célula do meu corpo clamava por ele, por suas mãos habilidosas, por seu toque, por seu olhar cheio de carinho, por seu abraço aconchegante. Mas não era só isso, era muito mais do que apenas desejo físico, mais que satisfação, era a necessidade da sua presença, da sua personalidade sensível e inteligente, do seu senso de humor único e de tantas outras características que admirava nele.

– Eu te amo há tanto tempo! – consegui dizer, quando nossos lábios se separaram. – Mas tinha medo que não fosse correspondida – completei.

– Ah, meu amor! – sussurrou, antes de encher meu rosto de beijos. – Ainda não sei bem como, mas vamos fazer "isso tudo" dar certo, de alguma forma. Vamos conseguir!

– Eu sei! – falei, confiante. – Agora que eu sei como você me ama, tudo se torna possível.

Ficamos ali abraçados por algum tempo, temerosos ante a ideia de nos afastarmos. Sabíamos que, ao sair dali, teríamos que voltar a usar nossas máscaras, tínhamos consciência de que seria doloroso, porém sabíamos que valeria a pena. E foi essa certeza que nos deu força para sair do carro e enfrentar o que viesse pela frente, juntos.

❖•❖

– Para, Dan! Faz cócegas! – disse, deitada no tapete do seu quarto.

Ouvi sua risada baixa – ele tinha acabado de lamber meu umbigo – e olhei para baixo: minha camiseta estava um pouco erguida, vi-o tirando os lábios da minha barriga e levantando a cabeça para olhar meu rosto. Eu acariciava seus cabelos com uma de minhas mãos e sorria para ele.

Fazia uma semana que estávamos naquele clima gostoso de namoro, completamente à vontade um com o outro, ao mesmo tempo que nos descobríamos em outros aspectos, ainda maravilhados por poder finalmente nos tocar com liberdade. Na verdade, nem tão livremente assim. Quando nossos pais estavam em casa, fazíamos todo o teatro de bons irmãozinhos, mas quando conseguíamos ficar sozinhos, como agora, aproveitávamos cada segundo.

– Quando penso em quanto tempo perdi – ele disse. – Quanto tempo fiquei sonhando em estar assim com você, sentindo o calor da sua pele, seu cheiro de baunilha, seu sabor – enquanto falava, passava o nariz na minha barriga e dava leves mordidinhas. – Você me perdoa por ser tão tolo?

– Não há o que perdoar – respondi. – Tudo tem sua hora, e a nossa chegou. Agora temos todo o tempo do mundo, não é? Mas só não vou te perdoar por uma coisa.

— Pelo quê? — perguntou, desconfiado.

— Se não vier aqui me beijar agora. — Ao ouvir aquilo, automaticamente ficou em cima de mim, com os nossos rostos muito próximos.

— Hum, que namorada ressentida eu arrumei!

— Você não viu nada! — falei, puxando-o para mim.

Não me cansava de beijá-lo. A sensação era a de ter estado muito tempo perdida num deserto e finalmente ter encontrado um oásis, um lugar onde pudesse matar minha sede. Eu tinha sede dele e, quanto mais bebia, mais sede sentia, mais queria me embriagar. Se Dan fosse uma bebida, eu seria uma forte candidata ao vício, uma dependente incurável.

O corpo dele foi baixando sobre o meu, nossas pernas se entrelaçaram, abracei-o com mais força, adorando sentir seu peito forte me pressionando, passei minhas mãos por suas costas, subindo e descendo, ele soltou minha boca e seus lábios escorregaram para o meu colo, dando vários beijos úmidos. Ele pressionou o quadril contra o meu, me deixando ao mesmo tempo constrangida e excitada, ao perceber que era a causadora de tamanha empolgação. Minhas mãos pareciam ter vida própria, deslizavam por suas costas e, depois de um momento de hesitação, desci ainda mais, chegando próximo à sua cintura, indecisa se prosseguia ou não, porém, quando ele deu uma mordida mais forte no meu pescoço, elas deslizaram rapidamente e apertaram aquela região tentadora.

— Fica muito difícil manter meu autocontrole quando você faz essas coisas, sabia? — ele falou, rouco.

— E quem disse que eu quero facilitar? — perguntei, debochando.

— Você é meu fruto proibido, sabia?

— Dizem que são os mais doces.

— E os mais fatais, também — disse, rindo.

— Você acha cedo demais para a gente... — dei uma pausa sugestiva.

— Nada é cedo demais para a gente, Marina — respondeu, pressionando meu corpo ainda mais. — Nós estamos atrasados! Pelo menos é como me sinto em relação a isso. E você, acha que estamos sendo precipitados?

– Se você fosse um rapaz qualquer, com o pouco tempo de namoro que temos, com certeza este questionamento nem estaria aqui. Mas, como é você, parece tudo tão fluido. É como se fosse o curso natural das coisas, entende?

– Entendo. Também sinto a mesma coisa, não vejo a hora de a gente se entregar totalmente.

– Por que não agora? Se eu me sinto bem com a ideia e você concorda comigo, o que nos impede?

– Nada. Nada me impede de fazer amor com você. Mas quero fazer do nosso primeiro momento algo muito especial – explicou, dando um beijo suave nos meus lábios. – Tenho algumas ideias, mas ainda não decidi realmente o que fazer.

– E você não vai me contar que ideias são essas? – perguntei, curiosa.

– Oh, não! – respondeu, dando aquele sorriso de quem está aprontando uma travessura. – Vai ser uma surpresa!

– Surpresa? – perguntei, apertando os olhos. – Você não vai aprontar nenhuma esquisitice, não é?

– O que você chama de esquisitice? – perguntou, mordendo os lábios, como se estivesse controlando o riso.

– Ah, sei lá! – falei, um pouco vermelha. – Algo constrangedor ou anormal.

– Tolinha! – disse, tocando meu nariz no dele, enquanto ria. – Para sua informação, sou o cara mais normal que conheço quando o assunto é sexo. Então, pode ficar tranquila.

Olhei para ele ainda rindo. Rolamos nossos corpos até eu ficar por cima, e ele me abraçou forte pela cintura.

– Gosto tanto quando estamos juntos assim!

– Eu também, você não faz nem ideia de como é bom te tocar, Marina. Te sentir. Estar com você me faz sentir tão vivo! – declarou, massageando carinhosamente meus cabelos.

Aproximei meu rosto do dele e segurei sua face em minhas mãos.

– Te amo.

– Te amo mais – retribuiu, me beijando em seguida.

O beijo começou suave, gentil e doce, nossas bocas se encontravam em perfeita sintonia. Aos poucos, o beijo foi ficando mais impetuoso, exigindo movimentos mais rápidos, quase desesperados. Senti suas mãos descendo da minha cintura, indo parar no meu bumbum, dando um aperto suave e me fazendo pressionar ainda mais o meu quadril contra o dele, levando-o a suspirar. Ele rolou comigo sem me soltar, ficando sobre mim. Trocamos mais beijos urgentes e molhados, minhas mãos começaram a se aventurar por dentro da sua camiseta, ansiava por sentir a pele dele em minhas mãos.

– Me ajuda a tirar – pediu, respirando profundamente.

Peguei a barra de sua camiseta, puxando pelo seu tronco e passando por sua cabeça, e ele a jogou longe, voltando imediatamente a atenção para mim.

– Me toque, Marina – ele não precisava pedir duas vezes.

Toquei, fascinada, cada centímetro do peito dele, observando os pelos se eriçarem à medida que eu avançava, ouvindo-o gemer baixinho, parecendo aprovar meu toque.

– Quero te tocar também – disse, me olhando de um jeito que fez com que eu me sentisse algo muito precioso para ele.

Em seguida, Dan fez um movimento tão rápido que, quando me dei conta, tinha puxado minha blusa, passado-a pelo meu pescoço, e a deixado presa em meus braços, que estavam erguidos ao lado da minha cabeça. Ele abaixou o rosto, contemplando com fascinação os meus seios cobertos pelo sutiã de algodão.

Senti minha face ruborizar de imediato. Apesar de nos conhecermos praticamente a vida toda e de eu estar adorando descobrir que conseguia fazê-lo reagir dessa forma, ainda estava me acostumando a me expor diante daqueles olhos famintos.

– Desistiu de esperar? – perguntei, indecisa, sobre o que ele faria em seguida.

Ele sorriu mas não disse nada, continuou apenas admirando em silêncio, parecendo enfrentar algum conflito interno.

— Eu quero que saiba — começou a responder, com a voz carregada de sentimento — que nunca, em minha vida, pensei que um dia estaria diante de tamanha beleza. Sinto-me fraco diante de você. Todas as minhas decisões estremecem, as certezas tornam-se dúvidas, nem sei mais quem sou.

Fiquei completamente sem palavras diante daquela declaração, e prendi a respiração quando vi sua mão se erguer, parar bem diante do bojo de meu sutiã e tremer. Ele ergueu o rosto e me fitou, a expressão transbordante de desejo e a respiração irregular.

— Nunca quis outra além de você — sussurrou. — Não quero precipitar nada entre nós, mas...

Ele voltou a olhar para meu busto, completamente assolado pela dúvida.

— Tenho medo de que, se te tocar um pouco mais, eu não tenha o autocontrole necessário para parar.

— Está tudo bem — eu disse, calmamente. — Eu também te quero.

— Quer? — perguntou, como se estivesse ouvindo algo surreal.

— Com todo o meu coração.

— Quero que seja belo, quero que seja único.

— Vai ser — assegurei, sorrindo levemente.

Ele passou nervoso a língua em seus lábios e respirou profundamente.

— Eu posso me controlar — disse, como se estivesse falando consigo mesmo. — Só quero sentir. Você permite?

Diante de tão doce pedido, quem diria não?

Tomei sua mão e, delicadamente, a desci até o lugar que ele tanto almejava, percebendo quando prendeu a respiração assim que o tecido macio roçou seus dedos.

— Tão suave — sussurrou.

Ele continuou nesse passeio delicado e gentil, parecendo fascinado com o que estava fazendo, e, embora seu toque fosse apenas um leve roçar, senti meu corpo se aquecer como se tivesse sido subitamente exposto ao sol.

Entretidos como estávamos, não ouvimos os passos na escada, nem a porta que se abriu devagar.

— Subam para as colinas, é o Apocalipse! — alguém falou da porta, nos fazendo pular, apavorados.

❖·❖

Lance

Já era a terceira vez que batia à porta e ninguém atendia. Tinha marcado com o Dan de aparecer naquele horário, mas tudo estava silencioso demais. Talvez ele tivesse caído no sono, resolvi então arriscar a maçaneta, que abriu com um estalo.

Passei para a sala e avisei, em voz alta, que estava entrando, mas continuei sem resposta. Resolvi subir as escadas, fui pro quarto do Dan, rindo comigo mesmo, imaginando que ele devia estar dormindo e já planejando acordá-lo com um susto. Abri a porta devagar e fiquei pasmo com a cena que se desenrolava bem diante de meus olhos.

Marina estava deitada no chão, os braços erguidos, presos com algo enrolado neles, devia ser sua blusa, que o Dan mantinha ali com uma de suas mãos, enquanto com a outra tocava o sutiã dela com delicadeza. Surpreso, pisquei os olhos e soltei a primeira coisa que me veio à cabeça:

— Subam para as colinas, é o Apocalipse!

Eles pararam na hora o que faziam. Marina olhou para mim com olhos arregalados, soltou rápido os braços da sua blusa e cobriu o busto, mordendo os lábios e parecendo muito envergonhada. Dan ficou na frente dela, tentando escondê-la com seu corpo e me encarando com uma expressão visivelmente raivosa.

— Saia daqui agora, Lance! — gritou, enfurecido.

Eu estava tão sem ação que demorei a entender o que ele pediu.

— Saia agora, já vou falar contigo! — E finalmente a compreensão me atingiu. Saí dali rapidinho.

Desci a escada aos pulos, ainda atordoado, olhei ao redor tentando decidir aonde ir e optei pelo quintal. Lá fora, sentei nos degraus e fiquei aguardando, nervoso.

Não me considerava um cara preconceituoso; alguns até achavam que era liberal demais, mas fui pego desprevenido com aquela situação. Sempre tinha visto Dan e Marina como irmãos, bem como Maggie e Cate. Apesar da grande diferença física entre eles, todos se davam muito bem, claro que com as implicâncias naturais que existem entre irmãos, mas nada que me fizesse cogitar essa possibilidade. Nada? Pensando melhor, às vezes sentia uma espécie de tensão entre eles, algo muito sutil, mas sempre pensei ser superproteção do Dan com a irmã caçula ou ciúme entre irmãos, que também é bem comum.

Mas aquilo tinha se intensificado nos últimos anos. Lembrei que uma vez, de brincadeira, olhei pra Marina e perguntei pro Dan o que ele achava de me ter como cunhado; lembro de ele me fitar com seriedade e afirmar que eu só poderia fazê-lo por cima do seu cadáver. Na verdade, ele se comportava assim com quase todo cara que desconfiava estar a fim dela.

Dan sempre foi um cara boa pinta, brincalhão e talentoso, mas quando o assunto era mulher se tornava um trapalhão, muito inseguro sobre como agir e o que falar. Quando queria sair com alguma garota, dava mil voltas, a menina até cansava de tanta enrolação. Então, na maioria das vezes, quando ele ficava com alguém era porque a garota praticamente se atirava em cima dele.

Há quanto tempo aquilo podia estar acontecendo? Pelo que tinha acabado de ver, já estavam bem íntimos, talvez até já tivesse rolado de tudo. Ah, não podia culpar o Dan por não resistir à Marina. A garota era uma gata e ultimamente andava com cada roupa capaz de fazer os mais descuidados perderem o juízo.

Ouvi a porta se abrindo. Dan se aproximou, acabando de colocar a camiseta, e se sentou ao meu lado, passando a mão nos cabelos.

Ficamos um tempo em silêncio, olhei pra ele e vi um rosto preocupado.

– Há quanto tempo isso está rolando?

Ele suspirou, parecendo decidir o que dizer.

– Há pouco tempo – disse, por fim.

– Seus pais não sabem de nada, não é? – E ele deu um sorriso amarelo.

– Nem desconfiam. Só vão descobrir se alguém der com a língua nos dentes – falou, em tom de ameaça.

– Está me estranhando? – perguntei, ofendido. – Nunca traí um amigo!

Ele fez cara de culpado e depois sacudiu a cabeça, nervoso, dizendo:

– Eu sei, desculpa, mas é que manter esse segredo é muito importante.

Dei uma risadinha e por fim completei:

– Claro que é importante, pois se teu pai descobrir que você anda agarrando a Marina, acaba contigo!

Ele fez uma careta ao ouvir aquilo.

– Eu sei – concordou. – Mas vale a pena o risco.

Diante dessa frase, tive que sorrir.

– Cara, você é meu herói!

– Como assim? – perguntou, cismado.

– Você é tão bom pegador, que nem a irmã adotiva você perdoa, garanhão! – Ele revirou os olhos. – Precisa me ensinar seu truque!

Subitamente, ficou todo agitado e quase gaguejou de tanta raiva.

– Quer me fazer o favor de parar de falar bobagem? – perguntou, impaciente. – A coisa entre a gente não é assim.

– Não entendi, e como é? – perguntei, franzindo a testa.

– A gente não está só se pegando. – Ele parecia meio constrangido por revelar tudo. – A gente está namorando de verdade.

Dan olhou para o céu, enquanto esfregava sem parar as mãos em sua calça e eu arregalava os olhos, diante do impacto daquela revelação.

– Vocês estão namorando? – eu quis saber, de queixo caído. – Quando você diz namorando, é tipo aquele negócio de andar de mão dada, abrir porta do carro, ir ao cinema e comprar pipoca antes de levar pro motel? – Dan deixou escapar uma risada nervosa.

— Ainda estamos na parte do cinema e da pipoca — respondeu, quase quicando de onde estava sentado. — Na verdade, desde que a gente está junto, não fomos ao cinema, não é uma má ideia.

— Não mude de assunto! Quer dizer que ainda não treparam?

— Será que você podia parar de usar esses termos quando falar dela? — Não me aguentei e soltei uma risada.

— Ai, que bonitinho o namoradinho ofendidinho, defendendo a namoradinha — inferiu em tom de deboche.

Ele rolou os olhos e grunhiu, aborrecido.

— Droga, Lance! Você só fala besteira! — reclamou irritado, enquanto eu continuava rindo.

— Está bem. Então vou perguntar com classe, você ainda não deflorou a linda donzela?

Dan me fitou com rigidez, tenho certeza de que, se olhar matasse, eu já estaria a sete palmos abaixo da terra.

— Olha — disse, entredentes. — Só vou te responder para não ouvir mais suas asneiras: não, ainda não chegamos lá.

— Ainda? Mas então a possibilidade existe! — afirmei, empolgado.

Ele esfregou o rosto com as mãos e por fim soltou os ombros, tentando relaxar.

— Sim, existe uma boa chance — confessou, sorrindo levemente. — Na verdade, esse ponto é algo que anda me preocupando um pouco — disse, com uma expressão séria.

— Preocupando, por quê? — Não conseguia imaginar o motivo.

— Porque nunca tive esse momento com uma garota virgem e queria que a primeira vez dela fosse perfeita — confessou, de olhos baixos. — Você já transou com uma virgem?

— Já — respondi, lembrando as experiências.

— Acho que vou me arrepender de perguntar, mas vou tentar assim mesmo. Alguma dica?

— Vou te dizer o conselho que meu pai me deu — comecei a falar, imitando a voz do meu pai. — "Filho, transar com garota virgem é que nem andar pela primeira vez num carro zero quilômetro! Você olha para o carro admirando os faróis, a lataria, entra e se senta todo orgulhoso, segura no volante de forma gentil e firme ao mesmo tempo, gira a chave, dá a partida, acelera um pouquinho, só para sentir a potência do motor, pisa na embreagem, coloca a mão na marcha e engata a primeira; você sente que o carro pede mais marcha e engata a segunda, ele vai pedir mais velocidade e você engata a terceira, e assim até chegar à quinta marcha, nesse ponto você pode enfiar o pé no acelerador e ir a 200 km por hora. Mas nesse processo, entre a primeira e a quinta marcha, pode ser que você passe por algum obstáculo. Neste caso, você precisa voltar à marcha anterior e começar tudo de novo." Pronto, foi isso que ele me disse, o que achou?

Dan fez uma cara estranha e coçou o queixo, parecendo meio confuso.

– Parece um bom conselho, só tem um probleminha.

– Qual?

– Não sei dirigir – disse, rindo de gozação.

– Droga, Harrison! Sabia que às vezes você é um cara muito estranho? – falei, irritado. – Olha. Eu vou lhe dar uns conselhos à minha moda. – Dan cruzou os braços e me olhou com atenção. – Primeiro, pense que você é um soldado com uma longa missão a cumprir e, por isso, não pode gastar toda a munição de uma vez só.

– Como é? – perguntou, piscando repetidas vezes.

– Eu sabia que devia ter insistido pra você participar de alguns jogos de *paintball*! – falei, exasperado. – Já vi que com você não adianta usar metáforas, então o negócio é o seguinte: vai demorar, então, se você ficar muito animadinho durante o processo, pode acabar rápido demais e a garota no final vai ficar te olhando com cara de "é só isso?". E, pelo que estou percebendo, acho que não é o que você quer que aconteça com a Marina. Conselho: toda vez que sentir que está perdendo o controle, pense em alguma coisa que te desestimule um pouco, tipo Segunda Guerra Mundial, nazismo, o Holocausto ou qualquer outra lembrança que te tire do foco; isso vai te dar o tempo que precisa. – Dan me olhava de boca aberta. – Acha que entendeu agora?

— Creio que sim — respondeu, um pouco inseguro.

De repente, veio-me à mente uma recordação engraçada, sorri e falei, em seguida:

— Quando elas começam a miar, também é outro sinal de que você pode entrar com a quinta marcha. — Ele me olhou, incrédulo.

— Você fez uma garota miar? — perguntou, começando a rir.

— Juro, palavra de escoteiro! Quando começou a ficar animada, a garota que tirei a virgindade gemia assim: "Miauuu!" — Dan jogou a cabeça para trás, dando uma risada, e começamos a gargalhar até ficarmos com falta de ar.

— Só contigo mesmo, Lance! — ele comentou, recuperando o fôlego. — Valeu pelas dicas.

— Para que servem os amigos, não é mesmo?

❖·❖

Marina

Nas semanas que se seguiram, sentíamos nossa relação amadurecer e ganhar intensidade. Devido a isso, manter nossa fachada para o mundo tornou-se um grande desafio.

Aos poucos, chegamos à conclusão de que conduziríamos aquela situação fraternal a nosso favor, afinal, dentro de certos limites, era permitido carinho entre irmãos, correto?

Então, se assistíamos à TV na sala, o fazíamos de mãos dadas, o que a princípio parecia algo inocente. Se à tarde eu chegava em casa anunciando que tinha tirado boa nota na escola, ele aproveitava para me dar um forte abraço ao me parabenizar. Quando, certa noite, fui ver um filme com ele, em seu quarto, ficamos deitados em sua cama, abraçados o tempo todo, nos beijando disfarçadamente no rosto ou nas mãos. E, como era tudo tão aparentemente normal, o fazíamos de portas abertas, para quem quisesse ver e, na verdade, aquilo ajudava a não gerar suspeitas. Somente ao despertar pela manhã me dei conta de que tínhamos adormecido juntos.

Levantei o rosto de seu peito e, ao olhar seu rosto calmo, adormecido, me perguntei se realmente estava acordada, pois, depois de passar boa parte de minha vida sonhando com algo assim, viver essa inesperada realidade era ainda surpreendente.

– Eu te amo – murmurei em seu ouvido.

Sorri ao perceber que, por causa do sono pesado, ele sequer se movera. Mas não importava: minha felicidade era saber que meu sentimento era correspondido, estando ele consciente ou não.

Ao descer para o café da manhã, encontrei papai, que como sempre lia seu jornal, nos cumprimentamos como de costume, e ele me estendeu a parte que eu costumava ler.

– Você e Dan parecem estar numa boa fase agora – comentou.

– Como assim? – perguntei, imediatamente alerta.

Ele deu uma risadinha antes de começar a falar.

– Bem, uns tempos atrás, vocês pareciam se estranhar, quase até como se se evitassem. Você sempre ficava de cara fechada quando Dan estava por perto, enquanto ele vivia resmungando pela casa, impaciente e agitado. Já estava quase a ponto de chamar vocês dois para bater um papo para estimular vocês a se entenderem, pois pareciam duas bombas-relógios prontas a explodir. E, o mais curioso, eu não fazia a mínima ideia de como essa esquisitice de vocês começou.

– Foi só uma fase, papai. Tudo passa, não é mesmo? – disse, enquanto dava uma mordida em uma torrada, tentando manter o rosto tranquilo.

Ele me observou por um momento, antes de responder:

– Sim, tudo passa – concordou, sorrindo com serenidade. – Agora há pouco, quando passei em frente ao quarto do Dan e os vi adormecidos, fiquei muito feliz ao ver que estão tão unidos. Seu irmão e você.

Correspondi ao seu sorriso tentando não parecer cínica, porque aquela situação era muito estranha. O alívio sincero estampado no rosto de meu pai quanto às demonstrações de carinho entre eu e Daniel, pois isso era interpretado como algo inocente, que não levaria a maiores consequências.

Baixei os olhos, me sentindo um pouco culpada. Se ele soubesse que, quando estávamos sozinhos em casa, nos comportávamos como qualquer outro casal apaixonado, faria um escândalo. Não conseguíamos mais ficar separados, e nosso amor se expandia à medida que nos aproximávamos mais e mais.

Certo dia, enquanto eu lavava a louça e ele secava, Dan sugeriu que saíssemos juntos na rua.

– Como assim? – sussurrei, olhando ao redor para conferir se estávamos sozinhos.

– Nós ainda não tivemos a oportunidade de fazer um programa normal de casal – ele sussurrou de volta. – E eu queria sair com você, te exibir um pouco. Você é tão gata!

Olhei para seu rosto, que transparecia um enorme orgulho por me ter como namorada, e não segurei o sorriso e um pouco de embaraço. Ele baixou rapidamente o rosto e desferiu um suave beijo perto da minha orelha.

– Quero ir para um lugar onde possa te beijar até perder o fôlego – disse baixinho, me fazendo arrepiar com seu hálito em meu pescoço.

– Qual é a sua sugestão? – perguntei, ao encarar seu olhar quente.

Ele olhou para minha boca, tão próxima da dele, e passou a língua em seus lábios. Seria tão fácil nos beijar agora, mas também bastante imprudente, por isso, mesmo querendo muito, me afastei um pouco, enquanto ele suspirou, frustrado.

– Pensei em algo básico, um cinema talvez – disse, enquanto voltava a fitar os pratos.

– Parece uma boa ideia – concordei, enquanto continuava ensaboando e enxaguando.

Mais tarde, chegamos à conclusão de que assistirmos a um filme seria um bom primeiro passo para um encontro oficial como um casal de verdade. Mas, para que isso ocorresse, preparamos um verdadeiro esquema à prova de suspeitas.

O local escolhido foi um *drive-in*, que ficava num bairro distante o suficiente para não sermos pegos em flagrante. Combinei que iria de carro com Shanti, enquanto Dan iria de carro com Lance. E, assim, desviamos o foco de nós dois, pois quando mamãe perguntou por que não iríamos os quatro juntos, usamos minha conhecida relação tempestuosa com Lance como motivo para eu não querer ficar em sua companhia.

No final da tarde daquele sábado, saí com Shanti pouco tempo depois de Dan e Lance terem partido. Eles foram na frente para poder guardar lugar para nós. Foi com certa dose de nostalgia que me aproximei daquele antigo *drive-in*, que embora tivesse sido recentemente reformado, tinha um estilo bem retrô. Quando crianças, fomos para lá algumas vezes com nossos pais, mas já fazia alguns anos que não voltávamos. Realmente, Dan tivera uma ótima ideia em querer rever esse lugar, pois sabia que eu adorava a sensação de estar ao ar livre e ao mesmo tempo poder assistir a um bom filme numa tela gigantesca.

Depois que compramos as entradas, não foi muito difícil localizá-los, já que Dan estava parado ao lado do carro do Lance, que era de um vermelho berrante. Vi seu sorriso aliviado e satisfeito ao nos ver, mesmo que a uma boa distância, e meu coração saltou no peito diante da alegria daquele encontro.

– Por que todo homem fica com esse olhar idiota quando está apaixonado? – perguntou Shanti, quando nos aproximamos, e eu tive que rir diante de seu humor ácido.

Assim que estacionei ao seu lado, ele se inclinou sobre a janela aberta e deu-me um beijo estalado nos lábios.

– Vocês demoraram.

– Minha culpa! – eu disse, erguendo a mão. – Estava tão ansiosa que demorei a decidir o que usar.

Ele baixou os olhos para conferir minha roupa, que nada mais era do que jeans, camiseta e sapatilhas, mas que havia me custado horas de muita dúvida e indecisão, pois queria estar perfeita para o momento. Até que finalmente tinha desistido de fazer uma superprodução, optando então pelo meu visual básico, que era como eu me sentia à vontade.

– Você está incrível – ele comentou, me beijando novamente.

– Alô! Estou aqui! – Era Shanti, tentando chamar a atenção.

– Desculpe, amiga. Não pretendia ignorar você – falei, ao me soltar dele e me virar para ela.

– Foi mal – disse Dan, olhando pra ela também.

– Não esquenta. Sei que vocês estão doidos para ficar juntos, então vamos logo trocar de lugar aqui. Venha, Dan, assuma seu posto!

Arregalei os olhos ao ver o que ia acontecer. Tentei avisá-la, mas foi tarde demais. Shanti abriu a porta sem olhar para o lado de fora, sem reparar que Lance tinha acabado de parar bem ao seu lado. Então, ao escancarar a porta com força, esta bateu violentamente no pobre garoto, que foi ao chão soltando um palavrão.

Ela olhou assustada para a figura ali caída, e assim que percebeu o que tinha acabado de acontecer, seu rosto corou de embaraço.

– Desculpe! – ela disse, imediatamente saindo do carro e agachando ao lado dele.

– Caramba! – ele reclamou, vendo a mão dela estendida para ajudá-lo a levantar. – Você realmente sabe como deixar um cara no chinelo.

Ela sorriu sem graça, mas ficou mais aliviada quando ele aceitou sua oferta e lhe segurou a mão. Eu sabia que Shanti tinha uma quedinha pelo Lance, mas não deixava de ser engraçado ver que foi ela quem providenciou a queda, de forma literal. Foi impossível não rir ao ver o boa pinta do Lance batendo com a mão no traseiro, para limpar a terra de sua calça de marca.

Depois daquela pequena confusão inicial, cada casal se posicionou no lugar combinado: Daniel se sentou ao meu lado, enquanto Lance e Shanti foram para o outro carro.

Ele colocou os braços ao redor de meus ombros, me puxando possessivamente, nos deixando bem próximos. Encostei minha cabeça em seu peito e me senti no paraíso. Olhávamos para a enorme tela, que à distância mostrava alguns comerciais, e depois olhamos um para outro.

– Feliz? – perguntou.

– Nas nuvens.

– Já disse que te amo?

– Não o suficiente – respondi em tom de reclamação, e ele deu uma risadinha.

– Às vezes as palavras são desnecessárias – murmurou, próximo da minha orelha.

Ele começou a baixar o rosto em minha direção e meu coração disparou, percebendo o que iria acontecer a seguir. Desde a ocasião da festa de lançamento do filme que não nos beijávamos em público, de modo que foi uma mistura de sentimentos entre emoção e nervosismo quando senti seus lábios tocarem nos meus.

O gesto foi tão delicado, quase como ter os lábios tocados por plumas, e ele não parecia ter nenhuma pressa, pois permaneceu algum tempo acariciando-me dessa forma gentil. Aos poucos, seus lábios começaram a se demorar mais sobre os meus, movendo-se deliciosamente, e eu acompanhei seu ritmo, fazendo o mesmo. Mas foi quando ergui minha mão, segurando sua nuca e abrindo mais a boca, que ele aprofundou o beijo e no mesmo instante senti um calor delicioso se espalhar por meu corpo.

Senti sua mão rodear minha cintura, puxando-me para me aproximar um pouco mais. Coloquei uma mão em seu peito, enquanto a outra continuava a segurá-lo pelo pescoço. O beijo foi ficando cada vez mais apaixonado e intenso. De repente, ele parou e me fitou com firmeza.

– Você me vira de ponta-cabeça – declarou com a voz rouca, antes de vir com tudo na minha direção.

Como se sabe quando finalmente encontramos o verdadeiro amor? Será que está predestinado desde a aurora dos tempos? Aquele amor nos completava de tal forma que se tornava essencial como o ar em nossos pulmões, como o sangue que circulava em nossas veias, como o espírito que habita em nós. Não sei dizer pelos outros, mas para mim aquele amor existia e o que estávamos vivendo já era resposta suficiente.

Eu estava em outro planeta quando escutei uma voz ao meu lado:

– Marina, você quer ir ao banheiro co... Ai, gente! Foi mal!

Paramos imediatamente o que fazíamos, enquanto eu me forçava a aterrissar.

– Tudo bem, Shanti – tranquilizei-a, enquanto ela nos olhava sem graça. – Eu te acompanho.

– O quê? – Dan perguntou, um pouco surpreso.

– Calma, não demoro – falei, com um sorriso. – Posso aproveitar e passo também na lanchonete. Que tal um milkshake de morango?

Ele me olhou, meio emburrado.

– Então, tá – respondeu, fuzilando Shanti com o olhar. – Não é uma troca muito justa, mas já que você vai de qualquer jeito, por favor, traga o copo extragrande.

Tive de rir de seu evidente mau humor e lhe dei um beijinho rápido antes de sair.

❖

Daniel

Observei-as se afastar e passei a mão no rosto, tentando diminuir a excitação. Quando o assunto era Marina, sempre tive atitudes extremas, e com ela me tocando não era diferente, meu coração de imediato começava a bater mais rápido, eu simplesmente surtava.

Fiquei assistindo-a enquanto se afastava, admirando como seus quadris se moviam ao andar, rebolando com suavidade. Era de dar água na boca. Se eu fosse um personagem de desenho animado, seria aquele lobo esfomeado que fica uivando e salivando quando passa uma garota atraente.

Eu estava tão feliz por estarmos ali juntos que era até ridículo estar bobo desse jeito, por algo banal como levar a namorada para um primeiro encontro. Mas a questão é que não havia nada de banal nela ou na relação, então me permiti ser tão idiota quanto permitia a ocasião.

"Ridículo é quem nunca amou", pensei, ao dar um longo suspiro.

Não via a hora de ficar sozinho com ela novamente, tinha uma surpresa muito especial reservada para o dia seguinte e me perguntava qual seria a sua reação, quando revelasse todos os meus planos.

Estava distraído com meus pensamentos quando ouvi uma voz feminina bem ao meu lado.

– Dan, é você? – Olhei surpreso pela janela e gelei. – Lembra de mim, não é? Karen!

Isso não podia estar acontecendo, só podia ser uma piada. E de muito mau gosto.

– Claro. Tudo bem? – cumprimentei, tentando ser educado.

– Tudo ótimo, melhor agora que te encontrei aqui – declarou, com voz insinuante, sorrindo largamente.

Olhei para o rosto do Lance, sentado no carro ao lado, de olhos arregalados, visivelmente segurando o riso, como se dissesse: "Não queria estar na tua pele!".

Virei-me de novo para a Karen, que estava usando um vestido branco justo e jogava os longos cabelos loiros de um lado para o outro para fazer charme.

Qual a chance de alguém encontrar uma "ex-ficante" no primeiro dia que sai oficialmente com a namorada? Pode estar certo de que essa pessoa seria eu!

– Assisti ao seu novo filme. Você ficou ótimo no personagem!

– Obrigado – apenas agradeci, tentando não prolongar o assunto.

– Você veio sozinho? – perguntou, procurando por algo dentro do carro.

– Não, vim com a Marina e mais dois amigos. Lembra do Lance? – disse, apontando para ele.

Ela se virou, viu o Lance e o cumprimentou brevemente. Ele somente acenou em resposta.

– E você, veio acompanhada? – perguntei, torcendo para ela dizer que sim.

– Sim, com algumas amigas. Estamos um pouco mais pra trás. Você disse ter vindo com a Marina? – perguntou, pensativa. – Ah, lembrei! Aquela sua irmãzinha caçula, a que você levou aquele dia no bar. Onde ela está? – perguntou, olhando ao redor.

– Foi buscar um lanche.

– Tive uma ideia – informou, feliz.

Para meu espanto, Karen deu a volta e parou do outro lado do carro.

– Bem, já que é a sua irmã, acho que não se importará se eu me sentar um pouquinho com você, não é? – avisou, já abrindo a porta, sentando ao meu lado e fechando a porta atrás de si. – Assim, podemos colocar a conversa em dia. – Deu uma piscadela, sorrindo cheia de malícia e colocou a mão na minha perna.

Olhei para o Lance, que agora tinha parado completamente de rir, e me lançava um olhar apavorado.

"Estou frito!", pensei, colocando a mão na testa.

✦•✦

Marina

Estava dando uma última olhada no espelho enquanto Shanti lavava as mãos.

– Desculpe mesmo, Marina! Eu estava tão distraída, acho que a ficha ainda não caiu direito. Não tinha me dado conta de que agora você e o Dan são um casal e, portanto, precisam de mais privacidade.

– Não esquenta, Shanti. Tem horas que nem eu acredito que estamos juntos.

– Ele gosta mesmo de você – afirmou, ao enxugar as mãos.

– Por que diz isso?

– Pelo jeito que ele te olha. Sempre tão intenso... É de assustar, viu?

– Que exagero! – falei, rindo.

– Sério, ele é muito obsessivo com você! Não sei se aguentaria um namorado tão grudento.

– Eu te disse que as coisas entre a gente são diferentes. Foram vários anos de espera dolorosa. Eu pensava que era só da minha parte, mas ele confessou que foi muito difícil para ele também.

– Deve ser por isso, então – ela concluiu, mais conformada.

Saímos do banheiro e fomos para a lanchonete, onde fizemos os pedidos e ficamos aguardando.

– O que você acha do Lance? – perguntou, como quem não quer nada.

– É um mala sem alça – respondi na hora.

– Ah, mas ele é bonitinho e tem bom papo. Quero dizer, bonitinho é pouco, ele é todo-poderoso! – disse, com os olhos brilhando.

– Ai, ai, ai! Conheço essa cara – comentei, séria. – Não vai me dizer que está a fim do Lance?

Ela esticou as costas e ergueu o queixo altivamente, num gesto que era típico dela quando queria aparentar neutralidade.

– Assim, tipo que nem você e o Dan? Não. Nada tão sério, mas não seria nada mal dar uns beijinhos – E piscou um olho.

Diante disso, me senti na obrigação de ser sincera com ela.

– Shanti, você já é bem crescidinha para fazer suas próprias escolhas, mas só te dou um aviso. Lance é um dos caras mais mulherengos que conheço, não espere ficar com ele hoje e receber uma ligação no dia seguinte. Não vai rolar.

– Eu sei, já deu para perceber – disse, rindo. – Pode deixar. Não me iludo a respeito, sei que o que rolar com ele é só no momento.

– Se para você assim está tudo bem, então fico tranquila.

Chegaram nossos pedidos; eu peguei as bebidas e Shanti, a pipoca. Voltamos conversando calmamente. Estava olhando para ela, quando de repente parou, arregalando os olhos.

– O que foi? – perguntei, preocupada.

Como ela não me respondeu, resolvi olhar na mesma direção e foi quando vi. Meus olhos se arregalaram mais do que os de Shanti ao ver a loira escultural sentada no carro ao lado de Dan.

Primeiro fiquei imóvel, como se tivesse subitamente entrado num lago de água gelada, depois comecei a sentir uma raiva dentro do peito, que foi incendiando todo o meu corpo; quando chegou aos meus olhos, vi tudo em vermelho. Aquele sentimento se apossou das minhas pernas, e me impeliu a andar decidida até o carro, com Shanti me seguindo pelos calcanhares.

– O que está acontecendo? – perguntei ríspida, ao lado de onde a loira estava.

A garota olhou para mim, numa expressão de falsa surpresa pela interrupção, e observei que ela estava com a mão na perna do Dan. Ele a tirou quando me viu.

– Oh, desculpe! Esse *era* o seu lugar? – perguntou, enquanto abria a porta e saía do carro.

– Sim, esse *é* o meu lugar – falei, mal contendo a fúria.

Observando melhor, lembrei que ela era a mesma garota com quem o Dan tinha ficado naquela fatídica noite, a loira expansiva e bonitona.

– Meu nome é Karen, e sou *muito* amiga do Dan, encontrei-o aqui por acaso – disse, cínica. – Você é a Marina, não é? O Dan me disse que tinha vindo com a *irmãzinha*.

– Ele disse isso, é? – perguntei, fulminando Daniel com o olhar.

– Sim, e disse também que vocês tinham saído para comprar um lanche – continuou, olhando para minhas mãos. – Tenho uma ideia. Adoraria continuar a conversa com ele, então, se não for incômodo, poderíamos trocar de lugar, você poderia sentar atrás e eu continuaria na frente – propôs, sorrindo.

– Ah, você quer sentar na frente? – inquiri, irônica. – Então, poderia me fazer um favor?

– Claro! – respondeu a Barbie oxigenada.

— Já que você vai ficar, entrega o pedido dele! — peguei os 700 ml de milkshake de morango e os virei na cabeça platinada.

Foi com imenso prazer que assisti à bebida rosa e gelada escorrer pelo cabelo e pelo rosto da menina.

— Ai! — gritou Karen, pulando como uma perereca. — Você é louca?

— Ah! E diz para ele que esse aqui é por conta da casa! — Tirei o saco de pipoca tamanho gigante das mãos de Shanti e virei na cabeça dela, de modo que grudasse naquela bebida cremosa, fazendo a loira gritar ainda mais.

— Para seu governo, não sou a *irmãzinha* dele! Sou a *namorada*, ou melhor, era! Faça bom proveito! — Dei meia-volta e saí dali pisando duro.

❖•❖

Daniel

Já era a segunda vez que eu tirava a mão da Karen da minha perna, mas a mulher parecia ter mais tentáculos que um polvo.

Ela não parava de falar do filme a que havia assistido, de como tinha gostado, de como me achou maravilhoso e por aí ia, falava, falava e falava. Toda vez que eu tentava dizer alguma coisa, ela me atropelava.

À medida que o tempo passava, meu pavor só aumentava, e quando vi Marina e Shanti voltando entrei em pânico.

— Karen, olha, foi muito bom te rever, mas acho melhor você sair agora, está ficando tarde — disse, apressado.

— Sair? Mas eu acabei de chegar, e ainda é cedo, tolinho! — retrucou, colocando mais uma vez a mão na minha perna.

Foi naquele momento que Marina voltou, fazendo a fatídica pergunta:

— O que está acontecendo?

Assisti horrorizado àquela loira dissimulada colocar palavras na minha boca, senti o olhar irado da Marina em cima de mim e, para completar, assisti-a, chocado, virar o milkshake inteiro na cabeça da Karen, repetindo a ação com o saco de pipoca. Porém, nada me deixou mais alarmado do que ouvir as últimas palavras dela:

– Para seu governo, não sou a *irmãzinha* dele! Sou a *namorada*, ou melhor, era! Faça bom proveito!

Fiquei ali sentado, sem acreditar no que tinha acontecido, visto e ouvido. Marina estava indo embora! Saltei do carro, deixando tudo para trás, e fui atrás dela.

– Marina! – gritei.

– Me deixe em paz! – pediu, sem se virar e começando a correr.

– Volta aqui, a gente precisa conversar! – Mas ela não parou, e comecei a correr atrás dela. – Marina!

Caramba, como ela era rápida, podia ser baixinha, mas parecia uma flecha ao me deixar para trás, ainda que eu tivesse pernas bem maiores. Passamos correndo por metade do *drive-in* e o pessoal nos carros nos olhava com curiosidade quando passávamos. Já estava ficando sem fôlego quando prometi a mim mesmo que voltaria a praticar mais atividade física. Marina fez uma curva e vi minha chance de interceptá-la: entrei no meio dos carros, cortando caminho, e finalmente consegui ultrapassá-la.

– Desculpe! Isso é uma emergência! – avisei para um casal sentado num carro, enquanto eu subia no capô e pulava na frente dela.

– Ah! – gritou assustada, quando surgi na sua frente.

– Agora... vamos... conversar... – falei, lutando para respirar.

– Não temos nada... para conversar! – ela também respirava com dificuldade.

– Temos sim! – disse, curvado com as mãos no joelho. – Você vai me ouvir!

– Me deixe passar!

– Não. Você não vai passar sem me ouvir primeiro!

— E o que você vai me dizer? Que a mão dela foi parar na sua perna por engano? Que ela entendeu errado quando você disse que eu era sua irmãzinha? Que ela foi obrigada a entrar no carro?

— Não — respondi nervoso, passando as mãos pelos cabelos. — Não foi assim. Ela estava se oferecendo e...

— E você não resistiu! — rebateu, me cortando, com os olhos cheios de lágrimas. — Chega, estou saindo! — E, dando a volta, saiu correndo pelo caminho pelo qual tinha vindo.

— Eu não acredito! — disse, correndo atrás dela de novo, passando pelos mesmos carros, com os mesmos rostos nos olhando novamente de boca aberta.

Eu estava no meu limite físico, e quando vi que ela ia passar por nosso carro, gritei para o Lance:

— Segure-a! — gritei de uma vez só, torcendo para que ele me ouvisse.

Deu certo. Quando ela tentou passar, meu amigo a impediu, segurando-a com firmeza, enquanto Shanti pedia que acalmássemos os ânimos.

— Me solta, como se atreve?! — Marina reclamou com ele.

— Obrigado, deixa comigo! — agradeci, tirando-a das mãos dele e jogando-a por sobre meu ombro.

— Daniel, me solta, me põe no chão! — ela protestava, batendo nas minhas costas. Eu, no entanto, ignorei.

Andei decidido, passei pela lanchonete, cheguei aos sanitários e entrei no banheiro feminino, onde estavam duas garotas que nos olharam surpresas.

— Por favor, poderiam nos dar licença? — pedi, com cara de poucos amigos.

Assim que elas saíram, fechei a porta, tranquei, tirei a chave e a pus no bolso, então coloquei-a no chão.

— Agora vamos conversar.

❖•❖

Marina

Virei-me para o Dan, arrasada, cansada física e emocionalmente. Aquela noite de sonho tinha se transformado num pesadelo!

– Agora você vai me ouvir – ele disse.

– Banheiro de novo? Nada original! Mas tudo bem. Quer falar, então fale – rebati, tentando controlar o tom da voz.

– Aquela garota surgiu do nada. Não parou de falar desde o momento em que apareceu e praticamente invadiu o carro! – ele começou a explicar.

– Por que você não a expulsou? – perguntei, ríspida.

– Tentei. Juro que tentei, mas nas poucas vezes em que consegui falar ela não me ouvia!

– E a questão da *irmãzinha*?

– Ela me perguntou com quem eu estava, respondi: Marina. Ela apenas concluiu que você era a minha irmã, porque eu tinha comentado naquele dia no bar.

Fitei-o. As lágrimas corriam livremente por meu rosto. Queria muito acreditar naquelas palavras, mas as imagens da garota no interior do carro carro e a insolência que ela demonstrou não me saíam da cabeça.

– Você ainda não acredita, não é? – perguntou com as mãos na cintura, mas não consegui falar, apenas confirmei com a cabeça. – Por quê? – perguntou arrasado, mas continuei em silêncio. – Droga! Responda: por quê? – berrou.

– Porque, se você pode ter alguém como ela, por que continuaria com alguém como eu? – gritei em resposta.

A primeira emoção que vi no rosto do Dan foi de choque com o que eu tinha dito. Em seguida, seu rosto foi se fechando numa máscara de ira, de modo que tive medo do que viria a seguir.

Ele se aproximou de mim com fogo saindo pelos olhos, me agarrou com força pelos ombros e me sacudiu um pouco, enquanto falava:

– Essa é a primeira e última vez que quero ouvir isso! Está me ouvindo?! – contestou, entredentes. – Como tem coragem de se valorizar tão pouco, de se considerar inferior àquela menina? Vou te provar de uma vez por todas que sou somente seu! – completou, partindo para cima de mim.

Ele me beijou com fúria, paixão e desespero. Não me sentia beijada, e sim invadida. O beijo não terminava nunca. Já estava ficando tonta e, com muita dificuldade, consegui libertar meus lábios por alguns segundos, mas ele não permitiu que me afastasse, grudando sua boca na minha novamente. Fui empurrada contra a parede, e senti o mármore frio nas minhas costas, ao passo que ele soltou minha boca por um momento.

– Estou sem ar... – admiti, fraca, antes de um novo ataque.

– Você foi feita para isso, para ser beijada por mim até perder o fôlego, para desmaiar nos meus braços de tanta paixão – disse, agarrando-me pelos braços. – Agora, repita o que vou dizer: "Daniel Harrison, você é meu!" – olhei para ele, atordoada. – Repita!

Engoli em seco.

– Daniel Harrison, você é meu – murmurei.

– Quero ouvir em alto e bom som, repita!

– Daniel Harrison, você é meu – falei, com um pouco mais de firmeza.

Ele voltou a me beijar com intensidade, pressionando seu corpo no meu, e estremeci da cabeça aos pés. Quando já estava ficando tonta novamente, ele me soltou.

– Quem é seu, Marina? – perguntou, com a voz carregada de desejo.

– Você! – respondi, rouca.

Sua boca começou a correr pelo meu pescoço, beijando-me em lugares sensíveis que me deixaram sem ação.

– Marina... repita quem é seu – pediu uma vez mais, me pegando pela cintura e me fazendo pular e abraçar seus quadris com as pernas.

– Daniel Harrison, você é meu! – gritei afinal, deixando a paixão me tomar por completo.

Ele voltou a me beijar os lábios, o desejo nos açoitando com suas labaredas invisíveis. Mas aos poucos senti Dan se acalmar, o beijo foi se tornando mais lento, menos desesperado, por fim soltou minha boca, encostou sua testa na minha, e foi acalmando a respiração devagar.

– Você quase acaba comigo hoje. Me perdoa? – perguntou. – Me perdoa por ser tão covarde, tonto e atrapalhado?

– Só se você me perdoar por ser tão insegura – devolvi, sorrindo com timidez.

– Então temos um trato: eu te perdoo e você me perdoa. Ficamos empatados.

– Feito! – respondi, beijando-o mais uma vez.

Eu esperava que ele fosse prosseguir da mesma forma apaixonada que antes, contudo me surpreendi com sua ternura. O beijo acabou tranquilamente e, com cuidado, ele me ajudou a colocar os pés no chão, mas o encarei com expressão interrogativa.

– Sei que parece estranho, já que é a segunda vez que a gente se agarra num banheiro público, mas meus planos não mudaram e com certeza esse não é o lugar e essa não é a hora para fazermos algo mais – afirmou, colocando delicadamente uma mecha de cabelo atrás de minha orelha.

Andei até o espelho e me assustei com minha aparência, completamente desarrumada; prendi os cabelos com minha presilha e alisei um pouco a roupa. Virei para o Dan, que tirava a chave do bolso e abria a porta.

Saímos do banheiro de mãos dadas e procurei andar com a maior dignidade que pude até o carro, me sentindo o alvo de todos os olhares.

Ao passar por nossos carros, reparei que o do Lance estava todo fechado, as janelas embaçadas, com sombras se movendo em seu interior, sem sinal da loira.

– Incrível como esse pessoal não perde tempo – disse Dan, rindo ao olhar o carro ao lado, e eu ri também.

– CAPÍTULO 8 –

Marina

NA MANHÃ SEGUINTE, ACORDEI mais animada do que o normal, pois seria a apresentação anual da companhia de dança da qual eu fazia parte. Estava superempolgada, assim como o resto da família.

Levantei cedo e fui para a cozinha preparar o desjejum. Queria degustar algo diferente e resolvi fazer panquecas. Peguei os ingredientes, comecei a preparar a massa e liguei o rádio, cantarolando baixinho a música que tocava enquanto preparava a receita.

– Bom dia – disse, inesperadamente, uma voz de sono no meu ouvido.

– Ah! – exclamei, colocando a mão no pescoço, para me recuperar do susto.

Dan me abraçou pela cintura enquanto dava um beijo no meu pescoço.

– Assustei você?

– Você chegou muito sorrateiro – respondi, sem me virar. – Por que acordou tão cedo?

– Senti o cheiro das suas panquecas lá do quarto e minha barriga começou a roncar. – Dei uma risadinha.

– Vocês homens são todos iguais, se prendem a nós pelo estômago.

– Hum... entre outras coisas – disse, ao afastar o cabelo do meu pescoço e beijar minha nuca.

– Dan, aqui não! – alertei-o, tentando me afastar. – Eles podem chegar a qualquer momento – sussurrei, referindo-me a nossos pais.

Ele se afastou, rindo da minha cara preocupada, e se sentou de frente para a mesa da cozinha.

– Bem, tem outro motivo para eu ter levantado cedo.

– Qual? – perguntei, enquanto servia as panquecas em dois pratos e os colocava na mesa para comermos.

– Quero combinar algo com você para hoje à noite, após sua apresentação.

– O quê, exatamente? – perguntei, enquanto colocava mel e manteiga nas minhas panquecas.

Ele pareceu meio indeciso antes de responder, ao passar geleia nas suas.

– Quero levar você para jantar, sabe. Para podermos comemorar a noite de hoje.

– Ótima ideia! Quer chamar mais alguém?

– Não, chega de gente abelhuda! Dessa vez, quero apenas nós dois – respondeu e baixou os olhos para seu prato, colocando um bom pedaço de panqueca na boca.

O modo com que ele proferiu aquelas palavras fez com que meu coração saltasse de dentro do peito. Será que seria hoje à noite que ele revelaria a surpresa que estava escondendo?

– Então, como vamos combinar?

– Avisamos aos nossos pais que, depois da apresentação, vamos sair para jantar com alguns amigos. Assim eles não desconfiam dos meus planos de raptá-la nesta noite. – E piscou o olho.

– Aonde vamos? – perguntei, curiosa.

– Surpresa! – disse, olhando para minha cara desconfiada. – Mas fique tranquila, prometo que não vai ser nada esquisito!

Não sei o motivo, mas aquele sorriso me deixou com uma pulga atrás da orelha.

– Como vai ser a apresentação hoje à noite? – perguntou, para mudar de assunto.

– Vou participar de algumas coreografias em grupo, tanto clássicas quanto modernas. A última apresentação será de dança moderna, um duo com um bailarino, ao som de uma música vibrante – expliquei. – Por falar nisso, preste atenção nessa hora, acho que você vai gostar.

– É mesmo? Posso saber por quê?

– Não, senhor! – respondi, sorrindo. – Você não é o único a ter segredos, sabia?

O restante do dia passou rápido. No início da tarde, fui para o teatro, pois tinha que chegar cedo para me arrumar, me aquecer, fazer a maquiagem, separar os figurinos e realizar toda a preparação necessária.

No camarim, todos estavam elétricos e corríamos de um lado para o outro, mal contendo a agitação. Eu estava ansiosa por dois motivos, primeiro por estar a poucos minutos de entrar no palco e, segundo, por não conseguir tirar da cabeça o encontro com o Dan naquela noite. Ouvi a coreógrafa nos chamando e procurei me concentrar.

Daniel

Chegamos com antecedência ao teatro. O foyer estava repleto de pais, parentes, familiares e amigos dos alunos. Todos conversavam animadamente. Pegamos o programa do espetáculo com uma recepcionista na entrada e fomos procurar nossos lugares.

Sentamo-nos e comecei a ler a programação, procurando o nome da Marina, e, ao encontrá-lo, mostrei a papai, que estava do meu lado. Ali dizia que ela iria dançar uma parte de O Lago dos Cisnes, duas danças contemporâneas de grupo e um duo. Nossos pais ficaram muito empolgados, demonstrando todo o orgulho que sentiam por ela.

– Bendita a hora que nossa princesa entrou na família – mencionou meu pai, olhando a foto dela no programa. – Lembra, Dan, quando ela chegou lá em casa, tímida e assustada? Agora a vemos desabrochar nessa linda moça!

Olhei para a foto e concordei plenamente. Passei o dedo pela imagem de seu cabelo e vi aqueles olhos cor de mel que eu amava sorrirem para mim. Fiquei pensativo, lembrando de detalhes vívidos daquele dia que fora marcado a ferro quente na minha memória. Recordo-me de descer as escadas atrás das meninas, cheio de curiosidade e também um pouco enciumado. Mas, assim que coloquei os olhos nela tudo mudou, era tão diferente, tão linda. Para mim, foi como se um personagem dos contos de fada tivesse se materializado na minha frente. Tudo nela parecia mais vivo e colorido, desde o cabelo espetacular, que me custou acreditar ser real, até os olhos, grandes, emotivos, de cílios longos e escuros e a boca carnuda e rosada. Aquela boca que parecia pedir para ser beijada.

Enquanto éramos crianças, percebia que meus sentimentos por ela não eram os mesmos que sentia por minhas outras irmãs, mas pensava que era assim por ela ser adotada. No entanto, as coisas realmente se esclareceram na adolescência, quando tive meu primeiro sonho romântico com ela. Lembro-me de acordar de madrugada assustado, com uma sensação enorme de culpa. Pela manhã, mal consegui encará-la. E as coisas só foram piorando, porque ao passo que ela também crescia, outros atributos eram acrescentados, que somados aos já revelados culminavam em uma atração fatal.

Mas não era só o seu físico que me atraía, ela era a garota mais inteligente que eu conhecia. Sempre tão mais sensata e tranquila que o restante da família. Geralmente, quando falava, dizia frases interessantes ou fazia comentários apropriados e bem-humorados. Adorava conversar com ela, sempre tão equilibrada, e, em momentos de tensão, só de ouvir sua voz eu já relaxava.

Tudo em Marina me encantava, ao seu lado me sentia inteiro, em paz comigo mesmo. E agora, que finalmente estávamos vivendo nossos sentimentos, nada me faria desistir dela, absolutamente nada.

Comecei a me lembrar do beijo roubado que tinha dado nela naquela manhã, pouco antes de nossos pais entrarem na cozinha. Ficava ainda mais atraente me pedindo para parar, quando seus olhos me diziam o contrário.

Estava assim, imerso em lembranças, quando chegou um grupo de rapazes que se sentou na nossa frente. Pouco depois, um sinal soou três vezes, informando que o espetáculo já ia começar. As luzes se apagaram e o show começou.

Seguiu-se uma sucessão de apresentações, algumas muito bem elaboradas, outras um tanto enfadonhas. Até que surgiu Marina trajada de Cisne Branco, rodopiando com leveza enquanto sorria como um anjo. Suspirei, completamente enfeitiçado por seus movimentos. Meu pai estava quase pulando da cadeira, de tão empolgado com a apresentação, já minha mãe chorava de emoção.

– Nossa! Quem será aquela gata, de pernas incríveis? – Ouvi um rapaz sentado à minha frente comentar sobre alguma das bailarinas no palco, mas não dei muita atenção.

O próximo número de Marina mudou completamente de estilo, foi com um rock bem animado. Estava toda de preto, numa roupa colante, junto às outras dançarinas.

– Cara, mas aquela garota é muito gostosa! – Ouvi de novo o mesmo cara na minha frente comentar.

– De quem você está falando? – o outro ao lado perguntou.

– Daquela ali, que está do lado direito, a morena do cabelão.

– Ah, é amiga da minha irmã. Acho que o nome dela é Marina.

Na mesma hora, comecei a prestar atenção na conversa.

– Fantástica! Que bunda! – o idiota não se conteve. – Será que sua irmã me arruma o telefone dela?

– Podemos tentar – o outro imbecil respondeu.

Ainda bem que pararam de comentar, eu tinha pouquíssimo autocontrole quando o assunto eram outros caras se referindo à Marina daquela forma. Percebi que meu pai também tinha ouvido, no entanto permanecera calado.

Veio a penúltima apresentação dela em grupo, com outra música animada, e aí os moleques da frente surtaram de vez.

– Nossa, me segura! Ela é toda boa!

– Concordo totalmente. Você reparou como ela rebola? – o imbecil completou.

– Vem, neném! Vem se mexer aqui! – ele disse, fazendo um movimento sugestivo com os quadris, e os dois riram.

Isso já era demais, levantei o pé e mirei na cabeça do indivíduo, pronto pra chutar, quando senti a mão do meu pai no meu braço.

– Calma, Dan! Não sejamos violentos.

– Ai, Marina! Vai lá para casa, que eu te mostro como se faz um *pas de deux*! – disse o infeliz, simulando outro movimento vulgar.

Senti papai estremecer ao meu lado. Ele pegou o programa dele, juntou com o meu, enrolou-os num canudo grosso e deu uma cacetada na cabeça de cada um.

– Lavem a boca antes de falar da minha filha, seus moleques! – esbravejou, para total constrangimento dos idiotas, que se desculparam de imediato e permaneceram mudos dali em diante.

– Pai, você é meu herói! – falei, dando um tapinha no peito dele.

Finalmente, a última apresentação. Marina subiu ao palco com uma roupa maravilhosa, naquele tom de vermelho-escuro que ela sabia ser minha cor favorita e que combinava perfeitamente com ela. A música começou e, como ela havia me pedido, prestei bastante atenção.

Fiquei de todo hipnotizado com a letra da música, a melodia, os movimentos do casal no palco que demonstravam desespero, busca, paixão e entrega, deixando-me sem palavras. Aquela não era uma simples coreografia, era uma declaração de amor. Era como se ela tentasse transmitir através daquela apresentação tudo o que significávamos um para o outro, todos os desafios que enfrentávamos e teríamos que enfrentar, constituindo ao mesmo tempo um símbolo de esperança e coragem, em relação ao qual, apesar de tudo, se estivéssemos juntos, qualquer sacrifício valeria a pena.

A coreografia terminou com o bailarino segurando Marina no ar como um pássaro, e o teatro veio abaixo de tantos aplausos; todos ficaram em pé, ovacionando sem parar e pedindo bis.

As luzes se acenderam e toda a companhia veio ao palco para receber os aplausos da plateia. Depois de um bom tempo, as pessoas começaram a sair, e levantei-me, doido para encontrá-la. Peguei o buquê de flores das mãos de mamãe e corri na frente.

❖•❖

Marina

Várias pessoas me cumprimentavam e todos procuravam seus parentes e amigos. Eu procurava algo no meio da multidão, até que avistei Dan.

Andei ao seu encontro com dificuldade. Ele esticou o braço na tentativa de me alcançar, e estiquei o meu também, até que consegui agarrar suas mãos e ele me puxou de encontro a si. Dan me entregou um lindo buquê de flores, que segurei emocionada.

– Obrigada, são lindas!

– Não tenho palavras para descrever como você foi maravilhosa essa noite! – ele disse, me olhando de forma terna.

– Sério? Você gostou mesmo?

– Muito! – respondeu, me dando um abraço apertado.

Tudo o que mais queria era fugir com ele agora, mas assim que tive esse pensamento nossos pais surgiram, me parabenizando com visível entusiasmo. Todos estavam eufóricos e fui envolta por muitos beijos, abraços e fotos. Depois dessa carinhosa confraternização, despedi-me para trocar de roupa.

Fui ao vestiário e tomei uma chuveirada rápida. Como não sabia aonde o Dan me levaria, optei por um vestido tubinho preto bonito e elegante, sem exageros. Coloquei sandálias de salto alto, no cabelo fiz um coque, deixando alguns fios soltos, completei com brincos e colar dourados, uma boa borrifada de perfume e batom vinho, pronto!

Encontrei-o lá fora, me esperando encostado no carro. Quando me viu, assoviou alto e me olhou de alto a baixo.

– Demorei? – perguntei.

– Sim, mas valeu a pena cada segundo. – Segurou minha mão. – Vamos?

– Aonde?

– Vamos entrar no carro primeiro – respondeu, fazendo mistério.

Sentei no meu lugar, aguardei-o colocar o cinto de segurança. Quando me encarou, revelou o nome do restaurante. Para meu espanto, era um dos mais sofisticados da cidade.

– Tem certeza?

– Tenho reservas – confirmou, com um leve sorriso.

– Então vamos – falei e dei partida no carro.

Durante o trajeto, comentei sobre alguns detalhes do espetáculo. Daniel ouvia tudo, mas parecia meio distraído, fazendo pouco ou nenhum comentário. Ficou a maior parte do tempo olhando pela janela, pensativo.

Ao chegarmos no restaurante, um manobrista abriu a porta para mim e passei-lhe a direção. Entramos de mãos dadas e nos aproximamos da jovem recepcionista vestida com um discreto *tailleur* escuro.

– Harrison, mesa para dois, por favor.

Ela confirmou a informação num enorme caderno preto e chamou o *maître*, que nos indicou a mesa.

Enquanto o seguíamos, aproveitei para olhar ao redor, admirando o ambiente refinado, os arranjos florais delicados sobre as mesas, a iluminação suave e aconchegante, assim como as pessoas que estavam ali, todas vestidas de forma elegante.

Nossa mesa ficava num canto discreto do salão. Daniel, num gesto cortês, puxou a cadeira para que eu sentasse, ao passo que o agradeci, apreciando imensamente sua preocupação comigo.

– O que desejam beber? – perguntou o *maître*, nos estendendo o cardápio.

– Bottle Green? – sugeri.

– Está ótimo, bem apropriado – confirmou Dan, um pouco nervoso.

– Está tudo bem? – perguntei, depois que o *maître* saiu, e estendi a mão sobre a mesa.

– Claro que está – disse, e pegou minha mão.

O *maître* voltou com a bebida e nos serviu em taças de cristal.

– Vamos brindar.

– A quê? – perguntei, sorrindo.

– Hum... a nós – respondeu, erguendo a taça.

– E ao amor – completei.

Fizemos o brinde, Dan bebeu todo o conteúdo de uma vez só, com um sinal para que servissem mais. Ele parecia agitado, suando em bicas, mas passava a mão na testa para disfarçar.

– Prontos para pedir? – perguntou o *maître*.

Trouxeram-nos uma cesta com deliciosos pãezinhos, e fizemos então os nossos pedidos. Percebi que Dan pediu a primeira coisa que leu no cardápio.

– Alguma coisa errada? – insisti.

– Não, está tudo ótimo! – respondeu rápido, enfiando um pãozinho na boca.

Conversamos amenidades, comentando a beleza do lugar e as apresentações de dança, mas a conversa começava a parecer meio forçada.

Serviram-nos nossos pratos; estava tudo delicioso e comi com prazer. Já terminava quando reparei que ele mal tinha tocado a comida.

– Seu cordeiro não estava bom? – perguntei, curiosa.

– Está muito bom, é que estou meio sem apetite – respondeu, franzindo a testa.

Alguma coisa estava errada, muito errada. Comecei a ficar realmente preocupada quando ele recusou a sobremesa, por isso recusei também, para acabar logo com aquilo.

– Dan, se você não me disser agora o que está acontecendo, juro que vou embora! – ameacei-o.

Ele olhou para mim por um momento; parecia muito pálido.

– Ok! – confirmou, respirando fundo. – Marina. Antes de falar, quero que saiba que te amo muito, de verdade.

"Ai, minha nossa!", pensei. "Ele vai terminar comigo!". Entrei em pânico.

Ele enfiou a mão no bolso do paletó, retirou dois envelopes brancos e os estendeu para mim por cima da mesa.

– Por favor, leia com atenção, primeiro esse. – E apontou para um deles.

Peguei o envelope com as mãos trêmulas, com medo de abrir e descobrir que minhas suspeitas se confirmariam. Olhei para seu rosto sério, mordendo meu lábio, respirei fundo e retirei o conteúdo: meus olhos se arregalaram de surpresa ao ver do que se tratava. Eram duas passagens aéreas, uma em nome dele e outra em meu nome, e no destino estava escrito: "Bora Bora – Taiti – Polinésia Francesa".

– Não diga nada ainda – pediu, muito sério. – Antes, leia o outro envelope.

Peguei o outro envelope, menos apavorada; afinal, se tinha comprado passagens aéreas para nós, não ia terminar comigo, não é mesmo? Pelo menos eu achava.

Abri rápido o envelope, querendo acabar logo com aquilo, retirei o cartão que estava no seu interior e vi que se tratava de um convite, onde se lia:

Temos a imensa honra de convidá-lo (a) para a Cerimônia de Casamento Taitiano de Daniel e Marina, a ser realizada no dia e hora...

Li e reli. Uma, duas, três, dez vezes, nossos nomes saltando do papel, assim como as palavras cerimônia de casamento. Verifiquei a data, marcada para dali a exatamente uma semana, bem no dia do meu aniversário! Com direito a uma semana de lua de mel!

– Olha, se você achar que é muito cedo para algo assim, vou entender. Juro que vou! – disse, atropelando as palavras. – É que eu procurei uma maneira de tornar nossa relação mais oficial, não quero que você tenha nenhuma dúvida de que quero mesmo ficar com você. Eu sei que, por ser menor de idade, não poderia ainda se casar legalmente sem autorização de nossos pais, mas encontrei uma maneira de contornar esse problema

– Eu ainda não conseguia falar. – Então, a cerimônia será realmente válida em todos os aspectos.

De todas as coisas que podiam passar por minha cabeça, nunca imaginei que pudesse ser isso. Fitava o convite, sem conseguir emitir uma só palavra.

– Você odiou, não é? – perguntou, fazendo uma careta. Apenas sacudi a cabeça, e meus olhos se encheram automaticamente de lágrimas. – Olha, esquece tudo, você não deve estar preparada ainda e...

– Dan, isso é um pedido de casamento? – cortei o que ele dizia, perguntando, com a voz embargada.

– Co... como? – foi a vez dele de gaguejar.

– Isso é um pedido de casamento? – repeti.

– Sim? – a resposta parecia uma pergunta, percebi-o com muito medo.

– Então faça o pedido – pedi, baixinho.

Ele olhou para mim, depois fechou os olhos, respirou fundo e disse pausadamente, com a voz crivada de emoção e me encarando:

– Marina Harrison, aceita se casar comigo?

– Sim! – respondi, com toda a doçura.

– CAPÍTULO 9 –

Daniel

Não existiam palavras fortes o suficiente que pudessem demonstrar o grau de felicidade em que me encontrava.

Planejei todo o esquema do pedido de casamento acreditando no amor que Marina afirmava sentir por mim, mas mesmo assim tinha sérias dúvidas se ela aceitaria assumir um compromisso definitivo e oficial como aquele. Afinal, ainda éramos muito jovens, e apesar disso eu sabia que não havia e nunca haveria outra mulher que eu gostaria de ter ao meu lado pelo resto da vida. E, por uma incrível sorte, ela parecia se sentir da mesma forma a meu respeito.

Depois de enfrentar todo aquele jantar numa ansiedade que beirava o pânico, sem conseguir ser nem um pouco sutil nas minhas reações, tive finalmente que me abrir, ao ser confrontado por ela. Ao ver seu rosto tenso e o olhar desconfiado, quase tinha desistido de prosseguir com meus planos, mas felizmente escolhi a primeira opção.

Nunca vou esquecer o brilho de seu olhar e suas mãos trêmulas ao abrir os envelopes, nem de sua reação ao ler com o olhar fixo o conteúdo. Por alguns minutos, o mundo pareceu parar e eu mal conseguia respirar. Como ela demorava a dizer algo, enfiei os pés pelas mãos e disse a primeira bobagem que me passou pela cabeça. Porém, tudo se definiu com a pergunta feita por ela de forma tranquila e emocionada, e respondida covardemente por mim. Será que as mulheres tinham alguma ideia do quanto é difícil para nós, homens, enfrentarmos este tipo de situação, quando elas detêm nossos corações em suas mãos?

E então veio o alívio, a glória, a doce recompensa, ao ouvir a palavra mágica: sim! Após o susto inicial, tive vontade de me levantar e subir na mesa, gritando aos quatro ventos qual tinha sido a sua decisão: Marina Harrison ia se casar comigo!

Voltando pra nossa vida prática, agora tínhamos o desafio de anunciar a viagem para nossos pais, justificá-la e pedir a autorização deles para que Marina viajasse comigo para fora do país. E não somente isso, tive que fazer um estratagema para que ela pudesse ser legalmente minha esposa – e essa foi a parte mais difícil.

◆•◆

No dia seguinte, numa conversa informal durante o jantar, comuniquei a meus pais o desejo de fazer uma viagem a fim de descansar do longo período de filmagens, lançamento e eventos promocionais que eu tinha enfrentado. Mostrei os folhetos turísticos que apresentavam a ilha e o hotel onde pretendia me hospedar, e eles ficaram impressionados com as fotos belíssimas do local. Assim que aceitaram minha ideia, aproveitei então para pedir que me acompanhassem.

– Sinto muito, querido – desculpou-se minha mãe. – Mas nem eu nem seu pai poderemos nos ausentar do trabalho, assim, sem mais nem menos.

– Puxa, mas sozinho não tem graça – falei, chateado.

Olhei rapidamente para Marina sentada do outro lado da mesa. Aparentava estar distraída, se ocupando com seu prato de comida.

– Por que não convida suas irmãs? – sugeriu meu pai.

– Já sondei as duas, Maggie e Cate também estão ocupadas e não podem viajar – disse, desanimado.

Ficamos um momento em silêncio, até que minha mãe voltou a falar:

– Marina, já acabou seu período de provas na escola?

Bingo! Procurei manter o rosto impassível, mas não foi fácil.

– Finalmente terminou – ela respondeu, com expressão cansada. – Foi muito puxado. Por quê?

Todos nós olhamos para minha mãe, que voltou a comer enquanto respondia:

– Por quanto tempo pretende ficar fora? – ela me perguntou.

– Uma semana.

– Você acha que perderia alguma matéria importante se faltasse por uma semana à escola? – ela perguntou à Marina.

– Acredito que não, e Shanti poderia me passar depois o que eu tivesse perdido.

– Já que é assim, por que então não leva a sua irmã caçula? Ela também poderia aproveitar e descansar um pouco. E, se não estou enganada, ela fará aniversário na mesma data, seria um excelente presente! O que você acha?

Foi quase impossível não demonstrar minha euforia, tive que usar toda a experiência como ator para mascarar meus sentimentos.

– Se ela quiser, não vejo problema. Você quer ir comigo?

Ela ergueu o rosto, e nossos olhares se encontraram por sobre a mesa. A não ser por suas bochechas, que se tingiram de vermelho, parecia tão calma quanto eu.

– Parece uma boa ideia. Você já tem tudo programado?

Ela não fazia ideia.

– Quase tudo. Só vou precisar que assinem uma autorização especial, já que você é menor, mas não é nada demais.

– Então, acho que vou – ela concordou. – O que você acha, pai?

Ele nos observou, enquanto acabava de mastigar, e limpou a boca com um guardanapo antes de responder.

– Se sua mãe está de acordo e seu irmão prometer tomar conta de você com responsabilidade, não vejo problema – Ele me encarou, firme.

– Pai, não sou mais criança – Marina reclamou, fazendo bico.

— Mas também ainda não é adulta e, se não estivermos por perto, Daniel terá que ser o responsável por você nessa viagem – retrucou, e depois se virou novamente para mim. – Promete cuidar da sua irmã?

— Não vou tirar os olhos dela – "Nem as mãos", pensei.

Mais tarde, naquela mesma noite, nos sentamos todos na sala, e eu trouxe a papelada para que eles assinassem. Esse foi outro momento de tensão, porque entre aquelas folhas estava o documento que autorizaria o nosso matrimônio. Porém, deixei-o para o final e procurei distraí-los, mostrando a programação que o *resort* oferecia e mais fotos fantásticas do material publicitário, o que os empolgou, gerou comentários animados e boas risadas.

Entreguei primeiramente os formulários de autorização da viagem em si, o qual leram por alto e assinaram. Quando já estavam se levantando para irem descansar, comecei então a juntar tudo que estava espalhado pela mesa. Fingindo distração, mostrei uma folha que aparentemente tinham se esquecido de assinar, e o fizeram de forma quase automática. Rapidamente recolhi o documento juntando-o aos demais.

— Marina – eu a chamei. – Vamos lá no meu quarto pra gente combinar alguns detalhes.

Ela fez um sinal afirmativo com a cabeça, levantou-se do sofá, e juntos subimos a escada.

Assim que entramos e fechamos a porta, nos abraçamos; ela tremia ligeiramente.

— Conseguimos – falei baixinho. – Você está bem?

— Sim – respondeu, com a voz trêmula. – Mas fiquei tão nervosa. Não gosto de mentir para eles.

— Eu sei. Também não gosto – Afastei-me para olhá-la um pouco. – Tem certeza de que quer fazer isso? Ainda pode desistir, vou entender.

Ela me olhou séria, depois aproximou o rosto do meu e me beijou levemente nos lábios.

— Quero ser sua mulher – murmurou. – Nada mudou.

Por mais que eu quisesse, não iria obrigá-la a nada. Por um momento, pensei que Marina pudesse ter dúvidas sobre o que estávamos prestes a fazer, mas agora ela voltava a demonstrar decisão. Segurei seu rosto entre minhas mãos e beijei-lhe a testa.

– É tudo o que mais quero. Estamos em contagem regressiva.

✢･✢

Marina

– Vocês vão o quê? – Shanti perguntou, chocada.

– Isso mesmo que você ouviu – falei nervosa e torcendo as mãos.

Estávamos sentadas na cama dela, enquanto conversávamos em seu quarto.

– Casar? – ela estava estupefata. – Olha, você sabe que sou uma pessoa de cabeça aberta, mas casar? Isso não é brincadeira! Você tem certeza?

Eu sabia que a notícia era de certa forma surpreendente mas, ao ver a reação exagerada de Shanti, pensei em como meus pais se comportariam se descobrissem a verdade.

– Nunca tive dúvida de que o Dan é o homem da minha vida, então por que não? Uma vez você disse que parecíamos casados e, na verdade, já é assim que me sinto. Como ele mesmo disse, agora vamos apenas formalizar nossos sentimentos. Não consigo imaginar minha vida sem ele! – desabafei, e ficamos por um momento em silêncio.

– Bom, se você tem certeza de que é isso que quer, então não está mais aqui quem falou – ela disse, preocupada.

– Obrigada por entender, Shanti! – agradeci, pegando sua mão. – Na verdade, gostaria de te pedir uma coisa.

– O quê? – perguntou, surpresa.

– Quer ser minha madrinha? E não precisa se preocupar com nada, o Dan está bancando tudo.

Felizmente, o lucro do trabalho dele no filme tinha sido excepcional.

– Madrinha? – perguntou, perplexa, e em seguida me abraçou apertado. – Nada me daria mais prazer, obrigada! – Sorri, abraçando-a também.

— Mas... espere aí... — ela disse, me soltando, com os olhos apertados. — Isso quer dizer que temos menos de uma semana para nos preparar e comprar tudo que precisamos! — completou, fazendo uma expressão horrorizada.

— Calma, Shanti! Vai ser um casamento na praia, não vamos precisar de nada complicado — expliquei.

— Isso é o que você pensa! Temos que escolher um vestido perfeito para você e outro para mim, porque, como madrinha, quero arrasar! — rebateu, animada. — E você precisa de um estoque de biquínis novos e outros utensílios que combinem. Temos que marcar uma hora na depilação! Minha nossa, precisamos pensar na LUA DE MEL! Teremos uma parada obrigatória na Victoria's Secret, precisamos comprar muita lingerie sexy pra você!

— Nossa, Shanti! Como você conseguiu se lembrar de tantos detalhes de uma vez só? — perguntei, impressionada.

— Já vi um monte de primas se preparando para casar, conheço o processo de cor!

— Mas agora me lembrei de uma coisa, como você vai justificar a viagem pra sua mãe? — perguntei, preocupada.

Ela sorriu daquele jeito que sempre fazia quando ia aprontar alguma coisa.

— Isso é fácil, quer ver? — falou descontraidamente, foi até a porta do seu quarto e chamou sua mãe.

No minuto seguinte, Shakti Khan, a mãe dela, apareceu. Sempre me impressionava com as semelhanças físicas entre a mãe e a filha: o mesmo olhar inteligente e o mesmo sorriso franco e aberto.

— O que foi?

— Tudo bem se acompanhasse a Marina numa viagem para o Taiti, esse final de semana? Só vou ficar uns dois dias fora.

A mãe dela nos fitou, desconfiada, antes de perguntar:

— Qual o motivo da viagem?

— Ela vai fugir com o namorado pra casar escondido! — respondeu, com uma cara falsamente apavorada. Eu quase tive um ataque ouvindo-a falar aquilo, mas para minha surpresa a mãe dela deu uma boa risada.

— Vocês, meninas, são tão engraçadas! Que imaginação!

Eu e Shanti nos olhamos, enquanto acompanhávamos sua mãe, rindo junto com ela.

— Na verdade, vai ser o presente de aniversário da Marina, o Dan vai junto, mas ela gostaria de ter uma companhia feminina, pra ficar mais divertido – Shanti explicou. – E, como convidada, já está tudo pago – a mãe dela ficou pensativa por um tempo.

— Sua mãe já concordou com isso? – ela me perguntou.

— Sim, a ideia da viagem, inclusive, foi dela.

— Bem, sendo assim, não vejo problema. Só espero que se comportem e não façam nada imprudente – disse, e deu um beijo na testa da filha antes de sair.

— Você ficou maluca? – reclamei, dando uma pancadinha em seu braço. – Como você foi falar uma coisa dessas para a sua mãe?

— Calma, eu conheço a minha mãe, sabia que ela não ia levar a sério – declarou, tranquila. – E, no futuro, se ela descobrir alguma coisa, não vai poder jogar na minha cara que eu não falei a verdade.

Quando pensava que nada mais poderia me espantar em Shanti, ela logo provava que eu estava enganada.

— Você é incrível, sabia?

— Sei, sim, por isso sou sua amiga! – disse, convencida, e fui obrigada a rir. – Você está feliz mesmo, não é?

— Sim, estou ridiculamente feliz! – respondi, segurando com alegria suas mãos. – E nervosa, também!

— Ah, isso é normal! Toda noiva fica nervosa antes do casamento.

— Sim, já ouvi dizer isso. Mas agora, fico pensando nas coisas que temos que preparar antes da viagem, na cerimônia, na lua de mel...

— Você fica nervosa quando pensa na lua de mel? – perguntou, maliciosamente.

— Apavorada! – respondi, fechando os olhos. Era um alívio poder dizer aquilo em voz alta. – Sou tão inexperiente, Shanti! E se eu não souber fazer as coisas direito?

— Marina Harrison! — ela disse, séria. — Você sabe o básico, não é?

— Bem, teoricamente sim — concordei. — Será que vai ser o bastante?

— Marina, vocês se amam. Tenho certeza de que o Dan vai te tratar com carinho, deixe-se conduzir por ele. Essas coisas fluem naturalmente, não adianta planejar, você apenas tem que seguir seus instintos. Ele é bom dançarino?

— Razoável. Por quê?

— Porque, para que você fique mais tranquila, imagine que esta será mais uma nova coreografia que terá de aprender e, como sei a excelente bailarina que é, tenho certeza de que tudo vai dar certo — falou calmamente, depois abriu um sorriso malicioso. — Afinal, pelo que você me disse, o Dan parece ser habilidoso o suficiente.

Lembrei-me de um detalhe e não tive como não soltar uma risada.

— O que foi?

— Sorte a minha que essa "dança" é feita na horizontal — respondi, corando.

— Por quê? — ela perguntou, sorrindo também.

— Porque pelo menos nessa modalidade creio que não terei os pés massacrados!

⁂

Daniel

— Vocês vão o quê? — Lance perguntou, apavorado.

— Calma, cara! — respondi, agitado.

Estávamos sentados na varanda da casa dele.

— Você enlouqueceu? — ele perguntou, energicamente. — Desde quando, hoje em dia, precisa se casar com uma garota para poder levá-la pra cama?

Às vezes, ter paciência com ele era um grande desafio, por isso respirei fundo.

— Não tem nada a ver! Não é esse o motivo por que quero casar com ela.

– Então, qual é o motivo? – perguntou Lance, e revirei os olhos.

– Dã... já ouviu falar em amor? – respondi, irônico.

– Fala sério, Dan! – ele disse, rindo. – Sei que você é louco pela gata e até entendo que queira uma relação monogâmica, mas casar? Não consigo mesmo entender.

– Olha, vou tentar explicar – falei, com um suspiro. – Eu quero mesmo a Marina só para mim e não quero que ela tenha nenhuma dúvida quanto a isso. Se você soubesse o que tem de gavião rondando... Lá no teatro, ontem à noite, você tinha que ver os comentários dos caras sobre ela! Quase parti pra cima! Assim, com a gente casado, ela saberá que nosso compromisso é definitivo e não precisará dar ouvidos a mais ninguém – falei, decidido.

– Você é, sem sombra de dúvida, o cara mais possessivo que eu conheço! – ele disse, ainda rindo. – Bom, mas se é isso que vocês querem mesmo, só me resta desejar felicidades! – completou, dando tapinhas no meu ombro.

O bom de ter Lance como amigo é que ele era um cara muito flexível, não tinha tempo feio com ele.

– Valeu! – agradeci, mais relaxado. – E aí, o que acha de ser meu padrinho?

Ao ouvir o pedido, seu rosto se abriu num sorriso satisfeito.

– Claro, conte comigo. Quando foi que eu não estive dentro de seus planos malucos? Não ia ser agora que eu ia ficar de fora, não é?

– Obrigado, estou contando as horas! – falei, empolgado.

– Uma semana de lua de mel, hein, meu chapa? Isso é o que eu chamo de tirar o atraso! – expôs, com uma risada maliciosa.

– Nem me fale! – concordei.

✦•✦

Marina

O restante da semana passou muito rápido. Fiquei exausta saindo quase que diariamente para fazer compras com a Shanti, mas o resultado foi positivo.

Achamos tudo do que precisávamos, depois de muito pensar e andar. Ela decidiu usar um sari, roupa tradicional indiana, num tom azul que combinou perfeitamente com sua pele. Já escolher meu vestido foi um suplício, uma vez que eu queria algo simples e romântico, mas de bom gosto, afinal me casaria numa cerimônia na praia e não precisava de nada cheio de brilho, volumoso ou sofisticado. Encontrei no último minuto um vestido branco, de tecido fino e leve, decote redondo e manga curta, que acompanhava com perfeição minha cintura e se abria numa saia com várias pregas, até um pouco abaixo do joelho. Combinaria perfeitamente com o estilo de roupa que o Dan ia usar: camisa branca de manga curta e calça branca, bem estilo praiano. Tinha certeza de que aquela cerimônia ia ser a nossa cara, nada chique demais, algo despretensioso e simples.

Finalmente, chegou a noite da viagem. Eu estava com os nervos à flor da pele, com medo de ter esquecido alguma coisa. Chequei mil vezes a bagagem, os documentos, o passaporte; as passagens estavam todas com o Dan, então não precisava me preocupar com elas.

– O táxi já chegou – ele avisou, entrando no meu quarto.

– Vou descer em um minuto.

– Ok. Já vou levar suas malas – disse ao sair, carregando-as.

Peguei minha bolsa de mão e dei uma última olhada no meu quarto – era a última vez que eu estaria nele como solteira e virgem; ao voltar, seria uma mulher casada e crescida. Suspirei ao lembrar todos os sonhos, planos e fantasias que tivera ali, naquele cômodo, mas não senti saudade de nada. Lá tinha sido bastante feliz, porém tinha certeza de que o futuro e a realidade tinham potencial para serem muito melhores. Decidida, saí e fechei a porta, sem olhar para trás.

Encontramo-nos todos no aeroporto. Viajaríamos a noite toda, e o voo estava programado para chegar pela manhã bem cedo ao nosso destino. Shanti foi a última a chegar e, quando vimos a quantidade de coisas que ela carregava, ficou claro por que tinha demorado tanto.

– Pra que você precisa de quatro malas para uma viagem de dois dias? – perguntou Lance, já implicando com ela.

– Nunca se sabe do que se pode precisar, prefiro pecar pelo excesso do que pela falta – ela explicou, fazendo pose.

– Uh! Meu tipo de garota, pecar pelo excesso é comigo mesmo! – disse o Don Juan.

Encaminhamos nossa bagagem e depois fomos para o setor de espera. Sentei em uma das cadeiras disponíveis, aguardando a liberação do embarque.

– Você está muito silenciosa – Dan comentou no meu ouvido, se sentando ao meu lado. – Ainda dá tempo de desistir – falou, brincando.

– Deixa de ser bobo – revidei com um sorriso. – É só ansiedade.

– Eu sei, também me sinto assim – disse, me abraçando.

Anunciaram nosso voo e abriram o portão de embarque. Olhamos um para o outro e demos as mãos, deixando para trás todas as dúvidas e embarcando rumo à maior aventura de nossas vidas.

Por incrível que pareça, dormi a noite toda, vencida pelo cansaço. Acordei com Dan tocando meu cabelo, pois já íamos pousar. Descemos na capital do Taiti e lá pegamos um avião pequeno, que nos deixaria na ilha de Bora Bora. Tinha acabado de amanhecer quando avistamos a praia maravilhosa, numa vista de tirar o fôlego. Pousamos na água e, ao descer no pequeno cais, me senti como se estivesse naquele seriado antigo *A Ilha da Fantasia* ou no filme *A Lagoa Azul*.

Funcionários do hotel nos aguardavam dando boas-vindas e colocavam colares de flores em nosso pescoço.

– Quem são os noivos? – perguntou um rapaz.

– Somos nós – respondeu Dan, pegando minha mão.

– Ótimo! Então, por favor, queiram o noivo e seu padrinho me acompanhar. A noiva e sua madrinha devem seguir nossa outra funcionária. – E apontou para uma moça sorridente. – Vamos prepará-los o dia todo, agora vocês só vão se reencontrar para a cerimônia no final da tarde.

Olhamos um para o outro, numa mistura de dor por termos que nos separar, expectativa pelo que viria e ansiedade pela espera. Ele me beijou rápido, mas com intensidade, segurando-me pela cintura.

– Te vejo no altar – disse, ao me soltar.

– Não se atrase – adverti, e ele sorriu antes de se virar e partir.

Daniel

O funcionário nos levou até outro cais, onde um pequeno barco nos aguardava. Dali, seguimos para uma casa flutuante, onde haviam preparado um maravilhoso café da manhã. Comemos sentados na imensa varanda, com o mar calmo e azul a nossos pés.

– Isso é que é vida! – Lance mencionou, passando a mão na barriga estufada. – Que lugar incrível!

– Um paraíso! – concordei.

– Qual é a programação de hoje? – perguntou, curioso.

– Bem, pelo que me lembro, a manhã é livre, depois do almoço vamos ser paparicados o tempo todo: sauna, massagem e tudo que for relaxante.

– Hum, isso parece muito bom. Então, o que estamos esperando? – disse, animado. – Vamos trocar de roupa e dar um mergulho.

– Só se for agora! – respondi, me levantando.

Marina

Depois de uma manhã relaxante na praia com Shanti, foi servido um almoço delicioso. Mais tarde, fomos conduzidas por duas gentis nativas a um spa; ficamos algum tempo na sauna e em seguida fomos massageadas da cabeça aos pés com óleos perfumados, até fazer nossa pele cintilar. Cheguei a cochilar, de tão relaxada que fiquei. Depois de um banho maravilhoso na hidromassagem, passamos pelos serviços de manicure, pedicure, esteticista, maquiador e cabeleireiro; terminamos à tarde, nos sentindo como rainhas.

– Marina, estou começando a querer arrumar um noivo e casar também! – Shanti comentou, sorridente.

– Por quê? – perguntei.

– Só pra poder fazer tudo isso de novo! – Ri junto com ela.

Finalmente, chegou a hora de nos aprontar. Coloquei meu vestido e me mirei no espelho. Gostei do que vi, e esperava que o Dan também gostasse.

– Você está linda! – afirmou Shanti. – Dan vai gamar ainda mais!

– Estou tão nervosa! – disse, começando a hiperventilar.

– Calma, é o seu amor que está te esperando, não é mesmo? Tenho certeza de que ele vai estar tão ansioso quanto você, se não estiver mais! – garantiu.

Ouvimos uma batidinha na porta; tinha chegado a hora. Ao sairmos, uma moça entregou uma coroa de flores a Shanti, explicando que seria sua responsabilidade segurá-la até o início da cerimônia.

Dirigimo-nos a uma praia magnífica; uma brisa suave balançava as folhas das árvores, o ar estava perfumado com o cheiro das flores locais, e suspirei ao admirar tanta beleza. Mas nada podia se comparar à próxima visão: uma canoa típica se aproximava, apenas com três ocupantes, mas um deles em especial prendeu meu olhar à medida que se aproximava.

De longe, via seu sorriso largo ao me avistar e também sorri, incapaz de me conter. Quando a embarcação chegou à areia, ele saltou com agilidade, com Lance logo atrás. Quase perdi o fôlego. Quem era esse homem maravilhoso, que se aproximava num andar decidido, com o rosto de um deus e com olhos que me aqueciam só de os vislumbrar? Esse homem era Dan, e ele era meu, só meu. Estendi minhas mãos e ele as segurou com firmeza, ficamos ali, de mãos dadas, deslumbrados um com o outro. Os fotógrafos contratados não paravam de tirar fotos.

Fomos, então, ao local da cerimônia. Num altar de pedras, o sacerdote nos aguardava cercado por nativos em roupas típicas, que usavam colares de flores e cantavam músicas religiosas tradicionais da região. Paramos em frente ao altar, com Shanti ao meu lado e Lance ao lado do Dan.

O sacerdote nos deu as boas-vindas, pediu que Shanti me entregasse a coroa de flores e orientou-me para que a colocasse na cabeça do Dan.

Depois Lance fez o mesmo, e Dan colocou a coroa em minha cabeça; a cerimônia enfim começara.

O sacerdote falou de forma poética sobre o amor e o casamento, explicando suas responsabilidades, bênçãos e deveres.

– Daniel e Marina, vocês estão preparados para se comprometer um para com o outro? – perguntou em determinado momento.

– Sim – respondemos juntos.

– Daniel, você aceita Marina como sua esposa, promete amá-la, honrá-la, respeitá-la e dela cuidar todos os dias de sua vida? – perguntou o sacerdote a Dan.

– Sim – ele respondeu, com firmeza.

– Marina, você aceita Daniel como seu marido, promete amá-lo, honrá-lo, respeitá-lo e dele cuidar todos os dias de sua vida?

– Sim – respondi, com a voz trêmula de emoção.

– Por todo o mundo, as alianças são sinais da eternidade, pois os círculos não têm início nem fim. Essas alianças são o símbolo de seu puro amor e das promessas que vocês compartilharão juntos, como marido e mulher.

Dan se virou para Lance, que entregou a aliança, depois pegou minha mão esquerda e repetiu as palavras do sacerdote, enquanto colocava o anel em meu dedo:

– Coloco esta aliança com todo o meu amor, para que todo o mundo veja que escolhi você como minha esposa. É o desejo de meu coração estar contigo por toda a vida. E eu te amarei para sempre.

Depois chegou a minha vez. Shanti me entregou a aliança, peguei a mão esquerda de Dan e a coloquei em seu dedo, repetindo as mesmas palavras:

– Coloco esta aliança com todo o meu amor, para que todo o mundo veja que escolhi você como meu marido. É o desejo de meu coração estar contigo por toda a vida. E eu te amarei para sempre.

– Vocês desejam acrescentar algo a este momento? – perguntou o sacerdote.

Estendi o braço e coloquei a mão direita sobre o peito de Dan, em cima do seu coração, e disse:

– Enquanto meu coração bater, enquanto eu respirar, vou amar você. E saiba que nunca esquecerei este dia, porque agora nossos corações são um – declarei, emocionada, e vi os olhos dele se encherem de lágrimas.

Em seguida, ele fez o mesmo gesto e repetiu as mesmas palavras. Então, o sacerdote continuou a cerimônia.

– Vocês nasceram para estar juntos, e juntos deverão estar para sempre. É nosso desejo que seu puro amor nunca diminua pelos problemas que possam surgir e que vocês possam sempre acreditar nos votos que fizeram aqui hoje, ao longo de suas vidas. Neste momento sagrado, os presenteio com seus novos nomes. Daniel, nas ilhas da Polinésia você agora será conhecido como "Kaleo", que significa "o som, a voz". E você, Marina, passará a ser conhecida como "Kanani", que significa "a beleza". Podem envolver o casal com o Manto do Amor.

Duas jovens se aproximaram com um lindo cobertor, feito à mão, com motivos florais em tecido colorido, e nos cobriu com ele.

– Agora, é minha honra proclamar Daniel e Marina parceiros na vida, almas gêmeas, marido e mulher. Você pode beijar sua noiva, e você pode beijar seu noivo.

Viramos um para o outro, as lágrimas agora rolavam livremente por minha face. Ele segurou meu rosto entre suas mãos e beijou meus lábios com toda a ternura que sentia, e eu correspondi ao seu beijo com a mesma intensidade.

A cerimônia terminou exatamente ao pôr do sol. Viramo-nos para cumprimentar nossos amigos e não sabia quem estava chorando mais, eu ou Shanti, quando ela me abraçou, dando os parabéns.

Fomos todos para um salão reservado, onde, numa mesa ricamente decorada, nos aguardava um lindo bolo. Tiramos várias fotos, nos beijando sem parar. Depois nos dirigimos a um restaurante com música ao vivo e uma pista de dança. Assim que entramos, a banda parou de tocar, e alguém no microfone anunciou nossa chegada como recém-casados. Escutamos uma rodada de aplausos de todos no salão. Em seguida, foi anunciado que teríamos nossa primeira dança como marido e mulher, Dan me conduziu ao meio da pista e começamos a dançar ao som de uma linda música romântica. Não cansava de olhar para seu rosto, para seus olhos; me sentia atraída por uma força magnética que parecia sair de seus poros.

– Já disse que você está linda? – ele perguntou, com um sorriso.

– Na verdade já, mas pode continuar repetindo, quem sabe até o final da noite eu acredite.

– Até o final da noite pretendo falar e... fazer muitas outras coisas com você – ele disse, me apertando mais forte e fazendo meu coração disparar.

– Hum, você me deixou curiosa, que tipo de coisas? – perguntei, ingenuamente.

– Digamos que pretendo cumprir cada compromisso marital – respondeu, insinuante.

– Que marido responsável fui arrumar!

– Deixa eu te mostrar o quanto sou responsável – E me deu um beijo que não deixou restar a menor dúvida.

Voltamos para a mesa, fizemos nossos pedidos e tivemos um último bate-papo animado com Shanti e Lance, já que eles voltariam para casa no dia seguinte.

O jantar chegava ao fim, estava preguiçosa, relaxada e feliz. Havia passado pela experiência mais emocionante da minha vida, ao lado do meu grande amor, e tínhamos compartilhado tudo com nossos melhores amigos. Claro que o ideal seria se nossa família pudesse estar presente, mas sabia que no momento não seria possível. Porém, do fundo do meu coração, esperava que um dia nossa relação fosse compreendida e aceita.

Lance tirou de baixo da mesa uma caixa de presente, muito bem decorada com um enorme laço de fita, e a estendeu para nós.

– Puxa, não precisava!

– Ah, não é nada demais! – Já íamos abrir, quando ele nos impediu. – Mas, me façam um favor, abram assim que entrarem no quarto.

– Isso não vai explodir. Certo? – perguntei, desconfiada.

– Não, prometo ser completamente inofensivo! – garantiu, sorrindo.

Um funcionário do hotel se aproximou e disse:

– Senhor e senhora Harrison, seu barco já está pronto, podemos partir.

Soou meio estranho sermos chamados daquele jeito, quase olhei pros lados, esperando ver nossos pais. Pelo olhar que Dan me deu, acho que pensou a mesma coisa.

Shanti e Lance nos acompanharam até o lado de fora. Dei um abraço bem apertado em minha amiga.

– "Que Deus, o melhor Criador de todos os casamentos, combine vossos corações em um" – Shanti falou em meu ouvido com voz embargada.

– Amém – respondi, muito emocionada. – *Hamlet*?

– Não. *Henrique V*, ato 5, cena 2.

Foi impossível não rir e o fizemos juntas.

– Obrigada por ser minha amiga e minha madrinha.

– Ah, não! Você não vai me fazer chorar de novo! Anda, vai logo! Nos veremos em casa – disse, me empurrando carinhosamente.

A noite estava linda, a lua cheia, muito branca, brilhava sobre nós, e tochas fincadas no chão indicavam o caminho que tínhamos de seguir pela praia. Uma enorme canoa nativa nos aguardava. Dan entrou primeiro, me estendendo a mão e me ajudando a subir. Sentamos lado a lado, o mar estava sereno e tranquilo, e começamos a nos mover no suave balanço das ondas. Embora a paisagem fosse de tirar o fôlego, estava superconsciente da presença de Dan, de como seu braço estava ao redor dos meus ombros, do calor que sentia do seu peito na palma da minha mão, dos seus lábios na minha testa.

Foi uma viagem curta. Logo avistamos a casa flutuante reservada só para nós, toda iluminada. Saltamos da canoa, agradecemos o romântico passeio, ficamos ali na varanda e de súbito nos vimos completamente sozinhos.

– Vamos conhecer a casa – sugeriu, ao abrir a porta.

– Boa ideia!

Num gesto à moda antiga, Dan sem aviso me pegou no colo e soltei um gritinho abafado, logo seguido por sua risada. Segurei-me em seu pescoço enquanto ele me carregava e, de forma exagerada, ele deu um passo à frente.

Entramos numa sala linda, decorada como uma casa típica taitiana. Ele me pôs no chão e começamos a percorrer o ambiente. Encontramos uma pequena cozinha, com frigobar e micro-ondas. Continuamos a explorar, cheios de expectativa, atravessamos uma porta e entramos no quarto. Olhei para Dan, que observava tudo com alegria; seus olhos cintilavam, e meu coração vibrou ao ver que, em sua tão evidente felicidade, alcançou a proeza de ficar ainda mais bonito. Num canto, vi nossas malas e o violão dele, mas o que mais me chamou a atenção foi a enorme cama *king size*, com uma coluna de metal saindo de cada extremidade e um enorme mosquiteiro branco suspenso sobre ela. Respirei fundo e fui até a outra porta, no lado oposto: verifiquei que era o banheiro, impecavelmente limpo e equipado com produtos de higiene pessoal.

– Gostou? – perguntou, sorrindo ao meu lado.

– Muito, parece um sonho! – respondi, com sinceridade.

Voltamos pro quarto e de repente ficamos ali, olhando um para o outro, com expressões que misturavam ansiedade e constrangimento, e então subitamente caímos na gargalhada. Rimos tanto que tivemos que nos apoiar um no outro. Aquilo foi muito bom, liberou toda a tensão e criou um clima mais descontraído e natural.

– Acho que vou me trocar – avisei, quando finalmente fiquei mais serena.

– Certo.

Abri minha mala, peguei uma sacola e a levei para o banheiro. Tirei o vestido e vesti a camisola de cetim longa, branca, de alcinha, que tinha um decote enorme nas costas, e por cima coloquei o penhoar comprido que fazia parte do conjunto. Penteei o cabelo diversas vezes, procurando me acalmar, escovei os dentes duas vezes e dei uma última olhada no meu reflexo.

Ok. Eu estava pronta, chegara o grande dia, mas, por mais que estivesse consciente de tudo, ainda sentia um friozinho na barriga.

"Calma, Marina! Vai dar tudo certo!", pensei comigo mesma e abri a porta.

Saí do banheiro e vi Dan de peito nu, usando uma calça de pijama branca, sentado na cadeira com o presente que Lance tinha nos dado; já tinha até me esquecido daquilo.

– Nada explosivo, espero! – falei, brincando.

– Não, você nem vai acreditar no... – Ele levantou o rosto para me olhar, e assim que me viu parou de falar.

Ele colocou a caixa na mesinha a seu lado e se levantou, me olhando de cima a baixo. Começou a andar na minha direção, com um olhar penetrante, e nunca tive tanta consciência de que ele era o homem para mim.

– Você me deixou sem palavras, estava preparado para cobri-la de elogios, mas agora todos parecem fracos perto de você – Dei um sorriso tímido, um pouco encabulada. – "Kanani", a beleza, o sacerdote não poderia ter dado nome mais apropriado.

Ele me abraçou devagar, me puxando em sua direção; podia sentir as batidas rápidas de seu coração em minhas mãos.

– Eu te amo – disse-lhe, pois nenhuma outra expressão parecia adequada naquele momento.

Ele aproximou bem devagar o seu rosto do meu, olhando-me nos olhos; nossas bocas se encontraram e fechei os olhos procurando apenas sentir. Sentia tudo, a boca que se movia delicadamente sobre a minha, seu hálito, os braços que me apertavam. Nossas bocas se abriram e nossas línguas se encontraram, e o beijo foi se aprofundando e ficando cada vez mais urgente. Senti suas mãos correndo por minhas costas, subindo e descendo, e notei que pararam nos meus ombros, puxando o penhoar que caiu delicadamente aos meus pés. Ele soltou minha boca e cobriu meu rosto de beijos; beijou meus olhos, minhas bochechas, minha testa, desceu para minha orelha, que mordiscou delicadamente. Voltou a procurar minha boca, me beijando profundamente, e eu o segurava firmemente com uma mão em seu pescoço, enquanto a outra segurava seu cabelo.

Parou de me beijar e me surpreendeu, pegando-me no colo e me levando para a cama, onde me deitou bem devagar. Fiquei ali deitada, observando-o e ele se abaixou e beijou meus pés.

– Quero conhecer cada pedacinho de você. Fazer de você minha mulher. Confia em mim? – murmurou e perguntou.

– Confio, sempre confiei – respondi e suspirei.

Ele foi me beijando e subindo pela minha perna, enquanto começava a levantar também a camisola. Eu respirava profundamente e devagar. Percebi uma parada estratégica e, no momento seguinte, tirou a minha roupa, expondo minha calcinha de renda.

– Minha nossa! – exclamou, e ri de prazer.

Senti suas mãos em meus quadris, seus dedos se enrolaram nas alças da minha calcinha e a puxaram de uma vez só, jogando-a longe. Ele se afastou um pouco, o que achei estranho, contudo logo descobri o motivo ao me ver completamente nua, sendo observada da cabeça aos pés por seus olhos.

– Há anos sonho em vê-la assim – confessou, com a voz sussurrante. – Há anos sonho em sentir sua pele macia na minha, seu cheiro, seu sabor – à medida que falava, deitava-se por cima de mim, entrelaçando nossas pernas. – Quero te fazer minha – completou, fixando seu olhar no meu.

Beijamo-nos em seguida, com paixão e desespero. Ele me tocava, e eu também o tocava, começando a perder minha inibição inicial.

– Sinto-me em desvantagem aqui – sussurrei, entre beijos. – Não era só você que sonhava com isso.

Ele sorriu e se afastou apenas o suficiente para retirar rapidamente sua calça, brindando-me com a linda visão da totalidade de seu corpo masculino. Era tão lindo.

– Melhor assim? – perguntou, e voltou a se deitar sobre mim.

– Muito melhor! – respondi, antes de puxá-lo mais uma vez pelo pescoço para beijá-lo apaixonadamente.

Tudo era tão novo e surpreendente, mas ao mesmo tempo maravilhoso! As sensações eram arrebatadoras, nunca tinha visto tanta pele exposta antes, nunca tinha sido tocada de forma tão íntima, então, apesar do meu constrangimento, me permiti viver essa primeira experiência, sentindo, em cada gesto do Daniel, seu infinito amor, doçura e paciência.

Foi um despertar lento, mas poderoso, com sensações que cresciam e se avolumavam, beirando o insuportável. Ao mesmo tempo, fiquei envaidecida ao ver que não era a única que estava sendo possuída por tantas emoções. Daniel parecia estar arrebatado, dividido entre profunda concentração e agonia delirante.

Ele sussurrou uma palavra baixinho, não consegui entender muito bem, aos meus ouvidos parecia algo como "Hitler", mas devia ter entendido errado, afinal, por que ele diria algo assim em uma hora como aquela?

À medida em que prosseguimos com nossas carícias, uma urgência começou a se apossar de mim, uma necessidade tão antiga quanto o tempo me tomou por inteiro. Era como se uma parte de mim estivesse faltando e exigisse ser completada.

– Ah, Dan... – sussurrei, gemendo. – Preciso... preciso... – não conseguia encontrar as palavras certas.

– Do quê? – perguntou, intensamente.

– De você.

Para meu desapontamento, ele me soltou, e quase suspirei de frustração ao vê-lo se afastar, mas só entendi o motivo quando o vi pegar um pacotinho da caixa com que o Lance havia nos presenteado: proteção.

Fechei os olhos, aguardando com ansiedade; sabia o que viria a seguir e me sentia pronta, mais que isso, precisava daquilo com cada fibra do meu ser. Abri os olhos ao senti-lo deitar-se suavemente sobre mim, e minhas pernas se abriram para recebê-lo, enquanto ele olhava profundamente em meus olhos.

– Eu te amo – declarou e me fez sua.

Mesmo sabendo que a dor faria parte do processo, foi espantoso senti-la, perceber que, por mais que eu o quisesse, meu corpo tinha uma barreira natural à sua invasão. Foi quase com alívio, depois de cuidadosa insistência, sentir algo finalmente se romper e ser capaz de recebê-lo.

Agora éramos um, não mais somente em espírito, mas também fisicamente.

– Oh, Marina! Você foi feita pra mim... – ele disse, no auge da paixão.

Shanti estava certa, era como se fôssemos dois bailarinos em perfeita sincronia, sendo que dessa vez era Dan quem me guiava na nova coreografia. Instintivamente eu o seguia, enquanto ele me conduzia num ritmo próprio, e nossos corpos eram os instrumentos da maior dança de nossas vidas, através da doce melodia formada por nossos beijos, sussurros e gemidos.

Comecei a sentir uma espécie de frenesi, algo que estava se aproximando, se apossando de mim. Olhava bem dentro de seus olhos quando todo o meu corpo explodiu, estremecendo violentamente. Foi como se por um momento eu tivesse deixado de existir, me desintegrado, para no instante seguinte surgir renascida, com plena consciência de que, depois dessa experiência, eu nunca mais seria a mesma.

Pouco depois, ele estremeceu da mesma forma, respirando pesado em meu pescoço.

Seu corpo pousou sobre o meu e continuei a abraçá-lo com braços e pernas, sem conseguir nem querer me mover. Aos poucos, sua respiração foi se acalmando, e ele se sustentou sobre seus braços, voltando a me olhar.

– Eu devo estar pesando sobre você – comentou.

– Não me incomodo, na verdade, eu te prenderia aqui pra sempre.

– Então, sou seu prisioneiro – decretou.

– Prisão perpétua – disse, rindo junto com ele.

Com um movimento inesperado, ele girou o corpo e me levou junto, ficando então por baixo e me posicionando por cima.

– Pronto, agora continuo seu prisioneiro e você pode respirar.

Abracei-o pelo pescoço, deitando minha cabeça em seu peito, sentindo suas mãos subirem e descerem devagar por minhas costas.

– É sempre assim? – perguntei. – Tão intenso?

– Não. Acredito que tenha sido assim, porque fomos nós – respondeu.

– Doeu muito?

– Não, passou rapidinho – garanti.

Vi o pacotinho do preservativo aberto em cima da cama, peguei-o com a ponta dos dedos.

– Então esse foi o presente do Lance? – perguntei.

– Não só esse, uma centena deles. Lembre-me depois de agradecê-lo – disse, rindo.

– Com certeza!

Sentia-me plena, como se estivesse esperado sempre por isso, por estar assim, sem barreiras, sem preconceitos, só eu, ele e o nosso amor.

Mais uma vez, suas mãos desceram por minhas costas, parando no meu bumbum, apertando com firmeza e pressionando meu quadril sobre o dele. Ele gemeu baixinho.

– Nunca me senti assim com ninguém – confessou. – Algo em você tem esse efeito sobre mim, sempre teve. Você me tira completamente do sério! – dizendo isso, rolou o corpo, deixando-me novamente por baixo.

Olhei pra ele, sentindo sua animação evidente e vendo seus olhos brilharem excitados.

– Já? – perguntei, surpresa, e ele deu uma risadinha antes de responder.

– Meu amor, do jeito que eu me preparei, posso te amar a noite inteira. – Aproximei meu rosto do dele, sentindo o perfume de sua pele, e disse:

– Prove!

E ele provou.

❖•❖

Daniel

Acordei sentindo na pele a brisa fresca que entrava pela janela e o cheiro de maresia que impregnava o quarto. Estava com muita preguiça, mas não reclamava, muito pelo contrário, esperava ter inúmeras noites iguais àquela pela frente e inúmeras manhãs me sentindo exausto por motivos como aquele.

Abri os olhos, sentindo o calor do corpo da Marina ao lado do meu, aproximei meu rosto do seu cabelo e respirei profundamente.

– Baunilha – sussurrei, beijando-lhe a testa.

Olhei em seu rosto. Ela dormia profundamente, também devia estar cansada. Eu tinha ficado meio na dúvida se deveria exigir tanto dela logo na primeira noite, mas ela me surpreendeu, me acompanhando no mesmo ritmo, impaciente, vibrante e apaixonada. Nada me foi mais gratificante do que fazê-la minha, sentir seu corpo ondular sob o meu toque, enquanto nos amávamos repetidas vezes.

Meus pensamentos foram interrompidos pelo ronco da minha barriga. Claro que agora o corpo cobrava seu preço, pois eu sentia uma fome animal.

Levantei me espreguiçando, peguei a calça do pijama e me vesti. Fui para a varanda, lembrando que o café da manhã seria entregue de barco. Encontrei em cima da mesa uma maravilhosa cesta de café da manhã e peguei uma maçã, dando logo uma mordida. Depois completei com pão, queijo, geleia, bolo e suco de laranja. Passei a mão na barriga me sentindo satisfeito.

Voltei pro quarto e vi que Marina ainda dormia, então peguei meu violão e fui pra sala.

Fiquei dedilhando algumas notas, para passar o tempo, até que me lembrei de uma música antiga do Peter Frampton, que parecia combinar bem com esse momento, e comecei a tocar e cantar.

A letra dizia tudo o que sentia no momento e seu título era o que eu queria dizer: "I'm in You".

Estava acabando de tocar os últimos acordes quando vi certa pessoa despenteada, sonolenta, enrolada no lençol e completamente adorável aparecer na porta.

– Bom dia – ela disse, bocejando.

Coloquei o violão de lado e estendi os braços pra ela, colocando-a sentada no meu colo, abraçando-a e ninando-a como a uma criança.

– Desculpe se te acordei com a música.

– Queria sempre poder acordar assim, com você cantando pra mim – ela disse, me abraçando pelo pescoço. – Por sinal, adorei essa canção.

– Estava pensando na gente quando me lembrei dela, achei a nossa cara.

– Concordo, agora sempre que ouvi-la vou me lembrar da gente e desse lugar – afirmou, com o rosto em meu peito.

Continuamos assim, aconchegados um no outro, sentindo sua mão fazendo um cafuné gostoso na minha nuca.

– Ah, antes que eu esqueça – falei, com um sorriso. – Feliz aniversário atrasado! – Ela me olhou surpresa.

– É mesmo! Ontem fiz dezessete! Com tanta coisa acontecendo, esqueci completamente.

– Espere aqui – pedi, sentando-a no sofá.

Fui ao quarto, peguei duas caixas aveludadas e voltei para sala.

– Seu presente – disse, e estendi uma caixa pra ela.

– Dan, não precisava!

– Vamos, abra! Quero ver se vai gostar – encorajei-a, ansioso.

Ela pegou a caixa e abriu.

– Uau! É lindo, tão delicado! – declarou, examinando a corrente de ouro que eu havia comprado.

– Gostou mesmo?

– Claro! Obrigada, amor! – agradeceu, me beijando suavemente. – Coloca em mim?

Peguei o colar, ela levantou o cabelo e o coloquei em seu pescoço.

– Existe mais um motivo para ter lhe dado essa corrente – expliquei.

– Qual?

– Quando voltarmos pra casa, não poderemos continuar usando as alianças, então pensei em usá-las como pingentes no colar, comprei uma pra mim também – contei, mostrando a outra caixa.

Vi seu olhar se entristecer ligeiramente com a minha explicação.

– Não gostou da ideia?

– Não, na verdade é muito boa – disse, pensativa. – É que... vou ficar muito triste de ter que tirar minha aliança do dedo, queria deixá-la aqui pra sempre – explicou, atendo-se carinhosamente ao anel de compromisso em sua mão.

– Desculpe, não queria te deixar triste – falei, segurando-lhe a mão. – Ainda é cedo para pensarmos nessas coisas, temos uma semana inteira para curtir ao máximo!

– Certo – ela concordou, sorrindo.

– Está com fome?

– Sim, muita!

– Já imaginava, tem uma cesta maravilhosa de café da manhã lá fora.

– Oba! – Sorri ao vê-la disparar para a varanda.

Sentei do seu lado, vendo-a devorar tudo com vontade. Gostava muito disso nela, sempre achei um saco aquelas mulheres que vivem fazendo dieta.

– Que tal darmos um mergulho? – sugeri quando ela terminou.

– Ótima ideia! – disse, alegre. – Mas primeiro vou entrar no chuveiro, já volto! – me deu um selinho e foi pro banheiro.

Fiquei ali, olhando o mar azul e me sentindo o homem mais feliz do mundo.

Voltei pro quarto, procurando minha sunga na mala, e ouvi Marina cantarolando, lá do chuveiro, a música que eu tinha tocado aquela manhã.

"Você e eu não fingimos, nós fazemos amor."

Escutá-la cantar parte da melodia que havia tocado mais cedo foi igual a ouvir o canto da sereia, completamente irresistível! Fui pro banheiro, me despi, abri a porta do boxe e entrei no chuveiro.

– Dan! – exclamou, levando um susto. – O que você está fazendo aqui?

– A mesma coisa que você – respondi, devorando-a com os olhos. – Será que não posso tomar banho com a minha esposa?

— Sim, não, quer dizer... — respondeu, com o rosto vermelho.

— Sabia que você fica mais linda ainda toda encabulada? — Peguei o pote de sabonete líquido de suas mãos. — Deixa eu te dar banho — disse, espalhando-o em suas costas.

Não posso garantir, mas acredito que aquele tenha sido um dos banhos mais longos e prazerosos de nossas vidas.

— Agora, deixa eu te enxugar — falei, ao sairmos do boxe.

Peguei a toalha e esfreguei vigorosamente seu corpo. Ela pegou outra toalha e fez o mesmo comigo.

Fomos para o quarto, vesti minha sunga preta, enquanto ela colocou um biquíni branco que ficou perfeito em seu corpo moreno. Só de olhá-la vestida daquele jeito já me dava água na boca. Estava surpreso comigo mesmo, nunca tinha amado tanto e nunca tinha desejado tanto. Até esse dia eu não fazia ideia do quanto podia ser poderoso o sexo com alguém a quem realmente se ama, tornando nossos laços e sentimentos ainda mais profundos.

— Pronta? — perguntei, estendendo-lhe a mão.

— Vamos logo! — disse, sorrindo.

Na varanda, olhamos o oceano maravilhoso e transparente a nossos pés, peguei-a no colo, ouvindo-a rir com vontade, e saltamos juntos no límpido mar azul.

– CAPÍTULO 10 –

Marina

NOS DIAS PARADISÍACOS QUE se seguiram, começamos a explorar o que a ilha nos oferecia, além, é claro, da descoberta contínua e mútua de nossos corpos.

O quanto uma pessoa pode precisar fisicamente da outra? Será que existem regras e limites? Como se faz para parar quando se está jovem, apaixonado e plenamente saudável? Às vezes, a gente começava com um beijinho de nada na varanda e, quando eu ia me dar conta, já nos embolávamos no sofá da sala, porque não deu tempo de chegar ao quarto. Estávamos simplesmente maravilhados um com o outro, impressionados como nossa sintonia era tão plena e prazerosa.

De todas essas experiências, só podia concluir uma coisa: unir amor e sexo era como um vendaval atingindo uma floresta em chamas, propagando e intensificando o fogo, tornando o incêndio completamente explosivo e imprevisível.

A ilha oferecia todo tipo de lazer náutico e, entre tantas opções diferentes, optamos pelo mergulho submarino, esqui aquático e *jet ski*. Ao mergulhar, ficamos extasiados com o mar de águas muito azuis e claras, onde se podia admirar todo tipo de vida marinha e o espetacular recife de coral. Dan adorou o esqui aquático, como ele sempre esquiou muito bem na neve, não teve muita dificuldade de se adaptar àquela modalidade. Já eu levei tanto tombo que desisti, com medo de quebrar uma perna. Mas nós dois adoramos andar de *jet ski*, sentindo a velocidade e o vento batendo no rosto, cada um montado no seu, guiando livremente, brincando e inventando manobras.

— E aí, vamos apostar uma corrida? — perguntou, com aquele olhar malicioso que eu conhecia tão bem.

— Até onde?

— Até nossa casa flutuante — ele estipulou.

— Topo! — disse, desafiadora. — Qual vai ser o prêmio do vencedor?

— Hum... — Ele se aproximou do meu ouvido e sussurrou o que queria. Dei uma risada, pois sempre me surpreendia.

— Certo. Bem, só vou contar o que eu quero se ganhar. Está bom pra você?

— Sem problema!

Preparamo-nos, ficando lado a lado, ambos acelerando seu *jet ski*, e olhamos um para o outro, sorrindo.

— Pronta? — ele perguntou, e afirmei com a cabeça. — Então... largar!

Disparamos velozes pela água. Passei a frente dele, me virei e dei um tchauzinho, estranhando por ele não acelerar mais. Já me aproximava, feliz da vida que seria a campeã, quando meu *jet ski* começou a desacelerar sozinho. Dan passou voando na minha frente, me mostrando a língua. O motor parou totalmente e fiquei ali, a poucos metros da nossa casa, sem entender nada. Vi-o chegar lá primeiro e dar um grito de vitória, depois fez a volta e parou do meu lado.

— Meu *jet ski* parou — avisei.

— Se você tivesse prestado atenção aqui — disse, e apontou para o painel de controle —, saberia que estava com pouco combustível e que se acelerasse demais logo no início, ia queimar tudo de uma vez.

— Daniel Harrison, isso é trapaça! — falei, indignada. — Confesse que você tramou tudo! — Ele caiu na gargalhada.

— Não tenho culpa de você ser tão distraída! — Ele continuava rindo. — Como dizem por aí: no amor e na guerra, vale tudo! — Como não rir quando alguém sorri para você daquele jeito tão sedutor? — Venha, suba aqui, vou te dar uma carona — E pulei na garupa dele.

Estar ali, sentindo o vento jogando meu cabelo pra trás, colada nele, segurando com força na sua cintura, meu rosto em suas costas e nossas pernas se roçando, sem dúvida foi um dos momentos mais românticos e perfeitos da minha vida.

Passei o resto da tarde pensando e planejando como iria cumprir minha parte na aposta. Podia ver, pelos olhares que o Dan me lançava, que ele pensava a mesma coisa, me olhando cheio de curiosidade e provavelmente tentando antecipar meus planos. Eu apenas sorria e me fazia de desentendida. Pedi que ele esperasse na varanda e só entrasse no quarto quando eu o chamasse.

❖•❖

Daniel

– Dan, pode vir! – ouvi me chamar.

Entrei na sala, e a casa estava toda escura. Fui pro quarto, abri a porta e me surpreendi ao ver o ambiente iluminado apenas por várias pequenas velas perfumadas espalhadas em cantos estratégicos. O aroma de flores e baunilha impregnava o ar.

– Deite-se na cama, que já vou sair – ela disse de dentro do banheiro.

Cumpri suas ordens, já me sentindo empolgado e impaciente. "Será que ela vai demorar muito?", pensei, cheio de expectativa.

Tinha acabado de cogitar essas coisas quando ela saiu do banheiro, o cabelo preso num coque, vestindo um grosso roupão. Marina parou bem longe da cama, sorrindo com calma, mas com um olhar travesso que encheu minha mente de segundas intenções.

– Vou fazer o que você pediu – disse, e sorri, todo empolgado. – Mas como você trapaceou, também vai receber uma punição.

– Punição? De que tipo? – perguntei, franzindo a testa.

– Você vai poder olhar à vontade – começou a explicar, enquanto abria o roupão –, mas não vai poder tocar – com estes dizeres, tirou o roupão e o jogou numa cadeira.

Meu queixo caiu! Ela usava um conjunto de lingerie em renda preta, que deixava sobrar muito pouco para a imaginação. Nunca tinha visto a Marina tão sensual, minha vontade era saltar, agarrá-la, jogá-la na cama e começar a tirar toda aquela produção maravilhosa. Mas respirei fundo para me concentrar e tentar obedecer às suas regras, talvez ainda me desse bem de alguma forma. Ela foi até o aparelho de som, que estava numa mesa ao seu lado. Desconfiei que a tortura mal havia começado.

– Espero que aprecie – disse, enquanto apertava um botão e a música se iniciava.

"Ai, meu Deus do céu, me segura aqui nessa cama para não fazer uma besteira!", pensei, em estado de agitação.

Ela começou a dançar, e a letra da música... não restava a menor dúvida: eu ia sofrer, e muito.

Rodopiou soltando o cabelo, dançando toda insinuante. Comecei literalmente a babar. Seus movimentos eram perfeitos; logo se percebia que eu estava diante de uma profissional, seus passos tinham total sincronia com o ritmo da música, seus braços se moviam lânguidos, com leveza, como as asas de um pássaro ao vento. Marina era pura poesia em movimento. Ela se aproximou devagar da cama, mexendo os quadris. Depois se afastou novamente, pegou uma cadeira, colocando-a no meio do quarto, e começou a desenvolver elaborados passos de dança se apoiando nela.

– Respira, Daniel! – falei comigo mesmo.

Fazendo movimentos provocantes, ficou de costas, ainda movendo os quadris no ritmo da música. Eu estava surtando com aquela visão. Se a intenção era essa, torturar-me, ela estava conseguindo.

Quando eu tinha feito o pedido para que ela dançasse só pra mim, nunca imaginei que o feitiço poderia virar contra o feiticeiro, pois agora, de acordo com suas regras, estava limitado a admirar. Droga! Isso não era justo!

"Eu não esperei nove anos da minha vida para casar com ela, para depois ficar aqui, chupando o dedo!" pensei, decidido.

Então, aguardei pelo seu primeiro deslize. Assim que ela se aproximou um pouco mais da cama, me fingi de desinteressado, apenas olhando-a discretamente. Dessa forma, sentiu segurança para aproximar-se ainda mais. Fazendo uso de todo o meu autocontrole, permaneci impassível, e ela rodopiou bem ao meu lado, então tal qual um animal indefeso e desatento caiu em minha armadilha. De forma inesperada, agarrei-a pela cintura e a puxei para a cama.

– Daniel! Isso não vale!

Porém, não deixei as reclamações prosseguirem, cobri sua boca com a minha e começamos a fazer um dueto no nosso palco particular.

– Nossa! Isso foi... incrível! – disse, algum tempo depois, quando finalmente consegui falar.

Deitei de lado, apoiando a cabeça no braço para poder olhá-la melhor. Ela sorria, travessa, e ergueu uma mão para tocar meus cabelos, fazendo um carinho gostoso.

– Aposta cumprida? – perguntou.

– Você merece uma medalha de honra ao mérito! – E rimos juntos.

Fechei os olhos e aproveitei o clima leve e relaxante, lembrando de cada cena do que tínhamos acabado de fazer.

✦•✦

Marina

Ele me abraçou, deitando a cabeça em meu ombro, e aproveitei para fazer uma das coisas de que eu mais gostava: mexer no seu cabelo à vontade.

– Quando nos conhecemos, você pensou que alguma vez estaríamos juntos dessa forma, fazendo coisas assim? – perguntei, curiosa.

– Não exatamente quando te conheci, você lembra, afinal ainda éramos muito crianças. Quando te vi pela primeira vez, me custou acreditar que você era real, tinha acabado de ler um livro sobre lendas da floresta, onde tinha a gravura de uma fada de cabelo preto e cheio, igual ao seu, então ao te ver, parecia você que tinha saltado direto das páginas do meu livro e se materializado na minha frente. – Ele levantou o rosto para me olhar nos olhos. – Te achei a garota mais bonita do mundo, e ainda acho – completou, me beijando com doçura e me emocionando ainda mais com sua linda declaração.

– E você, o que pensou quando me conheceu?

– Lembro como se fosse hoje, você descendo as escadas todo afobado, despenteado como sempre, e os olhos brilhando de curiosidade. Achei a coisa mais fofa do mundo! – Ele riu com meu comentário. – Você parecia um pequeno príncipe, daqueles de contos de fada, e quando vi seus olhos azuis fiquei completamente apaixonada! – confessei corando, enquanto ele me beijava ternamente mais uma vez.

– Agora a atração – disse, enquanto acariciava minha cintura. – Essa surgiu um pouco mais tarde.

– Quando?

– É um pouco engraçado – ele disse, sorrindo. – Você se lembra do seu primeiro sutiã?

– Sim, claro. – Franzi a testa, estranhando a pergunta.

– Eu também, rosinha e de lacinho na frente – ele disse, rindo.

– Como você sabe como era meu primeiro sutiã? – perguntei espantada, e ele deu uma risada gostosa.

– Porque mamãe e eu compramos juntos – respondeu, me deixando de boca aberta.

– Eu nunca soube disso!

– Claro que não, ela jamais ia te constranger contando essa história – explicou. – Na verdade, a coisa aconteceu meio por acaso, eu precisava comprar umas cuecas e meias, então fomos ao shopping, entramos numa loja de departamentos, passamos primeiro no setor masculino, no qual peguei o que precisava. Depois ela me levou para o departamento de lingerie e não me incomodei, já estava acostumado com tudo aquilo, com tanta mulher em casa. Mas me surpreendi quando ela disse que estava procurando algo especial pra você, estranhei a princípio e perguntei do que se tratava. Foi quando ela confessou que ia comprar seu primeiro sutiã, mas que era uma surpresa e que eu tinha que manter segredo. Ela se pôs a analisar alguns modelos, até que ficou entre um branco e um rosa-claro, e me perguntou o que eu achava. Olhei, a princípio, sem saber o que responder, e resolvi apontar pro rosa, afinal meninas costumam gostar de rosa. Lembro que ela pediu pra segurar o sutiã um instante, enquanto pegava algo na bolsa, e foi ali, naquele momento, que eu senti algo muito diferente.

– Diferente? – perguntei, curiosa com a revelação dessa história, sem poder imaginar.

– Sim, comecei a passar os dedos naquele tecido macio e imaginei você usando o sutiã – Ele riu, parecendo meio encabulado. – Comecei a sentir algo intenso e irresistível, as sensações me pegaram completamente desprevenido! Lá estava eu, no shopping, com a minha mãe, comprando sutiã e pensando em você o usando, era surreal! – Não tive como deixar de dar uma boa risada, imaginando a cena.

– Foi aí que eu comprovei que o que eu sentia por você não tinha nada a ver com o que eu sentia por minhas outras irmãs. Foi um período muito confuso pra mim, tendo que me comportar o tempo todo como se fôssemos irmãos e ao mesmo tempo sentindo uma atração proibida por você. – Ele esfregou o rosto com as mãos. – E aí, pra piorar, começaram os sonhos. Acho que, por eu não poder me aproximar de você e ter que estar tão perto diariamente, meu subconsciente liberava toda a minha frustração nos sonhos.

– E com o que você sonhava?

– Basicamente, sonhava em fazer tudo o que temos feito até agora, como o que acabou de acontecer – respondeu, me olhando intensamente.

– E foram tantos sonhos assim?

– Muitos, incontáveis! – disse, rindo. – Porém, nada se compara à realidade – falou, tocando meu rosto. – E você, quando foi que sentiu que me queria de verdade?

– Eu sempre te amei – respondi, pensativa. – Mas te querer como homem ocorreu em dois momentos cruciais.

– Quais? – perguntou, cheio de curiosidade.

– Bem, o primeiro você vai logo lembrar, foi quando fiquei menstruada pela primeira vez, lembra?

– Impossível esquecer! Paguei um dos maiores micos da minha vida indo comprar absorvente pra você! – ele disse, fazendo com que ambos rissem.

– Pois é, e você lembra que, mais tarde, naquele mesmo dia, passamos a tarde dormindo juntos? – Ele levou a mão à testa.

– Claro! Caí no sono, estávamos coladinhos um no outro e você tinha acabado de tomar banho, cheirava tão gostoso! – Ele fechou os olhos, lembrando prazerosamente. – Comecei a ter um sonho daqueles!

– Quando acordei, vi que você estava sorrindo e senti outra coisa também – ri, maliciosa, vendo Dan ficar vermelho.

– Caramba! Foi uma das situações mais constrangedoras que passei!

– Foi realmente embaraçoso, para ambos! – eu disse, rindo. – Mas também foi naquele momento que percebi como era boa a sensação de tocá-lo e ser tocada por você. – E passei minha mão por seu braço.

– Você falou que tem dois momentos, qual é o outro? – perguntou.

– Bem... – Mordi a boca, olhando-o. – Uma vez, você estava no chuveiro e deixou a porta do banheiro entreaberta.

– Hum... – murmurou, com visível malícia. – E o que aconteceu?

– Eu passei pelo corredor na hora em que você saía do chuveiro e te vi pelo reflexo do espelho do banheiro. Passei rápido, meio constrangida, mas aquela visão momentânea foi o suficiente para mim. Nunca consegui esquecer.

– E gostou? – perguntou, se aproximando mais.

– Preciso responder? – repliquei.

Ele riu.

– E depois?

– Depois eu imaginava como seria bom se você me quisesse também.

– Imaginava, é? – disse, com o rosto colado no meu. – Então, que tal se agora eu transformasse tudo em realidade?

— Você já transformou — respondi, beijando seu pescoço. — Mas você podia fazer de novo, só pra eu não esquecer — completei, rindo baixinho.

— Então, me deixa caprichar pra gravar isso bem na sua memória — falou, antes de beijar meus lábios apaixonadamente.

✥

No dia seguinte, resolvemos fazer algo diferente. Decidimos explorar a ilha de bicicleta, conhecendo os arredores, a população e a cultura locais. Saímos, cada um com uma mochila nas costas, e procuramos vestir roupas frescas e confortáveis: camiseta, bermuda e um bom tênis nos pés.

— Pegou tudo? — perguntou Dan, quando já estávamos em terra firme.

— Sim, acho que está tudo aqui — respondi, dando uma última olhada dentro da mochila. — Lembrou de passar o protetor solar? Hoje vamos pegar muito sol.

— Esqueci — respondeu, distraído.

Peguei o protetor, andei até ele e coloquei uma pequena quantidade na mão.

— Feche os olhos — pedi, e ele obedeceu. — Você sabe que, se não fizer isso, vai ficar todo vermelho e ardido — expliquei enquanto espalhava o protetor com delicadeza em seu rosto.

— Será que você ainda não descobriu que esse era meu motivo secreto para casar com você? — ele disse rindo, abrindo os olhos e me segurando pela cintura.

— Pra ter alguém para te passar protetor solar? — perguntei, dando risada. — Qual será o próximo motivo, trabalhos forçados? — Ele riu com o comentário.

— Acho que já te passei uma boa noção dos meus outros motivos, na noite passada — disse, me beijando rápido. — Assim como hoje, no chuveiro — completou, me beijando novamente, só que mais demorado.

— Acho que está na hora de nós sairmos — consegui falar, depois de empurrar seu peito gentilmente. Sabia que, se aqueles beijos continuassem, íamos voltar pra casa mais rápido do que um raio. Sorri ao ouvir seu gemido frustrado.

– Já estou começando a me arrepender desse passeio – disse, fazendo bico.

– A ideia foi sua – falei, ao me afastar para montar na minha *bike*. – Além disso, quem sabe as surpresas que nos aguardam no caminho? – falei, enquanto colocava meus óculos escuros e vendo-o sorrir com seu boné.

Conferimos no mapa a direção que seguiríamos e saímos pedalando por Bora Bora.

Fomos contornando a orla e conhecendo outras praias, todas de águas transparentes e lindíssimas, e parávamos ocasionalmente para tirar fotos e brincar com as crianças que pareciam vir de toda parte, correndo ao nosso lado. Alguns moradores acenavam e sorriam simpáticos quando passávamos, e retribuíamos da mesma forma. De vez em quando, também parávamos para beber água do cantil que levamos. Tínhamos planejado parar numa cascata que o mapa indicava, pedimos informações algumas vezes, mas estávamos com dificuldade de encontrá-la, pois ficava dentro da mata. Já estávamos quase desistindo, quando algumas crianças disseram que conheciam o lugar e nos levariam até lá. Sorrimos e agradecemos, aliviados.

No caminho apresentavam-se cada vez mais obstáculos, tivemos de descer das bicicletas e fazer o restante do percurso a pé, empurrando-as ao nosso lado. Depois de passar por um caminho apertado entre as árvores, saímos numa pequena clareira e vislumbramos a linda cascata. O lugar era deslumbrante, rodeado de vegetação nativa, com belas flores tropicais e pássaros coloridos em volta da pequena lagoa azul formada pela queda d'água.

Andamos até a beira da água completamente encantados, tirei uma toalha da bolsa e a coloquei na areia, para podermos sentar.

– Que lugar incrível! – ele murmurou.

– Não podíamos ter escolhido melhor local para descansarmos – concordei.

Estava faminta. Já passava um pouco do meio-dia e tirei da mochila os sanduíches que tínhamos levado, entreguei dois pra ele e começamos a comer com vontade, enquanto assistíamos a algumas crianças nadarem na lagoa.

Depois de comer, deitamos juntos na toalha, sentimos a brisa suave nos refrescando e ficamos vendo o céu muito azul sobre nossas cabeças.

– Às vezes, ainda não acredito que estamos juntos aqui.

– Parece um sonho – ele concordou.

– Só você e eu, sem ninguém para atrapalhar, cobrar ou vigiar – desabafei.

– Bem, quase ninguém – ele disse, sorrindo e apontando para as crianças.

– Elas não me incomodam. – Sorri em resposta. – Gosto de crianças.

Ele me olhou por um tempo, parecia pensativo. Depois me puxou para que eu colocasse minha cabeça em seu ombro, enquanto me abraçava.

– Você pensa em ter filhos? – perguntou de repente, me surpreendendo.

– Sim, claro que sim – respondi, cautelosa. – Mas não agora.

– Também quero ter filhos, mas, concordo com você, é muito cedo. Temos um longo caminho pela frente. Quantos você quer?

– Ah, não sei. Não parei pra pensar nisso ainda – disse, distraída. – Por quê? Quantos você quer ter? – Ele riu.

– Quero ter uma ninhada! – Virei a cabeça para olhar seu rosto risonho.

– Ninhada? Por acaso somos gatos? – falei de boca aberta.

– Ah, maneira de dizer! – ele disse, rindo. – Mas eu gosto de casa cheia, pelo menos três nossos, e talvez possamos adotar mais dois.

– Desse jeito, não vamos parecer gatos, e sim coelhos! – falei, rindo. – Nunca pensei que você tivesse essa vontade toda de ter filhos.

– Tenho sim, mas como falei, são planos pro futuro, depois que trabalhar bastante, tiver uma carreira mais segura para sustentar uma família – explicou. – Quero que todos tenham o cabelo igual ao seu.

– Ah, não vai ter graça! Quero um que seja sua cópia! – disse, brincando.

– Então, tá bom, combinamos assim: vamos ter um igual a você, outro igual a mim, e o terceiro vai ser uma mistura, pode ser?

– Perfeito!

– Sabia que te amo muito, senhora Harrison? – disse, aproximando o rosto dele do meu.

– Não mais do que eu te amo, senhor Harrison – respondi, completamente enternecida.

Viramos de frente um para o outro, abraçados, e olhei aquele rosto tão amado, memorizando cada detalhe: sua testa pequena; seus olhos azuis que, dependendo da luminosidade, adotavam um tom esverdeado, como agora; seu nariz afilado, sua boca rosada, pequena e perfeita. Ele me olhava e parecia fazer o mesmo. Aproximei mais meu rosto e beijei sua testa, corri os lábios por sua têmpora, fui para seus olhos, passei por suas bochechas e ele ficou o tempo todo de olhos fechados, aproveitando cada carinho. Segui para seu queixo, parei em frente à boca entreaberta, e aspirei seu hálito antes de cobrir seus lábios com os meus, que me aguardavam com ansiedade.

Beijamo-nos com suavidade e carinho, brinquei com sua boca, passando minha língua por seu lábio superior antes de sugar o inferior, prendendo-o entre os meus. Ele fazia o mesmo comigo, nossas línguas se encontravam sem pressa, numa dança lenta, enquanto o sentia me abraçar mais forte.

Fomos interrompidos por várias risadinhas e paramos de nos beijar, mas continuamos abraçados e olhamos para as crianças que nos observavam. Elas estavam rindo e apontando, e rimos com elas.

– Já tinha até esquecido que não estávamos completamente sozinhos – ele disse.

– Vamos nadar? – sugeri.

– Vamos! – aceitou, alegre.

Já tínhamos vindo com nossas roupas de banho por baixo da roupa, então foi só tirar as camisetas e bermudas e cair na água. Nadamos tranquilamente naquela piscina natural e senti como se fôssemos Adão e Eva no Jardim do Éden. Passamos várias horas ali nadando, brincando, tirando fotos, minhas, dele, com as crianças, subindo até o topo da cascata e nos atirando lá de cima: pura diversão.

Mais tarde, as crianças se despediram, agradecemos sua ajuda, e ficamos completamente sozinhos naquele pedaço de paraíso.

Continuamos na lagoa, fiquei boiando, enquanto ele me apoiava com suas mãos, gentilmente me rodopiando ou me carregando de cá para lá sobre a água. Nunca fui tão feliz e nunca me sentira tão relaxada, tranquila, completa. Ele me puxou, pegando-me no colo e encostando minha cabeça em seu ombro, suspirando de contentamento. Soltou minhas pernas para que eu ficasse de pé, numa parte rasa da lagoa, com a água batendo um pouco abaixo do meu busto. Eu o abracei apertado, enquanto ele tirava o cabelo molhado do meu rosto, antes de me segurar pela cintura. Lentamente, nossos lábios se aproximaram e retomamos o beijo interrompido, um beijo lento e gostoso, nossas línguas se explorando demoradamente, enquanto o abraçava mais apertado.

Sentia suas mãos subindo e descendo por minhas costas, e minhas mãos também não ficaram paradas, mas acariciavam seu peito. O beijo mudou de intensidade, se tornando mais urgente e rápido. Ele parou, arfando pesadamente.

– Marina, você me deixa maluco! – murmurou, antes de voltar a me beijar.

Senti suas mãos se tornarem mais audaciosas e me preocupei. Não devíamos continuar com aquilo por mais tempo, se continuássemos assim sabia aonde aquilo nos levaria e não tinha vindo preparada. Quando senti suas mãos em minhas costas, tentando abrir o laço que prendia a parte de cima do meu biquíni, parei de beijá-lo na hora.

– Espera, amor – falei, com a respiração irregular. – Acho melhor a gente parar.

– Mas está tão gostoso – insistiu, beijando-me rapidamente.

– Também estou achando uma delícia, mas não vim preparada – expliquei.

– Você não veio, mas eu vim – disse, piscando um olho.

– Como assim? – Com um sorriso maroto, observei-o levar a mão ao bolso de trás da bermuda, tirar um pacotinho bem conhecido e sacudi-lo na minha frente. Meu queixo caiu.

– Meu amor, de agora em diante, sempre que eu sair com você, vou estar prevenido – ele disse, sorrindo.

– E se aparecer alguém? – falei, olhando pros lados.

– Vem, vamos mais para o fundo – disse, e me puxou.

Foi a coisa mais louca que eu fiz com o Dan. Era um tal de entra na água, sai da água, puxa, sobe e desce que terminei completamente exausta.

Agarrei meu biquíni, que estava boiando na água, vesti-o e me joguei na toalha, fechando os olhos. Logo em seguida ele fez a mesma coisa, e deitou-se ao meu lado. Ficamos um bom tempo em silêncio, descansando.

– Acabamos de realizar uma das minhas maiores fantasias, sabia?

– Sério? – perguntei, abrindo os olhos. E ele apenas sorriu.

– Você tem alguma fantasia? – perguntou, ainda de olhos fechados.

Fiquei pensando, tentando decidir o que responder, até que uma ideia me veio à mente.

– Acho que sim – respondi.

– Conte-me – ele pediu.

– Lembra a aposta que fizemos e que você trapaceou para ganhar? – Ele abriu os olhos e riu.

– E não me arrependo.

– Pois é, se eu tivesse ganhado, ia te pedir para fazer algo pra mim.

– O quê?

– Você já assistiu ao filme *Negócio Arriscado*, com o Tom Cruise?

– Já.

– Lembra aquela parte que ele está sozinho em casa e dança na sala? – Dan arregalou os olhos, finalmente compreendendo onde eu queria chegar. – Pois é. Minha fantasia era ver você dançando igualzinho. Só pra mim.

– Nossa, do jeito que eu danço "bem", você não ia ficar empolgada, ia morrer de tanto gargalhar!

– Seu bobo! – falei, rindo, e voltei a fechar os olhos.

– Espera aí! – ouvi-o dizer, me fazendo abrir os olhos novamente. – Você tem fantasias com o Tom Cruise?

– Ai, caramba! – falei, virando os olhos. – Não são fantasias com o Tom Cruise, são fantasias com VOCÊ no lugar dele, entendeu?

– Ah, bom! Eu não quero nem saber da mínima possibilidade de você pensar em outro cara que não seja eu! – declarou, apontando o próprio peito.

– Nossa, que maridinho ciumento fui arrumar! – disse, e me ergui para beijá-lo rapidamente nos lábios.

– Vai se acostumando. Sou possessivo, não divido você com ninguém – disse, me puxando forte pelos braços, de encontro a seu peito. – Você é minha, Marina Harrison, só minha – disse, me beijando de um jeito que confirmava os seus dizeres.

Pouco tempo depois, resolvemos sair dali, agora que já conhecíamos o caminho voltaríamos para casa mais rápido.

Empurramos nossas bicicletas até sair da mata e chegarmos à praia. Estávamos prestes a montá-las quando um menino se aproximou de nós, com uma senhora idosa segurando seu braço. Falando com um forte sotaque, o menino nos pediu dinheiro e explicou que em troca sua avó, que era adivinha, nos diria nosso futuro. Dan fez sinal para que eu os ignorasse e nós fôssemos embora, mas, ao olhar a pobre senhora cega, de cabelos brancos e pele enrugada, me comovi. Tirei do bolso uns trocados e estendi para o menino, que agradeceu sorrindo, dizendo que a avó precisava tocar minha mão para fazer a previsão, e que como ela não falava nosso idioma ele faria a tradução.

Estendi minha mão. O menino pegou a mão de sua avó e guiou-a até encostá-la na minha. Embora fosse muito idosa, segurou minha mão com firmeza. Ela ficou por um tempo em silêncio, até que começou a falar em sua língua nativa:

– "Muito cedo de ti tudo foi retirado" – o menino traduziu. – "Mas o Destino te recompensou logo depois, repondo aquilo que havia sido perdido." – Eu e Dan nos olhamos, surpresos.

– "O Destino também muito cedo trouxe a ti o amor verdadeiro" – o menino continuou. – "Tua alma gêmea sempre estará ao teu lado." – Sorrimos um para o outro.

– "Tu agora vives os dias de glória, do auge desse amor" – ele continuou. – "Vive intensamente cada um desses dias de luz e sol, pois se aproxima a tempestade, vejo uma tormenta se formar no horizonte e depois dela virá a escuridão, tão densa que parecerá que o sol deixou de existir." – Dan segurou minha mão.

– Venha, vamos embora – ele disse, preocupado.

– Não, espera, quero acabar de ouvir – O menino nos olhava assustado, pedindo desculpas. – Termine, por favor.

– "Só o amor, a fé e a esperança poderão resgatá-la da escuridão. O destino te dará uma oportunidade de encontrar a saída, mas preste atenção aos sinais, pois se não estiveres atenta poderá ser tarde demais e ficarás perdida para sempre. Ouça teu coração e o sol nascerá novamente!"

Eu mal conseguia respirar, de tão tensa. Perguntei se havia algo mais, e o menino perguntou à avó, que negou com a cabeça. Em seguida, ele se desculpou novamente e se afastaram. Eu tremia.

– Você está bem? – perguntou Dan, me abraçando. – Não acreditou, não é mesmo?

– Não sei, ela não me conhecia e no início disse coisas que realmente aconteceram comigo – falei, assustada.

– Esqueça, está bem? – pediu, enquanto me abraçava apertado. – Nada vai acontecer. Vamos continuar juntos e felizes – E apertei meu rosto em seu peito.

– Promete?

– Não há força no universo que me faça desistir de você – prometeu solenemente, e segurou meu rosto em suas mãos, fitando-me os olhos. – Não há escuridão capaz de afastar você de mim, somos um, esqueceu?

— Sim, somos um — disse, um pouco mais calma.

— Vamos, não fique assim, isso é só um truque para impressionar turistas ingênuos como nós — declarou, segurando meu queixo.

— Você está certo, estou sendo tola, não é mesmo? — falei, sorrindo levemente.

— Só esqueça e vamos viver um dia de cada vez — disse, e me deu um beijo suave.

Voltamos a montar em nossas bicicletas e pedalamos rápido para o cais, onde um barco nos levaria de volta para casa.

✦•✦

Daniel

Chegamos à nossa casa flutuante no final da tarde e, embora ainda sorríssemos e brincássemos um com o outro, podia sentir Marina tensa o restante da noite.

Procurei manter o clima descontraído de sempre, mas, às vezes, eu a pegava olhando para o vazio, com uma expressão séria e preocupada. Aquele episódio com o menino e a vidente tinha mexido mais com ela do que eu gostaria, porém, confesso que também tinha ficado impressionado. Fiquei todo arrepiado conforme a mulher idosa falava, e o final trágico foi assustador, parecia que, dito naquele idioma estranho, ganhara um tom de veracidade sobrenatural. Mas é claro que, ao sair dali, procurei apagar tudo da mente e voltei a me concentrar em nós.

Tinha sido um longo dia e estávamos cansados. Fomos cedo pra cama, e resolvi pegar o violão e tocar até que ela dormisse. Observei-a relaxar deitada ao meu lado, ela bocejou e seus olhos se fecharam devagar, logo ouvi sua respiração tranquila revelar que estava adormecida. Coloquei o violão de lado, apaguei a luz e deitei a seu lado, abraçando-a. Ao tê-la segura e protegida em meus braços, senti que nada poderia nos separar, não permitiria que nada ficasse entre nós. Vencido pelo cansaço, também caí num sono profundo.

Acordei com seus gritos: ela estava agitada, com os braços estendidos como se tentasse agarrar alguma coisa; estava tendo um pesadelo.

– Marina, acorda – chamei devagar.

Segurei seus braços, esfregando de cima a baixo, tentando acordá-la.

– Acorda, meu amor – insisti.

Aos poucos ela abriu os olhos, respirando rápido. Olhou ao redor assustada e imediatamente começou a chorar. Segurou-se em mim, parecendo desesperada.

– Por favor, não me deixe ir – dizia, entre soluços.

– Ir? Nunca vou te deixar sair de perto de mim – garanti.

Sentei-me na cama e ela se sentou em cima de mim, me abraçando pelo pescoço com seus braços e na cintura com suas pernas.

– Não me deixe entrar lá – ela repetia sem parar.

– Entrar onde?

– Na caverna – disse, com dificuldade. – Estava perdida numa caverna, tão escura, chamava por você, ouvia sua voz, mas não te encontrava.

– Está tudo bem agora, foi só um pesadelo – disse, fazendo carinho com suas costas.

– Não me deixe entrar lá – repetiu.

– Não vou deixar – prometi.

Ela me abraçou com força, enterrando o rosto em meu peito, e segurei-a forte junto a mim.

– Me abrace mais forte – ela pediu. – Faça-me esquecer.

Continuei abraçando-a apertado, até que senti seus lábios correndo por meu peito, e suas mãos se tornando frenéticas por meu corpo.

– Calma, amor. Está tudo bem agora, está segura – disse, tranquilizando-a.

– Faça-me esquecer.

Senti seus lábios em meu pescoço, beijando com ardor e desespero. Talvez aquilo não fosse boa ideia, parecia tão abalada, não era certo fazer aquilo, parecia que estava me aproveitando de sua fraqueza.

– Espera, amor – disse. – Não acho uma boa ideia agora.

– Não – rebateu, firme. – Eu quero esquecer.

– Não é melhor a gente conversar primeiro?

– Não, preciso de você agora! – E me calou com um beijo arrebatador.

E, para demonstrar claramente a que se referia, começou a mover os quadris sugestivamente em cima do meu.

– Oh... – gemi. – Espera, amor...

– Ajude-me a esquecer – insistiu, pressionando ainda mais seu quadril sobre o meu, movendo-se sinuosamente em cima de mim.

– Hum... – gemi de novo. – Não quer mesmo conversar?

– Não! – respondeu decidida, antes de voltar a me beijar de forma voraz.

Não consegui mais me controlar, correspondi ao seu beijo ardente e nos entregamos intensamente. Apesar da forma apaixonada e voraz como nos amamos, Marina ainda parecia transtornada, pois me segurava com muita força, como se temesse me perder a qualquer momento, como se fôssemos nos separar de algum jeito misterioso e, como se, me segurando, quisesse provar para si mesma que era impossível algo assim acontecer. Seus gritos de júbilo pareceram ressoar como um desafio a qualquer força que ousasse cumprir a sina fatal.

Passei o restante da noite deitado a seu lado e ficamos abraçados por um bom tempo, nos acariciando, até que adormecemos de novo.

Acordei na manhã seguinte sentindo suas mãos em minhas costas, olhei seu rosto e ela parecia tranquila.

– Quer conversar agora? – perguntei.

– Desculpe por ter te atacado ontem à noite – disse, ficando vermelha.

– Não precisa pedir desculpas por isso – falei sorrindo. – Pode me atacar quantas vezes quiser. Você está bem?

– Sim, agora estou – respondeu, de forma serena.

– Você teve um pesadelo, parecia tão assustada.

– Fiquei mesmo – confessou. – Mas agora, na luz da manhã, tudo passou.

– Mesmo?

– Mesmo – afirmou, fitando-me. – Não quero mais pensar nisso, hoje é nosso último dia aqui e quero aproveitar ao máximo com você.

– Sim, nosso último dia – falei, pensativo.

– Vamos prometer uma coisa um pro outro?

– O quê? – perguntei.

– Vamos fazer desse um dia inesquecível! – ela sugeriu, feliz.

– Vamos! – concordei, sorrindo diante da sua animação. – E qual a primeira coisa que você quer fazer para começarmos esse dia inesquecível?

– Te atacar! – disse, antes de pular em cima de mim.

– CAPÍTULO 11 –

Marina

Passamos o restante do dia em casa mesmo, nos curtindo e dando uns mergulhos por ali. Embora tentássemos disfarçar, rindo e brincando, sentíamos um clima melancólico no ar, afinal era nosso último dia de lua de mel. Na manhã seguinte partia o avião, rumo à nossa casa e à difícil realidade.

Estava bastante preocupada quanto a esse ponto. Se antes já era tão difícil esconder nosso segredo, mantendo aquela fachada, agora tudo se tornava muito pior. Nosso relacionamento tinha se desenvolvido e se fortalecido. Não somente na intimidade física, mas também no aspecto emocional e estávamos conectados de uma forma ainda mais profunda e permanente.

Eu necessitava dele como precisava do ar para respirar, ele era meu oxigênio, meu combustível para continuar prosseguindo, meu sol em dias nublados, garoa em dias quentes e o que me mantinha aquecida em noites solitárias.

E o sexo?! Oh! Minha nossa! Às vezes, me perguntava se eu era normal ou se não tinha algum desvio psicológico. Como podia uma pessoa querer a outra tanto quanto eu? Era só ele me tocar que eu já sentia minha respiração acelerar, o coração começava a bater mais rápido, as mãos suavam. Não conseguia pensar direito quando olhava naqueles olhos e quando sua boca me tocava eu ficava em chamas. Tornei-me completamente viciada nele e sem chance de reabilitação.

Então, como ia ser? Continuar morando na mesma casa, mas sem poder demonstrar tudo isso? Tendo que nos controlar o tempo todo, cada gesto, toque, palavra e olhar; eu estava na dúvida por quanto tempo conseguiria me refrear, pois amá-lo e expressar esse amor era vital para continuar existindo, sem ele minha vida não faria o menor sentido.

Decidimos fazer algo diferente aquela noite, observando a programação que o *resort* nos oferecia. Vimos que havia uma enorme casa noturna na sede do hotel e naquela noite a pedida era karaokê – fiquei logo animada, eu adorava cantar!

A noite estava linda, soprava uma brisa deliciosa impregnada pelo doce perfume das flores noturnas. O vento fazia rodopiar levemente o vestido rosa-claro que eu usava, uma cor que valorizava maravilhosamente o bronzeado que eu tinha adquirido, e Dan não parava de me elogiar. Ele também estava irresistível com aquela camisa azul-clara e calça bege, tão diferente do que costumava usar em Londres, sempre de preto, mas aquele clima tropical realmente pedia cores suaves e ele conseguiu ficar ainda mais sedutor com aquela mudança no vestuário.

Assim que chegamos, reparamos que o local estava repleto de casais de todas as idades, o que não era uma surpresa. Afinal, num lugar romântico como aquele o que não faltava eram casais em lua de mel. Encontramos uma mesa vazia, num canto, e ficamos ali, de mãos dadas, observando ao redor, até que um garçom se aproximou perguntando o que queríamos. Fizemos nossos pedidos e aguardamos.

Algumas pessoas já cantavam no karaokê, se revezando, a maioria nos fazendo rir quando desafinavam ou erravam a música, ao passo que alguns poucos, mais talentosos, ganhavam o aplauso de todos.

Depois que o garçom trouxe nossos pedidos, me virei para Dan e propus que fôssemos os próximos.

– Cantar? Está falando sério? – perguntou, arregalando os olhos.

– Claro que estou! Você não imaginou que eu viria a um karaokê só pra ficar olhando, não é? – Pude ver pela cara que ele fez que era exatamente isso que ele tinha pensado.

– Não sei, acho que todo mundo vai rir da gente – disse, meio sem graça.

– E daí? – desafiei. – Todo mundo que vai num karaokê vai pra isso mesmo: rir uns dos outros e cantar juntos. Isso é uma brincadeira, ninguém aqui tem a pretensão de ganhar um Grammy!

Ele ficou pensativo, ainda na dúvida.

– Ah, vamos, amor! – insisti. – Só uma musiquinha, vai! – E ele me olhou, indeciso.

– Por favor – pedi, fazendo biquinho e olhando suplicante, e ele suspirou, se rendendo.

– Ai, você sabe que quando faz essa carinha não consigo dizer não – falou, antes de me beijar rapidamente.

Sorri, feliz com sua resposta, e me preparei para levantar.

– Espera aí! Deixa eu respirar fundo, pra criar coragem – ele pediu.

Aguardei um pouco, rindo da sua expressão insegura.

– Pronto? – perguntei, me levantando.

– Droga! Vamos logo, antes que eu mude de ideia! – disse e me acompanhou.

Andamos até o pequeno palco, que ficava no centro do enorme salão, e pedi a lista de músicas disponíveis ao funcionário. Comecei a ler, procurando algo legal para cantarmos, até que uma delas me chamou a atenção e me decidi.

– Essa aqui – falei, mostrando pro Dan.

– Logo essa? – perguntou, fazendo uma careta de desagrado. – Essa é muito brega!

– Qual a graça de ir num karaokê e não cantar música brega? Pra isso que eles existem, baby! Para cantar toneladas de músicas bregas e pagar mico – disse, beijando-o levemente na bochecha.

Virei para o DJ, indicando o que queríamos, então ele selecionou a música no equipamento e fez sinal para que nos posicionássemos em frente ao enorme telão.

– Preparado? – perguntei, pegando o microfone.

– Nem um pouco – respondeu, temeroso.

– Nervoso?

– Apavorado! – confessou. – Ai, Marina, olha as coisas que eu faço por você... só te amando muito mesmo pra me fazer subir aqui!

– Deixa de fazer drama! Quer apostar quanto que, no final, vai até gostar? – disse, mas ele não respondeu, se limitando e segurar seu microfone com força e olhando fixamente para a tela à nossa frente.

Ouvi a melodia familiar começar e logo surgiram aplausos das pessoas nas mesas, aprovando a escolha. Sorri e cantei sozinha a primeira estrofe da música.

Como aquela canção era muito popular, o pessoal que assistia estava superanimado.

Quando chegou a vez de Dan, estava vermelho e passou a mão na testa suada, porém começou cantando meio inseguro a sua parte.

Então, chegou a estrofe em que cantávamos juntos e, para nosso espanto, todo mundo no salão cantou junto conosco.

Voltei a cantar sozinha novamente entusiasmada, sentindo tudo que a letra da música dizia. Ela podia até parecer brega aos ouvidos de algumas pessoas, mas traduzia muito bem os sentimentos que eu estava vivendo.

O pessoal não parava de acompanhar, batendo palmas no mesmo ritmo. Olhei pro Dan e ele tinha se descontraído, mexendo o corpo na batida da música. Quando voltou a cantar sozinho a estrofe seguinte, soltou completamente o gogó, todo entusiasmado, me surpreendendo, e a plateia delirou.

Cantamos juntos a estrofe seguinte de mãos dadas e todo mundo no salão ergueu os celulares, mexendo os braços de um lado para o outro, entoando a música junto.

Foi um final apoteótico, a plateia nos cobriu de aplausos e gritou animada, quando Dan, para encerrar com chave de ouro, me agarrou, dando-me um beijo apaixonado na frente de todos.

– É isso aí! – Ouvi alguém gritar.

Voltamos para a mesa recebendo tapinhas nas costas e agradecemos com empolgação.

— Foi demais! — falou, assim que nos sentamos.

— Eu não disse? — perguntei, percebendo o brilho em seus olhos.

Ele pegou minha mão e beijou-a carinhosamente. Ficamos assim por um bom tempo, olhando um nos olhos do outro, e aproveitando aqueles últimos momentos de felicidade.

Ficamos ouvindo outras pessoas cantando, alguns em duplas, como nós, outras sozinhas. Enquanto isso, pedimos alguns petiscos e mais algumas bebidas. De repente, ele se virou pra mim e disse, apontando para o palco:

— Vou voltar lá! — Quase engasguei ao vê-lo levantar, já estava o acompanhando quando ele me segurou pelos ombros, me mantendo na cadeira.

— Não. Essa eu quero cantar sozinho — disse, piscando um olho.

Assisti a ele se dirigir firme até o DJ, sussurrar alguma coisa no ouvido dele que, por sua vez, fez um sinal afirmativo com a cabeça para Dan, o qual deu um largo sorriso.

"O que será que ele está tramando?", pensei, muito surpresa.

Ele subiu no palco, pegou o microfone e, no segundo seguinte, todos o observavam. Pigarreou e disse em seguida:

— Dedico essa música à minha esposa linda e perfeita, que está sentada bem ali! — E apontou na minha direção. Espantada, senti um holofote imenso sobre mim.

Fui pega totalmente desprevenida, em momento algum pude imaginar a música que ele havia escolhido para cantar, até ouvir os primeiros acordes da melodia. Ele tinha achado brega a música que escolhi, porém a que ele escolheu era a rainha das músicas bregas. Mas eu não estava nem aí, era meu marido quem ia cantar aquela música escandalosamente romântica e ridícula pra mim. Nada mais importava!

Para meu espanto, ele nem precisou acompanhar a música pelo telão, pois começou a cantar de olhos fechados, sabia a letra de cor! Quem diria? Ele cantava todo romântico e entusiasmado, e eu estava envaidecida, quase flutuei de emoção.

– Agora, quero ver todo homem apaixonado nesse salão cantar junto comigo! – Dan gritou para a galera e o salão veio abaixo, com as inúmeras vozes masculinas cantando com força o refrão da música.

– Eu te amo, Marina Harrison! – gritou no final, para delírio de todos que aplaudiam sem parar.

Eu chorava de boca aberta, completamente emocionada, olhando aquele homem lindo, charmoso e sensível, que caminhava em minha direção sorrindo, e me fazia sentir especial só de olhar em seus olhos. Esse homem era meu!

Algum tempo depois, o karaokê foi encerrado, e agora todos dançavam animados na pista de dança, com a música bombando. Totalmente descontraídos, nos juntamos aos outros dançarinos.

Já era muito tarde quando voltamos para casa, absolutamente extasiados. Em especial Dan, que, completamente elétrico, veio cantando o tempo todo pelo caminho.

Ao entrarmos em casa, ele me pegou nos braços, rodopiando comigo pela sala, cantando alegremente, e eu ria junto, agradavelmente surpresa com essa nova faceta que ele revelava.

– A noite ainda não terminou, senhora Harrison. Agora, você vai se sentar ali – disse, e apontou para o sofá. – E vai me esperar só um pouquinho, porque tenho algo para você.

Olhei desconfiada, mas ele só me levou até o sofá, solicitando que eu me sentasse.

– Agora, seja uma boa menina e me aguarde.

– Ok, senhor Harrison – disse, concordando e fingindo bater uma continência.

Ele foi pro quarto e me deixou doida de curiosidade. O que será que estava aprontando?

A noite havia sido tão perfeita, não podia desejar mais nada enquanto lembrava da gente lá no karaokê cantando, rindo e nos divertindo pra valer.

– Está pronta? – Ouvi sua voz lá do quarto.

– Pode vir! – respondi, ansiosa.

No segundo seguinte, comecei a escutar uma música contagiante e, logo depois, vejo Dan sair do quarto deslizando, de óculos escuros, usando apenas uma camisa social branca, cueca e meias. Parou de costas pra mim, fez pose ao segurar minha escova de cabelo próximo à boca, como se fosse um microfone. Minha nossa, ele vai imitar o Tom Cruise em *Negócio arriscado*! Abri a boca e não consegui mais fechar.

Ele deslizou pela sala, fazendo movimentos decididos, mexeu os quadris e passou a mão no peito em círculos. Veio dançando até ficar na minha frente, e se ajoelhou enquanto cantava, acompanhando a letra da música. Depois, se jogou no chão, de costas no tapete, sacudindo braços e pernas. A cena era completamente hilária!

Comecei a rir, batendo palmas no ritmo, e isso pareceu animá-lo ainda mais. E ele se levantou, dançando e rebolando sem parar, ao estilo Elvis Presley.

Devagar e cheio de charme, se aproximou de mim, ajoelhando-se na minha frente, pegou minhas mãos, levou-as até seu peito, e comecei a acariciá-lo por cima da camisa de cima a baixo, enquanto dançava e continuava cantando. Passando a língua nos lábios de forma sugestiva, pegou novamente minhas mãos e as guiou até os botões da sua camisa; entendi o recado e comecei a abrir botão por botão.

Continuei abrindo-os devagar, com as mãos trêmulas. No final, vim puxando sua camisa pelos braços, até parar no meio das costas. Ele acabou de tirá-la, até ficar só de roupa íntima. Depois se levantou e caminhou dançando, em direção ao quarto.

A música foi terminando, e ele acenava com a mão se despedindo, jogando beijos para um público imaginário, quando entrou novamente no quarto. E agora, qual será o próximo passo?

– Marininha... – Ouvi-o me chamar.

Marininha? Ele nunca me chamara assim antes.

– Dan-Dan quer Marininha... – voltou a me chamar.

Eu não fazia a menor ideia do que me aguardava. Ou fazia?

– Ok, lá vou eu! – pensei, me levantando.

Parei na porta do quarto, respirei fundo e entrei. Que os céus me ajudem!

❖

Daniel

– Daniel! Já é a quinta vez que te chamo! – reclamou Marina.

Estava com tanta preguiça que mal conseguia erguer a cabeça do travesseiro. Sempre detestei acordar cedo, ao contrário dela, que sempre levantava pela manhã com a corda toda.

– E o nosso voo? – perguntei, preocupado.

– Sai daqui a uma hora, então é melhor você tomar um bom banho, antes de a gente começar a se arrumar.

Fechei os olhos, voltei a me deitar, e depois de algum tempo finalmente criei coragem de me levantar e fui para o chuveiro. Após um banho revigorante e um café da manhã caprichado, me senti melhor. Enquanto isso, minha esposinha linda e perfeita tinha arrumado tudo, os pertences dela e os meus.

Terminei de me vestir envolvido por um clima de melancolia. Realmente, tudo que era bom durava pouco. Os últimos dias tinham passado num piscar de olhos e agora estava diante do inevitável: o retorno para casa e a retomada de nossa farsa. Só de pensar, tinha vontade de vomitar.

O barco já nos esperava lá fora e demos juntos uma última olhada em nosso refúgio. Olhei em seus olhos e os vi brilharem, cheios de lágrimas. Seus lábios tremeram e ela me deu um sorriso triste. Abracei-a apertado.

– A gente volta um dia, te prometo. E, quando a gente voltar, não estaremos mais nos escondendo de ninguém – sussurrei em seu ouvido.

Ela concordou, num sinal afirmativo com a cabeça. Beijei-a rapidamente nos lábios e, de mãos dadas, deixamos Bora Bora pra trás, bem como a semana mais importante de nossas vidas.

O retorno pra casa foi feito num clima tristonho. Voamos durante todo o dia: dormíamos, acordávamos, dormíamos e continuávamos viajando. Quando próximos do pouso, tiramos as alianças do dedo e as penduramos como pingentes. Podia ver as mãos de Marina tremendo o tempo todo.

Chegamos a Londres numa noite chuvosa; nada podia combinar mais com o nosso humor do que aquele clima escuro e sombrio. Pegamos um táxi e chegamos à nossa casa, onde fomos recebidos alegremente por nossos pais, que nos abraçaram e nos encheram de perguntas.

– Espero que seu irmão tenha cuidado bem de você! – brincou meu pai, e trinquei os dentes.

Aquilo era horrível: se antes sermos chamados de irmãos me incomodava, agora havia se tornado insuportável. Marina era minha esposa, e ouvir alguém a chamar de minha irmã me soava como uma blasfêmia.

Claro que eu estava feliz por estar de volta e rever nossa família; sentir o amor, a preocupação, a saudade e o carinho que nossos pais tinham por nós diminuíam um pouco o choque do retorno. Marina abriu uma mala e entregou os presentes que tínhamos comprado pra eles na loja do hotel; agradeceram, entusiasmados.

Tinha sido um longo dia, e eu estava realmente cansado pela viagem e pelo estresse. Despedi-me de todos, subi as escadas sem conseguir olhar pra Marina, entrei no meu quarto respirando fundo, fechei a porta, sentei na minha cama e olhei ao redor.

Droga! Tudo o que eu queria agora era poder entrar num quarto com a minha esposa e poder descansar com ela numa cama de casal, sentindo seu corpo macio se moldando ao meu, cheirando seus cabelos ao fechar os olhos. Mas lá estava eu, no meu antigo quarto, numa porcaria de cama de solteiro e, pior de tudo, sozinho.

Arranquei minhas roupas, jogando-as num canto qualquer, coloquei minha calça preta de moletom e deitei na cama.

As horas passavam lentamente e, apesar do cansaço, o sono não vinha. Rolava de um lado para o outro, ouvindo a chuva cair incessantemente.

Verifiquei o horário e vi que já eram duas da manhã; não dava mais, me levantei decidido e fui ao encontro de quem eu queria.

Saí do quarto. O corredor estava escuro, a casa silenciosa, andei devagar e, na ponta dos pés, fui até sua porta e girei a maçaneta devagar, entrando furtivamente e fechando rápido a porta atrás de mim.

O quarto estava escuro, mas podia vê-la deitada de costas pra mim. A princípio pensei que estava dormindo, mas observando melhor vi que ela tremia ligeiramente e me aproximei. Parei bem atrás dela e então pude ouvir seus soluços: estava chorando, e meu coração se partiu ao ver aquela cena.

Levantei a coberta e me deitei a seu lado, ouvindo-a suspirar, surpresa; puxei-a, apertando suas costas de encontro a meu peito. Ela segurou meu braço com suas mãos e ficamos assim, abraçados, sentindo suas lágrimas silenciosas molharem meu pulso, enquanto acariciava levemente seus cabelos com minha outra mão. Resolvi ficar ali até que ela se acalmasse e adormecesse. Finalmente, deitado com ela em meus braços, sentindo seu corpo morno junto ao meu, me sentia em casa, ela era minha casa. Olhei para a janela, observando a chuva batendo no vidro, e senti os olhos ficando pesados.

Acordei sentindo uma perna entre as minhas e sorri de olhos fechados. Estávamos embaixo das cobertas naquela manhã fria e a sensação era muito boa, mas arregalei os olhos imediatamente ao ouvir uma voz:

– O que está acontecendo aqui?!

Sentamo-nos rapidamente juntos na cama e encaramos os olhos surpresos de minha mãe na nossa frente.

❖•❖

Marina

Meu coração quase saiu pela boca quando ouvi a voz da minha mãe. Ainda estava meio adormecida, mas despertei completamente ao ouvi-la.

Eu e Dan sentamos ao mesmo tempo na cama, e avaliei rapidamente a situação em que nos encontrávamos: estávamos ambos vestidos, isso era bom, e quando mamãe entrou o edredom nos cobria completamente, impedindo que ela visse qualquer tipo de contato físico da nossa parte. Pelo canto do olho, vi que Dan estava tão em choque quanto eu, se não até mais, e como ele não falava nada resolvi tomar a iniciativa. Ela nos olhava desconfiada, à espera de uma resposta.

– Tive um pesadelo na noite passada – expliquei. – Dan ouviu meus gritos e veio ver como eu estava.

– Você dormiu aqui com sua irmã? – perguntou, se dirigindo a ele.

– Sim, ela estava muito assustada e achei melhor ficar com ela até que se acalmasse – respondeu, entrando no jogo. – Só que eu estava muito cansado e acabei pegando no sono também.

– Sei – ela disse, franzindo a testa. Percebi que ela avaliava toda a cena. – Bem, ao que parece, a Marina já está bem, não é mesmo? Não existe mais necessidade de continuar aqui, Dan.

Ele olhou-a surpreso, e então se viu obrigado a levantar e sair da cama. Retirou-se em silêncio, sem ousar erguer os olhos para mim, e me deixou sozinha com nossa mãe.

Por mais que, aparentemente, tivesse engolido aquela história, ela não era boba. Senti pelo seu olhar que havia ficado com uma pulga atrás da orelha, e sua próxima pergunta deixou bem claras as suas suspeitas.

– Essa situação se repetiu muito no Taiti?

– Que situação?

– Você e Dan partilhando a mesma cama? – ela foi bem direta.

Odeio ter que mentir pra minha mãe, não fazia parte da minha índole gostar de mentir, mas me vi obrigada a fazê-lo naquele momento.

– Muito raramente – foi tudo o que consegui dizer, achei que se falasse "nunca" ia ser uma negação incisiva demais e ela ficaria ainda mais desconfiada.

– Marina, vou ser bem clara – disse, suspirando. – Enquanto vocês eram crianças, não via nenhum mal em fazerem isso, mas agora Dan já é homem, e você, embora só tenha dezessete anos, já tem corpo de mulher. Então vou pedir que isso não se repita – concluiu, firme.

– Tudo bem – eu disse, num fio de voz.

– Não sei, posso estar enganada – falou, sorrindo. – Ao vê-los aí, dormindo juntos, Dan me lembrou seu pai, ao me abraçar quando dormimos. Exatamente igual.

Eu não sabia o que dizer. Minha mãe, com sua costumeira perspicácia, viu mais longe do que eu imaginava. Talvez seu sexto sentido a alertara e, embora ela não tivesse visto nada realmente comprometedor e não tivesse provas, alguma coisa me dizia que sua confiança ficara definitivamente abalada.

Nos dias que se seguiram, seu comportamento comprovou o que imaginava; de forma discreta nos vigiava e observava, provavelmente buscando por pistas.

Isso só tornou ainda mais difícil nossa já tão terrível situação: ela controlava cada olhar, gesto ou palavra, eu me sentia analisada o tempo todo e isso acabava comigo. Depois de alguns dias, estava com os nervos à flor da pele.

✦•✦

Daniel

Ao andar, seu corpo ondula num ritmo só dela, sinuoso e feminino, atraindo-me imediatamente. Seu sorriso meigo e doce parece música, enche de magia e luz qualquer ambiente. Quando ela passa por mim, sinto seu doce perfume de baunilha e algo em mim desperta uma mistura de saudade e desejo, temperado com uma pitada de nostalgia pelo que vivi com ela e agora sou impossibilitado de ter.

Sou um homem faminto por seu contato e ansioso por sua atenção exclusiva. A distância acabava comigo, sentia-me completamente fora do eixo.

Cruzávamo-nos dentro de casa, mas agora a naturalidade que havíamos tentado transparecer antes de viajarmos, agindo como aparentes irmãos, estava ameaçada. Cada vez que tentávamos nos tocar e minha mãe aparecia, seu olhar avaliativo era carregado de desconfiança, e isso nos fez recuar, reduzindo ainda mais nosso contato.

Além disso, ao voltarmos, retomamos nossas ocupações, Marina com os estudos e aulas de dança, enquanto fui aprovado num teste para uma nova série de televisão e tinha começado um ritmo acelerado de gravações.

Nosso tempo juntos reduziu-se ainda mais e agora nos víamos geralmente à noite, sob a vigilância disfarçada de minha mãe, que passou a incluir passeios de madrugada pela casa.

A primeira vez que cruzei com ela, no meio da noite, foi numa tentativa frustrada de ir para o quarto de Marina. Tinha acabado de sair do meu quarto e já estava quase em frente à porta dela quando minha mãe surgiu do nada, saindo do banheiro. Fui obrigado a disfarçar: desci as escadas e fui para a cozinha como se estivesse indo beber água.

Depois daquele episódio, mamãe passou a levantar toda noite e, disfarçadamente, visitava meu quarto ou o da "minha irmã". Comecei a me sentir como um rato encurralado por armadilhas.

❖•❖

Marina

– Eu não acredito! – disse Shanti.

– Essa é a triste verdade – falei, desanimada. – Continuamos morando na mesma casa, só que agora constantemente vigiados.

Estávamos no quarto dela, sentadas em sua cama, de pernas cruzadas, de frente uma para a outra. Ela me olhava com notável preocupação, enquanto eu mexia nervosa em meu cabelo.

Ficamos em silêncio por um tempo e Shanti parecia refletir seriamente sobre o que acontecia, até que, respirando fundo, começou a falar:

– Acho que essa situação não tem como durar muito tempo, a coisa só vai piorar. Por mais que tomem cuidado e tentem disfarçar, vocês estão profundamente apaixonados e a gente sente no ar que existe algo muito forte e intenso rolando.

— Nossa, está assim tão visível? — perguntei, espantada.

— É bem evidente, na minha opinião. Você tem que ver a forma como vocês se olham, o Dan te secando, daquele jeito obsessivo-possessivo, com uma mistura de adoração e atração fatal — disse, sorrindo maliciosamente. — E você, olhando como se ele fosse um deus ou outro objeto qualquer de idolatria. Não tem como uma pessoa, no caso sua mãe, que é uma mulher inteligente e perceptiva, não perceber esses pequenos sinais.

— Então o que você sugere? — perguntei, desamparada.

Ela me fitou por um momento, antes de responder.

— Contar a verdade, Marina — respondeu, tranquila.

— O quê? — falei, atônita.

— A curto e médio prazo, é a única alternativa plausível. — Mordi os lábios, apavorada diante da alternativa.

— Mas, mas... — eu gaguejava, amedrontada diante da ideia. — Eles não vão entender ou aceitar, Shanti! Meu pai pode até expulsar o Dan de casa se souber o que rola entre nós, e te digo uma coisa, se ele sair de casa, eu o sigo pra qualquer lugar!

Ela deu um longo suspiro antes de continuar.

— Querida, toda família tem seus problemas e desafios. Concordo com você, não acredito que eles aceitariam no início, mas depois que vocês se abrirem, provando que estão juntos, que se amam e que até se casaram por causa desse amor, o que mais eles poderão fazer? Com certeza, não vai ser fácil, vai ser sim muito complicado e doloroso para todos os lados envolvidos, porém o tempo cura tudo, e acredito que um dia essa tempestade passará e o sol aparecerá de novo.

Congelei quando Shanti disse aquelas palavras, e ela reparou em meu espanto.

— O que foi?

— Quando você disse a última frase, me lembrou algo que aconteceu lá na ilha.

— O quê? — perguntou.

E contei a história sinistra com a idosa vidente. Shanti reagiu de imediato:

– Nossa, fiquei toda arrepiada! Então, você acha que o que eu te disse pode ser um dos sinais que ela te avisou pra prestar atenção?

– Acho que sim. Ela disse que eu deveria ficar muito atenta e seguir esses sinais se quisesse sair da tempestade – falei, pensativa. – Ao mesmo tempo, penso que pode ser tolice e que não devo esquentar muito.

– Olha, não me considero muito supersticiosa, mas fui criada para respeitar algumas mensagens, principalmente quando ditas pelos mais velhos. Se eu fosse você, não trataria desse assunto de maneira tão leviana – exortou. – Aconselho você a aproveitar suas atuais noites solitárias para refletir sobre o que conversamos, depois fale com Dan, pergunte a opinião dele, já que isso é algo que vocês têm que decidir juntos.

Voltei pra casa muito pensativa e preocupada. Tudo o que Shanti dissera tinha me apavorado, mas ao mesmo tempo havia lógica e bom senso em tudo aquilo.

Peguei minha chave, abri a porta e mal tinha entrado quando senti duas mãos me segurando pelos braços, me puxando com firmeza. Em seguida, lábios gulosos estavam sobre os meus.

– Dan, você está louco! – disse, tentando me livrar do seu ataque inesperado. – Você não sabe que pode chegar alguém?

– Nossa mãe acabou de ligar dizendo que vai fazer uma hora extra no trabalho – contou, afobado.

Em seguida, para meu espanto, me pegou no colo e subiu a escada pulando de dois em dois degraus.

Comigo ainda no colo, entrou no seu quarto e, antes de fechar a porta com um chute, disse:

– E eu não vou desperdiçar um segundo que seja!

Em pensamento, fiz uma prece agradecendo por ter um marido tão decidido!

❖•❖

Daniel

Deitei ao seu lado, ainda trêmulo do amor que tínhamos acabado de fazer. Como tinha sentido saudade dessa intimidade e cumplicidade.

Ela estava nua, de olhos fechados, respirando ainda meio apressada, se acalmando aos poucos, e observei o suor que lhe escorria pela barriga e formava uma pequena poça no umbigo. Baixei minha cabeça e o lambi, degustando o sabor salgado em minha língua. Deitei minha cabeça ali, sentindo suas mãos em meus cabelos, enquanto acariciava sem pressa seus quadris com a ponta dos meus dedos.

– É assim que sonho estar com você todas as noites.

– Eu também – falou, entrelaçando nossas mãos. – Só me sinto completa quando estou com você.

– Será difícil continuar fingindo – murmurei.

– Eu sei – disse baixinho. – Às vezes é quase insuportável.

– Não quero mais agir como se nosso amor fosse errado. Como se o que sentimos fosse sujo, feio e vergonhoso! – eu disse, irritado.

– Não conheço nada mais puro e verdadeiro do que o que sentimos um pelo outro!

– Parece até que cometemos um crime ou algo parecido! – falei, passando a mão nervosamente pelos cabelos. – Será um crime nos amarmos e consumarmos esse sentimento?

Ela se ergueu um pouco e tocou meu rosto com suas mãos.

– Se amar é nosso crime, quero ser condenada a passar o resto da vida a seu lado. Nada vai me separar de você, enquanto você me quiser.

– Te quero pra sempre – respondi, antes de beijá-la suavemente.

– Então, que alternativas nos restam? – perguntou, suspirando.

Pensei por um momento antes de responder, ia propor assumirmos, mas e depois, quais seriam as consequências? Se fôssemos expulsos de casa, o que eu poderia oferecer a ela, além do meu amor? Estava começando a minha carreira agora, o filme tinha me deixado com uma boa reserva de dinheiro, mas não ia durar pra sempre e o seriado ainda era recente, poderia ou não prosseguir, dependeria da aceitação do público e da crítica. Ou seja, meu futuro profissional e financeiro ainda era incerto. Então, seria justo condená-la a sair de uma casa boa e confortável e oferecer uma vida instável e cheia de privações? Eu queria acrescentar coisas a ela, e não tirar. Ou eu tinha medo de propor isso e ser rejeitado? E se eu tivesse medo de o amor dela vacilar diante do sacrifício que eu estaria propondo? Sim, esse era o meu maior medo, vê-la desistir de nós.

– Não temos que decidir isso agora – disse, covardemente. – Proponho voltarmos a falar sobre isso outra hora, está bem?

Ela concordou, acenando em sinal afirmativo com a cabeça, e ficamos calados, apenas desfrutando da companhia um do outro.

Voltei a me concentrar nela: na suavidade da pele, na doçura do contato, no olhar amoroso e no sorriso cativante.

Seu cheiro em meu nariz era inebriante, suas mãos gentis em meu pescoço eram sedutoras, o corpo inteiro dela era um instrumento musical delicado à espera de um músico competente para saber vibrar no tom certo. Sorri com esse pensamento e ela percebeu.

– Do que está rindo?

– Você e um piano têm muito em comum: ambos são instrumentos belos, afinados, de timbre perfeito, capazes de fazer soar as mais incríveis sinfonias – respondi, enquanto passava os dedos por sua coxa, como se estivesse manuseando as teclas de um piano. – Tudo depende da habilidade e sensibilidade do músico, mas também do repertório escolhido, de saber seguir o ritmo certo da partitura, para só então poder se ouvir uma música celestial. – Olhei para seu rosto. – Quer que eu seja seu músico?

– Seja meu maestro – respondeu, olhando para o relógio ao lado. – Temos vinte minutos.

– É tempo suficiente para checar a afinação – disse, enquanto voltava a rolar sobre ela.

– CAPÍTULO 12 –

Daniel

Eu andava rápido pelo parque com Lance. Estava muito agitado, com uma angústia dentro do peito que me esmagava. Eu era uma bomba prestes a explodir.

– Cara, eu vou pirar! Juro! – desabafei.

Lance me olhou, ele estava com as mãos no bolso da calça jeans e balançou a cabeça antes de responder.

– Pelo que você me disse, a coisa está realmente complicada.

Fiz uma careta.

– Complicada? Você está sendo gentil – falei, antes de ver um banco e me jogar nele. – Eu amei uma garota durante toda a minha vida, e quis o destino que na infância essa garota fosse a escolhida para assumir o título de minha irmã. Então moramos juntos, sob o mesmo teto, por cada bendito e torturante ano que tivemos pela frente. Com o passar do tempo, a vi se transformar de doce menina em uma linda e cativante mulher, o que só fez meus sentimentos e conflitos aumentarem.

– Eu sei, cara. Eu sei – ele disse, solidário, e bateu com a mão em meu ombro.

– E então ela cresceu, começaram a surgir candidatos a seu coração, e tive que assistir impassível aos flertes, atender aos telefonemas de cada pretendente, abrir a porta para receber cada um dos idiotas que marcava de sair com ela.

Fechei os olhos, ante a força das lembranças.

– Você não sabe o que foi saber que uma boca, não a minha, lhe daria o primeiro beijo. Tive que me segurar para não voar em cima dos garotos.

Esfreguei o rosto, tentando afugentar as imagens, mas mesmo sem querer elas estavam lá. Marina tinha cerca de catorze anos, continuava tímida, porém sua beleza e charme começavam a chamar a atenção dos garotos à sua volta. Ela saía algumas vezes com os amigos nos fins de semana – cinema, passeios no shopping, lanches, festinhas, entre outras atividades. Não demorou muito para que surgisse a situação, que eu fingia ser impossível de acontecer.

Numa tarde, ela tinha ido assistir a um filme com Shanti e mais meia dúzia de colegas da escola. À noite, quando chegou em casa, estava com a expressão mais sonhadora do que o normal. Assim que entrou, fechou a porta e ficou encostada nela, sorridente e com os olhos brilhando. Eu estava assistindo à TV na sala com Cate, que assim que a viu pulou do sofá, parecendo muito animada.

– Aconteceu? – disse Cate.

Marina respondeu, acenando afirmativamente com a cabeça, num sorriso ainda mais largo. Cate então bateu palmas e foi lhe dar um abraço apertado.

– Parabéns! Isso merece uma comemoração!

As duas se deram as mãos, enquanto pulavam alegres no mesmo lugar, dando pequenos gritinhos. Achei a cena ridícula e esquisita. Tentei me segurar, especulando comigo mesmo qual seria o motivo de tanta euforia. Mesmo sendo um cara curioso, procurei me conter, e armei minha melhor cara de tédio antes de começar a falar.

– Vamos diminuir o volume aí! Estão atrapalhando – reclamei, fingindo estar prestando atenção à televisão.

– Deixa de ser chato – disse Cate, me olhando irritada e depois se virando sorridente para Marina. – Vamos até a cozinha, lá a gente conversa com mais liberdade e sem correr o risco de "atrapalhar" os incomodados. E, pela ocasião, vamos fazer um brinde com sorvete!

Marina riu feliz, enquanto Cate lhe dava o braço e iam juntas, rindo e cochichando pelo caminho.

– Quero saber todos os detalhes! – escutei minha irmã mais velha falar um pouco mais alto.

Observei as duas desaparecerem pela porta de cozinha e comecei a roer as unhas, louco para saber o que tinha acontecido de tão fantástico com a Marina que fez Cate ficar eufórica daquele jeito. Continuei fitando a televisão, apesar de minha atenção estar na verdade voltada à conversa das garotas. Já sem assistir a mais nada, peguei o controle remoto e mudei os canais sem parar, sem conseguir me concentrar.

Se eu fosse até a cozinha naquele momento, perceberiam que eu queria descobrir o segredo, então me forcei a continuar sentado no sofá e esperar por um pouco mais de tempo. Eu olhava da TV para a porta da cozinha sem parar, até que escutei risadas vindas de lá e pulei do sofá – não dava mais para continuar fingindo que nada estava acontecendo.

Marchei naquela direção, parei em frente à porta, respirando fundo, tentando aparentar calma, depois estiquei a mão, girei a maçaneta e fiz minha melhor cara de paisagem.

Assim que entrei, vi as duas sentadas à mesa da copa, cada uma comendo doses maciças de sorvete de baunilha com calda de caramelo. Elas estavam rindo e, me vendo entrar, tentaram segurar uma risada. Caminhei até a geladeira o mais lento possível para me servir de alguma coisa. Enquanto pegava o leite e procurava um copo, tentei prestar atenção ao que falavam.

– Mas você gostou? – Cate perguntou, enquanto lambia a colher.

– Para uma primeira vez, acho que foi legal – Marina respondeu, depois de engolir um pouco do sorvete.

– Foi com o loirinho ou com o moreno?

– O loiro – ela disse, baixinho. – Seu nome é Adam.

– Ah! Já sei qual é – disse Cate, pulando na cadeira. – Aquele garoto alto, de corpo sarado, não é?

– Esse mesmo.

– Ele é um gato. Que bom gosto! – E as duas riram.

Eu tentava assimilar as novas informações e, pelo que tinha entendido, Marina tinha feito alguma coisa pela primeira vez com um cara loiro, alto, de corpo atlético, chamado Adam e que, a partir daquele momento, tinha se tornado meu maior inimigo.

Acabei de beber o leite e, para ganhar tempo, voltei a encher lentamente o meu copo e recomecei a beber mais devagar ainda. Eu tinha de descobrir sobre o acontecido; estava nervoso ao imaginar as possibilidades, cada uma mais tenebrosa que a outra. Porém, apesar do sofrimento que seria descobrir a verdade, preferia saber de tudo a ignorar os acontecimentos. Tudo que envolvia Marina era importante pra mim, especialmente algo sussurrado, cheio de segredinhos e risinhos bobos. Coisa boa não era, eu podia apostar.

– Foi antes, durante ou depois do filme? – Cate perguntou, animada.

– Durante – respondeu Marina, com uma risadinha. – Ele fez aquela famosa manobra do braço ao redor do ombro.

– Antiquado mas eficaz, sou obrigada a concordar. E depois?

– Bem, depois você já deve imaginar, passou um tempo e coloquei a cabeça no ombro dele, ele me olhou e aí...

Pausa sugestiva, seguida de mais risadas. Eu sentia o estômago torcer de aflição, dividido entre a ânsia de sair correndo e ir vomitar no banheiro e a vontade de continuar ali, ouvindo cada palavra. Eu só podia ser masoquista, pois preferi a segunda opção.

Estava acabando de beber meu leite quando recomeçaram a falar:

– Ficou num só? – Cate perguntou, maliciosa.

Olhei discretamente e vi que Marina baixou os olhos, parecendo de fato envergonhada, pois sua face ficou rosada.

– Essa coloração já me deu a resposta – riu Cate, e Marina sorriu, encabulada.

Mas Cate não perdoou, e a próxima pergunta foi implacável:

– Rolou língua?

Enquanto Marina ficava roxa, eu me engasgava com o leite, começando a tossir sem parar. Ela se levantou com prontidão, para me bater nas costas. Quando consegui finalmente respirar, olhei para Cate, furioso.

— Você tem a mente muito suja, sabia?

Ela deu uma risada.

— Quem te chamou pra conversa?

— Você é mais velha e fica incentivando a Marina a fazer... essas coisas! — eu disse, zangado.

— Deixa de ser hipócrita! Vai dizer que você nunca beijou de língua antes?

— Acho que não sou eu que estou sendo levado pro mau caminho aqui — rebati. — Marina é só uma menina!

— Com quantos anos você beijou, *Santo Daniel*? E não venha querer me convencer de que, tendo amigos tão *puros* como o Lance, ainda não o fez e muito!

— O assunto aqui não sou eu, ou o que fiz, ou o que deixei de fazer. Estou querendo apenas defender a Marina.

Cate virou os olhos.

— Defender contra o que ou contra quem? Você só está tendo um comportamento completamente machista e antiquado. Eu quero orientá-la. Deixa de ser ciumento, Dan!

— Ciumento? Não sei do que está falando — disse, e tentei desconversar.

— Sabe sim! — rebateu. — Você é o irmão mais ciumento que conheço. Larga um pouco do pé dela! Deixa a garota respirar!

Eu já tinha aberto a boca pra responder, quando Marina se enfiou no meio.

— Parem, agora mesmo! — ela disse, zangada. — Essa discussão é completamente sem cabimento!

— Concordo! Venha comigo, Marina — disse, pegando sua mão. — Vou te livrar das más influências.

Arrastei-a dali, passando por Cate, que me olhava de olhos arregalados e boca aberta. Abri a porta que dava para o quintal e escapamos por ali.

Já do lado de fora, descemos os poucos degraus, atravessamos o gramado e paramos embaixo de uma árvore. Estava escuro e achei aquilo bom, não queria que ela visse a expressão de meu rosto, que com certeza poderia revelar mais do que eu gostaria.

Ficamos a princípio em silêncio, como se nenhum dos dois soubesse bem o que estava fazendo ali, muito menos o que deveria falar. Ela cruzou os braços, e eu apoiei a mão no tronco da árvore, enquanto colocava a outra na cintura.

– Então, é verdade? – perguntei finalmente, engolindo em seco.

Ela olhou para seus pés, que se remexiam impacientes. Parecia acuada, mas eu insisti:

– É verdade que você beijou esse cara hoje?

Ela respirou fundo e ergueu o rosto. Estava escuro, ainda assim podia ver seus olhos – aqueles olhos que mexiam comigo desde a primeira vez que os vi, grandes e expressivos. Sua alma se derramava por eles e eles transmitiam toda sua personalidade doce e sensível. Eu amava esses olhos, sempre amaria. E naquele momento eles me olhavam envergonhados, quase constrangidos.

– Talvez – respondeu, insegura.

O ciúme me cortou como uma lança.

– Talvez? O que isso quer dizer? Ou você beija ou não beija alguém, não existe meio termo – disse, confuso, e depois outro pensamento me apavorou. – Espera aí! Vocês fizeram mais coisas, é isso? Ele se aproveitou de você? Ele te forçou a fazer alguma coisa? Você...

– Chega! – ela disse, me interrompendo bruscamente. – Eu não beijei! Não aconteceu nada!

Eu a encarei surpreso.

– Como assim? Mas escutei você contando pra Cate...

– Eu menti – respondeu, cortando-me novamente, com expressão envergonhada.

– Por quê? – perguntei, entre espantado e aliviado.

– Porque Cate não parava de insistir nesse assunto e eu estava cansada de viver inventando desculpas, daí achei melhor dizer que já tinha acontecido e acabar de vez com essa história – respondeu, chateada.

Eu não sabia se ria ou chorava de felicidade, mas me segurei e tentei manter uma pose indiferente.

– Mas você queria? – perguntei, e ela apenas afirmou com a cabeça.

O ciúme latejou dentro de mim e acabei explodindo.

– Marina, você ainda é muito nova, pode esperar e não precisa aceitar as investidas de qualquer desclassificado! – falei, imitando o jeito como papai falava. – Afinal de contas, pra que você quer tanto beijar alguém?

Ela colocou as mãos na cintura, e seu rosto agora demonstrava irritação.

– Que tipo de pergunta é essa? Responda-me você! Por que você beija alguém?

Por aquela eu não esperava.

– Porque... porque não tive escolha – disse, e sabia que minha resposta era péssima.

Ela me olhou com a testa franzida.

– Como assim? Todo mundo tem uma escolha.

"Não. Eu não tenho", pensei, enquanto a olhava com amargura. "Porque, se eu tivesse, só beijaria você."

Ela continuava me encarando, à espera de uma resposta. Toquei seu rosto com a mão e os sentimentos queimaram dentro de mim. O que aconteceria se eu baixasse o rosto e tocasse seus lábios com os meus? Ela estava tão perto, tão convidativa, sem testemunhas; era tentador demais.

– O que foi, Dan? – perguntou, colocando sua mão em cima da minha, parecendo preocupada. – Por que está tão triste?

"Porque amo você e nunca vou poder te ter", meu coração gritou.

Eu nunca saberia a textura de sua pele suave junto à minha, como seria a sensação de enterrar o meu rosto em seus cabelos, quão macios deviam ser aqueles lábios carnudos, qual seria o sabor de sua boca. Ela não podia ser minha.

– Porque eu sou um tolo – eu disse, afinal. – E, talvez, a Cate esteja certa, realmente eu seja um... irmão muito ciumento.

Ela me olhava de forma estranha e, inexplicavelmente, parecia decepcionada. Na época, não compreendi o motivo.

– Você não é mais criança e tenho que aprender a conviver com isso – falei, enquanto tirava a mão do seu rosto. – Acho que só aconteceu rápido demais e não acompanhei o ritmo. Sou ou não sou um cara muito desatento?

Tentei fazer piada, mas até eu sabia que não tinha dado muito certo. Ela abriu a boca para dizer alguma coisa, porém achei melhor me afastar enquanto isso ainda era possível. Baixei meu rosto e beijei rapidamente sua testa.

– Vou entrar e tomar um banho.

Dando-lhe as costas, deixei-a sozinha no quintal, dividido entre a sensação de ter feito a coisa certa, cumprindo o meu papel, e a impressão de que tinha feito a escolha mais estúpida da minha vida.

Fixei o olhar na paisagem à minha volta, forçando-me a voltar ao presente.

– Não quero mais continuar a viver daquele jeito, Lance – eu disse, de forma áspera. – Temendo a verdade e envergonhado de meus sentimentos.

– E o que você pensa em fazer? – ele perguntou preocupado, parado à minha frente.

Bufei como um cão raivoso, enquanto sentia uma revolta gelada percorrer meu corpo.

– Não sei, cara. Mas nunca mais fico sem a Marina. Nunca mais.

– Quando você diz que não fica mais sem ela – Lance falava, enquanto coçava o queixo –, você quer dizer em qual sentido? Tipo assim, sem vê-la, estar perto dela, ou sem fazer aquilo que o pequeno John faz escondido com a Mary atrás da moita?

Era impossível não rir das maneiras inusitadas que o Lance inventava para se referir a sexo.

– Não fico mais sem meu muffin em todos os sentidos – respondi, sorrindo. – E é isso que está duro de aguentar; ela passou a assumir um papel multifacetado em minha vida: irmã, mulher, esposa, amante, tudo. E agora, ser obrigado a me comportar como se ela fosse apenas minha irmã é quase insuportável. É uma regressão, pois evoluímos para muito mais. Quando deito à noite em meu quarto e sei que ela está no mesmo corredor, apenas a duas portas de distância, fico quase louco, rolando na cama e pensando em tudo que faríamos se ela estivesse comigo. Em como, depois de nos amarmos, a aconchegaria junto de mim, com o rosto afundado em seus cabelos, sentindo seu cheiro de baunilha a noite toda. E feliz ao pensar que, pela manhã, ela seria a primeira coisa que eu veria ao abrir os olhos.

Parei de falar quase num murmúrio, de tão concentrado que estava ao imaginar aquelas cenas, vivendo e interagindo, como se estivesse num cinema 3D. Em seguida, reparei que Lance me observava com um olhar espantado.

– Amigo, não sei se te parabenizo ou te dou os pêsames, pois essa foi a declaração de amor mais bizarramente melosa e honesta que já ouvi – falou, daquele jeito exagerado que era típico dele. – Se a coisa é assim, talvez eu possa ajudar a aplacar a saudade e a libido dos recém-casados.

Ele cruzou as mãos atrás da cabeça, parecendo muito confortável e orgulhoso de si mesmo.

– Como assim? – perguntei, desconfiado.

Recebi um largo sorriso.

– O que acha de ter um lugar confortável e seguro, onde pudesse se encontrar periodicamente com a Marina?

Fiquei muito curioso.

– Um lugar para me encontrar com ela? Escondido?

– Exatamente – respondeu.

– E onde seria?

– Na minha casa – ele disse, abrindo os braços. – Onde mais?

Fiquei um tempo olhando para Lance, surpreso.

– Mas, tipo assim, lá não é só o seu espaço, não íamos incomodar?

– De jeito nenhum! – respondeu, sacudindo a cabeça. – Você sabe que divido o apartamento com meu irmão, mas ele quase nunca está lá, fica o dia todo fora, entre a faculdade e o estágio. Converse com a Marina, veja o que ela acha, depois é só me avisar o dia que vocês querem e pronto, saio de fininho e a casa é de vocês.

Não sabia se o beijava ou o sacudia.

– Lance, eu te amo.

– Eu sei, cara. Não sou monogâmico, te divido com a Marina.

Mas isso não seria possível, pois Lance era completamente hétero.

– CAPÍTULO 13 –

Marina

MEU CELULAR TOCOU DE NOVO e sorri antes mesmo de atender, pois já imaginava quem seria. Conferi a tela e sorri ainda mais. Os homens são tão impacientes...

– Estou na porta – falei, assim que atendi.
– Já vou abrir – ele disse afobado e desligou em seguida.

Enquanto olhava a porta do apartamento do Lance, aguardando, pensei no que estávamos prestes a fazer. De novo.

Já fazia cerca de um mês que tínhamos aqueles encontros secretos, mas desde a primeira vez uma sensação estranha me incomodava. Claro que estarmos juntos era maravilhoso, com tardes cheias de amor, carinho e deliciosa paixão. Contudo, sempre na hora da chegada ou da partida eu sentia um tipo de tensão que aumentava pouco a pouco, se transformava em aflição e ameaçava me dominar.

No mês anterior, havia saído com Dan para comermos uma pizza e lá ele comentou sobre a proposta do Lance de ficarmos nos encontrando na casa dele. Fiquei insegura desde o início, porque na verdade não estava acostumada a mentir para meus pais e, para que tudo desse certo, sabia que teria que enganá-los mais do que já o fazíamos, e isso acabava comigo. Eu sabia que a situação também não era confortável para ele, mas Dan parecia mais empolgado com a oportunidade do que eu.

– Não vai ser por muito tempo. Só até decidirmos o que fazer.

Esse era o problema. Decidir o que fazer. Porque, na verdade, eu tinha a impressão de que só estávamos adiando o inevitável. Mas, como bons covardes que éramos, preferimos continuar nos ocultando. Que vergonha!

A porta à minha frente se abriu e fui recebida por um sorriso de matar e por um par de braço que me puxaram, ansiosos, além de uma boca que me beijou imediatamente.

– Isso é o que chamo de boas-vindas! – eu disse, depois que consegui respirar.

– Você demorou hoje – ele disse, entre beijos.

– Tive que inventar uma desculpa para sair mais cedo do balé.

Aquele era outro fator que estava me preocupando: as mentiras que eu era obrigada a contar a outras pessoas para que conseguíssemos manter a farsa. E eu não sabia por quanto tempo mais poderíamos sustentar nossa situação.

Era complicado encaixar os horários, ele com suas gravações e eu com minhas ocupações escolares e extracurriculares. Na maioria das vezes era eu quem cedia, largando tudo, porque o ritmo do trabalho dele estava tão intenso que, quando aparecia alguma brecha, ele me ligava e eu driblava tudo e todos para ficarmos juntos. Daquela vez, inventei uma desculpa esfarrapada para minha professora, que me olhou desconfiada, mas não disse nada e me dispensou. Por enquanto.

– Não vai trabalhar mais hoje? – perguntei, tocando seu rosto.

– Só à noite – ele respondeu, afagando meu cabelo.

Ele beijou minha bochecha e devagar deslizou os lábios para meu pescoço, deixando-me arrepiada. Nesses momentos os problemas e receios começavam a se apagar da minha mente.

– Tenho que estar em casa antes do jantar – avisei, abraçada a ele.

Ele se afastou um pouco para me contemplar e meu coração triplicou os batimentos. Senti suas mãos deslizarem das minhas costas para a cintura e depois pararem nos quadris.

– Pule, bailarina! – ele disse.

Eu pulei para dar impulso e ele me ergueu com facilidade, encaixando-se entre minhas pernas, enquanto eu o abraçava com elas. O beijo que veio a seguir me fez esquecer qualquer temor e preocupação. Tudo que importava era estar com ele e sentir nosso amor se expandir, como ondas de energia ao nosso redor. Quando concluímos o beijo foi que percebi que tínhamos nos movido, ou melhor, ele tinha andado comigo no colo em direção ao quarto.

Outro fator que me incomodava: fazermos amor no quarto do Lance era tão estranho, rodeados pelas coisas e pelo cheiro dele, sobre sua cama e lençóis. Mas isso era eu analisando depois, friamente, porque no calor do momento, quando tudo o que sentia era o Dan, suas mãos, seu toque, seus lábios e seu perfume... Eu esquecia de todo o resto quando tirávamos as roupas e o colchão afundava com nosso peso.

Ele parou para me admirar de cima a baixo.

– Quando será que eu vou parar de olhar pra você e me sentir como um garoto quando vê uma mulher nua pela primeira vez? – ele disse, sorrindo.

– Espero que nunca – respondi com doçura, estendendo os braços pra ele. – Você sabe o quanto eu te amo, Daniel Harrison?

– Fala – pediu, com a voz rouca.

– Te amo tanto que às vezes acho que um coração é pouco para carregar tanto sentimento – sussurrei, encostando minha testa na dele. – Às vezes acho que meu corpo não é forte o suficiente para suportar tanto amor. Quando você me segura assim, sinto como se eu fosse desmanchar diante da força do sentimento que transborda pela pele, pelos poros. Eu te quero, te quero agora! – disse, segurando-o pelo pescoço e o beijando.

Logo não éramos mais Marina e Daniel, eu não saberia dizer onde eu terminava e ele começava, nos completávamos de forma plena. O amor físico era um símbolo do sentimento maior que nos unia, o equilíbrio perfeito entre suavidade e força, espírito e carne, liberdade e prisão. O que fomos, o que éramos, o que seríamos. Sempre.

✦•✦

Cheguei em casa já quase na hora do jantar. Subi a escada com minha mãe avisando que a comida estava pronta. Corri para meu quarto, peguei uma roupa limpa e fui direto tomar um banho rápido.

Pouco depois, enquanto jantávamos, ela começou a fazer suas perguntas habituais de como tinha sido o meu dia. Respondi como de costume, comentando sobre o que achei mais interessante. Depois fiquei olhando para meu prato, minha mente cheia de memórias da tarde com Daniel. Estava completamente imersa em doces lembranças e, sem perceber, dei um longo suspiro. Mas despertei por completo com a frase que ouvi a seguir:

– Acho que temos alguém apaixonada – comentou meu pai.

Ergui os olhos e olhei para meus pais, que trocaram olhares e sorrisos cúmplices entre si.

– Não sei do que vocês estão falando – disse, tentando disfarçar, porém sentindo o rosto queimar de embaraço.

– Ah, não adianta me enganar! – declarou minha mãe, rindo. – Essas bochechas rosadas são toda a resposta de que preciso.

– Ai, mãe! – falei, sem graça.

– Hum, então quer dizer que tem alguém mexendo com esse coraçãozinho? – brincou meu pai.

– Pai, você também? – reclamei.

– Não precisa ficar encabulada, não há nada mais natural na sua idade! – disse mamãe.

– Quando vamos conhecer o sortudo? – perguntou papai, sorridente.

Naquele mesmo instante, Dan entrou na cozinha. Fitei-o com surpresa, pois eu sabia que ele deveria estar trabalhando.

– Boa noite! – cumprimentou todo sorridente, e aproveitando para pegar uma batata frita do prato da nossa mãe e enfiá-la, guloso, na boca.

– Chegou cedo – ela comentou, dando uma palmadinha na mão dele.

– A gravação foi cancelada, remarcaram para amanhã – explicou. – Peguei a conversa pela metade, mas a qual sortudo vocês se referiam?

– Ora, o namorado misterioso da sua irmã – respondeu papai, brincalhão.

– Pai! – eu disse, nervosa. – Não falei nada, vocês é que estão fazendo suposições demais!

– Como assim, namorado misterioso? – perguntou Dan, instantaneamente muito interessado.

– Sua irmã chegou em casa com essa cara de quem viu um passarinho verde – contou mamãe, rindo. – E é claro que não podíamos deixar de notar os olhinhos brilhando e os suspiros, seu pai e eu já vivemos o bastante para saber qual deve ser o motivo dessas reações.

Eu queria sumir, olhei pra cara do Dan e ele parecia achar tudo muito divertido.

– Passarinho verde, é? – perguntou, repleto de cinismo. – Depois, quero saber o nome desse passarinho – E virei os olhos.

– Ok, agora que todos já se divertiram às minhas custas, se me dão licença, me retiro com o pouco de dignidade que me resta – disse, me levantando, enquanto ouvia mais risadinhas.

Fui para o meu quarto, liguei o som, escolhi uma música suave, deitei na cama e fiquei me lembrando da última conversa que tinha tido com Dan naquela tarde, enquanto estávamos deitados no quarto do Lance. Pensávamos na possibilidade de contar a verdade para nossos pais e na melhor forma de abordar o assunto. Era difícil decidir, afinal, como revelar para seus amorosos pais uma notícia dessas? Se existisse um manual de autoajuda intitulado *Como contar para seus pais que os "filhos" deles estão apaixonados, juntos, casados e cheios de amor pra dar*, eu seria a primeira a comprar.

– Já pensou se eu chegasse pra ele e falasse: "Pai, sabia que o senhor é o primeiro pai-sogro do mundo?" – disse Dan naquela tarde, rindo, levantando os polegares e fazendo sinal positivo com as duas mãos.

– Cruzes! Pior que isso, só se você falasse que ele estava prestes a se tornar pai-sogro-avô! Aí, primeiro ele te matava e depois morria pelo choque! – comentei, rindo junto.

– Que nada, o velhinho é duro na queda! – comentou, animado. – Ele morreria mesmo só se eu chegasse falando assim: "Pai, me empresta sua cama? Sabe como é, acho que eu e Marina precisaremos de mais espaço essa noite" – completou, como se fosse a coisa mais natural do mundo.

– Aí, não ia ser ele que te mataria, eu mesma faria o serviço!

– Agora magoei! – disse, colocando a mão no peito e se fingindo de atingido. – Isso é que dá me empenhar tanto!

✦•✦

Shanti

Parada na frente da porta do apartamento do Lance, eu me perguntava o que estava fazendo ali. Eu sabia quem ele era, minhas amigas sabiam, os vizinhos sabiam, o bairro todo sabia, se duvidar até o entregador de pizza sabia quem era o Lance. O maior e mais notório conquistador de quem eu já tinha ouvido falar nas redondezas. E também o mais bonito, charmoso, atraente e cafajeste que eu tinha tido a duvidosa honra de conhecer. Sem falar a fama de que nenhuma garota que tinha estado com ele havia se arrependido. Na escola o tinham apelidado de Todo-poderoso. Ele era uma lenda. Então, se era assim tão perigoso, não no sentido real de perigo – pois tenho certeza de que ele não faria mal à uma mosca – mas no sentido de que era capaz de destroçar a alma de uma garota, o que eu estava fazendo ali, na boca do lobo? Em resposta, lembrei-me da frase de Oscar Wilde: "Eu posso resistir a tudo, *menos* à tentação".

Respirei fundo e resolvi ir em frente. Nunca fui covarde, e agora não era a hora de começar a sê-lo.

"Mas com certeza sou uma idiota!", pensei, ao tocar a campainha.

Apreensiva, ouvi passos e logo depois a porta se abriu. Ele apareceu e ficou parado, me olhando, com aquele sorriso que matava meus neurônios, pois eu parecia emburrecer toda vez que testemunhava esse pequeno milagre da natureza humana.

Procurei esquecer a fascinação que a presença dele me causava e tratei de me lembrar quem eu era. Ele podia ser irresistível, mas eu não era nenhuma garotinha ingênua e manipulável. Sabia me defender. Entrar ali era como estar no centro de um picadeiro cheio de animais ferozes, então, assim como um tratador de animais se protege com seu chicote, fui munida de minhas armas e me pus em guarda.

– Oi – falei, sorridente.

– Oi. Entre, por favor – ele disse, simpático e me dando passagem.

– Obrigada – agradeci, num tom descontraído.

Passei por ele, sentindo a porta ser fechada logo atrás de mim, e me vi no interior de uma sala decorada de forma simples, as paredes pintadas de branco, sem nenhum quadro; quanto aos móveis, vi apenas dois sofás escuros de couro, uma estante pequena de madeira onde havia alguns livros, uma grande TV tela plana, um *blu-ray* e um pequeno aparelho de som. Apesar da aparente simplicidade do ambiente, percebia que tudo ali era moderno e de bom gosto. Eu não sei bem o que esperava encontrar, talvez paredes espelhadas, um ambiente escuro, tocando uma sugestiva música de fundo, mas não era nada disso. O lugar era bem comum.

– Que pontual – ele disse, parando ao meu lado.

– Tento ser. Sabe o que dizem por aí, faça aquilo que gostariam que fizessem com você. Como eu detesto que me façam esperar, também não gosto de deixar ninguém esperando.

Ele deu uma risadinha.

– Sábias palavras – comentou, como se tivesse achado muito divertido o meu comentário. – Sente-se e fique à vontade. Vou pegar alguma coisa pra gente beber.

– Certo – disse, enquanto me sentava no sofá bem de frente para a TV e ele ia para a pequena cozinha ao estilo americano.

– Água, refrigerante ou algo mais forte? – perguntou, ao abrir a geladeira.

– Refrigerante – respondi, tirando o meu casaco.

Lance já era perturbação suficiente no meu sistema nervoso, não precisava acrescentar álcool à combinação.

— O que achou? — perguntou, ao me entregar a lata de refrigerante, olhando ao redor.

— Muito... — disse, procurando a palavra certa por todos os lados do ambiente. — Monocromático.

Rimos juntos, e ele se sentou ao meu lado, segurando sua bebida.

— Não gosto de muita frescura, aprecio o básico, preto e branco — comentou, sobre as únicas duas cores presentes no cômodo.

— Que nem você — falei, distraída.

— Como assim?

— Você tem esse cabelo preto e pele branca, estilo Branca de Neve — expliquei, mas ele pareceu ainda não entender e fiquei sem graça. — Que são as mesmas cores da sala. Deixa pra lá, foi uma comparação estúpida.

— Não, foi só inesperado. Eu nunca tinha pensado nisso antes. — E me dirigiu um olhar divertido.

Mesmo se ele pareceu ter achado meu comentário engraçado, continuei me sentindo desconfortável com o que acabara de falar e resolvi disfarçar.

— Quem sabe você não poderia incluir alguma cor, para que destoasse um pouco, talvez colocando ali um vaso azul ou vermelho? — falei, e apontei para a estante.

— Azul como meus olhos ou vermelho como meus lábios? — perguntou, de forma maliciosa. — Posso ser um pouco egocêntrico, mas não chego a tanto.

Quase engasguei com a comparação ridícula.

— Então, que tal marrom? Masculino o suficiente pra você?

Ele deu um meio sorriso, esticou o braço e passou um único dedo suavemente no meu pulso.

— Gosto de marrom, mas discordo que seja uma cor masculina, principalmente em você.

Senti a pele formigar onde ele tinha me tocado, especialmente no ponto onde seu dedo ainda estava parado. Puxei meu braço e desfiz o contato.

— Que filme você pegou? — perguntei, procurando um assunto seguro.

– Como não sabia bem do que você gostava, aluguei três gêneros diferentes – e, dizendo isso, se levantou e pegou os filmes que estavam ao lado do aparelho *blu-ray*, entregando-me em seguida.

Li os títulos: *Tarzan*, *Peter Pan* e *Uma Família do Futuro*. Só desenhos da Disney. Não poderia estar mais espantada.

– Como você classifica três desenhos da Disney como gêneros diferentes? – perguntei, sem conseguir deixar de rir.

– Simples – respondeu, como se fosse uma coisa muito óbvia, apontando para cada filme. – *Tarzan* é drama, *Peter Pan* é aventura e *Uma Família do Futuro* é ficção científica.

Abri a boca para dizer alguma coisa, mas descobri que, tinha perdido a fala.

– O que foi? – perguntou, franzindo a testa.

Tive que parar para pensar com cuidado na resposta, por isso fiquei abrindo e fechando a boca, até que consegui falar alguma coisa.

– Desculpe, mas nunca imaginei que você fosse fã da Disney – confessei. – Quando você me convidou para ver um filme na sua casa, imaginei muita coisa, mas não isso.

Ele soltou uma risadinha e tomou mais um gole, encarando-me com bom humor.

– Como o quê?

– Honestamente?

– Claro – respondeu, como se segurasse o riso.

– Algo como *American Pie* ou *Velozes e Furiosos*. – Ele soltou uma gargalhada.

– Ou seja – ele disse, depois que recuperou a habilidade de falar –, muita sacanagem ou muita adrenalina e nenhum cérebro.

Agora nós dois rimos juntos, quebrando todo o gelo, o que foi ótimo.

– Desculpe, Lance. Mas você tem que concordar: esses filmes parecem mais seu estilo.

– Culpado – ele disse, erguendo as mãos. – Eu me rendo, mas como dizem por aí, "não se deve julgar um livro pela capa".

Eu o fitei. Considerava incrível essa nova faceta que ele me revelava, um lado sensível e muito pouco manifesto.

– Você está me saindo uma caixinha de surpresas, senhor Brown.

Ele apenas sorriu e me encarou com atenção.

– Escolha – sugeriu, subitamente.

Voltei os olhos para os filmes e fiquei bem séria, como se estivesse prestes a tomar uma decisão importantíssima.

– Este – falei, afinal, e ao ver minha escolha ele sorriu.

– *Tarzan*. Você é uma mulher de bom gosto.

"Claro que sou. Afinal, estou aqui com você", pensei, observando-o colocar o filme para assistirmos.

Enquanto o filme não começava, ele preparou pipoca de micro-ondas e a trouxe para nós. Sentamos lado a lado no sofá e o clima não poderia ser mais aconchegante.

Olhei novamente as caixas dos filmes e, não sei por qual motivo, alguma coisa me chamou a atenção ali. Além, é claro, de todos serem desenhos animados, percebi um padrão entre eles. Lance havia escolhido três filmes cujos personagens principais eram órfãos, ou seria apenas coincidência? Eu nunca tinha ouvido falar dos pais dele.

– Seus pais moram por perto? – perguntei.

– Não, minha mãe vive em outro país e meu pai num bairro mais afastado, são divorciados – respondeu, calmamente. – Mas vim morar aqui depois que meus avós faleceram e deixaram esse apartamento como herança para meu irmão e eu, nós dividimos o espaço.

– Ele está em casa?

– Não, saiu com alguns amigos – respondeu, distraído.

Balancei a cabeça, bebi um pouco mais do refrigerante, e permaneci pensativa. Ele tinha mencionado sobre sua família com um toque de indiferença, que não passou despercebido por mim. Voltei a olhar em volta do ambiente e tive a impressão de que Lance levava uma vida bem solitária. Seria sua preferência por desenhos animados um indicativo de uma infância perdida, um retorno à inocência? Céus! De onde eu estava tirando toda essa análise freudiana? Obriguei-me a encerrar esse curso de pensamentos e me concentrei apenas em me divertir e aproveitar o momento.

À medida que o filme prosseguia, fui ficando intrigada; ele não tinha feito nenhum movimento que sugerisse aproximação, na verdade estava confortavelmente esparramado no sofá, comendo pipoca de forma bem relaxada. Será que todas as histórias que eu tinha ouvido eram falsas? Então lembrei da ocasião em que havíamos ficado, no *drive-in*. Lembrei das sensações despertadas por sua boca, por seu corpo colado ao meu, do jeito que ele me tocou; não tínhamos feito nada demais, e mesmo assim foi mágico. Após semanas de ansiosa espera, finalmente me ligou e agora eu estava ali.

Eu não sei o motivo, mas comecei a achar a imobilidade dele insultante. Por que ele não tomava uma atitude? Será que, por acaso, eu não era boa o suficiente para o famoso Lance Brown?

Comecei a me sentir inquieta e não conseguia continuar me concentrando no desenho, então parei de olhar para a TV, virei o rosto pra ele e o observei fixamente. Seu perfil másculo era tão atraente, não sei o que me impressionava mais: o jeito como seu cabelo cheio estava perfeitamente arrumado, como a pele barbeada de seu rosto parecia macia, ou ainda se era a luz refletida em seus olhos que me fazia lembrar estrelas num céu noturno. Tudo o que sei foi que, de repente, ele também olhou pra mim, a princípio com um leve sorriso, mas, aos poucos, ficando sério; ele voltou a olhar brevemente para a TV, logo em seguida me encarou novamente e não fugiu mais. E o que vi em seus olhos me fez sentir contrações no estômago. Um alarme disparou no meu cérebro, sinalizando a palavra "perigo" em letras neon, mas eu o ignorei, estava fascinada demais para me importar. Há anos Lance era meu secreto objeto de desejo e, mesmo não querendo dar o braço a torcer e ser apenas mais uma em sua lista, não consegui resistir. Eu não queria resistir.

Vieram-me à mente as sugestivas palavras de Shakespeare: "Não é digno de saborear o mel aquele que se afasta da colmeia com medo das picadas das abelhas". Suspirei. Sim, com certeza eu estava disposta a provar desse mel, mesmo sabendo que provavelmente o preço a pagar seria uma bela ferroada.

Como num filme em câmera lenta, nossos rostos se aproximaram, fechei os olhos, eu sabia que ia ser perfeito – e foi. Tínhamos ficado no *drive-in*, então já sabia que sabor tinha sua boca, uma mistura de hortelã com tabaco que havia me deixado inebriada. E agora eu sentia de novo esse mesmo gosto, que era tão característico seu e que me fazia desejar estar mais perto e muito rápido.

Ele não hesitou nem por um segundo, muito menos eu. O beijo foi intenso, longo, molhado e sem pretensões de terminar. Então, muito tempo depois, quando eu já estava deitada no sofá, com Lance totalmente debruçado sobre mim e nos abraçávamos com força, consegui finalmente afastar um pouco minha boca da dele, respirando rápido.

– O que estamos fazendo, Lance?

– O que acha que estamos fazendo? – perguntou num tom irônico, enquanto beijava meu pescoço.

Eu o desejava, isso era óbvio, e não iria ser hipócrita de não admitir isso a mim mesma, mas eu queria saber onde eu ia me enfiar.

– Vou mudar minha pergunta, o que nós vamos fazer? Quais são as regras aqui?

Ele parou o que fazia e posicionou o rosto bem perto do meu.

– Você quer saber quais são as regras do jogo?

– E estamos jogando? – perguntei, de testa franzida.

– Existem muitos nomes para o que estamos fazendo, mas por enquanto chamaremos de jogo e, como toda boa prática esportiva, existem regras.

– Regras? – perguntei, olhando-o desconfiada. – De que tipo?

– São simples, a primeira e mais importante delas, não se pode obrigar ninguém a fazer nada, então, se você me disser para parar, é o que farei. Só faço de comum acordo – respondeu, com calma, e tocou levemente meu cabelo.

– E quais são as seguintes?

– Não sou exclusivo de ninguém, o que rolar, rolou e a coisa para por aí. Sem compromissos, obrigações ou cobranças. Se por acaso a gente achar que vale a pena se encontrar de novo, pode acontecer, mas isso não equivale a um namoro. Por sinal, essa é minha outra regra de ouro, eu não namoro.

— Por que não? — perguntei, considerando aquilo meio estranho.

— Não tenho nada contra quem namora, só que simplesmente isso não é pra mim — assegurou, balançando a cabeça.

Eu o olhei pensativa por um momento.

— Mais alguma regra que devo saber?

— Existe a mais óbvia de todas, sexo seguro sempre — falou, enquanto tirava uma embalagem de preservativo do bolso de trás da calça e me mostrava.

Eu olhei para o pacotinho colorido e brilhante em sua mão, depois voltei a olhar para ele.

— Planejou tudo?

— Não, mas sempre existe a possibilidade — respondeu, com naturalidade. — Você não pensa assim?

Em vez de rebater, enfiei a mão no bolso da frente da minha calça, tirei de lá outra embalagem de preservativo e a estendi pra ele.

— Isso responde à sua pergunta?

Ele olhou surpreso para minha mão e em seguida soltou uma risada.

— Isso significa um sim?

Olhei para seu rosto bonito, tão perto do meu, e me perguntei se poderia lidar com o que estávamos prestes a fazer e com as possíveis perdas. Mas não haveria só perdas, não é mesmo? Também haveria ganhos: a realização de um antigo sonho. Resolvi parar de racionalizar. Sim, estava disposta a correr o risco. Sim, eu podia lidar com isso. Tomei minha decisão.

Eu sorri, insinuante, e devagar aproximei minha boca de seu ouvido.

— Você acha que dá conta?

Ele afastou o rosto para me encarar, com a sobrancelha erguida.

— Isso é um desafio? — perguntou, com uma suavidade perigosa.

— E se for? — disse, atrevida.

Os olhos dele cintilaram.

– Gata, essa máquina aqui não tem câmbio automático, você escolhe a marcha.

– E se nós testássemos todas elas? – propus, tocando seu peito com minhas mãos abertas.

– Você gosta de velocidade? Porque eu aviso, adoro percorrer curvas perigosas – disse, e passeou suas mãos pela lateral do meu corpo.

Ergui os braços e o abracei pelo pescoço.

– Venha aqui, motorista, e faça jus a essa carteira de habilitação.

– Aperte o cinto! – avisou.

Beijamo-nos novamente e a viagem começou.

– CAPÍTULO 14 –

Marina

NAQUELE FINAL DE TARDE, eu e Dan saímos juntos do apartamento do Lance, ainda envoltos no clima de romance e paixão que mantínhamos acabado de viver nas duas últimas horas. Já fazia dois meses que mantínhamos aqueles encontros secretos, e a cada dia se tornava mais difícil continuar escondendo nossos sentimentos.

No princípio, costumávamos ser muito cuidadosos, nos desviando de situações ameaçadoras, sendo discretos em público e evitando qualquer tipo de contato físico suspeito.

Saímos do prédio tentando não transparecer o quanto estávamos felizes, mas nossa felicidade era tão gritante que foi impossível controlar. Trocávamos olhares que transbordavam cumplicidade, sorríamos como bobos um para o outro e nossas mãos se roçavam discretamente à medida que caminhávamos.

Já anoitecia quando nos aproximamos de casa e, assim que lembrei que teríamos que voltar a encenar para nossos pais, senti uma grande melancolia invadir meu coração. Mentir e fingir para os outros era uma coisa, mas fazê-lo com nossos pais era completamente diferente. A culpa me corroía, eu não sabia por quanto tempo mais conseguiria manter a farsa e essa distância forçada entre nós.

Quando faltavam poucas quadras para chegarmos, inesperadamente Daniel segurou firme minha mão, fazendo-nos parar. Surpresa, olhei seu rosto e ele me fitou com um olhar perturbado, como se estivesse em uma luta consigo mesmo, até que, com um pequeno grunhido que demonstrava uma clara rendição, ele me puxou de encontro a seu corpo, me abraçando sem reservas.

— Dan, o que é isso? – perguntei confusa, tentando me afastar, o que ele não permitiu, me segurando com firmeza.

— Beije-me, Marina. Para que eu não enlouqueça em mais outra noite insuportável sem você – respondeu com desespero, grudou seus lábios nos meus e não tive mais como lutar, correspondendo com a mesma intensidade.

As precauções foram esquecidas e tudo que queríamos e precisávamos era disso, estar perdidos nos braços um do outro. Nunca o errado pareceu tão certo. A doçura de seu beijo me fez esquecer completamente que estávamos parados em plena calçada e inteiramente expostos.

— Não aguento mais! – declarou, quando nossos lábios se separaram um pouco. – É tortura demais ficar longe de você. Chega de mentiras! Você é minha mulher! – disse, e me segurou ainda mais forte. – Vamos dormir juntos hoje à noite!

— Mas, Dan, e se formos pegos? O que vamos falar? Nossa mãe não vai aceitar outra desculpa qualquer como justificativa – falei, tocando seu rosto.

— Então vamos contar a verdade a todos – disse, decidido.

— Você sabe que, se revelarmos tudo, com certeza a reação por parte de nossos pais não será suave. Não sei até que ponto eles poderiam chegar, mas temos que estar preparados para o pior.

Ele fechou os olhos, com visível sofrimento.

— Você está certa, não posso fazer isso com você e arriscar o seu bem-estar dessa forma.

— Como assim? – perguntei, sem entender.

— Como você disse. Se contarmos a verdade, temos que estar preparados para o pior, talvez até mesmo sejamos expulsos de casa, e eu realmente não posso fazer isso com você, arriscando seu futuro desse jeito.

— Mas meu futuro é você – falei, com firmeza.

– Amor, escute com atenção: se eu for expulso, não posso pedir que você me acompanhe; afinal, o que posso te oferecer no momento além de uma vida simples, talvez até miserável? Como posso te tirar de um estilo de vida seguro e estável para oferecer algo incerto e difícil? Como posso te tirar de uma casa confortável e bonita, te levando pra, sei lá, um canto qualquer?

Fiquei muito surpresa com suas palavras, não fazia ideia de que ele pensava assim sobre a situação. Ao ver seu rosto demonstrando tantas dúvidas e incertezas, eu sabia que era a hora de esclarecer de uma vez por todas minha posição.

– Acha mesmo que sou fútil desse jeito? – perguntei, zangada. – Será que você ainda não sabe que pra mim só você importa? Do que me adiantam casa, carro e posição social sem você ao meu lado? Você disse que pode me oferecer uma vida miserável, mas está enganado, miserável seria eu sem você – disse, segurando seu rosto em minhas mãos. – Miserável eu seria longe de você.

Mirei o olhar em seus olhos e vi um brilho diferente, quase como que de alívio ao ouvir minha afirmação.

Ele me abraçou apertado, pousando a cabeça em meu ombro, e segurei-o com firmeza.

– Você tem certeza mesmo? Está pronta para arriscar tudo?

– Por você, arrisco qualquer coisa e nada mais importa – falei, com voz firme.

Ele se afastou um pouco, analisando meu rosto como se estivesse procurando por algo e, ao olhar dentro de meus olhos, esperava que visse neles espelhado todo o imenso amor que eu sentia; felizmente pareceu ter encontrado o que buscava.

– Então vamos contar.

Olhamo-nos longamente, e então nossos lábios se encontraram num beijo apaixonado e intenso, como o nosso amor.

Estávamos assim, envolvidos pelo momento, quando ouvimos uma exclamação abafada. Olhamos na direção do som e nos deparamos com a figura idosa da senhora Johnson, a vizinha viúva que morava na casa ao lado da nossa, parada de pé, bem próxima a nós. Seu rosto enrugado estava congelado numa expressão de espanto; parecia muito chocada, a sacola de compras que ela trazia tinha escapado de sua mão e estava caída no chão.

Daniel me soltou com rapidez e se abaixou para ajudá-la, colocando algumas compras que haviam rolado novamente para dentro da sacola e devolvendo a ela.

– Boa noite, senhora Johnson – cumprimentou, tentando disfarçar.

Antes que ela pegasse a sacola, olhou para ele e para mim, com evidente reprovação.

– Este mundo está perdido – murmurou.

– Com licença, já temos que ir, senhora Johnson. Ou vamos nos atrasar para o jantar e nossos pais não vão gostar – falei, puxando Daniel pelo braço.

– E esta não será a maior das decepções que eles terão – disse ela, estreitando os olhos.

Sem querer prolongar mais a situação, nos despedimos rapidamente e seguimos para casa. Assim que entramos, corremos escada acima e nos trancamos no meu quarto.

– Não podemos esperar nem mais um dia, a senhora Johnson já nos viu e com certeza vai contar pra mamãe – eu disse, nervosa.

Ele se aproximou e segurou minhas mãos. Ao ver seu semblante calmo e seguro, me tranquilizei um pouco.

– Contaremos hoje à noite depois do jantar, pensarei numa forma de introduzir o assunto com delicadeza. Voltaremos a nos falar aqui, assim que acabarmos de comer, e combinaremos como vamos fazer. O que acha?

– Concordo.

Em seguida, nos despedimos cheios de ansiedade e fomos nos preparar para o que a noite nos reservava.

Chegado o momento, fiquei totalmente diferente do que imaginei, pois achei que ficaria histérica. Contudo, me encontrava serena, e eu sabia o porquê. A decisão de ficar com Dan não era algo novo em minha vida, sempre escolhi ser dele. Na verdade, não era bem uma escolha, era quase uma compulsão: eu precisava ser dele, não tinha meio-termo. Ver meu amor correspondido me trouxe toda a confiança de que precisava para enfrentar qualquer obstáculo.

Naquela noite, encontrei Dan no alto da escada. Ele estendeu as mãos para mim, pegou as minhas e levou-as aos lábios, beijando-as docemente.

– Pronta?

– Sim – respondi, segura de meus sentimentos por ele e pronta para o que desse e viesse.

Descemos as escadas de mãos dadas, cientes de que nunca mais as soltaríamos.

Entramos na sala, onde papai e mamãe estavam vendo TV, sentados lado a lado.

– Pai, mãe, será que podemos conversar um pouco com vocês? – iniciou Dan.

– Claro que sim – disse mamãe, olhando rapidamente para as nossas mãos entrelaçadas.

Nosso pai pegou o controle remoto, desligou a TV e virou em seguida em nossa direção.

– Qual é o assunto?

– Gostaríamos de conversar na outra sala, se possível – eu disse.

Reparei que se entreolharam, a expressão de estranhamento estampada em seus rostos era clara, mas se levantaram, atendendo ao pedido. Fomos à frente, sentamos lado a lado na banqueta do piano e os aguardamos se sentarem nas poltronas à nossa frente, nos fitando muito curiosos.

– Antes de começarmos, eu e Marina gostaríamos que soubessem que os amamos e que em nenhum momento fizemos nada com a intenção de magoá-los – disse Dan, abrindo o piano e removendo a proteção das teclas.

Olhei para nossa mãe, que agora parecia visivelmente preocupada; já nosso pai nos olhava confuso.

– Pensamos muito em como seria a melhor maneira de dizer isso a vocês e, como nos faltavam palavras, decidimos dizer através da música. Então, por favor, gostaríamos que prestassem muita atenção na letra e sinceramente esperamos que entendam – eu disse, carinhosamente.

Olhei pro Dan, que aguardava, e fiz um sinal afirmativo com a cabeça. Ele começou a tocar e em seguida cantamos juntos.

Foi ideia dele usarmos a música como uma maneira sutil de abordar um assunto tão delicado. Escolhemos uma canção leve e romântica, cuja letra era um resumo de nossos sentimentos. Dessa forma, declaramos aquilo que estava em nossos corações, revelando o quanto nossa vida havia sido vazia e sem sentido, e o quanto o mundo era cinza até ficarmos juntos. E afirmava a maravilhosa sensação de que, agora, os planetas e o universo finalmente tinham se alinhado em órbitas perfeitas, porque encontramos no outro aquilo de que necessitávamos. Nossa vida não seria mais desperdiçada numa busca inútil porque finalmente pertencíamos um ao outro. De agora em diante, nada nem ninguém poderia destruir o que sentíamos. Um amor perfeito.

A melodia foi chegando ao fim e continuamos perdidos nos olhos um do outro. Tínhamos cantado com todo o sentimento que conseguimos expressar e as mãos mágicas dele, como sempre, tinham transformado aquela linda canção em algo sublime.

Finalmente, me virei para olhar para nossos pais. Nossa mãe tinha uma mão cobrindo a boca aberta e a outra levada ao peito, e nosso pai nos olhava de um jeito que eu fiquei sem saber se realmente não tinha entendido nossa mensagem ou se não queria entender. O silêncio na sala era total depois de ressoarem os últimos acordes.

Por fim, alguém falou, e já estava ansiosa aguardando uma reação. Ainda que fossem gritos, eu precisava de alguma reação!

– Eu... eu... não sei se entendi – disse o nosso pai.

Olhei para Dan, que me devolveu um olhar constrangido.

– Não está claro? – disse nossa mãe, logo depois. – Charles, eles estão apaixonados! – explicou, parecendo horrorizada.

– Como? Apaixonados? – Ele parecia completamente confuso. – Isso é impossível, são irmãos!

– Não, não somos – disse Dan, com firmeza.

Papai se virou para Dan completamente surpreso e fiquei com pena da dor que vi estampada em seus olhos.

– Claro que são! Sempre os tratamos como irmãos! Nunca fizemos diferença entre vocês e procuramos tratá-los igualmente – declarou, na defensiva. – Querida, alguma vez você não se sentiu parte da família?

– Não, pai, claro que não! – respondi, tentando tranquilizá-lo. – Vocês sempre fizeram com que eu me sentisse sua filha, mas isso não significa que me sentisse irmã do Dan.

– O quê? – Ele parecia chocado com minha afirmação.

– Há quanto tempo isso vem acontecendo? – perguntou nossa mãe, de voz baixa.

– Nos amamos desde crianças – explicou Dan. – Na verdade, nunca tivemos um sentimento fraterno um pelo outro, apenas... – Ele olhou pra mim, parecendo procurar as palavras. – Apenas nos sentíamos obrigados a nos comportar como tal.

– Obrigados? – disse ela, tensa. – Desde crianças? Oh, meu Deus! Vocês estão juntos todos esses anos?

– Não! – respondi rápido. – Só nos confessamos recentemente.

– Sim, estamos juntos há pouco tempo, mas nunca tivemos dúvidas dos nossos sentimentos – afirmou Dan.

– Juntos? – perguntou papai, estreitando os olhos. – Como assim, juntos? Juntos como? – Foi a vez de Dan suspirar e, em seguida, segurar minha mão por cima do piano.

– De todas as maneiras que um homem e uma mulher podem ficar juntos – respondeu, pausadamente.

Agora não tinha mais como papai dizer que não havia entendido. Ele olhou para mim com tristeza e, em seguida, com um misto de horror e nojo para Dan.

– Incesto! – disse por fim, se pondo de pé. – Minha casa foi profanada por incesto!

– Não! – disse Dan desesperado, também se levantando. – Pai, por favor, será que não entende? Não somos parentes de verdade, não temos nenhum vínculo sanguíneo, então não é incesto!

– Você é um Harrison! – disse, apontando pro Dan. – Ela é uma Harrison! – disse, apontando pra mim. – Isso pra mim faz de vocês irmãos, sim, senhor, e o que você fez com ela é incesto!

– Papai, com certeza sou uma Harrison – falei calmamente, ficando ao lado de Dan. – Mas agora, não mais por adoção. – Como eles prestavam muita atenção ao que eu falava, fechei os olhos, respirei fundo e concluí: – E, sim, por matrimônio.

Ouvi nossa mãe soltar um gritinho, enquanto nosso pai ficou roxo.

– Matrimônio? – ele disse, rindo nervoso. – Vocês estão brincando, não é?

– Não, pai – respondeu Dan, sério. – Nós realmente nos casamos.

– Onde? Quando? – perguntou nossa mãe, arrasada.

– No Taiti – Dan respondeu.

– Impossível! Marina é menor de idade, seria necessária nossa autorização – nosso pai disse, com firmeza.

– Nós conseguimos a autorização – Dan esclareceu. – No dia que vocês assinaram a autorização da viagem, também assinaram o documento que permitia o casamento. Eu e Marina somos legalmente marido e mulher.

Mamãe cruzou os braços, baixou a cabeça e começou a chorar em silêncio. Meu coração estava partido ao vê-la sofrer tanto.

– Fomos enganados! Quero saber tudo e quero saber agora! – disse ele, indignado. – Daniel, você e eu, no meu escritório, agora!

– Quero ir também! – falei rápido.

– Não! – ele disse, firme. – Vai ser uma conversa só entre homens!

Olhei para Dan, ele sacudiu a cabeça e tocou meu rosto.

– Fique aqui, amor – disse, tranquilo. – Ficarei bem.

Notei que, ao se referir assim a mim, me chamando de amor, nosso pai fez cara de asco. Dan se levantou e os dois seguiram para o escritório ao lado, fechando as portas ao entrar. Fiquei ali, apreensiva, torcendo as mãos, imaginando como estava a conversa e o que estariam falando.

Levantei, me aproximei da porta e escutei algumas coisas.

– Vocês estão juntos desde o lançamento do seu filme? – nosso pai gritava, enquanto Dan falava alguma coisa que eu não conseguia entender.

– Você a seduziu! – ouvi-o declarar, encolerizado.

– Não foi bem assim! – disse Dan, se defendendo.

Eles voltaram a conversar num tom mais baixo.

– Casamento no Taiti? Que palhaçada é essa? – ele voltou a gritar, e percebi que Dan respondia com calma.

– Lua de mel? – encolhi-me de medo dessa vez, ao ouvir o berro do nosso pai. – Você fornicou com sua irmã por uma semana no Taiti?

– Pela última vez, ela não é minha irmã! – gritou Dan em resposta.

– Que tipo de pervertido eu criei debaixo do meu próprio teto?

– Nunca enxerguei a Marina como irmã, vocês nos impuseram essa condição, nunca nos deram escolha! – ele disse, se defendendo.

– E por que resolveram nos revelar tudo agora?

– Porque não queríamos mais mentir, não queríamos mais enganar ninguém – respondeu Dan. – Queremos viver nosso amor com liberdade, mas também com responsabilidade.

– Responsabilidade? Ela está grávida? – nosso pai berrou mais uma vez.

– Não! – respondeu Dan, energicamente.

– Oh, graças a Deus que não! – disse ele, aliviado. – Nem quero pensar no pecado que seria você engravidar sua própria irmã!

– Droga, pai! – rebateu Dan, perdendo a paciência. – Pela milésima vez, ela não é minha irmã!

– Olha a linguagem que usa comigo, rapaz! – nosso pai disse, irritado.

– Desculpa! Mas vocês não sabem como me tira do sério sermos chamados de irmãos.

Agora novamente o silêncio. Fiquei ainda mais apavorada com essa súbita falta de gritos.

– Psiquiatra? – gritou Dan, furioso. – Por que precisaríamos ir a um psiquiatra?

– Para tratar essa anomalia! – respondeu ele, igualmente zangado.

Fiquei furiosa. Aquilo tinha ido longe demais, abri a porta e entrei, ouvindo a repreensão da minha mãe.

– Chega! – disse assim que entrei. – O que sentimos não é um distúrbio psiquiátrico, mas amor, pai! Apenas amor! Será que não pode entender algo tão simples e puro como o amor? Não se trata de libertinagem ou anormalidade! Nós nos amamos há anos, como um casal, mas só recentemente tivemos a coragem de viver esse sentimento! Eu sou a mulher do Dan agora, pai! Sou esposa dele!

– Filha, você está confusa...

– Não! – falei com firmeza. – Eu estava confusa antes, quando olhava o Dan todo dia, com medo de demonstrar tudo o que sentia por respeito a vocês! Quando queria tanto tocá-lo, mas tinha medo de não ser correspondida! Quando não sabia o quanto me faria feliz me tornar mulher por ele!

– Chega, Marina! – gritou mamãe, entrando na sala e segurando meu braço.

– Não! – falei, me virando pra ela. – Vocês não querem ouvir toda a verdade, mas agora vou até o final. – Virei-me para papai e disse: – Pai, eu amo vocês de verdade, mas não posso mais continuar fingindo ser alguém que não sou. Sei que vocês devem estar magoados com nosso casamento escondido, mas quando Dan me propôs o casamento, estava tentando agir o mais honradamente possível, demonstrando todo o respeito e amor que sentia por mim. Por favor, pai! Sei que isso está sendo um choque pra vocês e entendo as reações até certo ponto, mas não deixe que o preconceito os impeça de enxergar a verdade.

Ele me lançou um olhar incrédulo e, por fim, baixou os olhos, colocando as mãos na cintura. Olhei para Dan, que continuava fitando nosso pai, aguardando, e nossa mãe passou por nós, posicionando-se ao lado do marido.

– Vou procurar um advogado, deve existir um meio de anular o que vocês fizeram – ele disse nervoso, e passou a mão nos cabelos.

– Nosso casamento é real e foi consumado, não há nada que possa ser feito – afirmou Daniel, taxativo.

– Então, não me resta alternativa – respondeu ele, de cabeça baixa. – Dan, você hoje sai desta casa – falou, por fim, encarando-o.

– Não! – gritou nossa mãe.

– Se ele for, eu também vou! – ameacei.

– Você não ousaria! – nosso pai disse.

– Experimente! – desafiei. – Se Dan passar por aquela porta essa noite, não sairá sozinho, pode estar certo!

– Charles, por favor! Não posso perder dois filhos de uma única vez! – implorou mamãe, aos prantos.

Eles se olharam e suspiraram, enquanto ela segurava seu braço.

– Deixem-nos por um momento – ele disse, pouco depois. – Esperem lá fora.

Daniel

Fomos para a sala e sentamos juntos no sofá. Demos as mãos, cheios de nervosismo.

– Vou lá em cima fazer minhas malas – Marina disse, trêmula.

– Meu amor, não faça isso! – falei, preocupado. – Se eu sair de casa hoje, me deixe ir sozinho. Não quero você comigo na rua, no meio da noite.

– Para com isso! – ela disse, cortante. – Sou sua esposa pro que der e vier! Prometemos cuidar um do outro, lembra? – ela disse, tocando meu rosto com doçura. – Como vou cuidar de você se ficarmos separados?

Oh, meu Deus, como eu amava essa corajosa e linda mulher! Ela era tudo pra mim, abracei-a apertado.

– Me promete uma coisa? – perguntou, com o rosto em meu peito.

– O quê?

– Que nunca ficaremos separados, não importa o que aconteça, não importa para onde for... você me leva junto?

– Marina... – falei indeciso, acariciando seus cabelos.

– Prometa! – insistiu, segurando meu rosto, e pude ver seus olhos brilhando, cheios de lágrimas.

Eu estava no meu limite, queria protegê-la de todo e qualquer mal, de qualquer coisa no mundo lá fora que pudesse fazê-la infeliz, queria ser altruísta e pensar somente nela. Mas eu sabia que não conseguiria mais viver sem ela, sem aquele sorriso radiante, sua voz aveludada, sua presença marcante e inteligente, sua paixão e seu amor. Dane-se o altruísmo!

– Prometo! – falei, plenamente ciente da minha atitude egoísta, e a vi sorrir aliviada. – Como posso ficar longe de você? Você é meu sol durante o dia, minha lua à noite, minha bússola mostrando o caminho a seguir quando me sinto perdido, você é meu eterno norte.

Estávamos assim, abraçados, quando ouvimos a porta do escritório se abrir; olhamos tensos naquela direção.

Nosso pai parou ali, nos observando, e nossa mãe ainda segurava em seu braço, no entanto parecia mais calma.

– Conversei com sua mãe – ele disse, se dirigindo a nós. – E somente por amor a ela, por não querer vê-la sofrer mais do que já está sofrendo, permito que ambos fiquem. – Respiramos aliviados. – Mas com uma única condição. – Olhei, desconfiado.

– A partir de hoje – disse, me olhando nos olhos –, não tenho mais filho, nunca mais fale comigo novamente, nunca mais volte a me chamar de pai.

– CAPÍTULO 15 –

Marina

As últimas palavras do nosso pai ainda ecoavam em meus ouvidos, mesmo depois de termos saído da sala e ido para meu quarto. Dan não falou mais nada, permanecia completamente mudo, com o olhar parado e fixo – só não dizia que ele estava catatônico porque ele piscava os olhos ocasionalmente.

Estávamos sentados na beirada da minha cama, lado a lado, e passei minha mão em seu rosto, em uma tentativa de adivinhar o que se passava em sua mente e coração. Eu sentia que não deveria dizer nada, naquela noite já haviam sido ditas coisas demais, muito chocantes, tudo o que precisávamos agora era de um pouco de paz e silêncio.

Continuei observando sua imobilidade e suspirei, talvez fosse melhor deitarmos e tentarmos dormir um pouco.

– Já volto – eu disse.

Fui até seu quarto, peguei sua calça de moletom preta, voltei e ele continuava na mesma posição.

– Vou cuidar de você – falei.

Aproximei-me dele, pegando na barra da sua camiseta e puxei. Ele levantou os braços automaticamente, para que eu a retirasse, e acabei de passar por sua cabeça, colocando-a de lado. Olhei seu rosto e vi que seus olhos continuavam desfocados, encarando o nada. Abaixei-me, desamarrei seus sapatos, retirei-os e em seguida tirei as meias, deixando-o descalço. Depois peguei suas mãos e o puxei para que ficasse de pé, abri seu cinto, desabotoei sua calça, abri o zíper e puxei. Ele levantou os pés ligeiramente, facilitando a retirada, aproveitei e enfiei neles as pernas da calça de moletom, subindo-a e puxando-a no caminho, ajeitando sua cintura. Peguei suas roupas, dobrei-as com cuidado e coloquei-as em cima da cadeira. Virei-me pra ele novamente: continuava de pé, agora me observando, porém com os olhos ainda vazios. Empurrei-o carinhosamente para a cama, fazendo-o se deitar.

– Vou me trocar – avisei, e dei um beijo em sua testa.

Fui até o banheiro, tirei a roupa, coloquei a camisola e, como de hábito, comecei a escovar os dentes. Enquanto isso, continuava a pensar em Dan e no que ele poderia estar sentindo. Será que ele estaria arrependido do que tínhamos feito, ao se deparar com as terríveis consequências de nossos atos? Será que, ao ficar frente a frente com esse terrível obstáculo, desistiria de tudo? Será que voltaria atrás? Fechei os olhos e sacudi a cabeça, tinha que parar de pensar nisso ou ia ficar maluca. Não adiantava tentar adivinhar, agora eu só tinha que me concentrar em ajudá-lo da melhor maneira possível. Saí do banheiro, apaguei a luz e fui pra cama, onde ele me esperava.

Estava deitado de lado, de frente para a janela, de uma maneira que não podia ver seu rosto. Deitei de lado, bem atrás dele, abracei-o com um braço, grudando meu peito em suas costas, enquanto minha outra mão acariciava suavemente seus cabelos. Não sei quanto tempo ficamos assim, até que, ao passar minha mão em seu rosto, ela ficou molhada, pois ele chorava silenciosamente. Meu coração se partiu ao vê-lo assim, abracei-o com mais firmeza e então o ouvi respirar pesadamente; começou a soluçar baixinho, tremendo ligeiramente.

– Chora, meu amor – disse, com doçura. – Não guarde essa dor dentro de você.

E, com aquelas palavras, as comportas se abriram, ele se virou de frente para mim e vi seu rosto transfigurado pela dor, agora chorando abertamente. Ele se agarrou em mim, enfiando seu rosto no meu colo, e chorou pesadamente. Seu corpo inteiro tremia, sacudido pelos soluços cada vez mais altos.

– Ah, meu querido! – disse enquanto o abraçava, tentando consolá-lo.

Naquele momento, senti que Dan voltava a ser menino; o homem enorme, agora frágil pela dor, me abraçava em busca de apoio e compreensão.

Então me lembrei da única vez, além desse momento, que Dan tinha chorado assim. Foi quando nossa cachorrinha Poppy morreu atropelada, ele tinha cerca de onze anos e eu estava com nove. Lembro que, depois de enterrá-la no quintal, ele sumiu; procurei-o pela casa toda e, após algum tempo, encontrei-o no sótão, sentado no chão, com a cabeça nos joelhos, chorando copiosamente. Lembro que ele ergueu o rosto ao ouvir meus passos, surpreso de me ver ali, os olhos muito vermelhos e a face coberta de lágrimas.

– Você vai contar que me viu chorando? – perguntou, com dificuldade.

– Nunca! – prometi, me aproximando e sentando a seu lado, cruzando as pernas.

Ele olhou pra mim, desamparado como agora, e me surpreendeu ao deitar a cabeça na minha coxa, me abraçou pela cintura, chorando mais ainda. Comecei a acariciar seus cabelos, assim como fazia agora, deixando-o expressar a tristeza.

Então, a compreensão me atingiu. Claro que Dan não estava arrependido de nossa decisão, eu confiava totalmente nele e na veracidade de seus sentimentos, afinal ele já tinha me dado provas mais que suficientes do que sentia por mim.

Assim como ele tinha um dia chorado pela perda de um ser querido, agora ele chorava novamente por outra perda, a perda de um pai. Dan era o único filho homem numa família cheia de mulheres, papai sempre foi sua referência de masculinidade, seu confidente para assuntos que mamãe não tinha como entender ou aconselhar, parceiro de várias atividades esportivas. Eles compartilhavam de muitos gostos, o que até aquele momento tinha tornado o relacionamento dos dois amoroso e sincero. Além disso, depois de mim, papai sempre foi o maior incentivador da carreira do Dan, foi ideia dele matriculá-lo no teatro, percebendo logo seu inegável talento. Eu entendia agora seu lamento e, mais uma vez, me perguntava como papai tinha tido coragem de ir tão longe, rompendo de forma absoluta uma ligação que sempre foi natural e sólida. Meu coração não queria acreditar que aquela situação fosse permanente, ainda tinha esperança que talvez no futuro isso se resolvesse.

Ficamos juntos por um longo tempo, até que ele se acalmou e o choro cessou. Eu continuava a passar minhas mãos por seus cabelos e por suas costas, até que no silêncio que se seguiu, o ouvi ressonando tranquilo em meu peito.

– Durma, meu amor – disse, beijando o topo de sua cabeça.

Fechei os olhos, desejando ardentemente que, quando a manhã chegasse, trouxesse o alívio que necessitávamos.

Acordei e tentei me mexer, mas estava completamente presa entre tantos braços e pernas, que não parecia que estava dormindo com uma pessoa, mas com dez. Dan, com aquele tamanho, ocupava praticamente toda a minha cama de solteiro, e agora me encontrava presa na armadilha formada por seus membros compridos.

Mas não reclamei, e sorri ao pensar que nunca mais precisaríamos dormir separados, no entanto, talvez fosse uma boa ideia pensar em trocar nossa cama por uma de casal. Iria propor isso depois que ele acordasse. Olhei seu rosto: ele estava tranquilo, os olhos um pouco inchados, a boca ligeiramente aberta e a respiração serena. Fiquei um bom tempo só ocupada em contemplá-lo. Poderia ficar assim por horas, sem cansar, eu me sentia uma mariposa diante da luz, voando incansável ao redor de uma chama, terrivelmente atraída mesmo diante do calor e do perigo, totalmente hipnotizada por essa beleza arrebatadora.

Não resisti e aproximei meus lábios dos dele. Primeiro toquei seu nariz com o meu, sentindo seu cheiro, que era uma mistura de colônia e do aroma da sua própria pele. Aspirei profundamente satisfeita, querendo preencher meus pulmões com o máximo que eu pudesse dele. Olhei sua boca mais uma vez antes de tocá-la, rosada e tão bem feita, rocei ligeiramente meus lábios nos seus, com medo de acordá-lo, mas ele continuava imóvel e acabei sorrindo – que coisa maravilhosa era tê-lo assim, só pra mim.

Aproximei novamente meus lábios e lhe dei o mais casto dos beijos, sentindo o calor morno de seus lábios passar para os meus. Afastei-me novamente e ele tinha apenas movido ligeiramente a boca, abrindo-a um pouco mais – agora eu podia ver a ponta da sua língua vermelha, não resisti e toquei novamente sua boca com a minha, ficando imóvel por um momento, apenas apreciando a maciez e a suavidade do contato. Abri ligeiramente os lábios, e foi então que, totalmente pega de surpresa, senti a língua dele tocar a minha. Tentei me afastar, não tinha sido minha intenção acordá-lo, mas ele enfiou a mão em meus cabelos segurando-me ali, e sua língua fazia brincadeiras de esconde-esconde, numa carícia doce e lenta, apenas curtindo o prazer daquele carinho. Abracei-o, sentindo a firmeza de seu peito de encontro ao meu corpo, suas mãos começaram a descer e subir por minhas costas vagarosamente, seus dedos faziam trilhas imaginárias sobre minha pele. Ele aproximou mais ainda seu corpo do meu, e senti sua mão descer por minha perna, até alcançar a panturrilha. Em seguida, segurando ali, suspendeu minha perna, de modo que ela envolvesse seu quadril. A língua dele continuava a brincar calmamente com a minha, numa dança deliciosa e convidativa, mas, quando ele pressionou mais seu corpo no meu, me senti culpada. Em momento algum tinha sido minha intenção atiçá-lo naquela manhã. Depois da experiência traumática da noite passada, jamais passaria pela minha cabeça procurá-lo para algo mais, queria dar-lhe tempo para curar as feridas e respeitar seus sentimentos de perda. Quando me aproximei dele, tinha sido com a mais inocente das intenções, apenas para proporcionar-lhe carinho e ternura. Com delicadeza tentei me afastar, mas ele não permitiu, segurando-me pelas nádegas e me apertando ainda mais firmemente, de encontro a seu quadril.

Agora era tarde demais para voltar atrás, foi impossível parar, e fiquei de olhos fechados o tempo todo, constrangida ao imaginar o que ele poderia estar pensando de mim. Amamo-nos sem pressa e foi como um bálsamo na alma – senti-me mergulhar numa luz dourada, uma mariposa ao encontro do sol.

Ao final, levantei minha cabeça de seu ombro e ousei abrir os olhos: seu rosto estava de frente ao meu e me deparei com um par de olhos azuis que me olhavam carinhosamente e, nos lábios, um sorriso gentil.

– Bom dia – murmurei timidamente.

– Isso é o que eu chamo de um bom dia completo – respondeu, sorrindo e me fazendo corar.

– Desculpa – falei rápido. – Não tinha a menor intenção de me aproveitar de você esta manhã.

– Não? Puxa, agora estou decepcionado! – ele disse, se fingindo de ofendido.

– Não que eu não tenha gostado! – falei, tentando me corrigir. – Foi muito bom, de verdade, só quis dizer que não era pra ter acontecido agora, isto é, era pra ter acontecido, mas numa hora melhor, isto é, não que o momento fosse errado... – Ele tapou minha boca com sua mão.

– Já entendi. Mas quer saber de uma coisa, senhora Harrison? Nada pode me deixar mais feliz do que acordar ao seu lado, sentindo seus beijos roubados e te fazendo acreditar que você estava se aproveitando de mim, quando na verdade o aproveitador o tempo todo era eu.

– Sério? – perguntei surpresa.

– Sério! – respondeu, com aquele sorriso maroto. – Você estava tão gostosinha me beijando que não resisti – disse, roçando suavemente os lábios nos meus. – Prepare-se, senhora Harrison, este é só o primeiro dia do resto de nossas vidas.

– Sabe, deveria ficar zangada por ter sido enganada por você, senhor Harrison – falei, encenando indignação. – Como você me indica a possibilidade de muitas manhãs iguais a essa, posso abrir uma exceção e te perdoar. – Ouvi-o rir baixinho.

– Ah, o que nós, pobres maridos, não temos que fazer pra sermos perdoados pelas esposas! – Não resisti e ri junto com ele.

– Está mais calmo agora? – perguntei, passando a mão em seu rosto.

– Sim. Ontem foi só um desabafo, liberei as emoções e agora estou mais conformado – respondeu com tranquilidade.

– Fiquei preocupada com você.

– Eu sei, desculpa – pediu, sem graça.

– Não precisa se desculpar, você agiu como qualquer ser humano diante de uma crise.

– Eu sei, mas tomei uma decisão – disse, confiante. – A partir de hoje não vou mais gastar energia com nada que não seja você e minha carreira. O resto pode esperar.

Ele abaixou os olhos e não falou mais nada, mas senti suas mãos em meu pescoço.

– Ah, antes que eu esqueça! – exclamou, abrindo meu colar. – Agora não temos mais necessidade de usar isso.

Ele pegou minha mão esquerda e, estufando o peito de orgulho, colocou a aliança novamente em meu dedo, de onde eu não tinha intenção de tirá-la nunca mais. Sorri, radiante, e fiz o mesmo: abri seu colar e pus a aliança em seu dedo. Erguemos nossas mãos e ficamos admirando o brilho dourado das joias na luz da manhã. Nos encaramos felizes, sentindo que momentos como esse compensavam tudo que passamos e teríamos que passar.

Depois do banho, resolvemos tomar o café da manhã numa lanchonete que tinha na rua de baixo. Ao andarmos até a porta de casa, notamos pelo silêncio que nossos pais deveriam ter saído.

Colocamos nossos casacos e saímos na manhã fria. Andamos de mãos dadas, vendo a fumaça que se formava com nossa respiração. Entramos na loja e procuramos logo fazer nossos pedidos.

Assim que fomos servidos, sentamos a uma mesa. Apreciando em silêncio o nosso desjejum, eu sorria sem preocupação, leve e em paz, como há muito não me sentia. Apesar da dor, revelar toda a verdade tinha sido de fato libertador.

– Enquanto você ainda estava dormindo essa manhã, tive uma ideia – disse, mordendo meu pãozinho.

– Qual?

– Já que agora dividimos o mesmo quarto, talvez fosse interessante fazer algumas alterações.

– De que tipo? – perguntou, curioso.

– Que tal comprarmos uma cama maior? – sugeri, e ele abriu um largo sorriso.

– Claro, podemos ir agora mesmo!

– Agora? – perguntei, surpresa com sua empolgação.

– Sim, por que não? O shopping está aberto e tem uma enorme loja de móveis lá.

– Está certo, então vamos.

Tomamos um táxi e fomos para lá. Entramos na loja e fiquei boquiaberta com o tamanho do estabelecimento: Dan estava certo, a loja era imensa. Fomos direto ao departamento desejado e, de repente, nos vimos rodeados pelos mais diversos modelos, tamanhos e variedades de camas.

– Quero uma enorme! – ele foi logo dizendo.

Começamos a passar por fileiras e mais fileiras de camas, até que no final nos deparamos com uma colossal.

– Que tal essa aqui? – perguntou, empolgadão.

– Nossa! Isso não é uma cama, parece mais um tablado para prática de ginástica olímpica! – falei, impressionada.

– Bem... – disse, me abraçando pela cintura. – Se você pensar que o que vamos praticar sobre aquela cama é uma modalidade esportiva, o tamanho é justificado.

– Hum... – disse, abraçando-o pelo pescoço. – Está planejando muito treinamento?

– Intensivo! – respondeu, sorrindo maliciosamente. – Nunca ouviu falar que a prática leva à perfeição?

– E que nota você me dá pelo meu desempenho atual?

– Ainda não estou muito certo – ele disse com cinismo. – Acho que vou precisar de mais tempo para avaliar adequadamente.

– Boa ideia – respondi, com a voz sedutora. – Tenho algumas sugestões que talvez possam ajudar a tornar a performance mais, digamos, olímpica!

– Vou perguntar se eles têm pra pronta-entrega! – disse, me soltando e procurando um funcionário rapidamente.

Dan voltou com o vendedor, que, muito solícito, respondia a todas as nossas perguntas.

– E o colchão? Já escolheram?

Olhamos para o rosto um do outro. Não tínhamos lembrado daquele detalhe importantíssimo. O vendedor então nos levou a um local onde tinham os mais variados tipos. Ele começou a explicar sobre a importância de escolher o colchão certo baseado no peso por pessoa.

– Quanto vocês pesam?

– Oitenta e cinco – respondeu Dan.

– Cinquenta e cinco – disse eu.

– Então, um colchão com densidade para até cem quilos é o suficiente.

– Discordo – disse Dan.

– Por quê? – perguntei.

– Bem, levando em consideração que estaremos naquele colchão boa parte do tempo, um por cima do outro, devemos considerar pelo menos cento e quarenta quilos – explicou, como se fosse a coisa mais natural do mundo. – O senhor não concorda comigo? – Eu queria sumir!

Olhei para a cara do vendedor que, chocado, gaguejou uma resposta qualquer, nos mostrando logo o mais resistente disponível. Dan, mais do que depressa, se jogou em cima do colchão e, virando-se pra mim com uma piscadela de olho, deu um tapinha sugestivo no lugar ao seu lado. Depois disso, vi o vendedor sair de fininho.

– Você é maluco, sabia? – disse rindo, me sentando ao seu lado. – Pela cara dele, no mínimo deve ter pensado que você estava me chamando pra fazer um *test-drive* no colchão. – Ele deu uma gostosa gargalhada.

– *Test-drive*! Por que não pensei nisso antes? – disse, antes de me puxar para sentar em seu colo. – Será que eles não têm um lugar pra isso por aqui? – Preferi ignorar a pergunta, acreditando que ele estava brincando.

Fechamos a compra e eles prometeram entregar tudo no dia seguinte, no final da tarde. Lembrei então que íamos precisar de novas roupas de cama, pois não tínhamos nada em casa que fosse daquele tamanho. Enfim, depois de comprarmos tudo o que era necessário, saímos satisfeitos do shopping, com várias sacolas.

Mal chegamos em casa, o celular do Dan tocou. Ele se afastou um pouco, e reparei que conversava sério com alguém. Enquanto guardava nossas compras, olhei disfarçadamente em sua direção, tentando adivinhar quem seria. Ele finalmente desligou e caminhou até mim, entusiasmado.

– Novidades!

– Conta! – pedi, curiosa.

– Tenho boas e más notícias – respondeu. – O que prefere ouvir primeiro? Virei os olhos.

– As boas, claro!

– O seriado é um sucesso de audiência e vamos ficar permanentemente na grade da emissora – revelou, alegre.

– Que legal! – disse, abraçando-o feliz. – Se essas são as boas notícias, quais são as ruins? – perguntei desconfiada, e ele suspirou.

– Viajo amanhã de manhã bem cedo, pra começar as filmagens numa locação distante, e vou ficar uma semana fora. – Murchei na hora.

– Uma semana – falei baixinho.

– Eu sei que é horrível te deixar sozinha aqui em casa, com essa situação esquisita com nossos pais – ele disse, olhando meu rosto triste. – Você quer que eu cancele?

– Não! – respondi, imediatamente. – Esta é a sua profissão, melhor eu me acostumar logo com o seu estilo de vida.

– Tem certeza? – perguntou, segurando meu rosto.

– Claro! – disse, com falsa animação. – Ossos do ofício, não é mesmo?

Passei o restante do dia fingindo que estava tranquila, mas na verdade estava arrasada por ter que me afastar dele agora, afinal, com o clima sombrio que estávamos vivendo dentro de casa, ter sua presença me apoiando era um alívio.

Ajudei-o a arrumar sua mala. Ele partiria de madrugada e tínhamos pouco tempo para preparar tudo.

Naquela noite, nos amamos com um misto de emoções: alegria por mais uma oportunidade profissional, tristeza pela partida, saudade antecipada e expectativa pelo retorno, além, claro, do amor que exalava pelos poros.

Acordei de madrugada, com o som de Dan andando pelo quarto.

– Já vai? – perguntei sussurrando, me sentando na cama sonolenta.

– Quase – murmurou. – O carro que vem me buscar deve chegar a qualquer momento.

O quarto estava escuro, a única luz no ambiente era a que entrava pela janela.

Ele segurou meu rosto com uma de suas mãos, fazendo uma carícia suave e passando o polegar pelos meus lábios. Peguei sua mão e a beijei, apertando-a com ternura em minha face.

– Vou contar os segundos até voltar – ele disse, aproximando o rosto do meu.

Abri a boca para falar, mas escutamos uma buzina lá fora. Dan se levantou e foi até a janela.

– São eles, tenho que ir – disse, pegando sua bolsa de viagem.

Saltei da cama, ficando na ponta dos pés, e me pendurei em seu pescoço.

– Quero um último beijo antes de você ir.

Ele soltou a bolsa no mesmo instante, me pegando pela cintura e aproximando o rosto do meu. Se ele pensou que eu ia deixá-lo partir com um beijinho rápido e sem graça, estava muito enganado; queria que ele partisse com a lembrança de um beijo sem igual. Então, quando nossos lábios se encontraram, beijei-o com toda a paixão que era capaz de demonstrar. Senti-o vacilar ante a intensidade do beijo; quando me dei conta, ele estava me suspendendo, fazendo com que eu abraçasse seus quadris com minhas pernas, e o beijo se tornou cada vez mais selvagem. Por fim, ele nos jogou na cama, ficando por cima de mim, enquanto eu o abraçava com braços e pernas. Ouvimos a buzina novamente lá fora e fomos obrigados a nos separar, ofegantes.

– Isto foi pra você não se esquecer de mim – eu disse, respirando rápido.

– Como se fosse possível – falou, ainda com o desejo ardendo nos olhos.

– Agora, vá! – disse, empurrando-o, tentando brincar. – Te amo!

– Também te amo! – garantiu, se levantando.

Ele pegou a bagagem, foi em direção à saída, me jogou um beijo, me lançando um último olhar intenso, e saiu fechando a porta.

– CAPÍTULO 16 –

Marina

Segunda-feira, uma manhã fria. Acordei sozinha, abri os olhos e suspirei desanimada – era o primeiro dia sem o Dan.

A manhã foi deprimente, como imaginei. E assim que desci encontrei minha mãe, que mal respondeu meu cumprimento e ficou o tempo todo de cabeça baixa, enquanto tomava seu chá.

– Dan viajou? – perguntou sem olhar pra mim.

– Sim, vai ficar uma semana fora, nas filmagens.

Depois disso, voltou o silêncio incômodo.

– Papai já foi trabalhar? – perguntei.

– Sim – respondeu seca.

Ela acabou de tomar seu chá e, respirando profundamente, levantou o rosto e me encarou.

– Antes de sair, preciso esclarecer sobre algumas mudanças na dinâmica dessa casa. – Aguardei ansiosa pelo que viria. – Já que você e o Dan agora estão... – Ela parecia ter a maior dificuldade para pronunciar a palavra – ... casados, minha responsabilidade em cuidar das coisas de vocês acaba aqui. De agora em diante, vocês lavam, passam e cozinham. Se acharam que têm responsabilidade para se casar, então podem se virar sozinhos. Estamos entendidas?

– Perfeitamente – respondi, num ímpeto.

– Acho que por enquanto é só – disse, virando-se de costas para mim e levando a xícara até a pia.

– Tudo bem pra mim – rebati, nervosa. – Mãe, você sabe que nunca quisemos magoar vocês, certo?

Ela continuou de costas, lavando a xícara.

– Sim, mas não ter a intenção não diminui as consequências, nem faz doer menos. – Ela soltou bruscamente a xícara na pia e se virou para mim. – Você faz ideia de como me senti ao saber, na mesma noite, que meus "supostos filhos" estão apaixonados e não somente isso, se casaram escondidos de toda a família, se aproveitando de minha boa-fé ao permitir aquela viagem? Desde que vocês voltaram do Taiti, senti uma mudança no comportamento, estavam aos poucos demonstrando uma intimidade que eu não tinha percebido antes, em especial da parte do Dan. Os olhos dele nunca deixam você, sabia? Ele parecia um gato diante de um suculento passarinho voando convidativamente na frente dele. Os olhos dele acompanham cada movimento seu, e às vezes ele te olha de um jeito que, acredite, faria até a Madonna ficar embaraçada.

Shanti estava certa, ela tinha percebido muito mais do que eu imaginava.

– Marina, vocês estão usando algum método contraceptivo?

– Sim, claro! – respondi, ficando muito vermelha.

– Ainda bem, vocês são muito jovens, mal iniciaram a vida, então só se cuidem, está bem? – Eu apenas confirmei com a cabeça.

– Mãe, você acha que algum dia o papai vai perdoar o Dan? – Aquele assunto não saía da minha cabeça, e ela demorou um pouco para responder.

– Sinceramente, não sei. Claro que eu gostaria que eles voltassem a se entender, mas será que você tem ideia do quanto nos magoaram? – Ela sentou na minha frente, fitando-me nos olhos. – Marina, você sempre foi a princesinha do seu pai, desde o início. Na cabeça dele, você é tão filha nossa como os outros. Na concepção dele, Dan tinha o papel de irmão mais velho, que deveria ser sempre seu protetor e guardião na nossa ausência. Imagina o susto que não sofreu ao descobrir que a pessoa em quem ele havia confiado seu tesouro mais precioso o traiu, valendo-se de mentira e dissimulação para conseguir o que queria?

– Nunca pretendemos enganar ninguém, sempre detestamos mentir, mas tínhamos muito receio da reação de vocês quando contássemos a verdade – tentei justificar.

Ficamos um tempo pensando nas coisas que tínhamos acabado de dizer, ambas tentando explicar o comportamento de seus companheiros.

– Você sabia que, quando fomos ao orfanato pela primeira vez, anos atrás, nós estávamos procurando um menino para adotar? – perguntou.

– Não, não sabia – respondi, surpresa.

– Já tínhamos duas filhas e um menino, e queríamos muito dar um irmão para fazer companhia pro Dan, já que eu não podia ter mais filhos – revelou, enquanto passava as mãos na mesa para remover os farelos. – Então tivemos a ideia da adoção. Nos indicaram um orfanato, e lá fomos nós, na esperança de encontrar nosso próximo filho. Fomos muito bem recebidos pela diretora, que adorou saber que queríamos adotar uma criança crescida, o que é muito raro, já que geralmente procuram por bebês. Fomos então conduzidos até um pátio onde as crianças brincavam.

– Eu me lembro desse pátio, costumava ficar lá sentada embaixo de uma árvore – disse, interrompendo-a.

– Passamos por várias crianças, observando com atenção os meninos, na esperança de que encontrássemos alguém especial. Resolvemos nos separar, fui para um lado, seu pai para o outro. – Ela agora dava um largo sorriso. – Lembro como se fosse ontem, cerca de meia hora depois seu pai voltou segurando você pela mão, dizendo que o destino tinha nos reservado uma surpresa. – Ao ouvir aquilo, me arrepiei inteira.

– O destino? Foi isso que o papai disse? – perguntei surpresa, lembrando-me das palavras da adivinha.

– Sim, ele disse que estava observando ao redor, sem conseguir se decidir por alguém. O dia estava nublado, mas, de repente, as nuvens se abriram um pouco e o sol iluminou a árvore na qual você estava sentada. Ele viu que tinha uma criança sozinha ali e seguiu curioso para saber quem era.

— Eu me lembro perfeitamente desse momento – comentei, emocionada. – Eu tinha perdido meus pais há um ano, estava me sentindo solitária e desamparada, daí gostava de me sentar ali para conversar com aquela árvore como se ela fosse minha amiga, e na verdade ela era mesmo.

— Seu pai disse que foi isso que lhe chamou a atenção – contou, sorrindo. – Quando ele se aproximou, disse que ouviu você falando com alguém, mas achou estranho, pois não tinha ninguém ao seu lado, depois ele entendeu que você falava com a árvore, como se fosse uma amiga, e ele achou aquilo tão bonitinho!

— Eu lembro! – disse, dando risada. – Ele surgiu do nada e me perguntou: "Com quem você está conversando, meu bem?" e eu, muito surpresa e embaraçada, não respondi nada, mas ele insistiu e confessei quem era. Ao ouvir minha resposta, ele sorriu, disse que de fato era uma bela árvore para se ter como amiga, me disse também seu nome, perguntou o meu e a minha idade. Depois ele se sentou do meu lado e conversamos um pouco, dizendo que gostaria de me apresentar sua esposa e perguntando se poderia acompanhá-lo. Não me opus e ele ficou de pé, me estendendo a mão, e depois de um momento indecisa, aceitei-a.

— Seu pai estava tão feliz, fiquei muito surpresa no início, mas ele estava empolgado e você era adorável, de modo que por fim me convenci também. Fomos pra casa e conversamos com seus irmãos, as meninas não se importaram nem um pouco de ganhar mais uma irmãzinha, mas o Dan... – Ela deu uma risada. – Ficou uma fera! Ele disse: "Mais uma menina? Só falta ela ser feia e chata!".

— Ele disse isso? – perguntei, rindo.

— Sim, já estava enciumado de perder o posto de filho caçula e ainda por cima para uma menina! Bem, chegou o grande dia, aparecemos em casa com você, e daí todos se conheceram. – Ela ficou pensativa. – Lembro que, assim que o Dan te viu, algo nele mudou em definitivo. Toda aquela postura agressiva desapareceu, ele parecia enfeitiçado por você, como se estivesse diante de algo mágico. Eu e seu pai ficamos muito felizes e aliviados que ele tivesse mudado o comportamento, pensamos que ele tinha começado a desenvolver por você o mesmo amor fraterno que tinha pelas outras irmãs, mas... – Ela mordeu os lábios, voltando a ficar tensa. – Parece que estávamos enganados.

Ficamos um momento em silêncio, ambas constrangidas diante do assunto sobre o qual conversávamos.

– Foi amor à primeira vista – confessei, com a voz trêmula. – Eu olhei pra ele, dentro de seus olhos, e senti algo tão especial e único, algo que com o tempo entendi que era amor. Senti-me tão feliz, mas ao mesmo tempo fiquei apavorada! Como viveria na mesma casa com alguém que supostamente deveria ser meu irmão, mas que secretamente, em meu coração, era o meu grande amor? Então sofri calada, ano após ano, até que, quando finalmente decidi desistir dele e seguir em frente, surpreendentemente ele se declarou! – Claro que eu não ia contar para mamãe a história da pegação no banheiro, achei melhor poupá-la dos detalhes. – Foi um dos momentos mais fantásticos de toda a minha vida, por isso sinto muito, mamãe, mas nunca poderei dizer que me sinto arrependida de ter escolhido ficar com ele, posso me arrepender de ter mentido ou enganado, mas nunca de corresponder ao amor do Dan.

Ela me olhava de forma estranha, parecia que ao mesmo tempo em que minha confissão a tinha fascinado, tinha também a entristecido ainda mais. Talvez no fundo ela ainda tivesse alguma esperança de que nos arrependêssemos e voltássemos atrás, mas deve ter percebido que isso nunca aconteceria. Jamais voltaríamos a ser a família que ela tinha pensado que éramos. Talvez somente agora ela percebesse que, na verdade, nunca tínhamos sido o que ela tinha planejado, talvez somente agora ela começasse a entender que poderíamos continuar sendo uma família, só que um pouquinho diferente do projeto inicial.

Por enquanto, não havia nada mais a ser dito, porém senti que, mesmo ela ainda estando chocada, sem conseguir nos perdoar, tínhamos dado o primeiro passo para a compreensão dos motivos que nos fizeram agir daquela forma – fosse papai com sua intransigência, fosse eu e Dan com nosso amor sem limites.

Segui para a escola, onde encontrei Shanti com quem, aliviada, abri a alma, contando tudo o que havia acontecido na noite anterior e naquela manhã.

— Sinto muito pelo que estão passando. Apesar de tudo, acho que foi melhor assim, do jeito que a coisa estava seria apenas uma questão de tempo até que descobrissem alguma coisa. Continue sendo paciente e apoiando o Dan, ele vai precisar.

— Pode deixar. Apesar dos desafios estamos unidos, agora até mais do que antes — garanti, e depois decidi mudar um pouco de assunto. — Como anda seu rolo com o Lance?

— Enrolado! — respondeu, fazendo uma cara engraçada. — Sabe, eu e Lance temos muita coisa em comum. Ambos somos alegres, autênticos, gostamos de dizer o que pensamos doa a quem doer, e não somos inibidos em demonstrar quando queremos algo ou como queremos — disse, enquanto mexia com a pulseira. — Mas, diferente de mim, ele não gosta de compromisso. — Já ia abrir a boca pra falar, mas Shanti me interrompeu. — Eu sei o que você vai dizer: "Eu te avisei!" Olha, eu entrei nessa com o Lance com ciência total de quem ele é. Acho que, inclusive, isso faz parte do charme dele: sabe que é mulherengo e não esconde isso. Quando nós ficamos pra valer pela primeira vez, ele deixou bem claro que não era exclusivo de ninguém, então entrei na parada sabendo onde estava me enfiando, e até que é divertido. A gente marca de se encontrar de vez em quando, nossa afinidade é incrível, mas... — fez uma pausa, pensativa.

— Mas...?

— Mas tem uma hora que cansa, mesmo ele sendo um gato todo-poderoso — completou, resignada. — Acho que vou começar a procurar algo permanente, alguém que queira compromisso e não pareça ter medo de confiar nos outros, alguém mais maduro.

— Você merece esse alguém e tenho certeza de que vai encontrar! — disse a ela, confiante.

— Espero que você esteja certa — ela disse, meio tristonha. — Estava mesmo começando a gostar dele — confessou, suspirando.

"Quando o Dan voltar, vou pedir para ele ter uma conversinha séria com o Lance", pensei.

– Bem, mas isso agora não importa – acrescentou, voltando a ficar animada. – Que tal planejarmos o que fazer para nos divertir, até o Dan voltar?

– Pode crer, não era da natureza da Shanti ficar triste durante muito tempo.

Naquele final de tarde, nossa cama nova foi entregue, e papai e mamãe chegaram do trabalho e se depararam com o caminhão na frente da casa, que descarregava o mais novo símbolo da minha união com Dan, uma espetacular cama de casal tamanho *king size plus*.

Eles assistiram a tudo calados, na tentativa de ignorar o esforço que os entregadores faziam ao carregar a cama imensa escada acima, só para descobrir que ela não passava pela porta. Tiveram que descê-la de novo, levaram-na para o lado de fora e a içaram por cabos para que entrasse pela janela, para extremo constrangimento dos meus pais, pois a vizinhança inteira parou para ver o espetáculo. No dia seguinte, a mais nova fofoca pelo bairro era que os filhos dos Harrison viviam de forma pecaminosa e incestuosa.

Pois é, agora não era só dentro de casa que eu sofria discriminação, antes vizinhos que sempre me cumprimentavam e eram simpáticos me viravam a cara ou fingiam não me ver quando eu passava.

Na escola não foi muito diferente, assim que as pessoas começaram a notar que eu estava usando aliança, me perguntavam do que se tratava, e eu sempre falava a verdade, que tinha casado.

– Com quem? – perguntavam curiosas, depois de me darem os parabéns.

– Com o Daniel.

– Que Daniel?

Quando explicava, todo mundo deixava cair o queixo e ficava mudo. Alguns se afastavam, tentando disfarçar o susto, outros me observavam com cara de nojo. A notícia se espalhou mais rápido que erva daninha e logo chegou aos ouvidos da diretora, que, chocada, resolveu chamar meus pais para saber se os boatos eram verdadeiros, ou se eu não passava de uma mentirosa compulsiva.

Se a situação já estava feia, a coisa se tornou muito pior, ao ficarmos eu, mamãe e papai de frente para a diretora. Meus pais se viram obrigados a não só confirmar todos os boatos, como nos defender, explicando não se tratar de incesto, já que não éramos irmãos consanguíneos.

Ao sairmos da diretoria, me virei pro papai, já pronta para agradecê-lo, mas ele me interrompeu, levantando a mão.

– Só fiz o que fiz e disse o que disse para que não fosse expulsa da escola – afirmou, antes de sair. – Mas quero que saiba, nada mudou na minha forma de pensar.

Foi a semana mais infernal da minha vida. Estava morrendo de saudade do Dan; durante as poucas vezes que conseguimos nos comunicar naquela semana, não contei nada, pois não queria atrapalhar sua concentração no trabalho. Temia que, se ele soubesse a verdade, desse uma louca e largasse tudo só para vir me consolar – eu o conhecia o suficiente para saber que ele era capaz de fazê-lo.

À noite, como que para tentar me sentir mais próxima a ele, dormia vestida com sua camiseta favorita, assim podia passar a noite toda sentindo seu cheiro, enquanto molhava meu travesseiro de lágrimas, sozinha naquela cama gigantesca.

Finalmente, no sábado pela manhã, ele me ligou avisando que chegaria naquela noite, só não podia dizer ao certo a hora, ia depender de quando acabassem as filmagens.

– Apenas gostaria que me fizesse um favor – ele disse, de um jeito que eu já imaginava o largo sorriso que devia estar dando.

– Qual?

– Me espera usando aquele vestido vermelho-escuro que eu adoro.

– Tudo bem, mas por quê? – perguntei curiosa, e o ouvi rir do outro lado.

– Surpresa! – respondeu, bem-humorado.

Finalmente voltei a sorrir: só de saber que o Dan estava voltando me sentia mais leve e forte para encarar qualquer cara feia.

Passei o restante do dia arrumando nosso quarto, colocando lençóis novos e cheirosos na cama e fazendo as tarefas domésticas estipuladas por mamãe, mas fiz tudo cantando o tempo todo, feliz.

Quando a noite chegou, preparei um banho gostoso, arrumei o cabelo, fiz as unhas, me perfumei e me vesti como ele tinha pedido. Fiquei um tempão na janela, procurando por qualquer sombra que se parecesse com ele, mas as horas passavam e, para meu desapontamento, ele não apareceu. Por fim, vencida pelo cansaço, pelo sono e pelo tardar da hora, adormeci deitada na cama.

Eu estava sonhando conosco lá em Bora Bora. Estávamos na praia, deitados na areia morna, nossos corpos molhados e ele tocando meu braço com suavidade. Seu rosto se aproximava do meu, e nossos lábios se tocaram num beijo perfeito.

"Nossa... esse beijo está tão real!", pensei durante o sonho.

Foi então que reparei que lábios de verdade se moviam sobre os meus. Abri os olhos, surpresa, e ouvi uma voz:

– Boa noite, Bela Adormecida! – disse alegre, com o rosto próximo ao meu.

– Você chegou! – disse imensamente feliz, enquanto pulei da cama e o abracei apertado pelo pescoço.

Nossas bocas se encontraram num beijo cheio de amor, paixão e saudade. Quando enfim nossos lábios se separaram, olhei pra ele com mais atenção, e meu queixo caiu.

Nada podia ter me preparado para aquela visão: Dan de cabelo curto, estilo militar e usando farda. Farda! Minha nossa, estava gato demais; meu pobre coração quase não aguentou, estava simplesmente maravilhoso com aquela roupa. Ele não era um pedaço de mau caminho, era o mau caminho inteiro. Agora eu sabia, se um dia o Dan desistisse da carreira de ator, ia implorar para ele fazer carreira nas forças armadas, exército, marinha, aeronáutica, não importava, qualquer coisa que o obrigasse a usar farda!

– E aí, gostou da surpresa? – perguntou, enquanto eu o devorava com os olhos.

— Uau! — foi tudo o que consegui dizer, colocando a mão no peito e tentando controlar meu batimento cardíaco exagerado.

— Gravei a última cena com essa roupa e pedi pra ficar com ela mais um tempinho — disse, um pouco desajeitado, passando a mão pelo paletó. — Sei lá, achei que talvez você fosse gostar de me ver diferente.

— Gostar? Eu adorei! — disse, dedilhando seu peitoral, por cima daquela roupa tentadora que combinava perfeitamente com seus ombros largos, e depois passei a mão em seus cabelos. — Estão mais curtos.

— Pois é. Eles tiveram que cortar para o personagem, mas daqui a pouco cresce — disse, como se estivesse se desculpando.

— Está diferente, mas eu gostei assim também.

— Gostou, mesmo? — perguntou passando a mão na nuca, como se sentisse falta do cabelo que tinha ali.

— Gosto de você de qualquer jeito, mas devo confessar que hoje você está... — Soltei-o, me afastando um pouco, para olhá-lo de cima a baixo. — Simplesmente... nem tenho palavras!

Ele sorriu meio sem graça, e ficou ainda mais lindo.

— Bem, eu fiz isso pensando em algo diferente para comemorarmos nossa nova fase.

— Nova fase? — perguntei confusa, e ele se aproximou, me abraçando novamente.

— A fase da liberdade — respondeu, enquanto eu sorria. — Quero uma noite especial, quero dançar com minha esposa, sentindo seu corpo coladinho ao meu.

— Eu vou adorar!

— Fiz uma seleção de músicas no meu iPod pensando nesse momento — contou, se afastando e conectando o aparelho nas caixas de som.

Em seguida, virou-se pra mim, a primeira música começava enquanto ele me segurava em seus braços, e assim que a reconheci abracei-o com força, começando a dançar ao som da linda melodia.

— Perfeito — sussurrei.

Daniel

Ela estava tão linda, dançando com suavidade em meus braços, seu cabelo solto caía pelas costas, seus olhos brilhavam amorosos e seu sorriso me deixava completamente sem fôlego. Aproximei meu rosto do dela, colando nossas testas e fechando os olhos, absolutamente inebriado com seu cheiro inconfundível. Beijamo-nos várias vezes de modo apaixonado, enquanto não cansávamos de olhar um para o outro.

Até que olhei ligeiramente para o lado, onde agora ficava nossa nova *king size plus*.

– Antes que eu esqueça, tenho que dizer, a cama ficou incrível! – comentei.

– Também gostei, mas devo confessar que era muito espaço só para mim, o tamanho só me fazia ter ainda mais noção da sua ausência – ela disse, me apertando com força.

– Ah, muffin de baunilha, senti tanta saudade! – murmurei.

– Não mais do que eu... – sussurrou. – Você me fez tanta falta! – disse, me abraçando apertado, e a senti tremer.

– Calma, agora estou aqui – falei, enquanto afagava suas costas e a música terminava, já dando início à próxima.

Ela continuava a tremer ligeiramente, grudada em mim bem apertado, seu rosto em meu peito, então segurei seu queixo e ergui seu rosto: um mar de lágrimas escorria por sua face, e alguma coisa me dizia que aquelas lágrimas não eram somente de saudade.

– O que aconteceu na minha ausência? – perguntei suavemente, tentando esconder minha preocupação.

– Nada que a gente não possa conversar depois – respondeu, passando a mão no rosto. – Não vou estragar a nossa noite com lamúrias.

Isso era bem típico da Marina, esconder a verdade na tentativa de me poupar, mas dessa vez não ia funcionar. Se tinha acontecido algo que a tivesse feito chorar, como agora, a coisa tinha sido séria. Segurei seu rosto com minhas duas mãos e me expressei com toda a calma.

– Você não vai estragar nada me contando a verdade, se não me falar agora, vou passar o resto da noite preocupado, tentando adivinhar, e aí sim o tempo vai ser perdido, porque vou ficar ruminando sem parar as possibilidades.

Ela me encarou, parecendo na dúvida sobre o que fazer, segurei sua mão e puxei-a, para que nos sentássemos lado a lado na cama.

– Agora, respira fundo e me conta exatamente o que aconteceu enquanto estive fora. – Ela suspirou de cabeça baixa, sem coragem de me encarar, mas segurei novamente seu rosto e insisti. – Por favor, fale, meu amor. – Então ela começou a contar.

Eu estava preparado para algo ruim, mas a semana tinha sido muito pior do que supus. À medida que ela ia contando, minha boca foi se abrindo de espanto; a conversa com a mamãe, o comportamento cretino dos vizinhos, os boatos na escola, a reunião com a diretora e as palavras finais do papai. Tremi só de pensar na Marina ali, encarando tudo sozinha, mas como sempre ela me surpreendia, demonstrando uma incrível coragem ao enfrentar as coisas.

– Meu amor, por que você não me informou sobre o que estava acontecendo?

– Porque eu sabia que, se te contasse, provavelmente, você podia querer se comportar como um cavaleiro de armadura brilhante montado num cavalo branco, e ia acabar largando tudo para vir me salvar. – Ela passou a mão em meu rosto. – E isso eu não podia permitir.

Ela realmente me conhecia, pois sem dúvida era o que eu ia acabar fazendo. Pensei por um momento, tentando encontrar uma explicação lógica para toda essa reação hostil que vinha de todos os lados, e depois de refletir um pouco encontrei dois pontos em comum, em todos os lugares: preconceito e falta de informação.

Senti uma fúria silenciosa começar a surgir dentro de mim. Que eu fosse atingido por caluniadores, fofoqueiros, por gente ignorante e até pelos meus próprios pais, eu não me importava, porém a Marina passar por tudo aquilo sozinha, atingida dia após dia, era completamente diferente. Se era um escândalo que todos temiam, essa noite eu ia dar motivos de verdade para falatório.

Peguei a Marina e a empurrei na cama, dizendo:

– Se é guerra o que eles querem, eles vão ter guerra! Hora do *test-drive*! – Deitei-me sobre ela, beijando-a apaixonadamente.

Não sei se tinha sido por causa da farda, da emoção com nosso reencontro, ou uma combinação de ambas as coisas, mas consegui meu objetivo, fazê-la corresponder sem inibições. Eu queria que o papai, a mamãe, os vizinhos, a rua, o bairro, todo mundo tivesse motivos de verdade pra falar da gente a partir dessa noite.

Assim que a Marina começou a gemer mais alto, sussurrei em seu ouvido:

– Hoje vou te fazer cantar ópera em árabe!

– CAPÍTULO 17 –

Shanti

UMA MÚSICA LENTA E SENSUAL tocava ao fundo, e eu aproveitava cada segundo daquele momento íntimo com Lance.

Estávamos no quarto dele, mais especificamente em sua cama, nos amando da forma mais básica e tradicional possível, só que com ele o comum se tornava divino.

Ele tinha perfeito domínio do seu tempo, era absolutamente concentrado, nunca vi coisa igual. Ele acabava totalmente comigo. No bom sentido, claro.

Mas eu não ficava muito atrás, também tinha meus pequenos truques, então costumava esperar por momentos de distração para fazer uma surpresa; era a ocasião ideal para mostrar a flexibilidade que eu tinha adquirido em quase uma vida inteira como praticante de ioga. Ele sempre ficava tão surpreso quanto empolgado. Além disso, costumava dizer que eu tinha um toque especial, que eu tinha mãos de fada. Sendo filha de uma professora de massoterapia, aprendi algumas técnicas interessantes. Eu não sabia apenas onde tocar, mas como tocar, e pelas reações entusiasmadas do Lance ele tinha aprovado a novidade.

Esperei minha respiração voltar ao normal, rolei o corpo, deitei ao seu lado, de bruços, cruzei os braços e repousei neles a minha cabeça, observando-o. O suor brilhava em seu rosto vermelho e no peito.

Esticou um braço para pegar um cigarro na mesa ao lado, acendeu e deu uma longa tragada, em seguida deitando-se de lado e virando-se pra mim.

Ele sorria levemente enquanto continuava fumando, uma de suas mãos acariciava com ternura o meu ombro.

— Já estava com saudade da gente — ele disse.

Fazia um tempinho que não nos encontrávamos. Na última vez que ele me procurou, bem que tentou me seduzir, mas consegui escapar no último minuto. Agora eu tinha ido à procura dele, e dessa vez eu tinha meus motivos.

— Eu também — afirmei, enquanto esticava um braço e alcançava seu cabelo escuro.

Com a mão em seu rosto, pude observar o enorme contraste no tom da nossa pele, ele branquíssimo, como flocos de algodão, e eu em um tom acobreado, do qual ele afirmava gostar muito.

— "Você é quente como sua pele cor de fogo" — ele disse, certa vez.

— Você tem notícias dos "casadinhos"? — perguntou, se referindo a Marina e Daniel.

— Parece que o Dan ligou dizendo que chega hoje à noite — respondi. — Ainda bem, já estava ficando preocupada com a Marina, por ter de enfrentar essa barra sozinha.

— A semana foi muito ruim?

— Ruim? Você não faz ideia! — disse, me virando de lado também e me apoiando no cotovelo.

— Me conta! — ele pediu, e comecei a contar a situação na escola, com a diretora, e na casa deles.

— Nossa, a coisa ficou feia! Posso até imaginar a reação do Dan quando souber de tudo. Do jeito que ele é superprotetor com a Marina, pode até fazer uma besteira.

— Será? — perguntei.

— Não tenho dúvida! — ele respondeu, vigorosamente. — Ninguém ofende a Marina e fica por isso mesmo, falo por experiência própria.

— Você já ofendeu a Marina? — perguntei, curiosa.

— De brincadeira, num jogo bobo de vôlei, e o Dan quase partiu pra cima de mim, exigindo que me desculpasse. — Ele riu ao lembrar da cena. — Você tinha que ver a cara dele, todo vermelho e zangado. Foi só uma piada!

Suspirei ao ouvir aquilo, pois, infelizmente, tudo pro Lance era motivo de piada, e isso me fez lembrar o motivo de minha visita.

— Você gostou de eu ter vindo aqui hoje? — perguntei, mudando de assunto.

— Claro, você sabe que sim! — disse, dando um sorriso malicioso e correndo sua mão por minhas costas. — E fiquei surpreso também, você quase nunca me procura.

— Eu sei — disse, melancólica. — Mas hoje tenho meus motivos.

— Oh, eu sei disso! — comentou, sorrindo e descendo sua mão ainda mais.

— Além desse! — eu disse, sorrindo.

— Eu sei, uma vez só é pouco! — disse já animado, aproximando o corpo do meu e abaixando o rosto para beijar meu ombro.

— Além de mais sexo, é isso o que eu quis dizer! — falei rindo, antes que ele começasse tudo de novo.

— Além disso? — perguntou, surpreso, erguendo o rosto e me encarando com a testa franzida, reação que me irritou.

— Por que o espanto? Será que não posso ter outras coisas na cabeça além de fazer sexo com você?

Pude notar que a mudança no meu tom de voz e minhas palavras o pegaram desprevenido.

— Não foi isso que eu quis dizer! — tentou se corrigir. — Apenas fiquei surpreso porque, quando estamos juntos, a gente conversa pouco, você sabe.

— É, eu sei — concordei, ainda irritada. — E é justamente por isso que vim aqui hoje.

— Não entendi — ele disse, confuso. — Você não está curtindo? Sempre pensei que a gente combinasse muito bem.

— Na cama, você quer dizer, não é? — falei, ácida.

— E qual é o problema de a gente se dar bem na cama?

— Nenhum — respondi. — Mas, às vezes, isso não é o suficiente, Lance.

— Não estou sendo o suficiente pra você? — perguntou, horrorizado, como se aquilo fosse impossível. Fiquei tentada a dizer que sim, no entanto, resolvi ser sarcástica.

— Será que tudo para você sempre se resume a sexo? Já ouviu falar de companheirismo, amizade, romance? Quando foi a última vez que a gente conversou de verdade? Nos encontramos há um tempão, e você não sabe nada a meu respeito! — Ele me olhava de boca aberta.

— Não é bem assim! — disse, tentando se defender. — Claro que eu conheço algumas coisas sobre você.

— É mesmo, como o quê, por exemplo? — perguntei ironicamente.

— Bem... — Ele parecia nervoso. — Você é indiana, tem uma família grande, muitos irmãos, sua melhor amiga é a Marina e... e... — Revirei os olhos quando reparei que ele não sabia mais o que dizer.

— Até o padeiro da esquina da minha casa sabe essas coisas que você falou, Lance!

— Eu sei mais coisas, mas agora não estou lembrando! Se você me perguntar, eu vou saber responder.

— Então, vamos lá! — disse, desafiando-o. — Qual a minha cor favorita?

— Rosa? — respondeu perguntando.

— Azul. Qual o meu sanduíche favorito?

— *Cheesebacon*?

— Não! — falei, fazendo uma careta. — Sanduíche de tofu. Sou vegetariana! Qual é o meu *hobby* favorito?

— Além desse que a gente acabou de fazer? — ele disse, tentando fazer piada.

— Lance! — reclamei, irritada.

— Tá certo, tá certo! Deixe-me ver — disse, coçando a cabeça. — Ouvir música?

— Não, fazer compras! Ai, desisto! — Voltei a deitar de bruços, enfiei a cabeça nos meus braços dobrados, e ficamos por um momento em silêncio.

– Eu sei uma coisa sobre você – ele disse.

– O quê? – perguntei, sem levantar a cabeça.

Na mesma hora ele se deitou por cima de mim, grudando o peito nas minhas costas e empurrando o seu quadril de encontro ao meu. Ele aproximou a boca do meu ouvido e sussurrou:

– Sei que gosta do que te faço sentir – disse, sugestivo. – Sei que gosta de mim.

Fechei os olhos, sentindo o meu corpo traidor estremecer, automaticamente reagindo ao corpo dele e às suas palavras, porém dessa vez não ia me deixar levar: por mais que fosse delicioso o que meu corpo pedia, eu seria mais forte e revelaria o motivo principal de minha visita.

Bandido! Ele já estava beijando minha nuca, me arrepiando inteira. Infelizmente, naquele ponto, tinha que concordar com o Lance, ele sabia mesmo me agradar.

– Lance, por favor, para – eu disse, séria.

– Tem certeza? – perguntou, surpreso.

– Tenho – respondi com minhas últimas forças, e logo em seguida o senti saindo de cima de mim.

Eu admirava isso no Lance, ele nunca obrigava ou forçava ninguém a nada, sempre respeitava os limites e as vontades.

Sentei na cama de frente pra ele, enquanto ele continuava deitado de lado, me encarando, repleto de dúvidas. Dei um suspiro antes de começar.

– Olha, presta atenção no que vou dizer porque não vou repetir – avisei, respirei fundo e soltei. – Hoje foi a última vez que a gente ficou junto dessa forma. Adoro quando estamos assim, mas pra mim isso não é mais o suficiente. Não estou culpando você e, por favor, não estou te cobrando, você deixou bem claro como seria a nossa relação se eu topasse ficar com você, entrei nessa de olhos abertos desde o início. – Molhei os lábios antes de continuar. – Só que agora preciso de algo diferente, algo que me complete em todos os sentidos. Quero um relacionamento de verdade, e sei que isso você não pode me dar.

Olhava seu rosto, observando sua expressão mudar à medida que eu falava, parecendo finalmente entender o meu ponto de vista. Os olhos dele afundaram em uma tristeza crescente.

– Desculpa – foi tudo o que ele disse, causando-me uma profunda decepção.

Na minha cabeça fantasiosa, eu tinha a frágil esperança de que, ao ouvir minhas palavras, ele fosse se declarar e me propor algo mais sólido, mas para meu desapontamento ele agiu como eu suspeitara, de acordo com sua personalidade.

– Tudo bem, não precisa se desculpar – falei, engolindo a mágoa. – Sempre soube que o nosso relacionamento era só esse, não é mesmo? – disse, sorrindo com cinismo.

– Você sabe que eu gosto de você – afirmou.

– Eu sei, também gosto de você. – Sorri triste, pois nunca revelaria o quanto gostava dele. – Eu sei que, do seu jeito, você gosta de mim, mas isso não é mais o suficiente, agora o que eu preciso é de um... um... namorado – consegui finalmente dizer.

– Eu não namoro – ele declarou, calmo.

– Eu sei – eu disse, tranquila. – Mas quero que você saiba que um relacionamento tão superficial como o que você me oferece não é mais o bastante pra mim.

– Desculpa – ele repetiu, constrangido.

– Por favor, pare de se desculpar, só está tornando tudo isso pior.

– Está bem – ele disse, conformado.

– Sabe, você nunca me disse por que não namora ou por que não quer namorar, e eu tenho certeza de que, se te perguntasse, você provavelmente diria que não foi feito pra isso ou que essa não é sua praia. Mas, quer saber de uma coisa, Lance Brown? Acho que você age assim porque já amou muito alguém no passado, alguém que talvez o tenha magoado tanto que fez com que você se fechasse por completo.

Ele estreitou os olhos em uma expressão muito séria, deitou-se de barriga pra cima e mirou o teto com os olhos pequenos.

— Eu realmente espero que um dia você conheça alguém que te faça ter coragem de sair dessa carapaça fria e superficial que criou em torno de você, alguém que te faça ter coragem de voltar a se arriscar, alguém que te faça sentir a emoção de estar completamente apaixonado, que te faça ficar ansioso imaginando quando irão voltar a se encontrar, alguém que te faça ficar nervoso só de pensar no primeiro beijo, que te faça andar na rua assoviando uma música tola e romântica, alguém que seja a primeira coisa que você pensa ao abrir os olhos e seja a última a lembrar antes de dormir – declarei, com firmeza.

Ele não voltou a olhar para mim, continuando a fitar o teto, porém vi que engoliu em seco. Diante disso, um verso de Safo atravessou minha mente:

Se em ti habitasse o desejo
por coisas nobres e belas,
e tua língua se não embrulhasse no mal,
já a vergonha não cobriria teus olhos
e límpido falarias sobre os teus sentimentos.

Palavras seculares que se aplicavam perfeitamente à ocasião. O tempo passa, mas a alma permanece a mesma. Ou melhor, a covardia e estupidez masculinas. Suspirei, resignada.

— Bem, agora acho que vou tomar um banho antes de ir embora – disse serenamente, então me levantei e fui para o banheiro da suíte.

— Shanti! – ouvi-o me chamar quando estava na porta, meu coração deu um salto e me virei.

Ele se levantou, aproximando-se de mim, deixando o rosto bem próximo ao meu.

— Você não quer dar uma última de despedida lá no chuveiro?

Por um segundo, pensei de novo que ele fosse dizer algo tão diferente! Sou uma idiota, será que não aprendo nunca? O Lance continuava o mesmo. Olhei para aqueles olhos claros, sentindo o cheiro do seu hálito tão próximo ao meu, o calor do seu corpo quente que oferecia tão facilmente um mundo de prazeres inimagináveis. Mas quem disse que eu gostava de coisas fáceis? Bem, que eu gostava, gostava, mas ele nunca saberia disso. Então, reunindo todas as minhas forças, respondi:

– Agora realmente acabou, meu querido – falei, dando um beijo leve em sua bochecha. – Você sempre terá um lugar especial no meu coração. Foi bom enquanto durou.

E, sem esperar para ver sua reação, corri para o banheiro e fechei a porta rapidamente, me virando e encostando nela, enquanto sentia as lágrimas começarem a escorrer.

Entrei no chuveiro e enfiei a cabeça na água quente, com o orgulho inteiro, mas com o coração partido.

– CAPÍTULO 18 –

Daniel

NAQUELA TARDE, LANCE ME LIGOU e marcamos de nos encontrar na minha lanchonete favorita, para colocar o papo em dia.

Assim que entrei, vi que ele já estava lá. Estava sentado numa mesa no canto, bebendo alguma coisa.

Aproximei-me, sentando na sua frente, ele ergueu o rosto e nos cumprimentamos, batendo os punhos fechados.

– E aí, como vai o homem mais bem casado de Londres? – perguntou, rindo.

– Se melhorar, estraga! – respondi, enquanto chamava o garçom. Pedi o mesmo que ele bebia.

– Soube que a semana foi complicada pra Marina – ele disse.

– Sim, muito difícil – respondi, tenso. – A Marina no início não queria me contar, mas insisti e ela soltou tudo. Nunca fiquei com tanta raiva na vida!

– Eu sabia! – ele disse, risonho. – Assim que eu soube o que aconteceu, imaginei que essa seria sua reação.

– Pois é, você me conhece, se mexem com a Marina, mexem comigo. – O garçom voltou com o pedido e tomei um gole. – Mas já iniciei minha pequena vingança – revelou, rindo.

– Uh, então conta aqui pro seu amigo – pediu, batendo no próprio peito. Eu ri, tomei mais um gole e contei superficialmente sobre a noite passada.

– Eu daria tudo pra ter sido uma mosquinha no quarto dos seus pais a noite passada, diante dessa opereta! – ele disse, começando a cantar "O Sole Mio", mas de uma forma que mais lembrava gemidos do que canto lírico.

– Menos, Lance! Tem gente olhando – falei, apontando discretamente para um casal que estava sentado a uma mesa do outro lado e nos olhava, espantado.

Ele olhou na direção que eu mostrei e sacudiu os ombros, como se não estivesse nem aí. Virei os olhos, esse era o Lance!

– E agora, qual o próximo passo?

– Bem, já decidi que por enquanto só vou me concentrar na Marina e no trabalho. – Bebi mais um gole. – Quero muito fazer dinheiro, e rápido!

– Por quê? – perguntou, curioso.

– Não quero que fiquemos indefinidamente morando com nossos pais, além de o clima ser pesadíssimo, não temos liberdade, entende? A Marina ainda fica meio constrangida de, por exemplo, me beijar na frente deles ou fazer algum outro carinho. Tipo: ontem à noite, estávamos vendo um filme na TV da sala, sentados juntinhos no sofá, mas até parece que vou ficar duas horas e meia do lado da Marina sem tocá-la.

– Está ficando bom, continua – disse Lance, empolgado.

– Bem, comecei a beijar seu pescoço e ela começou a me mandar parar, mas ouvi-la falar com a voz rouquinha e com aquele jeito envergonhado me deixou com ainda mais tesão. Resumindo, mamãe entrou na sala e me pegou agarrando a Marina.

– Que situação! – disse, com ênfase.

– Cara, foi muito frustrante! – falei, chateado. – A Marina e a mamãe ficaram completamente constrangidas, e eu tive que colocar a viola no saco, porque depois dessa ela não quis mais nada comigo o resto da noite.

– Que merda!

– Nem me fale! Se estivéssemos na nossa própria casa, a gente não precisaria passar por um perrengue desses. – Dei mais um gole antes de continuar. – Por isso vou me matar de trabalhar para economizar uma grana e arrumar um lugar legal pra gente.

– Te dou o maior apoio, já está na hora mesmo de vocês terem mais privacidade.

– Com certeza! Já estou com vinte anos, está mais do que na hora de sair da casa dos meus pais.

Depois dessas palavras, ficamos um tempo em silêncio, terminando nossas bebidas antes de pedirmos outra rodada.

– Chega de falar de mim, agora me fala de você, quais são as novidades?

– Estou ensaiando uma peça nova, aquela que te falei, deve estrear daqui a um mês – ele disse, animado.

– Legal! Não se esquece de me mandar os convites.

– Claro, lugar reservado na primeira fila! – ele disse, rindo.

– E... er... – pigarreei antes de continuar. – Como vão você e a Shanti? – Reparei que ele fechou a cara à menção do nome da amiga de Marina.

– Não vamos – respondeu, depois de ficar um momento calado, olhando para a garrafa em sua mão.

– Como assim? Pensei que vocês estavam se curtindo.

– A gente estava se curtindo, até outro dia. Mas ela fez o favor de encerrar tudo – falou, bem sério.

– E o que você achou da atitude dela? – Ele sacudiu os ombros e não respondeu nada. Observei seu rosto, que permanecia vazio, mas eu o conhecia o suficiente para saber que, por trás dessa aparência fria e do pouco caso, alguma coisa borbulhava em seu íntimo. Como eu sabia? Ele não parava de estalar os dedos das mãos, e só fazia isso quando estava nervoso, triste ou zangado. Naquele momento, acho que estava um pouco de cada.

Respirei fundo, tentando encontrar uma maneira de tocar no assunto sem deixá-lo na defensiva.

– A Shanti é uma garota legal – falei, por fim, e ele só concordou com a cabeça. – É bonita e inteligente também. – Dessa vez, ele voltou a olhar para o meu rosto.

– O que você quer dizer com isso? – perguntou, acendendo um cigarro. Suspirei e soltei a bomba.

– Ela não é a Micaela, Lance.

– Ah, estava demorando! – ele disse, batendo irritado com o copo na mesa. – Lá vem você com esse papo!

– Cara, sou seu amigo, mas tenho que te falar algumas coisas – disse, firme. – Você não pode continuar espantando todas as garotas legais da sua vida só porque uma garota sem coração cruzou o seu caminho.

– Caramba, Dan! Não começa, tá? – ele disse, zangado. – Você sabe que esse papo sempre acaba mal!

– Não precisa acabar mal – falei, calmo. – Olha, o que a Shanti falou pra querer terminar contigo? – Ele soltou um grunhido antes de responder.

– Ela disse que gostava da nossa relação, mas que o que eu lhe oferecia não era mais o suficiente pra ela. Ela disse que quer um... namorado! – disse essa última palavra como se fosse um palavrão, e tive que engolir o riso.

– E você não quis se candidatar ao cargo?

– Fala sério, Dan! Lance Brown namorando?

– Sim, Lance Brown namorando! Por que não?

– Porque... porque... ah, porque namoro e eu não combinamos! – Ele virou a bebida e cruzou os braços sobre a mesa. – Acho que nem sei como se faz isso, esse negócio de ter que dar satisfações pra outra pessoa, ligar pra informar aonde vou, com quem estou, porque isso, porque aquilo, lembrar data de aniversário de qualquer coisa, almoçar com a família dela aos domingos e, pra piorar, ter que ser fiel!

– Você faz parecer que tudo é um sacrifício horrível, e na verdade não precisa ser assim.

– Ah, não? Então tá, "casadinho"! Me conta, o que tem de tão bom ser exclusivo de uma garota? – Sorri, antes de continuar.

– Pra começar, quando você escolhe alguém pra ser sua namorada, ou no meu caso, esposa, você não escolhe qualquer garota, você escolhe "a garota", entendeu?

– "A garota"? – perguntou, desconfiado.

– Você vai escolher uma garota que te faça esquecer todas as outras, alguém que te complete, alguém com quem você tenha prazer de estar, e não só na cama, mas em todos os sentidos, alguém com quem seja legal conversar, que tenha um senso de humor que te agrada, alguém que te liga ou pede pra você ligar, não porque quer te controlar, mas porque se preocupa com seu bem-estar ou porque simplesmente está com saudade. – Tomei mais um gole, só para molhar os lábios. – Sabe, quando você está com alguém que gosta e a outra pessoa realmente corresponde ao seu sentimento, não pode haver nada mais prazeroso que estar com ela, e aquilo que antes era visto como "sacrifício" se torna algo natural e bem-vindo.

– Tá, na teoria parece tudo lindo, um verdadeiro conto de fadas, só deixa eu te lembrar que, às vezes, nessa história pra boi dormir, aparece uma bruxa má, vestida de princesa, que te promete o paraíso com um beijo e no momento seguinte te enfia uma faca no coração, quando você a flagra te traindo com seu irmão! – disse, furioso.

– Lance, como eu já disse, nem todas as mulheres são como a Micaela, e algo me diz que especialmente a Shanti é bem diferente dela.

– Nunca se sabe, cara! – ele disse, amargo.

– Dá um tempo, Lance! Até quando você vai descontar em todas as mulheres do mundo o que a Micaela fez? Será que você não percebeu ainda que quem vai sair perdendo, mais do que todos nessa história, é você mesmo? – falei firme, encarando o Lance.

Ele fitou o teto, pensativo, evitando me olhar cara a cara.

– E você acha que a Shanti poderia ser "a garota" pra mim? – perguntou baixinho, ao baixar os olhos.

– Isso eu não posso afirmar por você – respondi, mais tranquilo. – Mas conheço a Marina muito bem e sei que ela nunca teria como amiga alguém tão fútil, superficial e mesquinha como a Micaela. – Olhei para Lance, que parecia triste, brincando distraído com a tampa de uma garrafa, e continuei:

– Marina e Shanti são muito unidas, e a Shanti foi incrível durante todo esse tempo que estamos juntos, sempre demonstrou amizade e preocupação sinceras conosco, além de ser inteligente e sensível. Resumindo, não sei se ela é "a sua garota", mas com certeza é uma garota diferente e especial, e eu tenho certeza que não vai demorar muito para ela encontrar alguém que a valorize e que deseje ficar com ela pra valer.

– Você acha isso mesmo? – Ele levantou os olhos pra mim. – Que ela vai arrumar outro logo?

Ao reparar em seu olhar ansioso, percebi que finalmente tinha encontrado uma fresta na armadura do Lance. Pensar na Shanti com outro o tinha deixado preocupado, e isso era bom sinal.

– Claro que sim! – afirmei, sem titubear. – A garota é engraçada, esperta e uma gata, uma combinação fatal para qualquer marmanjo, não acha?

– Sem falar que é tão gostosa! – disse, num sorriso malicioso. – Você falando dela assim já fiquei até com saud... – Quando ele percebeu que ia falar aquela palavra, suspendeu a frase e mordeu a boca, constrangido.

– Espera aí, você ia dizer a palavra que estou pensando? – não resisti a mexer com ele.

– Cala a boca, Dan! – ele disse, muito vermelho.

– Vamos, *todo-poderoso*, seja homem e admita que sente falta da gata! – Lance mordia o lábio, nervoso. – Caramba, diga logo! – falei, batendo com a mão na mesa.

– Droga! Sinto saudade da Shanti! – disse, irritado. – Pronto, satisfeito?

– Vivi para ver o dia em que Lance Brown confessou que sente falta de uma garota, agora posso morrer em paz! – falei, colocando a mão no peito de uma maneira teatral.

– Muito engraçado, Dan! – disse, muito vermelho.

– Calma, meu chapa! Só estou zoando contigo um pouquinho – falei, rindo da cena toda.

– Sinto saudade daquela indiana maluca, mas ainda não tenho certeza se ela é "a garota" – avisou.

– Você também não precisa decidir isso agora – falei, calmo. – Faça assim: vá pra casa, pense em tudo o que conversamos e pergunte a si mesmo o que sente por ela. Só quero te dizer uma coisa: se relacionar e se comprometer com alguém envolve correr riscos e ficar exposto, e eu sei que é isso o que você mais teme, se sentir vulnerável. Mas tenha em mente que, se não se arriscar de vez em quando, pode deixar passar um grande amor, por medo e insegurança, e aí, quando se der conta, será tarde demais.

– De onde você tirou toda essa filosofia de boteco, Harrison? – perguntou, irônico.

– Desde quando quase perdi o amor da minha vida, por medo de não ser correspondido – disse com sinceridade, para espanto do Lance. – Se tem uma coisa da qual me arrependo todos os dias foi não ter me declarado mais cedo pra Marina.

– E é bom mesmo estar casado? – perguntou, cheio de curiosidade.

– Muito bom, não tem coisa melhor do que dormir e acordar ao lado da sua mulher. Liberdade na vida é ter um amor para se prender.

– Cara, a Marina te colocou na coleira mesmo, hein? – Agora, era ele quem me zoava.

– Babaca!

✦•✦

Lance

Despedi-me do Dan naquele final de tarde e resolvi ir andando para casa. Optei por pegar o caminho mais comprido, que dava acesso a um lindo parque. Estava mesmo precisando espairecer um pouco, para digerir a última conversa.

O vento soprava frio, era outono, as folhas das árvores estavam amarelas ou avermelhadas, e aquela era minha estação favorita do ano, ficava tudo tão bonito. Resolvi sentar num banco do parque, o vento arrepiava meu cabelo, liguei meu iPod, coloquei os fones e fiquei ali admirando a paisagem, ouvindo música e refletindo.

Há muito tempo não lembrava de Micaela, meu primeiro grande amor, mas o Dan tinha trazido o assunto à tona, e expôs as cicatrizes. Pensar nela não doía mais como antes, quando as feridas estavam abertas, agora tudo o que sentia era uma coceira, como quando um machucado está cicatrizando.

Alta, loira, olhos azuis, corpo tipo manequim e um sorriso sensual. Ela foi minha perdição, fiquei perdidamente apaixonado. Fiz tudo como mandava o figurino: mandei flores, comprei caixas de chocolate, dei ursinhos de presentes com cartões melosos, gastei minha mesada de um mês em uma semana só para comprar um vestido que ela tinha adorado. E tudo para quê? Só pra, num belo dia de primavera, chegar em casa mais cedo da escola, passar pelo quarto do meu irmão mais velho, ouvir sons suspeitos e, ao me aproximar da porta, escutar uma voz de mulher muito familiar.

Nunca vou me esquecer daquela cena, abri a porta e vi Micaela deitada com meu irmão. Enquanto eu, otário, de pé, coçava o chrifre que brotara em minha cabeça.

Lembro do olhar surpreso que ela me lançou, de Samuel se levantando envergonhado, tentando se desculpar, o soco que dei nele, o sangue espirrando pelo nariz quebrado.

– Traidora! – gritei pra ela. – Suma daqui!

E assim ela saiu da minha vida, me deixando em pedaços. Prometi a mim mesmo nunca mais namorar com ninguém, nunca mais me prender a ninguém. Tinha sido usado, agora quem iria usar seria eu. Mas nunca iludia uma garota, prometi fidelidade ou dei falsas esperanças: sempre fui muito claro. Quer ficar comigo? Ótimo, mas dentro dos meus termos.

Depois disso, nunca mais apareceu ninguém que mexesse comigo ou com meus sentimentos, todas eram iguais, feitas pra curtir e nada mais. Bem, isso até aparecer uma indiana baixinha, maravilhosa, inteligente, engraçada, atrevida e gata. Suspirei ao me lembrar do sorriso largo que ela dava quando estávamos juntos, com os dentes mais brancos e mais bonitos que já vi, dignos de comercial de pasta de dente.

Desde o início, tínhamos tido uma afinidade imensa, tanto em termos de personalidade quanto de gostos pessoais. Ríamos juntos das mesmas piadas bobas, gostávamos de chocar as pessoas, éramos curiosos com relação a tudo e a todos. E, na intimidade, não podia ter encontrado parceira mais compatível, não era qualquer garota que acompanhava o meu pique. Na verdade, a maioria não conseguia e eu era obrigado a diminuir o ritmo. Não a Shanti. Poucas eram capazes de me surpreender, mas ela tinha realizado essa façanha logo na primeira noite, demonstrando um fôlego de campeã.

Ela não só acompanhou o meu apetite sexual como demonstrou ser uma parceira criativa e exigente. A única garota que tinha tido essa sintonia comigo fora a Micaela e, agora, inesperadamente, o destino tinha me trazido a Shanti.

Mas as similaridades paravam por aí. Diferente da Micaela, Shanti era independente, dona do próprio nariz, nunca se fazia de coitadinha para conseguir as coisas que queria ou se fingia de vítima para que ficassem com pena dela. Era completamente autossuficiente, até nisso a gente combinava; como eu, não dava satisfações a ninguém. Porém, diferente de mim, tinha mais bom senso, mais equilíbrio, e prova disso foi a maneira como tinha rompido comigo, ao mesmo tempo doce e determinada.

Confesso que, ao ouvir a sua explicação dos motivos de terminar nossa relação, fiquei balançado, pude notar o quanto foi difícil pra ela dizer tudo aquilo e, ao ver seus olhos suplicantes, esperando alguma iniciativa da minha parte, amarelei completamente, agindo da única maneira que sabia, me desculpando.

Claro que percebi sua decepção, mas estava assustado demais para agir diferente, e ela me surpreendeu ainda mais ao demonstrar uma sensibilidade incomum, sugerindo que talvez eu agisse assim por causa do meu passado. Fiquei sem fala depois dessa.

Então, qual foi a próxima babaquice que eu fiz? Em vez de chegar nela e pedir mais uma chance, a convidei para tomarmos banho juntos. Cara, eu sou um idiota! Mas o que posso fazer, sou péssimo nesse negócio de discutir a relação; na verdade, quando fiz o convite, o que eu estava querendo dizer era: "Shanti, por favor, não vai embora, fica mais um pouco que a gente pode resolver isso".

É claro que ela não entendeu a mensagem. Ninguém entenderia, certo? E ela se despediu de mim com toda a dignidade, beijando-me castamente no rosto. No rosto!

– Merda! – falei, em voz alta.

Eu ainda tremia de medo só de pensar na possibilidade de propor namoro para alguém, mesmo sendo alguém tão legal quanto ela. Será que o Dan estava certo ao dizer que vale a pena correr o risco de se machucar para estar com alguém de quem a gente gosta de verdade? Será que a Shanti era essa pessoa?

Eu via o Dan passar o diabo para ficar com a Marina, e mesmo assim ele fazia tudo sem vacilar, assumindo cada risco e superando todas as pedras do caminho, só pra ter a satisfação de estar com "a garota", como ele dizia. Será que a Shanti era "a garota" pra mim?

Vislumbrei o céu nublado e carregado de nuvens como se buscasse uma resposta, um sinal divino para as minhas indagações, até que ouvi o celular tocando.

Olhei para a tela do celular e meu queixo caiu: era a Shanti!

– Puxa, vocês aí de cima foram rápidos, hein? – falei, olhando pro céu. Atendi com o coração batendo rápido no peito.

– Alô?

– Oi, Lance! Sou eu, Shanti – Como se eu já não soubesse. – Está ocupado? – Ela parecia meio sem graça.

– Não, pode falar.

– Certo, é coisa rápida – ela fez uma pausa. – No próximo sábado, vou dar uma festa de Halloween, e estou convidando todos os amigos. – Amigos? Aquilo me incomodou muito.

– Tá, legal! Onde vai ser? – perguntei.

– Anota aí o endereço – ela disse, e eu guardei de cabeça, já conhecia o lugar.

– Você vai convidar a Marina e o Dan? – perguntei.

– Claro, a Marina já está sabendo e vai falar com Dan – ficamos um momento um silêncio meio constrangedor. – Bem, acho que é só.

"Fala alguma coisa, seu demente!" – pensei comigo mesmo, mas sem conseguir abrir a boca.

– Ah, Lance! Antes que eu me esqueça, você pode levar uma acompanhante, tá?

– Acompanhante? – perguntei, confuso.

– É, se quiser pode levar uma garota, não precisa ficar sem graça, ok? Afinal, agora somos amigos, não é mesmo? – Eu não soube o que responder, odiei aquela parada de amigos.

– Ok – foi tudo o que consegui dizer.

– Então, até lá! E vê se não esquece a fantasia, afinal, é festa de Halloween! Beijo! – E desligou.

– Estou ferrado!

– CAPÍTULO 19 –

Marina

– Por que não? – ele insistia.

– Porque dessa vez nós fomos longe demais! – respondi. – Apesar dos pesares, quero conviver bem com nossos pais, não precisamos fazer uma exibição pública diária da nossa vida íntima só porque eles não aceitam a relação. Por favor, Dan, tente entender!

Ele estava bufando. Eu sabia que todo aquele clima de estresse dentro de casa mexia muito com ele, sabia que a constante indiferença do papai o magoava, mais do que ele revelava. Ele estava revoltado e extravasava isso da pior maneira possível, querendo constantemente chocar nossos pais com a exposição de nosso afeto. No início, eu tinha até concordado, parecia realmente engraçado, mas o que aconteceu a noite passada e voltou a se repetir agora há pouco na sala, me tirou do sério. Eu não ia mais aceitar todas as ideias malucas dele, tinha que impor alguns limites, se quiséssemos continuar vivendo com um mínimo de harmonia.

– Está com vergonha da gente? – Ele parecia muito aborrecido.

– Você sabe que não! – respondi, firme. – Mas também não precisamos nos expor dessa forma!

– Certo, mas agora estamos no nosso quarto, não é mesmo? – rebateu.

– Sim, mas eu não sou um brinquedo eletrônico, com tecla "liga e desliga". Estou aborrecida, tenho todo o direito de estar assim, e enquanto eu me sentir dessa forma não rola o menor clima.

– Marina, isso é ridículo! – ele disse, virando os olhos e erguendo os braços. – Você está deixando que os problemas "deles" – disse, apontando para o quarto dos nossos pais – interfiram nos nossos! Só porque fomos flagrados fazendo o que qualquer casal apaixonado faz!

– Acontece que não somos qualquer casal, nossa situação é diferente nesta casa, Dan! – falei, nervosa. – Às vezes, me pergunto o que anda motivando você quando nos amamos, sabia?

– O quê? – gritou, e em seguida fechou os olhos, colocou as mãos na cintura e disse, baixo: – O que você está insinuando com isso? – Mordi os lábios, sem saber se devia responder. – Diga! – insistiu com a voz fria, ainda de olhos fechados.

– Desde ontem, ando me perguntando se o que atualmente te motiva é o seu amor por mim ou apenas um desejo de vingança e revolta.

Ele abriu os olhos e deparei com dois lagos gelados que me fitavam.

– Se você tem dúvidas com relação a isso, então não temos mais nada para conversar. – Pegou a carteira em cima da mesa e saiu batendo a porta com força.

Fiquei ali, chocada e trêmula, minhas pernas falharam, e caí sentada na cama. Aquela foi a primeira vez que discutimos desde que nos casamos, e pelo motivo mais idiota possível. Mas eu não podia continuar alimentando aquele comportamento, estava magoando nossos pais e isso me afetava, ainda que de forma indireta.

Fui até a janela e o vi andando na rua, à distância da casa e passando a mão nervosamente pelos cabelos. Tinha vontade de descer e chamá-lo de volta, porém não tinha forças, estava completamente sem ação, ainda chocada. Talvez fosse melhor assim e precisássemos de um tempo para colocar as emoções sob controle.

Joguei-me na cama e extravasei toda a minha angústia da única maneira que conhecia: abracei meu travesseiro e chorei copiosamente, até cair no sono.

Já devia ser bem tarde quando ouvi um barulho no quarto, como se alguém tivesse tropeçado e deixado alguma coisa cair. Fiquei completamente imóvel e tentei manter minha respiração o mais estável possível.

Ouvi o som de roupas jogadas no chão, em seguida senti o peso de seu corpo no colchão ao deitar-se ao meu lado, junto com um cheiro muito peculiar de bebida, que chegou até as minhas narinas. Permaneci imóvel, prestando atenção aos movimentos, e depois de certo tempo senti que ele estava quieto e sua respiração, regular. Fiquei aliviada ao perceber que enfim tinha adormecido.

Resolvi então me mexer, estava ficando dolorida de permanecer tanto tempo numa mesma posição. Abri os olhos. Virando o corpo, fiquei de barriga para cima e estiquei as pernas. Quase gritei de susto quando senti Dan me segurando pelos ombros com força, jogando o corpo por cima do meu e me prendendo ali.

– Como você ousa duvidar dos meus sentimentos por você? – disse, com a boca colada na minha, e pude sentir o cheiro de bebida no seu hálito. – Como ousa duvidar de nós?

Ele estava visivelmente transtornado, mesmo na penumbra do quarto pude ver o brilho intenso e perigoso em seu olhar. Seu corpo estava anormalmente quente, como se estivesse com febre. Também senti suas pernas nuas encostadas nas minhas; ele estava completamente despido.

– Será que ainda não sabe que nada mais importa? Só você? Será que ainda não sabe que é o ar que respiro? Você é minha razão de existir, o motivo pelo qual acordo, levanto e encaro qualquer um e qualquer obstáculo em nosso caminho. Será que ainda não sabe que sou viciado em você? – Ele segurou meu rosto com as mãos. – Sou completamente viciado no seu cheiro... – disse, passando o nariz pelo meu rosto e parando no meu pescoço. – Na sua pele... – disse, enquanto descia uma mão devagar pelo meu braço e parava na minha cintura. – No seu corpo... – disse, pressionando o quadril no meu. – Nessa boca que me enlouquece! – E desceu os lábios famintos nos meus.

Meu coração batia tão rápido que parecia que a qualquer momento ia saltar pela boca. Ainda estava em choque pelo ataque inesperado e apaixonado dele. A boca dele movia-se sem trégua sobre a minha, forçando-a a se abrir, invadindo-a sem piedade com a língua. Suas mãos desciam e subiam pelas laterais do meu corpo, desesperada e obsessivamente.

– Estou tendo uma crise de abstinência, Marina! – disse apressado, ao soltar minha boca por um momento, com a respiração irregular. – Sou viciado em você! Será que ainda não entendeu que preciso de doses diárias e constantes para não enlouquecer? Me beija! Deixa eu matar minha sede na sua saliva, deixa eu matar minha fome no seu corpo! Eu te amo!

Não podia nem queria mais resistir a ele. Abri meus lábios e meu coração para recebê-lo, correspondendo com a mesma intensidade.

Não foi nada gentil a forma como ele arrancou minha camisola, nem a forma como me acariciava, parecia dominado por uma força selvagem, demonstrando uma necessidade de mim que estava além da compreensão. Entreguei-me a ele por inteira, assombrada com o nível das suas emoções.

Ele parecia estar em todo lugar ao mesmo tempo, em alta velocidade, subindo e descendo pelo meu corpo, beijando, cheirando, mordendo, completamente afoito. Podia jurar que o ouvi até rosnar baixinho.

Ele me segurou forte pelos braços, como se temesse minha fuga – até parece que conseguiria, mesmo que eu quisesse, e senti seus dedos afundando na minha pele. Abri os olhos e vi seu rosto: parecia estar numa espécie de transe, os olhos fixos, a boca ligeiramente entreaberta, olhando pra mim como se eu fosse uma aparição, como se ainda não acreditasse que era eu ali com ele.

– Você não faz ideia de como preciso de você – disse, de forma desesperada, e então me entreguei a ele, recebendo-o em meu corpo, como uma bainha recebe a sua espada.

⊱·⊰

Daniel

Acordei assustado, tateando pela Marina ao meu lado, e não encontrei ninguém. Sentei na cama nervoso e ainda tonto de sono.

Eu me lembrava de cada detalhe da noite passada e me sentia péssimo; estava envergonhado e arrependido. Eu tinha atacado a Marina de um jeito que nunca imaginei que faria, o desejo tinha me consumido por completo. Eu precisava conversar com ela, me desculpar, tentar explicar o inexplicável. Está certo que a bebida contribuiu e muito para meu comportamento alterado, mesmo assim sabia que tinha extrapolado.

Levantei e vesti a primeira calça que encontrei. Já pensava em sair para procurá-la quando a porta do quarto se abriu e ela entrou. Pela surpresa estampada em seus olhos, percebi que não esperava me ver ali, acordado àquela hora. Olhávamos um pro outro, ambos constrangidos, sem saber como quebrar aquele clima estranho. Até que ela deu um passo na minha direção, abrindo a boca, sem nada dizer. Estiquei o braço, estendi minha mão, que ela segurou insegura, mas quando nossos dedos se tocaram a mágica aconteceu.

Jogamo-nos um nos braços do outro, chorando juntos. Nossos corpos se sacudiam com a intensidade do nosso pranto, lavando toda a mágoa e ressentimento que estavam armazenados.

– Desculpa! – consegui pronunciar entre soluços, sentindo sua cabeça no meu peito. – Eu não podia ter feito isso!

– Desculpa! – ela dizia ao mesmo tempo que eu. – Eu nunca devia ter duvidado dos seus sentimentos!

Ficamos assim, nos desculpando e chorando um bom tempo, até que nos afastamos um pouco, olhando no rosto um do outro, e rimos de alívio entre as lágrimas. Passei os dedos com carinho por sua face, enxugando as lágrimas que tinham acabado de escorrer.

– A partir de hoje, prometo ser mais cuidadoso, ter mais autocontrole, respeitar mais nossos pais e principalmente você, que é a coisa mais importante da minha vida – falei, com sinceridade. – Você me perdoa?

Ela ergueu os olhos pra mim, numa mistura de assombro, carinho e ternura.

– Como posso não perdoar? – sussurrou. – Você é e sempre será meu amor, meu único e verdadeiro amor. Também prometo ser mais compreensiva e paciente, ok?

— Você não precisa me prometer nada, você é perfeita! – eu disse, puxando-a de novo e beijando seus cabelos.

— Dan, só peço que não deixe de ser você mesmo – ela disse, tranquila. – Eu te amo exatamente do jeitinho que você é, amoroso, sensível, brincalhão e libertino! – Com essa última eu tive que rir, e ela riu em resposta.

— Ah, Marina! Eu te amo!

— Te amo mais! – ela respondeu.

Beijamo-nos de uma forma deliciosa, demonstrando toda a alegria que sentíamos ao fazer as pazes.

— Eu só queria que você entendesse essa necessidade vital que tenho de você – eu falei. – Sei que a noite passada ultrapassei alguns limites, mas... caramba! Eu precisava mesmo de você, sabe? Nunca precisei tanto de você, e a bebida colaborou para que eu perdesse o controle. Mas, por favor, entenda que, se errei, errei por amor e por te amar demais, te esperei tempo demais, e agora, que finalmente posso te ter, sinto como se explodisse alguma coisa dentro de mim cada vez que você se aproxima. Começa a correr uma adrenalina pelo meu corpo e fico louco. Seu cheiro, seu gosto, seu corpo, você inteira me alucina!

— Ah, meu amor... – ela disse, tocando meu rosto.

— Olhar você todos esses anos era como ser um marinheiro em alto-mar que toda noite olha a lua no céu e se apaixona por ela. Eu podia vê-la, admirar sua beleza, mas de longe, sempre de longe, e me conformava com a triste sina desse amor impossível, continuando a navegar solitário por aí. Mas então, eis que um milagre aconteceu e a lua caiu do céu e ficou bem à minha frente, ao alcance de minhas mãos. Finalmente comecei a ser feliz. Mas existe um problema: a gravidade que ela exerce sobre mim é imensa e constante. Resultado: não consigo ficar muito tempo sem tê-la em meus braços, seu brilho me hipnotiza, sua luz me cega. Será que é possível suportar um amor assim? Ser minha lua pra sempre?

Ela olhou para mim por um momento e, no minuto seguinte, jogou-se em meus braços, fazendo com que caíssemos um por cima do outro na cama.

— Venha, marujo, venha tomar um banho de lua!

– CAPÍTULO 20 –

Marina

Finalmente chegou o dia da grande festa. Na escola, não se falou em outra coisa a semana toda, todo mundo estava preocupado com a escolha das fantasias ou em arrumar companhia para o evento.

As festas de Halloween da Shanti eram famosas. Ela as organizava todo ano e o pessoal aguardava impaciente por este dia porque ela caprichava em tudo: a escolha do lugar, a decoração, o som, a comida, a bebida e principalmente o figurino. As fantasias dela eram feitas sob medida, sempre um modelo exclusivo e lindíssimo; no ano anterior, ela usou uma fantasia de Mata Hari, a famosa espiã, e arrasou. Estava supercuriosa para saber o que seria esse ano, pois nem pra mim ela tinha revelado, fazia questão de surpreender a todos.

Eu estava acabando de dar os toques finais no banheiro, quando ouvi o Dan me chamando lá fora.

– Anda, Marina! Deixa eu ver logo como ficou! – pediu, ansioso.

– Calma, já estou saindo! – Passei um pouco mais de batom e fui para o quarto. Quando cheguei lá, meu queixo caiu.

Tínhamos combinado de nos vestir igual aos personagens principais do filme *Juventude Transviada*, um dos favoritos do Dan, e ele estava incrível, era o próprio James Dean! Jaqueta de couro preta, calça jeans, óculos escuros e cabelo cheio de gel – Era a imagem encarnada do *bad boy*.

– Uau! Você está linda! – disse, olhando-me de alto a baixo.

Para combinar, me vesti como uma típica garota dos anos cinquenta. Usei uma blusa branca de manga fofa, saia vermelha super-rodada, cheia de anáguas por baixo, para ficar bem armada, meia soquete e sapatilhas vermelhas. E, para completar, fiz um rabo de cavalo alto e o prendi com um lacinho.

– Gostou? – perguntei, dando uma voltinha e fazendo a saia rodopiar.

– Adorei! Você é a própria Natalie Wood! – ele disse, animado.

– Você também está incrível! – elogiei. – Muito charmoso!

Ele riu e fez uma pose estilo Elvis Presley, rebolando com os quadris, e eu fingi que me abanava e desmaiava. Depois caímos na risada.

Já no carro, como sempre, me sentei no lugar do motorista, e ele se sentou ao meu lado. Reparei que ele olhou minha saia volumosa e, curioso, levantou um pouco para ver o que havia por baixo.

– Minha nossa! Dá pra se perder embaixo de tanto tecido – ele disse, sorrindo.

– Pode deixar, vou fazer um mapa e coloco na sua carteira – respondi, achando graça, e dando a partida. – Que intenção você tinha com esse comentário, senhor Harrison?

– Você já não sabe? – ele disse, piscando o olho. – A pior possível.

Virei os olhos. Realmente, homens se comportavam como garotos quando ficavam perto de uma mulher.

Tínhamos combinado de dar uma carona para Lance. Paramos em frente à casa dele, buzinei e aguardamos. Quando ouvimos a porta se abrindo, olhamos naquela direção e, assim que o fizemos, começamos a rir ao mesmo tempo.

Ele andava na nossa direção vestindo uma roupa de soldado romano completa, estava até de capacete, com aquele enorme penacho vermelho no meio. Eu não conseguia parar de rir ao olhar suas pernas brancas. Tivemos que prender o riso quando ele entrou e se sentou no banco de trás.

– O que foi? – Lance perguntou, desconfiado.

Olhei para o Daniel, que já estava quase roxo por tentar se conter.

– Gostei do saiote – respondeu o Dan, que finalmente caiu na gargalhada, e eu me juntei a ele.

– Pois fique sabendo que essa é uma réplica perfeita da roupa do general romano Marco Antônio! – disse Lance, na defensiva. – Um dos meus grandes ídolos!

– Marco Antônio é seu ídolo? – perguntei surpresa, enquanto ligava o carro.

– Claro, o cara foi o grande pegador da Antiguidade! – respondeu com orgulho, e eu ri ainda mais.

A casa de festas escolhida por Shanti era enorme, muito bem localizada, e pela movimentação do lado de fora já devia estar animada. Ainda bem que ela tinha deixado uma vaga reservada na garagem pra gente, ia ser difícil encontrar um lugar por ali, já estava tudo cheio.

– Caramba! Pelo jeito a Shanti convidou metade da cidade – Lance comentou, enquanto caminhávamos em direção à entrada lotada de pessoas se espremendo, esperando sua vez.

– Não duvido nada! – respondi.

Aguardamos pacientemente na fila, observando, curiosos, as fantasias que desfilavam e víamos de tudo, desde monstros famosos do cinema até personagens de histórias infantis. Chegou nossa vez, confirmamos nossos nomes na lista de convidados e seguimos adiante.

Olhamos abobalhados ao redor. A decoração estava incrível, parecia que tínhamos entrado num castelo antigo, cheio de teias de aranha, morcegos, abóboras, castiçais e armaduras antigas. Shanti tinha se superado.

Mal tinha pensado nela e a avistei caminhando em nossa direção, com um sorriso enorme no rosto. Ela estava deslumbrante, com um vestido longo, dourado e justo. Era feito de um tecido lindo que nunca vi igual, tão bem trabalhado que, quando ela andava e as luzes refletiam, parecia feito de ouro, o corte perfeito ressaltava o seu corpo esguio. Os cabelos negros, lisos e compridos estavam soltos, na cabeça usava uma tiara com uma serpente no centro, nos braços pulseiras também com figuras de serpentes. A maquiagem estava maravilhosa, os olhos pintados iguais aos de uma típica egípcia.

– Amiga, você arrasou! – disse, abraçando-a.

– Sério, gostou mesmo? – perguntou sorrindo, retribuindo o abraço.

– Você sabe que sim – disse, observando-a. – Então, sua fantasia é...

– Sua Majestade Cleópatra, Rainha do Egito! – respondeu, alegre.

Shanti parou para nos observar e logo elogiou também a minha fantasia e a de Dan. Até que seus olhos pararam numa figura que estava atrás de nós. Segui seu olhar e, então, me dei conta da ironia daquela situação. Como eu suspeitava, Lance e Shanti combinavam muito mais do que imaginavam.

– Marco Antônio? – Shanti perguntou boquiaberta, olhando para Lance.

– Cleópatra? – ele perguntou, igualmente surpreso.

✦•✦

Lance

Só podia ser piada, demorei a semana toda pra decidir minha fantasia, pois queria causar impacto. E agora, aqui estou, de frente para Shanti vestida de Cleópatra, ninguém merece! Corri meus olhos pelo seu corpo, o vestido justo não deixava sobrar muito para minha imaginação, mas eu lembrava com perfeição de cada pedaço daquele corpinho, cujas formas o vestido revelava.

Era hora de agir. Dei meu melhor sorriso e disse:

– Então, "Cleo", me dá a honra da primeira dança? – perguntei, todo insinuante.

– Desculpa, "Tony" – ela disse, educada. – Mas primeiro tenho que dar atenção a todos os meus súditos, afinal sou a anfitriã. Além disso, a primeira dança já está... reservada. Quem sabe mais tarde – dizendo isso, deu um tapinha em meu ombro. – Galera, divirtam-se! Vou cumprimentar algumas pessoas que estão chegando – disse, já se afastando. – Depois te procuro, Marina!

– Podia ficar sem essa, hein? – ouvi Dan dizer, enquanto ria bem ao meu lado.

"Que conversa é essa de que a primeira dança já está reservada?", pensei, chateado.

Peguei uma bebida servida por um garçom que passava e dei um longo gole, observando ao longe Shanti cumprimentar uns caras que tinham acabado de chegar.

"Acho que isso vai ser mais complicado do que imaginava", pensei, ao tomar outro gole.

✦•✦

Daniel

— Vem, Marina, vamos circular — Dan disse, me puxando pela mão, e deixamos Lance pra trás.

Comecei a ver alguns rostos conhecidos lá da escola entre a multidão, cada fantasia mais hilária que a outra.

A imensa pista de dança estava cheia de gente se requebrando animadamente.

— O pessoal foi bem criativo esse ano com as fantasias! — vi Dan olhando ao redor entre sorrisos.

— Concordo, olha só aquelas garotas lá da escola, que estão dançando ali — falei, apontando para um grupo particularmente alegre. — Vamos dançar?

— Essa noite sou todo seu — ele respondeu, insinuante.

— Só essa noite? — perguntei, enquanto nos juntávamos ao grupo animado.

— Sempre seu — corrigiu, antes de me segurar pela cintura e me beijar.

✦•✦

Lance

"Você é patético, Lance!", pensei comigo mesmo.

Estava parado, encostado no bar, observando a Shanti andar de um lado para o outro, que nem borboleta num jardim. Parava num lugar, conversava um pouco, sorria, rodopiava mostrando aquele vestido-tentação, depois saía, parava em outro lugar e repetia a ação. Sem mencionar que não parava de chegar gente e ela fazia questão de cumprimentar todos, parecia mesmo uma rainha com aquele jeito de andar, os ombros erguidos e a cabeça levantada. Infelizmente, parecia ter tempo para dar atenção a todos, menos a mim. Fiz toda aquela produção pra nada!

Mas, de repente, ela começou a andar na minha direção, e acabei de virar a bebida toda de uma vez só. Desde que chegamos, não tinha me olhado mais nenhuma vez, pelo visto agora tinha lembrado que eu existia.

Ela foi chegando mais perto, sorrindo, e eu já tinha aberto a boca para falar alguma coisa quando ela desviou ligeiramente do caminho que fazia e falou com o barman ao meu lado.

– Por favor, duas sodas?

– Soda, Majestade? – perguntei. – Seu gosto mudou um pouco desde a última vez que saímos juntos – não resisti em mexer com ela.

– Todas as pessoas evoluem, não é mesmo? – disse, olhando minha garrafa de cerveja vazia. – Ou pelo menos deveriam.

– E evoluir significa beber duas sodas de uma vez só? – impliquei.

– Quem disse que as duas são pra mim? – Cerrei os olhos com sua resposta. Ela pegou as bebidas e agradeceu ao barman.

– Até mais, Lance!

Segui-a com os olhos, e ela andou até um cara vestido de marajá indiano, que sorriu e pegou a taça que ela ofereceu; os dois conversavam animadamente. Reparei que toda hora ele tocava no ombro ou no braço dela e baixava a cabeça para falar alguma coisa em seu ouvido, o que a fazia dar boas risadas. Pela forma como se comportavam, pareciam velhos conhecidos.

– Nossa, que calor! – disse Dan, chegando com a Marina e pedindo umas bebidas.

– Está tudo bem? – Marina me perguntou.

Não respondi, apenas sacudi os ombros, tentando disfarçar, e olhei novamente para o casal animadinho que agora se dirigia à pista de dança. Marina seguiu rápido o meu olhar e reparei que ela fez uma cara de surpresa e compreensão.

– Ah, o primo da Shanti chegou! – comentou.

– Primo? – perguntei, interessado. – Aquele cara é primo dela?

– Sim, em segundo grau – respondeu, distraída. – É o prometido dela.

– Prometido? Como assim? – perguntei, observando o casal dançando pra valer na pista de dança.

– Você não sabia que a Shanti tem um prometido? Você sabe como algumas famílias indianas são tradicionais, querem combinar o casamento dela com o primo no futuro.

– Você só pode estar brincando! Casamento arranjado? Essas coisas não existem mais!

– Claro que existem! – afirmou. – E a prova está logo ali na sua frente! – disse, apontando pra eles. – Os pais dela até fizeram uma concessão, se ela conseguir um namorado firme até o final do ano, está liberada do compromisso, senão... – parou sugestivamente, e engoli em seco.

– Senão o quê?

– Senão, ela vai pra Índia ano que vem, acaba os estudos lá e casa com o primo.

– O quê? – gritei, muito surpreso. – E ela vai aceitar isso?

– Acho que ela não tem muitas opções – falou, resignada.

Não consegui dizer mais nada, fitei novamente o casal e enxuguei o suor que escorria pela minha testa.

✦•✦

Marina

Observei a Shanti dançando com o tal primo e pensei: "Eu vou pro inferno, eu vou pro inferno!"

Era pra lá que iam os mentirosos, não é mesmo? E eu tinha acabado de inventar uma mentira daquelas! Mas foi impossível me segurar, ao olhar aquela cara covarde e indecisa do Lance, que precisava de um choque para ver se tomava uma atitude com Shanti.

Porém, para o meu plano dar certo, precisava deixá-la avisada, e, assim que a vi terminar de dançar e o primo se afastar, corri até ela.

– Shanti! Preciso falar com você agora, urgente! – E a puxei para um canto.

– Nossa! O que foi, Marina? – perguntou, preocupada.

– Você confia em mim? – devolvi.

– Que pergunta é essa agora? – Ela franziu a testa.

– Depois eu explico. Você confia em mim ou não? – insisti.

– Sim, claro que sim! – ela respondeu, finalmente.

– Então, me faz um favor, se o Lance vier conversar com você essa noite, confirme tudo o que ele te disser, tá bom?

– Confirmar tudo? – ela disse, confusa. – Como assim?

– Não tenho tempo de explicar agora, mas só me faça esse favor, se o Lance te contar alguma história maluca essa noite, só confirme, ok? É importante! – pedi, enfaticamente.

Ela me olhou como se eu estivesse enlouquecido, porém acabou balançando a cabeça, em concordância.

– Está bem, então. Se é mesmo assim tão importante pra você.

– Obrigada! – falei, beijando-a no rosto. – E pode ter certeza que vai ser importante pra você também! – disse, enquanto me afastava.

❖•❖

Lance

Passei o restante da noite ruminando aquela história terrível que a Marina tinha me contado.

Como uma garota inteligente, corajosa e moderna como a Shanti ia aceitar aquela condição maluca que os pais dela tinham inventado? Casamento arranjado em pleno século XXI? Parecia uma alucinação no meu modo ocidental de pensar, mas a família dela não era ocidental, certo?

Realmente, conhecia muito pouco da cultura indiana, basicamente meu conhecimento sobre eles se resumia ao que continha no cardápio de um restaurante de comida típica.

Então, e se fosse verdade? E se a Shanti fosse mesmo se mudar para a Índia ano que vem, para depois se casar com aquele indiano boa-pinta? Como eu reagiria? Senti uma mistura de dor e raiva dentro do peito, tentando não admitir para mim mesmo o que eu já sabia. Quando a olhava, tão linda e alegre, circulando entre os convidados e dando uma atenção especial àquele marajá dos infernos, desejava que eu fosse o alvo de seus cuidados e de seu sorriso deslumbrante. Quando ela sorria com aqueles dentes, que eram o sonho de qualquer dentista, parecia até iluminar o ambiente. Nunca imaginei que fosse sentir tanta saudade de ouvir o som do riso de alguém, mas era o que acontecia. Por que eu estava reagindo desse jeito? Por que, para mim, era diferente? O que tinha mudado? De repente, algo estalou forte dentro de mim, como um elástico muito tensionado que subitamente arrebenta. Fui invadido por uma inesperada compreensão.

Quando eu pensava em outras garotas, minha mente as projetava apenas como possibilidades para um encontro casual. Para algo breve, um prazer rápido e quase anônimo. Porém, quando eu pensava em Shanti, pensava em uma conversa inteligente e sensível, pensava em boas piadas e num sorriso franco e honesto. Eu pensava em bondade e deliciosa feminilidade. A última coisa que eu pensei em minha extensa lista foi sexo, e isso me deixou atônito. Porque foi isso que me impeliu a enfim compreender por que ela era tão diferente pra mim, por que era especial. Ela preenchia um vazio em minha vida que eu ainda não tinha me dado conta que existia. Ela não era somente minha amante, era também minha amiga. Então, como definir uma pessoa que consegue ser para você ambas as coisas? Que nome se dá a um sentimento que une tantos significados? Algo que eu julgava morto em meu peito vibrou. Eu sabia a resposta. Era apavorante, era inusitado, mas estava lá. E, junto a essa revelação, chegou uma outra. O que eu estava fazendo ali, parado, deixando um babaca qualquer levá-la para longe? Rangi os dentes e fiquei de pé.

Um sentimento forte foi aumentando e me fez cerrar os punhos. Levei uma das mãos até a espada que fazia parte da fantasia e disse, em voz baixa:

– General Marco Antônio vai voltar a agir esta noite!

Joguei fora o último gole de bebida, depois, juntando todo o orgulho, medo e receio, parti rumo à batalha.

❖•❖

Shanti

Estava ainda cismada com aquele pedido estranho da Marina, ela não era daquilo, de rompantes desesperados e pedidos apressados. Entre todas as pessoas que eu conhecia, ela sempre foi a amiga mais centrada e equilibrada, e foi esse o principal motivo de ter aceitado aquela requisição maluca.

Senti uma mão no meu ombro, virei rápido e me surpreendi ao ver Lance. Como ele estava magnífico com aquela roupa de general romano. Tinha um porte e uma altura que combinavam perfeitamente com o traje militar antigo. Eu tinha que usar todo o meu autocontrole para manter o rosto sereno e indiferente, se não ia começar literalmente a babar. "A mulher é a rainha do mundo e escrava de um desejo". Ah, Balzac! Como eu queria que você estivesse errado. Por que sempre ansiamos por aquilo que está fora de nosso alcance? Nesse caso, o coração de um homem.

– Vamos dançar? – pediu novamente, com um estranho brilho no olhar.

Eu estava evitando qualquer contato físico com ele a noite toda, procurando conversar com o máximo de pessoas possível e estar em todo lugar ao mesmo tempo, para que ele me visse sempre ocupada e desistisse de vez. Tocá-lo e ser tocada por ele era ao mesmo tempo prazer e dor, era a certeza do que eu desejava e também do que eu nunca teria. Por isso, fugia covardemente de perto dele. Pensei mil vezes se devia ou não convidá-lo para essa festa, até que a razão venceu a emoção e liguei pra ele com aquele papo de amigos, inclusive sugerindo disfarçadamente que trouxesse alguém, coisa que eu pensei que ele faria, mas me surpreendeu chegando apenas com a Marina e o Dan.

E agora eu estava nessa enrascada. Como conseguiria continuar a evitá-lo, se ele teimava em aparecer?

– Olha, agora preciso verificar algumas coisas lá na cozinha – dei a desculpa mais esfarrapada possível.

– Não tem problema – disse. – Espero você voltar.

Droga! Agora eu teria que ir à cozinha, só pra tentar despistar o Lance. Fui, fiquei lá uns vinte minutos e voltei, na esperança de ter me perdido de vista. Olhei para um lado, para o outro, e nada dele, por isso respirei aliviada. Tinha dado cinco passos quando senti alguém atrás de mim.

– Voltei, Vossa Majestade. – Nem preciso dizer quem era, não é?

Virei-me, e lá estava ele, com aquele sorriso matador no rosto. Por que ele tinha que ser tão charmoso, irresistível e sexy? Eu estava pirando!

– Certo, mas antes preciso ir ao banheiro.

– Claro, eu espero – ele disse, paciente.

Fui para o banheiro quase em pânico. Tinha alguma coisa errada, o Lance não era assim, com essa paciência toda. Ele sempre fora afoito, sem conseguir esperar por nada, de modo que esse comportamento estranho estava muito esquisito.

Enrolei no banheiro o máximo que eu podia, me olhei no espelho, retoquei a maquiagem, ajeitei a coroa em minha cabeça e saí dali, pois não tinha mais como fugir.

– Se quer dançar comigo, tem que ser agora – eu disse, parando a seu lado.

Ele apenas sorriu e acenou com a cabeça, pegando-me pela mão e me levando para a pista de dança.

❖•❖

Lance

Finalmente a sorte parecia ter virado a meu favor, pois, assim que colocamos os pés na pista, começou uma música lenta. Segurei sua cintura, e percebi que ela não estava relaxada, mas tensa e com o rosto sério. Achei melhor começar um papo qualquer para quebrar o gelo. Por que eu estava tão inseguro? Já tinha experimentado toda intimidade física possível com ela, então por que estava me sentindo como se nunca a tivesse visto? Nunca tive problema em me expor fisicamente, mesmo com estranhas, não era esse tipo de pudor que eu temia, já que nessa situação as etapas e os objetivos eram tão claros. Mas expor o coração? Era como saltar de um avião sem paraquedas, ou seja, só um milagre salvaria. Será que eu teria tamanha fé para que milagres acontecessem?

"O que está acontecendo comigo?", pensei. "Se eu continuar desse jeito, ficarei pior que o Daniel. Melhor dar um basta na filosofia e partir para a prática."

Procurei dar meu melhor sorriso insinuante, antes de começar a falar:

– Interessante coincidência, não?

– Qual? – ela perguntou, indiferente.

– Eu e você. Marco Antônio e Cleópatra.

Era de conhecimento público que os personagens históricos de Marco Antônio e Cleópatra, retratados em livros, filmes e peças de teatro, tinham vivido uma relação amorosa e trágica.

– Sim. Relacionamento tumultuado – ela comentou.

– Mas eles terminaram juntos.

– E mortos – rebateu em seguida.

Franzi a testa; aquilo não estava saindo como eu queria. Tinha que achar uma forma de atingi-la. Tinha que admitir, não era bom em palavras como o Daniel, esse papinho romântico nunca foi meu forte. Sempre fui um cara de ação, e nisso, sem falsa modéstia, era PhD. Então, resolvi atacar com aquilo que eu sabia fazer de melhor.

De forma inesperada e sem dar tempo para protestos, com um braço agarrei Shanti pala cintura, grudando meu corpo no dela, e com o outro a segurei firme pela nuca. Ela me olhou surpresa e, quando abriu a boca para reclamar, a cobri com a minha.

Ela tentou reagir a princípio, tentando socar meu peito e me empurrar, mas não dei trégua, beijei impiedosamente e saí, arrastando-a pelo salão, até que consegui alcançar a parede do outro lado e a prensei num canto, de modo a imobilizá-la. Então, de repente, ela parou de lutar e, numa deliciosa rendição, senti suas mãos em meu pescoço e sua boca correspondendo ao meu beijo. Quando reparei que ela tinha entregado os pontos, me afastei, para que respirasse um pouco.

– Por que... por que... – ela dizia, tentando recuperar o fôlego.

– Já sei de tudo, Shanti – revelei em seu ouvido.

– Tudo o quê? – perguntou.

– De tudo, do seu primo, de você ser prometida em casamento pra ele, do acordo maluco dos seus pais, de obrigarem você a se mudar pra Índia caso não arrume um namorado firme este ano, enfim, de tudo.

– Como é que é?! – ela disse, arregalando os olhos.

– Então, pra te mostrar como eu sou legal, vou fazer a minha boa ação do dia, me oferecendo pra ser seu namorado em tempo integral, que tal? – propus, sorrindo.

Ela ficou me encarando durante algum tempo, provavelmente digerindo o que eu acabara de falar. Eu estava certo de que ela ia pular de alegria, então não entendi quando, ao invés disso, me soltou, olhando-me furiosa.

– Você está se oferecendo pra ser meu namorado como estivesse me fazendo um favor? Você acha que eu preciso da sua caridade? Você se acha um todo-poderoso, não é mesmo? E o que sou eu, apenas mais uma de suas conquistas fáceis, tão desesperada por sua atenção, que aceito migalhas? – disse, com raiva. – Pois eu prefiro morar na Índia, me casar com meu primo e ter dez filhos, a namorar você por esse motivo. Idiota!

Ela me pegou completamente desprevenido, com uma força surpreendente para uma mulher pequena, me empurrando e saindo dali pisando duro.

"O que fiz de errado?", pensei, atônito.

Daniel

Eu e Marina assistimos, ansiosos, ao momento em que finalmente Lance foi dançar com Shanti. Eles conversaram, dançaram e, depois do ataque poderoso do Lance, ficamos animados quando finalmente ela correspondeu.

Mas, para nosso completo espanto, depois de uma breve troca de palavras, vimos Shanti andar furiosa pra longe do Lance e ele ficar lá, com cara de otário. O que tinha acontecido para as coisas terminarem assim? Marina correu atrás de Shanti, e eu fui falar com Lance.

– O que aconteceu? – perguntei, assim que me aproximei.

– Eu... eu não sei – ele disse, com sinceridade. – Eu me ofereci para ser seu namorado e ela ficou com raiva.

– O quê? – perguntei, descrente. – Não pode ser, me conte exatamente o diálogo que vocês tiveram.

Ouvi tudo em silêncio e respirei fundo.

– Lance, só tenho uma coisa a te dizer. Seu mané!

– Agora é você que me xinga! – ele disse, aborrecido. – Isso é que dá tentar ajudar os outros! O que fiz de errado?

– Isso que você acabou de dizer, foi o que você fez de errado – tentei explicar. – Nenhuma garota quer ouvir que você quer ficar com ela por pena, Lance!

– Mas não foi isso que eu disse! – Ele tentou se defender.

– Bem, não com essas palavras, mas resumindo sua proposta pra ela, foi isso, sim!

– Como eu deveria ter dito? – perguntou, confuso.

– Já pensou que talvez bastaria mostrar que queria ficar com ela por estar apaixonado? – Ao sugerir aquilo, percebi que seus olhos começaram a transparecer compreensão.

– Eu... bem... quer dizer... – Ele fechou os olhos e suspirou. – Estraguei tudo, não é mesmo?

– Tudo eu não sei – respondi. – Mas, com certeza, você enfiou os pés pelas mãos.

– Eu te falei, Dan! Eu não sei fazer direito esse negócio de namorar! – disse, nervoso. – Quando o negócio é pegação eu dou aula, mas falou em namorar... sinto-me no maternal!

– Ok, não precisa ficar em pânico, acho que ainda dá para consertar.

– Sério? – perguntou, cheio de esperança.

– Sério – respondi. – Antes, preciso saber uma coisa. Você estaria disposto a tudo pra ter a Shanti como namorada? Quando digo tudo, é tudo mesmo!

Ele olhou espantado pra mim.

– Tudo? – perguntou, inseguro.

– Sim, tudo. – Olhei com deboche para sua roupa de general. – Ou essa fantasia aí é só fachada?

Ele ergueu as costas, me olhou duro e disse, com firmeza:

– Pode dizer que eu encaro qualquer parada!

E expliquei meu plano mirabolante.

– Qualquer coisa, menos isso! – Lance disse, apavorado.

– Você disse que encarava qualquer parada – lembrei, calmo. – Agora, você vai lá, naquele palco, se declara pra ela na frente de todo mundo e canta uma música bem romântica.

– Como é que vai ficar minha reputação? – reclamou.

– Não é hora de pensar em reputação, Lance! Caramba, quer ou não quer a gata?

– Quero – disse, enxugando o rosto com as mãos. – Nossa! Nunca pensei que fosse tão difícil iniciar uma vida de monogamia.

– Considere esse seu batismo de fogo – disse, sorrindo. – Agora, chega de perder tempo, vamos lá!

Fui na frente, com o Lance atrás de mim, que nem um cachorrinho com o rabo entre as pernas. Falamos com o pessoal da banda e toparam nos ajudar na hora quando souberam do motivo romântico por trás de tudo. Pedi o repertório deles para escolher a música ideal e, depois de muito procurar, escolhi uma e a mostrei pro Lance.

— O quê? — quase gritou. — Além de romântica, tem que ser brega?

— Motivos desesperados exigem ações desesperadas. Quer ver uma garota se derreter de verdade? Cante uma música bem brega pra ela — respondi, seguro. — Acha que dá para encarar?

Em vez de me responder, Lance começou a pular no mesmo lugar como se estivesse fazendo preparação física para entrar num ringue de luta. Rodou o pescoço, estalou os dedos, sacudiu os braços e respirou fundo.

— Pode trazer os fuzileiros, eu encaro! — falou, ao final do estranho ritual.

— Beleza! Agora vai lá, pega aquele microfone e faz o seu show!

E foi o que fez.

❖

Lance

Assim que subi no palco, percebi que todos na festa pareciam surpresos pela música ter parado de repente, e alguns começavam a reclamar.

Entre a multidão surpresa, vi Marina abraçando Shanti, que parecia estar chorando no seu ombro.

Quando me dei conta, estava com o microfone na mão, começando a falar.

— Boa noite! — E me surpreendi como a minha voz estava firme. — Gostaria de pedir a atenção de todos por um momento.

Agora, cada cabeça naquele salão olhou para mim, inclusive Marina e Shanti, de olhos vermelhos.

— Eu vim aqui, esta noite, como todos vocês, pra me divertir. Mas este não foi o principal objetivo, ao decidir aceitar o convite para essa festa.

Olhei para Dan, que lá de baixo estava se descabelando todo, pedindo pra eu falar logo de uma vez.

— Certo, vou tentar ser breve. — Respirei fundo. — Shanti, vim aqui, esta noite, pra ficar contigo. Mesmo antes de saber sobre esse seu casamento arranjado, meu objetivo já estava traçado e... – Comecei a me enrolar todo. – Droga! Isso é difícil! Gente, desculpa, realmente não sou bom com as palavras, por isso vou cantar uma música que espero demonstrar o que quero dizer. Shanti, essa é pra você – disse, olhando diretamente pra ela.

Pairou um silêncio tão grande no ambiente que seria possível ouvir uma agulha caindo no chão. Fiz um sinal pra banda, que começou a tocar aquela música cafona. Agora não tinha mais volta.

❖•❖

Shanti

Estava debruçada no ombro da Marina, completamente arrasada, então mal percebi quando a música parou. Só ergui o rosto quando ouvi alguém falar no microfone, e gelei da cabeça aos pés ao ver que era o Lance. O que ele estava fazendo ali? Será que a humilhação não havia sido suficiente? Vai ver, depois do fora que tinha levado, agora iria se vingar, expondo publicamente o meu fictício problema amoroso. Tremi diante da possibilidade. Mas ele começou a falar e meu queixo caiu.

Tinha escutado direito? Ou tudo não passava de alucinação da minha cabeça?

Ouvi os primeiros acordes da música e, assim que a reconheci, não podia acreditar nos meus ouvidos. Era mesmo Lance Brown quem estava cantando aquela música incrivelmente melosa, se declarando em cada palavra? Quase tive que me beliscar para acreditar que isso era real, e não um episódio do seriado *Além da imaginação*.

Quando dei por mim, a música já estava acabando, e eu tinha que decidir o que fazer em seguida.

"Pensa, Shanti!", refleti comigo mesma. "Pensa! Pensa!"

Foi então que desisti de pensar e de racionalizar e decidi agir. Corri por entre os convidados, ignorando todos os olhares, subi no palco e, antes que ele cantasse a última frase, segurei seu rosto com minhas mãos e o beijei.

A princípio levou um susto, no entanto quase no mesmo segundo correspondeu, beijando daquele jeito que eu conhecia, daquela forma que me enlouquecia, daquela maneira que eu amava.

O silêncio deu lugar a uma enxurrada de aplausos, gritos e frases de incentivo que pipocavam de todo lugar. Paramos de nos beijar e sorrimos um para o outro, de forma cúmplice. Éramos dois loucos, mas justamente por isso a gente se entendia.

– E agora, Tony?

Ele deu uma risada.

– Ainda não ficou claro, Cleo? Você é a minha garota.

– Verdade? Só mais uma garota ou... – Ele não deixou que eu terminasse e me calou, dando-me mais um beijo rápido.

– Não, você é "a garota".

✦•✦

Lance

Estava quase amanhecendo quando, deitado em minha cama, fechei os olhos, com Shanti aconchegada junto a mim. Pela primeira vez em muitos anos, adormeci com a certeza de que, naquela noite, tinha feito amor. Amor de verdade.

– CAPÍTULO 21 –

Marina

– Amor, acorda! – senti Dan me abraçando gentilmente.

Abri os olhos assustada, e foi então que reparei que tinha gritado de verdade. Confusa, passei a mão na testa, piscando os olhos, aliviada ao perceber que estava na cama, deitada com meu marido.

– Você está bem? – perguntou, preocupado.

– Sim, só me dê um minuto – respondi, respirando fundo, procurando me acalmar.

– Foi o mesmo sonho? – Não tive coragem de falar e apenas confirmei com a cabeça. – Já é a terceira vez essa semana que você tem esse sonho.

Ele me puxou, para que deitasse em seu peito, enquanto acariciava com delicadeza meus cabelos, e o abracei com força, completamente tomada pelo medo. Era sempre o mesmo sonho, o mesmo que eu tive em Bora Bora. Eu me via sozinha, andando numa mata escura, em meio a uma terrível tempestade, cansada, molhada e com frio. Começo a procurar por abrigo e encontro uma caverna, mas, uma vez dentro dela, me perco, chamo desesperada por ajuda, chamo pelo Dan e, às vezes, tenho a impressão de que consigo ouvi-lo, por isso começo a correr, chamando desesperada por ele, procurando uma saída, gritando por socorro, e então acordo.

– Você começou a ter esse sonho desde que te contei que vou viajar de novo – falou baixo em meu ouvido.

Dan tinha recebido uma proposta para fazer um comercial e, como queria muito trabalhar e conseguir dinheiro para que pudéssemos ter nosso próprio espaço, aceitou na hora. Infelizmente, como nem tudo é perfeito, as locações eram em outra cidade. Quando ele me contou sobre tudo e perguntou minha opinião, claro que o apoiei, afinal era a profissão dele, tinha que me acostumar logo com isso. Eu sabia que, futuramente, dependendo da proposta e do tamanho da produção, ele poderia ficar meses gravando em um lugar distante, então não podia fazer de poucos dias um problema. Porém, ao me lembrar dos fatos que ocorreram da última vez que ele se ausentou, tremi de pavor. Tinha sido tão difícil suportar tudo aquilo sem ele, mas mesmo assim tentei não demonstrar nada, para não atrapalhar seus planos e sua concentração no trabalho. Foi nessa época que os sonhos recomeçaram.

– Você sabe que ainda posso desistir de tudo, não é? – ele perguntou.

– Nem pensar! – disse com firmeza, levantando minha cabeça para olhá-lo. – Não vai ser um bando de sonhos bobos que vão atrapalhar nossos planos.

– Mas você fica tão apavorada quando tem esses sonhos – ele disse, segurando meu rosto entre suas mãos. – Não quero te deixar sozinha, acordando assustada no meio da noite e cheia de medo.

– Não se preocupe comigo, já sou bem grandinha e posso me virar. Anda, desfaz essas rugas, assim você vai envelhecer antes do tempo – falei, tocando a testa dele, que estava enrugada de preocupação, tentando brincar.

– Você sabe que nada é mais importante na minha vida do que você, não é? – perguntou, me fitando com atenção.

– Sim, eu sei – respondi, e como sempre ele me emocionava. – Mas, sonhos são sonhos, não precisamos nos preocupar com eles, logo vai amanhecer e eles voltam para o lugar a que pertencem: o esquecimento. Vamos voltar a dormir, quero acordar bem disposta amanhã para aproveitar nosso último dia juntos, antes de você partir.

Voltei a deitar a cabeça em seu peito, enquanto ele passava as mãos suavemente em minhas costas.

– Posso só te pedir uma coisa? – perguntei.

– O que você quiser.

Molhei os lábios e falei, titubeante:

– Se... se, algum dia, eu me perder e você descobrir que, sei lá, estou em algum lugar estranho ou perigoso, você vem me buscar? – Senti-o estremecer ligeiramente com minhas palavras.

– É claro que sim! – respondeu, imediatamente. – Vou até o fim do mundo, se for necessário!

– Não vai desistir nunca?

– Nunca! Não existe força que possa tirar você de mim. – Ele me abraçou com força e me senti mais tranquila ao ouvi-lo dizer aquilo.

– Só me prometa mais uma coisa – falei, olhando-o novamente nos olhos. – Nunca me deixe entrar numa caverna e... – Ele colocou seus dedos em meus lábios, impedindo-me de continuar.

– Se depender de mim, você nunca vai chegar perto de uma caverna na vida – ele garantiu, com firmeza. – Você vai sempre estar no lugar que foi feito exclusivamente pra você.

– Onde? – perguntei, e ele aproximou os lábios dos meus antes de responder:

– Nos meus braços. – Em seguida, beijou-me com toda a delicadeza.

Quando ele me beijava assim, sentia que podia morrer, pois sabia que conheci a plena felicidade de amar e ser amada, que experimentei o júbilo de tocar e ser tocada por ele e de saber que nada podia ser mais perfeito do que tudo aquilo que vivemos juntos até agora. Se fosse necessário, faria e passaria por tudo novamente, apenas pela alegria simples e pura de tê-lo junto a mim.

Senti o beijo se aprofundando, tornando-se apaixonado e exigente, e ele afastou brevemente os lábios dos meus.

– Quer continuar? Afinal, você ainda deve estar abalada... – Foi minha vez de colocar meus dedos em seus lábios.

– Vou ficar mais abalada se você não continuar agora – respondi sorrindo, insinuante.

Observei-o dar um largo sorriso antes de voltar a me beijar, rolando comigo na cama e ficando por cima de mim. Corri minhas mãos por seu corpo, querendo guardar a sensação de tocá-lo nas palmas das mãos, sentindo a textura de sua pele, a firmeza de seus músculos e o seu calor.

Finalmente eu compreendia o amor, ao vivê-lo. Amar era isso, amar e ser correspondida na mesma medida. Depois de passar tanto tempo acreditando viver um amor platônico, podia comprovar a grande diferença que era ter o sentimento retribuído. Ao me despir, ele me fitava quase com reverência. Seu toque e seu amor acendiam uma chama dentro de mim, que ameaçava me consumir por completo.

– Queria fazer uma estátua em sua homenagem – sussurrou, na penumbra. – Para ajoelhar-me diariamente diante dela, beijando suas mãos, seus pés e adorando-a tal qual uma deusa.

Meu coração saltou dentro do peito, diante da força e sinceridade dessa declaração inesperada. Senti-me muito envaidecida, mas também temerosa. Certas coisas não deviam ser ditas, nem certas forças desafiadas. Não me considerava uma pessoa supersticiosa, mas procurava respeitar determinados credos. Tanto em religiões mortas, como a mitologia grega, quanto na crença cristã era ensinado que os homens deveriam conhecer o seu lugar; se colocar ou colocar alguém, ou algo, no mesmo patamar de seres divinos, não costumava ser tolerado. Temi as possíveis consequências de sua declaração apaixonada.

– Não diga isso! – pedi, preocupada. – É pecado!

Ele sorriu, abaixando-se devagar, e quando percebi a direção que seguia tentei fugir, mas já era tarde demais; estava de joelhos, no chão, na beirada da cama, e tocava meus pés com seus lábios, segurando-os em suas mãos.

– Se te adorar é meu pecado, então sou um pecador, pois nunca encontrei prova maior de divindade que você.

Sentei-me na cama e fitei seus olhos.

– Não posso ser uma deusa, não sou perfeita.

– Pra mim você é. Deixe-me te mostrar – e, dizendo isso, deslizou seu corpo sobre o meu, tombando-me novamente de forma gentil.

Naquela noite com Daniel, aprendi algo surpreendente: que o amor podia ser, ao mesmo tempo, sagrado e profano.

❖·❖

Acordei sozinha na cama aquele sábado. Sorri ao imaginar o Dan tentando fazer um café da manhã na cozinha e resolvi descer para ajudar, antes que fosse obrigada a engolir uma gororoba qualquer. Com certeza culinária não fazia parte de seus talentos.

Qual não foi minha surpresa ao entrar na cozinha e encontrar alguém sentada à mesa, conversando com ele.

– Maggie! – disse alegre, assim que a vi. – Que surpresa boa!

– Oi, maninha! – disse se levantando, beijando-me no rosto e me abraçando. – Que saudade!

– Também senti saudade! – comentei, correspondendo ao abraço. – Já está de férias? – perguntei, sentando-me na cadeira ao seu lado.

– Felizmente! Resolvi vir aqui, ver como anda essa família, antes de viajar – contou, sorrindo.

– Qual vai ser seu roteiro esse ano? – perguntei curiosa. Olhei pro Dan e ele também sorria, animado.

Cheia de empolgação, Maggie nos revelou seus planos de ir para a Itália com alguns amigos, e enquanto conversávamos preparei chocolate quente para todos, servindo-o em canecas.

– Hum, está uma delícia! – Maggie disse, saboreando com prazer.

– Está delicioso, amor – concordou Dan.

Quando ele se dirigiu a mim dizendo aquilo, vi Maggie nos olhar diferente, e fiquei imediatamente alerta. Ela já havia se formado e atualmente trabalhava na assessoria de imprensa de uma empresa localizada em outra cidade, onde residia. Como o diálogo com nossos pais andava tão limitado, ainda não tinha certeza se ela já tinha sido informada da minha relação com Dan, então fiquei esperando por mais perguntas e imaginando sua reação.

Depois de um momento nos avaliando em silêncio e bebendo o chocolate quente, ela depositou a caneca na mesa e cruzou as mãos.

– Mamãe me ligou semana passada e me contou algo... espantoso! – disse, como se escolhesse as palavras.

Fiquei tensa e olhei para Dan. Ele estendeu a mão pra mim, segurei-a e ficamos de mãos dadas sobre a mesa.

– Então, é verdade? – perguntou, olhando fixamente para nossas mãos entrelaçadas. – Vocês estão juntos mesmo?

– Sim, Maggie – respondeu Dan, calmamente. – Nós estamos.

– E é verdade que se casaram? – perguntou, séria.

Apenas confirmamos, balançando a cabeça, e a reação seguinte dela me deixou sem fala: soltou uma grande risada!

– Caramba! Eu daria tudo para ter visto a cara do papai quando soube! – ela não parava de rir. Realmente, o senso de humor dos Harrison era estranho.

– Você não está... chocada? – perguntei, ainda surpresa.

– Claro que estou, seus malucos! – respondeu, enfiando a mão na cabeça do Dan e arrepiando o cabelo dele.

– Para, Maggie! – Dan reclamou.

– Querem saber de uma coisa? Sempre achei que tinha um lance estranho entre vocês.

– Sempre achou? – perguntou Dan, descrente.

– Uhum – confirmou, enquanto bebericava. – Vocês se relacionavam diferente de quando era comigo e com a Cate. Sentia sempre uma espécie de tensão, uma vibração no ar, sei lá, algo que eu percebia, mas não sabia bem o que era – parou de falar e deu um sorriso malicioso. – Bem, mas eu fiquei realmente desconfiada quando peguei esse moleque, aqui, falando enquanto dormia – revelou, apontando pro Dan.

– O quê? – perguntou, ficando supervermelho. – Como assim?

– Ah, isso já faz tempo! Um dia cheguei de madrugada escondida da mamãe, subi as escadas nas pontas dos pés e, quando entrei no corredor, ouvi uma porta se abrindo. Entrei correndo no quarto do Dan, que era o mais próximo – disse, agora rindo. – Fiquei ali um tempinho, daí vi o Dan dormindo, se remexendo todo na cama, e dizendo: "Vem... me beija...". Até aí tudo bem, pensei que ele estava sonhando com uma garota qualquer, então completou, dizendo: "Me beija, Marina..." – eu e Dan nos olhamos, surpresos.

– Então, você já sabia de tudo? – Dan perguntou, um pouco constrangido.

– Tudo não, né? Mas, depois disso, comecei a prestar mais atenção em vocês dois, e posso dizer que disfarçaram muito bem, principalmente essa menina aqui. – E apontou pra mim. – Eu lembro que, uma vez, entrei na sala e vi a Marina olhando pela janela lá pra fora. Até aí nada demais, mas, quando olhei seu rosto, fiquei curiosa, você resplandecia num sorriso tão bonito, cheguei por trás e lhe disse: "O que você está olhando que te deixa tão feliz?". Olhei na mesma direção e adivinha quem eu vi? – Agora, era eu quem ficava envergonhada, e ela bateu no ombro do Dan e disse. – Você, seu mané!

Dan olhou pra mim, sorrindo, e piscou um olho, me fazendo ficar mais vermelha ainda.

– Então, como podem ver, eu já desconfiava de que algo rolava, só não sabia se era um sentimento pra valer ou empolgação de adolescência, sabe? – disse tranquila, mexendo na caneca. – Mas, pelo que estou percebendo, a coisa é séria, não é mesmo?

– Sim, realmente nos amamos – Dan respondeu, sem titubear.

– Olha, posso imaginar o que vocês estão passando desde que revelaram tudo, já conversei um pouco com a mamãe e hoje vou ver se consigo falar com o papai. Achei que não tem nada a ver esse lance dele de deserdar o Dan, por isso peço que vocês tenham paciência com os coroas, eles não estavam preparados.

– Nós sabemos, Maggie – eu disse, de olhos baixos. – Temos tentado uma convivência pacífica, mesmo assim ainda dói a frieza deles.

– Eu sei, querida. E é por isso que estou aqui, vou fazer tudo o que estiver ao meu alcance para tentar fazer nossos pais entenderem – declarou, solidária.

— Oh, Maggie! — eu disse, e me levantei para abraçá-la. — Você vai fazer isso mesmo?

— Claro, meu bem! Afinal de contas, sou a irmã mais velha, isso deve servir para alguma coisa. — Dan também se levantou e nos abraçou.

— Ok, chega dessa sessão melodrama! — disse, sufocada com nosso abraço conjunto.

Ao nos levantarmos, Dan aproveitou para me dar um beijo suave nos lábios.

— Uau! Realmente, é muito estranho ver vocês fazendo isso! — comentou Maggie, de olhos arregalados. — Acho que ainda vou levar um tempo pra me acostumar com a ideia de que agora tenho uma irmã-cunhada. — E rimos todos juntos.

Na manhã seguinte, Dan partiu. Acompanhei-o até o carro que o aguardava, nos abraçamos bem apertado e nos beijamos várias vezes, até que o motorista buzinou, reclamando que daquele jeito chegariam atrasados e perderiam o avião. Olhei em seus olhos uma última vez, demos um beijo curto e intenso, então ele entrou no carro e partiu.

❖•❖

Daniel

Quatro dias depois eu estava voltando. Uma tempestade violenta varria Londres, o avião sacudia o tempo todo com a turbulência, deixando os passageiros agitados e nervosos, e foi com um suspiro de alívio que senti o avião aterrissar.

Não via a hora de sair dali e encontrar Marina, que viria me pegar como combinamos. Estava morrendo de saudade e já podia imaginar seu sorriso lindo esperando por mim, assim que saísse pelo portão de desembarque, e aquele pensamento me fez caminhar ainda mais rápido.

Andei apressado, passando na frente de todos os outros passageiros, e sem perceber estava correndo. Enfim vi a saída e atravessei o último obstáculo, passando por uma porta onde uma comissária nos dava as boas-vindas.

Assim que me vi do lado de fora, comecei de imediato a procurá-la por entre as pessoas ali presentes. Impaciente, olhei ao redor e, depois de muito observar, constatei desapontado que ela ainda não havia chegado. Olhei para meu relógio de pulso e confirmei que estava dentro do horário combinado. Ouvi um trovão e pensei que provavelmente a chuva a tivesse atrasado. Depois de dez minutos em pé, resolvi sentar numa cadeira próxima e continuei aguardando. A ansiedade só aumentava.

Os minutos pareciam se arrastar e, quando completou meia hora, resolvi ligar para seu celular. Em vez de chamar, entrou uma mensagem informando estar fora de área ou desligado, e comecei a achar aquilo muito estranho. Será que ela tinha me esquecido? Não, impossível, no dia anterior eu tinha confirmado tudo com ela quando conversamos por telefone.

Quando já estava esperando há quarenta minutos, vi uma figura molhada e familiar se aproximando, mas não era Marina, era Maggie. Franzi a testa na hora, não poderia ser coincidência ela estar ali àquela hora.

Assim que ela se aproximou, me levantei e fui logo perguntando:

– O que você está fazendo aqui? Onde está a Marina? – Foi então que reparei em seus olhos vermelhos e lábios trêmulos; tinha alguma coisa errada.

– Dan, fica calmo – ela disse, rápido. – Vim te buscar, por favor, me acompanhe que eu te explico no caminho.

– Explicar o quê? Eu não dou um passo enquanto você não me falar o que está acontecendo! – disse, desconfiado.

– Dan, por favor! Não torne isso pior – suplicou.

– Do que você está falando? – Agora eu estava realmente preocupado. – Maggie, quero saber onde está a Marina, o que está acontecendo, quero saber agora! – berrei, nervoso.

Ela passou, nervosa, as mãos pelos cabelos molhados de chuva, enquanto parecia decidir o que fazer.

– Ok, só prometa que vai ficar calmo, tá bom?

Respirei fundo.

– Estou calmo, agora desembucha!

Ela fechou os olhos, suspirou profundamente, abriu-os e os vi novamente cheios de lágrimas.

– A cerca de dez minutos daqui, um motorista bêbado perdeu o controle do carro na pista molhada e atravessou para a outra, de onde vinham os carros na direção contrária – disse, com a voz fraca. – Ele bateu em dois carros antes de capotar.

– E o que isso tem a ver com a Marina? – perguntei cheio de pavor, e observei Maggie mover os lábios sem conseguir emitir nenhum som. Desesperado, segurei-a pelos ombros e gritei: – Fala, Maggie!

– O segundo carro em que esse motorista se chocou era o dela!

Senti meu cérebro congelar, meus joelhos falharem e, por um momento, parei de respirar. Não conseguia assimilar o que Maggie acabara de contar, tinha que ser algum engano, não podia ser verdade.

Ela voltou a falar comigo, mas eu não conseguia entender bem o que ela dizia, era como se falasse de muito longe ou, então, através de um rádio mal sintonizado. Só conseguia entender algumas partes.

– Marina... hospital... emergência... centro cirúrgico... – Era informação demais.

– Dan, você entendeu tudo o que eu disse? – perguntou, preocupada.

Eu não conseguia pensar nem sentir nada. Um vazio tomou conta do meu corpo, eu estava em choque.

– Leve-me até ela – foi tudo o que consegui dizer.

Fizemos o trajeto enfrentando o trânsito lento e pensei como uma simples chuva podia causar toda aquela tragédia. Observei um policial rodoviário sinalizando para os carros desviarem para a outra pista e entendi o que estava acontecendo, ao avistar um reboque e reconhecer um carro parcialmente destruído sendo removido: era o carro da minha mãe, o carro que a Marina estava dirigindo. Tremi da cabeça aos pés ao constatar o estado do lado do motorista, parcialmente destruído, observei o ângulo estranho das ferragens distorcidas e entendi que provavelmente haviam usado uma serra para conseguir abrir o metal e retirá-la dali. O medo apoderou-se de mim.

Cerca de meia hora depois, chegamos ao hospital. Nem esperei Maggie estacionar o carro direito, abri a porta com ele ainda em movimento e saí correndo, deixando-a gritando atrás de mim, pedindo para esperar, mas a ignorei e corri ainda mais.

Entrei por uma porta, cuja placa informava "Emergência", olhei ao redor, perdido, até que avistei a recepção e me dirigi até lá.

– Quero informações sobre uma paciente – disse, respirando pesado.

– Pois não, qual o nome?

– Harrison, Marina Harrison.

– O que o senhor é dela?

– Marido – respondi, e observei a recepcionista olhar-me com descrença, mas não disse nada.

– Só um momento, por favor – ela respondeu, indiferente, em seguida começou a procurar por algo no computador, e esperei tamborilando os dedos pelo balcão.

– Sim. Ela deu entrada hoje, no final da tarde, acidente automobilístico?

– Sim – confirmei, num murmúrio.

– Ela está em cirurgia – comunicou, num tom frio e profissional. – Peço que aguarde naquela sala, assim que o médico acabar o procedimento, virá conversar com o senhor.

– Qual é o estado dela? Em que parte do corpo é a cirurgia? – perguntei, confuso.

– Desculpe, mas não dispomos dessas informações – respondeu, no mesmo tom formal. – Quando o médico chegar, responderá a todas as suas perguntas – e encerrou a conversa.

"Sua vaca!", pensei, olhando para o rosto arrogante daquela mulher, com vontade de chutá-la.

Dirigi-me frustrado até a sala que ela havia me indicado e, ao entrar, verifiquei surpreso que nossos pais já estavam ali. Minha mãe correu para me abraçar, mas meu pai ficou imóvel, sentado de cabeça baixa, no mesmo lugar.

– Ah, Dan! – disse ela, ao me abraçar. – Finalmente, você chegou! – Maggie entrou em seguida, falando com alguém no celular.

– Alguma notícia dela? – perguntei.

– Assim que chegamos, fomos informados de que ela havia sido encaminhada imediatamente para cirurgia, parece que sua cabeça sofreu ferimentos – disse, nervosa.

– Cabeça? – perguntei, preocupado. – Certeza?

– Ainda não temos certeza de nada – mamãe desabafou. – Estamos completamente de pés e mãos atados!

– Consegui falar com a Cate, ela vai pegar o próximo trem para Londres – disse Maggie, desligando o celular. – Sente-se um pouco, Dan.

– Prefiro ficar em pé – respondi.

Não conseguia sentar, estava nervoso demais, e comecei automaticamente a andar de um lado para o outro. Olhei para papai, que continuava me ignorando, e aquilo me magoou de verdade, nem diante de uma tragédia como aquela o coração dele amolecia.

– Você avisou mais alguém? – perguntei a Maggie.

– Avisei Shanti também – ela respondeu.

– Certo, ela também deve avisar Lance.

Cerca de vinte minutos depois, os dois entraram na sala.

– Dan! – exclamou Shanti, ao me abraçar. – O que aconteceu? Ninguém quis nos informar nada!

– Uma recepcionista metida só sabia repetir que não tinha mais informações! – completou Lance, ao seu lado.

– Sei a quem se refere – falei, chateado. – Infelizmente, acho que sei tanto quanto vocês.

– Ela está mesmo passando por uma cirurgia? – perguntou Shanti, preocupada, e Lance a envolveu pelos ombros.

– Sim – respondi baixo. – Ainda não temos certeza, parece que é algo no cérebro. – Shanti cobriu a boca com a mão ao ouvir aquilo.

– Fica calma, gata! – disse Lance para ela. – Não deve ser nada muito sério.

Ela apenas concordou, movendo a cabeça, e eu desejei ardentemente que ele estivesse certo.

O tempo arrastava-se lento; os segundos viravam minutos, os minutos horas, mas eu não iria me afastar dali por nada. Maggie me trouxe um copo com café, mas recusei, pois não conseguia engolir nada.

Depois de muito andar de um lado para o outro, decidi sentar um pouco. Olhei para o relógio na parede e verifiquei que já estávamos ali há mais de três horas, e sem nenhuma informação nova.

Meus pais tinham ido à cantina do hospital e ficamos nós quatro naquela espera horrível. Finalmente, um homem vestindo um jaleco branco entrou na sala.

– Vocês são a família da paciente Marina Harrison? – perguntou educadamente.

– Sim, somos! – respondi de pronto, pondo-me em pé. O homem aproximou-se e estendeu a mão.

– Deixe-me apresentar, sou o doutor Alec Sanders, neurocirurgião do setor de emergência. – Ele apertou a mão de cada um de nós.

– Sou Daniel Harrison, marido da Marina – informei, ao apertar sua mão.

– Marido? – Ele me lançou o mesmo olhar surpreso da recepcionista. – Tão jovens! Bem, mas isso não vem ao caso, imagino que vocês todos devem estar ansiosos por notícias. – Todos o rodeamos, aguardando. – A paciente chegou à emergência inconsciente, em choque, mas sem fraturas aparentes, apenas com hematomas pelo corpo e no rosto, o que é bem raro nesse tipo de acidente – ao dizer aquilo, todos respiramos aliviados. – Mas o crânio foi muito atingido, ela teve uma parada cardiorrespiratória...

– Parada cardiorrespiratória, o que quer dizer com isso? – perguntou Maggie.

– O coração dela parou por alguns segundos – respondeu, para nosso espanto.

Levei a mão ao peito sem hesitar. Como meu coração podia ter continuado a bater, se o dela tinha parado? Parecia ser impossível que isso acontecesse, afinal nossos corações eram um só, o meu deveria ter parado também naqueles terríveis segundos.

– Porém, conseguimos reverter a parada e seu coração voltou a bater – nos tranquilizou.

– E o cérebro? – perguntei, preocupado.

– Ela sofreu uma pancada muito forte na cabeça e o crânio sofreu uma fratura, o que deu início a uma hemorragia no cérebro. Fizemos uma cirurgia para conter a hemorragia, aliviando a pressão no local atingido e fixamos os ossos no lugar.

Olhei para a cara do Lance, que tinha acabado de soltar um gemido baixo. Ele parecia ter ficado verde ao ouvir aquela explicação e levou a mão à boca, como se fosse vomitar. Shanti o apoiou, segurando seu braço.

– Então, agora está tudo sob controle? – perguntei, nervoso.

– Conseguimos conter a hemorragia, mas o cérebro está muito inchado, as próximas vinte e quatro horas serão decisivas. Se dentro desse tempo seu cérebro desinchar, saberemos que o procedimento terá sido um sucesso.

– E se não desinchar? – deixou escapar Maggie, angustiada, e notei que o médico franziu a testa ao ouvir aquela pergunta.

– Bem, então teremos de submetê-la a outra cirurgia.

– Podemos vê-la? – perguntei, ansioso.

– Infelizmente, ainda não – respondeu, olhando-me com empatia. – Ela está na UTI e está respirando com a ajuda de aparelhos. Se esta semana o quadro dela melhorar, poderemos removê-la para um quarto, e aí poderão vê-la. – Ele colocou uma mão em meu ombro ao ver minha expressão frustrada com sua resposta. – Ânimo! Ela é jovem e forte, tem muitas chances de recuperação. – Em seguida, despediu-se e partiu.

– Ela vai ficar bem, Dan – Maggie falou, me abraçando pela cintura. – Nossa Marina é dura na queda, ela vai sair dessa!

– Eu sei – falei baixinho. – Queria tanto vê-la, nem que fosse por um momento apenas.

– Logo logo você a verá! – ela disse, me sacudindo. – Lembre-se do que o médico disse: ânimo!

Nesse momento, nossos pais voltaram, e deixei Maggie se incumbir de repassar as explicações enquanto voltava a me sentar, colocando o rosto entre os joelhos.

Ouvi um choro forte e levantei o rosto; vi que era o nosso pai num pranto intenso, abraçado à nossa mãe. Apesar de tudo, de uma coisa nunca tive dúvidas, ele amava a Marina como se ela fosse realmente sua filha. Desde o início, tinha uma conexão especial com ela, e isso se provava agora mais uma vez, com seu sofrimento ao ser informado do risco de vida que ela corria.

Reparei que todos ali já tinham conseguido extravasar a angústia com os prantos, até mesmo o Lance enxugava disfarçadamente uma lágrima ou outra, enquanto abraçava Shanti. Porém, não sei o motivo, eu não conseguia, parecia que algo dentro de mim tinha fechado todos os meus ductos lacrimais. O choque fora tão grande que simplesmente não conseguia reagir daquela forma, embora até o desejasse, pois seria uma forma de aliviar um coração arrasado.

As primeiras vinte e quatro horas foram um pesadelo. Sempre que alguém de branco se aproximava da porta, já imaginávamos o pior, e era com alívio que os víamos à distância, depois. Enfim, na noite seguinte, o médico voltou e chegou sorrindo.

– Boas-novas! A paciente está reagindo bem e, embora o quadro ainda seja grave, saiu do estado crítico e permanece estável. – Todos nos abraçamos aliviados ao som daquelas palavras.

– Ainda não podemos vê-la? – perguntei, esperançoso.

– Ainda não – respondeu, com um sorriso amarelo. – Provavelmente, ela só irá para o quarto daqui a alguns dias.

Suspirei desapontado.

– Eu gostaria de conversar algo importante com vocês – o médico continuou. – Embora a cirurgia tenha sido um sucesso e seu objetivo alcançado, quero prepará-los para as possíveis consequências.

– Que tipo de consequências? – perguntou minha mãe, levando a mão à garganta.

– Sequelas, na verdade – respondeu. – O cérebro, mesmo tendo sido atingido superficialmente, sofreu alguns danos, e isso pode gerar sequelas futuras. – Ao ouvir aquilo, senti meu estômago se torcer.

– Sequelas? De que tipo? – perguntei.

– Inúmeras – ele respondeu. – Somente depois que ela acordar é que poderemos avaliar com precisão a extensão dos danos.

Voltamos todos a ficar preocupados, parecia que aquele pesadelo não teria fim. Mal acabara um e já começava outro. Sentei-me na cadeira completamente devastado.

Já haviam se passado quarenta e oito horas, e todos já tinham se ausentado em algum momento. Eu era o único que não havia me retirado nenhuma vez.

– Dan, vá pra casa! – Maggie implorou.

– Não, Maggie! – retruquei, aborrecido. – Se acontecer alguma coisa, quero ser o primeiro a saber!

– Dan, você não dorme há dois dias e mal comeu. Assim você vai ficar doente, e aí, como vai cuidar da Marina quando ela sair daqui? – Emudeci com as palavras dela. – Vá para casa, descanse um pouco, coma alguma coisa e, por favor, tome um banho, ou daqui a pouco as enfermeiras vão começar a perguntar se tem algum rato morto nessa sala! – disse, tentando fazer piada.

– Tá bom, Maggie! Você venceu! – respondi, conformado.

– Aleluia! – ela suspirou, franzindo o nariz ao me cheirar.

Peguei o táxi num estado de completa exaustão, e só reparei que estávamos parados em frente à minha casa porque o motorista me chamou, ao notar minha imobilidade.

Fui direto para o banheiro, joguei as roupas imundas no cesto de roupa suja e entrei no chuveiro quente, expirando com prazer. Deixei a água quente correr por minhas costas, ajudando a desfazer os nódulos de tensão. Então me lembrei do dia em que a Marina fizera uma massagem deliciosa, apertando meus músculos com firmeza; na época eu nem sonhava que poderíamos ficar juntos, e a experiência tinha sido fonte de profundo prazer proibido.

Suspirei novamente ao me lembrar do toque de suas mãos, uma mistura de delicadeza, força e calor que me deixava encantado. Ah, como sentia falta dela!

Não sei quanto tempo fiquei ali, mas foi um banho demorado. Saí do chuveiro pingando, enxuguei-me rápido com a toalha e deixei o banheiro com ela enrolada na cintura, em direção à cozinha.

No caminho, cruzei com papai, que como sempre passou por mim como se não me visse. A essa altura, eu já não deveria me importar mais com isso, mas a verdade é que ainda doía.

Na cozinha, encontrei a famosa macarronada com almôndegas da mamãe, esquentei uma porção generosa no micro-ondas e comi tudo com rapidez, bebendo vários copos de suco de laranja. Ao terminar a refeição, senti que todo o cansaço acumulado começava a fazer efeito, e resolvi ir pro quarto antes que dormisse em cima da mesa.

Entrei, fechei a porta, olhei ao redor e fui pego desprevenido com a onda de emoção que me atingiu.

Cada canto daquele quarto lembrava Marina, seu perfume de baunilha impregnava o ar e respirei profundamente. Caminhei observando ao redor: vi o computador que ela esquecera ligado, provavelmente por ter saído com pressa. Na tela, o papel de parede era nossa primeira foto como namorados na lanchonete. Achei sobre a cama um livro com uma página marcada, o guarda-roupa estava aberto e parecia um pouco desarrumado, como se ela tivesse tido dificuldade em encontrar algo que gostasse de vestir. Virei-me e reparei em sua camisola jogada por cima da cadeira, como se a tivesse tirado com pressa e largado-a ali. Peguei a camisola, levei-a ao rosto e aspirei profundamente, exalando seu cheiro concentrado.

– Ah, Marina... – murmurei.

Cada parte do meu corpo e alma clamava por ela! Como eu poderia continuar existindo sem aquele sorriso tímido, o olhar profundo, a voz doce e o corpo que tinha me escravizado? Procurei afastar esses pensamentos tenebrosos, para mim era inimaginável tal possibilidade: Marina deixar de existir e o mundo continuar a rodar. Afinal, não era ela o centro do meu universo?

Afundei meu rosto em seu travesseiro e senti a inconsciência abençoada se aproximando.

– Eu te amo – foi a última coisa que murmurei antes de adormecer.

Três dias se passaram sob a mesma rotina: do hospital para casa, de casa para o hospital. Nos revezávamos em turnos, embora eu sempre procurasse permanecer lá o maior número de horas possível. Então, no final do terceiro dia, o médico chegou com a grande notícia, iriam finalmente removê-la para o quarto. Cinco dias sem vê-la desde o acidente e eu já estava surtando.

– Ela já foi instalada. Podem me acompanhar – o médico disse, sorrindo.

Por mim, iria correndo, mas tive que me conter e seguir os passos tranquilos do médico. Chegamos em frente a uma porta fechada, o médico virou-se e falou para todos nós:

– Por favor, entrem um de cada vez e procurem ser silenciosos. – Juro que, se ele demorasse um pouco mais, passaria por cima dele e entraria de qualquer jeito.

A porta foi aberta, entrei e lá estava ela. O médico já havia me preparado, mas mesmo assim foi um choque vê-la tão desamparada, deitada na maca, cercada de aparelhos, entubada e com a cabeça enfaixada. Aproximei-me, segurei suas mãos e, no momento em que meus dedos tocaram os seus, foi como se juntassem todas as peças de um quebra-cabeça: eu estava completo.

– Ela pode me ouvir? – perguntei ao médico.

– Ela está em coma induzido para proporcionar todo o tempo que seu corpo precisa para se recuperar, mas acredito que possa ouvi-lo mesmo nesse estado – explicou.

Aproximei meu rosto do seu e murmurei em seu ouvido:

— Amor, estou aqui. — Apertei levemente sua mão. — Estive aqui todos esses dias, esperando por você, e vou continuar esperando. Por favor, fique boa logo e volte pra mim. — Abaixei-me e beijei sua mão, apertando-a em meu rosto.

Eu poderia ficar ali para sempre, mas tínhamos apenas uma hora de visita naquele primeiro dia, e uma fila de pessoas queridas esperava do lado de fora a sua vez. Despedi-me com a promessa de que estaria na sala ao lado e que voltaria a vê-la no dia seguinte.

Mais cinco dias se passaram, e agora podíamos ficar no quarto por tempo indeterminado. Resultado: só saía de lá para tomar banho e engolir alguma coisa; por mim dormiria ali toda noite também, na poltrona a seu lado, mas a família fazia questão de um rodízio e fui obrigado a me submeter àquele esquema.

No sexto dia pela manhã, o médico chamou a todos e avisou:

— Ontem começamos a diminuir os tranquilizantes que a mantêm em coma, e ela deve despertar ainda hoje. — Sorri, de orelha a orelha. — Antes de vocês entrarem, vamos desentubá-la e retirar a faixa da sua cabeça, trocando-a por um curativo simples. Não fiquem preocupados, não raspamos todo o cabelo, foi removida apenas uma pequena parte necessária para a cirurgia e logo que o cabelo crescer esconderá a cicatriz. Peço que entrem no máximo três pessoas por vez, pois é muito comum o paciente acordar desorientado e ver muitas pessoas pode confundi-la ainda mais, então falem baixo e somente o necessário. Por favor, me sigam.

Novamente, eu queria correr e passar na frente do médico, mas lá fui eu, seguindo seu passo de tartaruga.

Entramos no quarto e quase não contive a vontade de abraçá-la e enterrar meu rosto em seus cabelos, agora soltos. Realmente, havia um discreto curativo na parte superior de sua cabeça, porém nada assustador.

Entramos eu e meus pais e ficamos ao seu redor, aguardando. Observei o médico tirar uma seringa do bolso do jaleco e inserir o conteúdo no recipiente de soro ao seu lado.

— Isso vai ajudar a despertá-la completamente — ele explicou.

Poucos minutos depois, meu coração deu um pulo ao notar os olhos dela começando a tremer, e em seguida a percebi mexer os dedos das mãos e respirar profundamente. O médico aproximou-se dela e disse, baixo e firme:

– Marina, se puder me ouvir, faça força e abra os olhos. – Continuamos aguardando e nada.

Ele repetiu aquilo mais duas vezes, e então, bem devagar, ela começou a abrir os olhos. Parecia que meu coração ia sair pela boca, de tanto que pulsava apressado pela emoção.

Ela olhou sonolenta ao redor, piscando os olhos repetidamente, e parecia um pouco incomodada com a luz.

– Marina – o médico voltou a chamá-la, e ela olhou em sua direção. – Meu nome é doutor Sanders e você está num hospital, onde passou por uma cirurgia por ter sofrido um acidente de carro. Você está aqui há alguns dias e deve estar um pouco desorientada, o que é normal. – Ela confirmou com a cabeça e levou a mão à garganta, com uma careta. – Sim, a garganta está doendo porque acabamos de desentubá-la, quando você voltar a falar vai estar um pouco rouca, mas isso vai passar nos próximos dias.

Reparei que ela olhou ao redor, observou o ambiente e começou a encarar-nos com uma expressão interrogativa.

– Sim, sua família está aqui – ele disse.

Ela nos olhou novamente, parecia concentrar-se, em seguida virou o rosto numa direção e disse:

– Pai... – sussurrou, e ele imediatamente ficou ao seu lado, segurando sua mão.

– Sim, princesa. Estou aqui – papai disse, emocionado.

– Mãe... – ela sussurrou em seguida.

– Estamos todos aqui, meu bem – disse mamãe, tentando controlar o choro.

Então, finalmente chegou a minha vez e ela estreitou os olhos.

– Quem... é... você...? – perguntou, com esforço.

351

Senti como se o chão tivesse sido aberto debaixo de meus pés ao ouvir aquela pergunta. Estendi a mão para segurar a sua, e ela, assustada, afastou-a.

– Calma, Daniel. – Ouvi o médico dizer. – É comum haver algum tipo de amnésia e... – Mas parei de prestar atenção ao que ele dizia.

Vacilei para trás, afastando-me dela, do olhar que me via como um estranho; aquilo ia além do que eu podia suportar, precisava fugir dali. Saí pela porta, ouvindo minha mãe me chamar, mas não voltei; avancei pelo corredor, passando por Maggie, Cate, Shanti, Lance, esbarrando em médicos, enfermeiras e pacientes, absolutamente perturbado. Precisava sair dali e precisava sair agora! Entrei tonto no elevador, sem responder a nenhuma das vozes que me chamavam. Assim que o elevador desceu, saí desorientado e corri em direção à porta. Uma vez do lado de fora, retomei a fuga.

Não sabia aonde iria, ou que direção tomaria: tudo o que eu precisava naquele momento era sentir minhas pernas se movendo rapidamente, numa fuga desenfreada, afastando-me de tudo. Por minha mente passava uma sucessão de imagens caóticas, todas com Marina, cenas da nossa história, desde o momento em que nos conhecemos até o momento presente, sendo esta a que mais dolorosamente se repetia. Sua pergunta ecoava dentro de mim, como uma sentença de morte: "Quem é você?".

Corri sem parar, chegando a assustar algumas pessoas ao passar; corri até sentir os pulmões arderem e as pernas doerem pelo esforço. Vi um pequeno parque à distância e, com a força remanescente, corri até lá, o local estava vazio. Parei abruptamente em frente a uma árvore, estendi os braços, apoiando-me no grosso tronco com as mãos e baixei a cabeça, na tentativa de recuperar o fôlego.

De súbito, a força de uma verdade terrível abateu-se sobre mim e gritei de dor, frustração, raiva e desespero. Finalmente, as comportas se abriram e um choro vindo do fundo do peito foi liberado. Cego pela ira, comecei a socar a árvore com os punhos fechados, como se, ao cometer tal violência, pudesse abrandar a intensidade dos meus sentimentos. Como se, ao esfolar minhas mãos, pudesse diminuir a ferida em meu coração.

Por fim, caí de joelhos na terra úmida, sentindo meu corpo estremecer com o ímpeto do choro. De cabeça baixa, olhei minhas mãos que sangravam e sequer liguei: nada mais importava, sentia-me perdido.

De repente, senti uma mão em meu ombro e ouvi uma voz ao meu lado.

– Filho! – ouvi, surpreso. Levantei o rosto e deparei com o rosto transtornado de meu pai.

Em seguida, ele se ajoelhou à minha frente com os olhos transbordantes de lágrimas, e, me puxando pelos ombros, abraçou-me com sinceridade.

– Chore, meu filho – ele disse, em meu ouvido. – Mas não perca a esperança.

Levantei os braços, abracei-o com força e gritei. Chorei tudo que estava guardado em meu peito.

Entre lágrimas e soluços, consegui murmurar no ouvido dele:

– Ela entrou na caverna.

– CAPÍTULO 22 –

Daniel

EU NÃO SENTIA NADA, mas percebia meus pés se mexendo à medida que andava ao lado de meu pai, de volta ao hospital. Ele me empurrava gentilmente, impelindo-me a continuar caminhando. Só percebi que já estávamos no interior do prédio quando me vi sentado em frente a uma enfermeira que fez curativos em meus dedos machucados.

Parecia que eu tinha perdido a noção da realidade, não conseguia ou não tinha energia para me concentrar em nada. Quando fechava os meus olhos, tudo o que eu conseguia ver era Marina me fitando confusa e assustada, sem me enxergar na verdade, sem me conhecer nem saber quem eu era, sem saber o que fomos e o que achei que seríamos para sempre. Sem lembrar nossos planos para o futuro nem o nosso amor.

Depois que meus dedos foram devidamente limpos, medicados e cobertos por curativos, a enfermeira se retirou, deixando-me sozinho por alguns instantes, até o doutor Sanders entrar e puxar um banco para sentar na minha frente. Ele suspirou antes de começar a falar.

– Daniel, eu sei o que você tem passado todos esses dias e imagino o choque que deve ter sentido ao ver Marina finalmente acordar, depois de tanta espera, e descobrir que ela ainda não se lembra de tudo – ele fez uma pequena pausa para ajeitar os óculos. – No entanto, quero que entenda, as consequências de lesões cerebrais são imprevisíveis, e a área afetada no de Marina é a responsável pela memória.

– Como ela pode se lembrar dos nossos pais sem se lembrar de mim? – perguntei, ainda sem acreditar.

– Bem, isso na verdade é um mistério, mas quero que entenda que o cérebro dela acabou de iniciar o processo de cura, ele ainda está cicatrizando. Com o acidente, várias conexões em seu cérebro foram rompidas, cada conexão ligada a um tipo de lembrança. Aparentemente, a conexão responsável pela lembrança de seus pais não foi afetada ou já foi religada. Aos poucos, vocês vão perceber que ela começará agir mais e mais como a Marina que vocês conheciam, mas pode levar certo tempo – explicou, de forma amistosa.

– Quer dizer que não é definitivo? Ela vai voltar a se lembrar de nós? Quando isso pode acontecer? – perguntei, afobado e cheio de esperança.

– Calma, uma pergunta de cada vez! – ele disse, rindo ligeiramente. – É provável que a conexão responsável por sua recordação e sua vida em conjunto com ela ainda não tenha sido restabelecida, isso se dará de forma gradativa e natural. – Ao ouvi-lo, meu coração voltou a bater forte no peito e não contive um suspiro de alívio. – Mas devo avisar que esse processo não pode ser apressado ou forçado em nenhuma etapa. Se o paciente se sentir pressionado, pode gerar um quadro de estresse que atrasaria ainda mais a cura – disse bem sério, olhando-me fixamente. – Compreendeu o que eu disse? Acha que pode ajudá-la, sem pressionar? Porque, com certeza, ela vai precisar do apoio de todos nessa fase, principalmente do seu, e isso vai exigir toda a sua dedicação, paciência e sacrifício. Você acha que pode colocar as necessidades e interesses dela antes dos seus?

– Faço qualquer coisa para tê-la de novo – afirmei com exaltação.

– Ótimo! Então estamos entendidos. – Ele se levantou e apertou minha mão. – Lembre-se: ânimo!

E partiu.

Voltei para o andar em que ficava seu quarto, mas não tive coragem de entrar. Irônico, não? Passei dias esperando, ansioso, por estar ao seu lado, e agora, só de pensar em ver novamente em seus olhos toda aquela indiferença, senti meu peito afundar. Fiquei ali, indeciso, quando inesperadamente a porta se abriu e meu pai saiu. Assim que ele me viu, fez um sinal, indicando que precisava conversar comigo, e nos afastamos até o final do corredor.

– Dan, eu e sua mãe conversamos e tivemos uma ideia – explicou, virando-se de frente pra mim. – Embora tenha sido difícil nossa convivência nos últimos tempos, nunca desejei seu mal ou da Marina, muito pelo contrário: só quero a sua felicidade e a dela, afinal são todos meus filhos! – Ele passou a mão nervosamente pelo cabelo, num gesto típico dos Harrison. – E, bem, nesses últimos dias acompanhei toda a sua dedicação com a nossa Marina e percebi a veracidade de seus sentimentos. Mesmo que eu ainda não entenda perfeitamente, começo a compreender. E, se fiz o que fiz, foi por pensar que dessa forma talvez os fizesse perceber que agiram errado, porém sei que são muito jovens e também sei o que é ter sua idade e estar apaixonado, sei como é ter um ideal e não medir as consequências para alcançá-lo. Por isso, mesmo não sendo o que planejei todos esses anos para nossa família vê-los juntos dessa forma, acho que tenho que rever meus conceitos diante da gravidade do que aconteceu e do seu sofrimento. – Ele apertava a boca, e parecia não saber mais o que dizer. – Certo, o negócio é o seguinte: aceito a relação de vocês, dou minha bênção e quero ajudar no que for possível para vocês se entenderem! – Ele me olhou sem graça, com o rosto vermelho e constrangido.

Por um momento, ficamos nos encarando, meio sem saber o que fazer, mas resolvi aceitar o que ele me oferecia, pois parecia realmente sincero em seu arrependimento e disposto a cooperar. Eu sabia que tinha cometido erros e que, quando meu pai decidiu agir como agiu, foi como uma forma de punição por esconder minha relação com Marina e nosso casamento. Mesmo que o amor tivesse sido a justificativa de minhas escolhas, racionalmente as coisas não eram tão simples assim. Mas quem disse que a razão prevalece quando nossas ações são ditadas pelo coração? Se eu errei por causa desse sentimento, também compreendia que foi pela mesma emoção que meu pai tinha tomado certas atitudes. Então decidi por bem perdoar-lhe e aceitar a bandeira branca que ele me acenava. Precisávamos estar unidos. Abracei-o, emocionado, e ele correspondeu, meio sem jeito.

– Valeu, pai! – disse, enquanto ele deu um tampinha em minhas costas.

– Mesmo um velho como eu sabe reconhecer quando erra – falou, sem graça. – Pode perdoar seu pai cabeça-dura?

Eu sorri e lhe dei um beijo no rosto.

– Claro, pai! Ambos cometemos erros. Agora isso não importa mais, o nosso objetivo deve ser a cura da Marina – falei, com sinceridade. – Você tinha mencionado uma ideia?

– Sim! – ele disse, animado. – Olha, acho que devemos ir informando a Marina sobre você pouco a pouco, para não assustá-la muito, primeiro vamos dizer que você é nosso filho, consequentemente irmão dela. – Fiz uma careta ao ouvir aquilo. – Calma! Isso só enquanto ela ficar internada aqui. Nos próximos dias, vamos continuar esclarecendo tudo, até que quando ela for pra casa já saberá que são casados. O que acha? – Coloquei a mão na cintura, tentando decidir.

Voltar a me comportar como irmão dela, mesmo que por poucos dias. Seria reviver todo o inferno de quando ainda não estávamos juntos e sentia meu estômago revirar de indignação só de pensar na hipótese. Contudo, tinha prometido ao médico e a mim mesmo colocar a Marina sempre em primeiro lugar, então, se fosse para o bem dela, faria aquele sacrifício, fingiria por ela. Afinal, eu era um ator, não era?

– Certo, eu topo! – falei, nervoso.

– Então, vou voltar lá para o quarto e começo minha encenação – disse meu pai, todo animado. – Espere aqui que já vou te chamar!

Aguardei nervoso em frente à porta do quarto, fazendo exercícios respiratórios e me concentrando, como eu fazia antes de uma filmagem. Sacudi os ombros, estiquei os braços, flexionei os dedos das mãos e foi olhando para eles que me lembrei de um importante detalhe. Refulgindo de forma nada discreta, o brilho dourado de minha aliança era um símbolo de minha união com Marina. Estremeci e respirei fundo. Sabia que era necessário, mesmo assim, não deixava de ser doloroso. Eu tinha prometido a mim mesmo nunca mais retirá-la de meu dedo, nunca mais esconder algo de que tinha tanto orgulho. Engoli em seco. Mas por ela, eu o faria. Nenhuma outra pessoa teria tal poder, o direito de me fazer revogar o uso desse emblema. Por Marina. Lancei um último olhar ao anel e o retirei rapidamente, guardando-o em meu bolso, confortando-me na esperança de que essa situação não duraria muito tempo. Pouco depois meu pai apareceu, e fez um sinal para que eu entrasse. Respirei fundo e entrei naquele estranho palco.

Ela sorria pra mim, daquele jeito carinhoso que me fazia tremer nas bases, que me fazia ter vontade de beijá-la até perder o fôlego.

"Concentre-se, mantenha o foco!", repeti para mim mesmo, retribuindo o sorriso.

– Desculpe – ela disse baixinho. – Não quis magoar você.

– Tudo bem – falei, tranquilizando-a.

– Não vai me dar um abraço? – ela perguntou.

– Hein? – Meu coração deu um pulo.

– Ora, somos irmãos, não somos? – E ela esticou os braços.

Olhei para nossos pais e eles fizeram sinais de encorajamento. Eu não tinha contado com isso, fingir longe dela era uma coisa, tocando-a era completamente diferente, mas o que mais poderia fazer? Andei até ela e a tomei em meus braços.

"Meu Deus", pensei na hora.

Foi só abraçá-la e senti seu cheiro de baunilha mexendo com meus sentidos, o que era, ao mesmo tempo, céu e inferno, doce e amargo. Senti seus lábios mornos em minha face. Seria tão fácil voltar ligeiramente meu rosto e colar minha boca na dela, todo o meu corpo implorava por aquilo, porém, num esforço sobre-humano, me contive, beijando-a castamente da mesma forma que ela tinha feito, e afastei-me enquanto tinha forças.

– Como está se sentindo? – perguntei, ficando ao seu lado.

– Ainda um pouco confusa – disse, colocando a mão na testa. – Quando me esforço para lembrar alguma coisa, a cabeça começa a doer.

– Não se desgaste – falei, preocupado. – Aos poucos tudo vai se esclarecer.

– Foi o que o médico me disse, para ficar tranquila, que com o tempo vai melhorar – disse serena, e ficamos assim, lado a lado, sorrindo um para o outro.

– Queria poder me lembrar de você – ela disse, chateada.

Ouvir aquilo era como sentir uma faca entrando pelas costelas, se ao menos soubesse o quanto também queria que ela lembrasse!

– Tudo a seu tempo – consegui dizer.

Ela bocejou, sonolenta, e imaginei que deveria estar cansada pelo esforço emocional daquela manhã.

– Acho melhor deixá-la descansar.

– Não! Acho que já dormi demais por esses dias – ela respondeu, sorrindo.

– Dan está certo, meu bem – nossa mãe falou. – Acho que por hoje você já se esforçou o bastante, agora talvez seja melhor dormir mais um pouco.

– É verdade – confirmou nosso pai. – Dan, fique aqui mais um tempo com ela, enquanto sua mãe e eu vamos lanchar.

Antes de sair, ele me piscou o olho discretamente.

Então, de repente, vimo-nos a sós, puxei uma cadeira alta e me sentei a seu lado. Ela sorria timidamente pra mim, e baixou os olhos como se estivesse um pouco envergonhada, só não conseguia imaginar o motivo.

– Posso fazer uma pergunta? – perguntou, acanhada.

– Claro! – respondi.

– Nos damos bem?

Olhei nos seus olhos. "Você não imagina o quanto", pensei, porém perguntei:

– O que você acha?

– Não sei com certeza, mas acho que sim.

– O que a faz pensar assim? – Ela refletiu por um momento, me analisando, e a vi corar em seguida.

– Não sei – foi tudo que disse, e reparei que me olhava visivelmente embaraçada; achei aquele comportamento ao mesmo tempo estranho e familiar.

– Mas você não me respondeu, nos damos bem? – ela insistiu.

— Sim, suponho que possa ser dito algo assim — respondi, sorrindo.

Aos poucos, observei que seus olhos ficavam pesados, e ela os piscava várias vezes, lutando contra o sono.

— Por que não relaxa e procura dormir? — sugeri.

— Tenho medo.

— De quê? — perguntei, surpreso.

— De voltar a dormir — murmurou, olhando para suas mãos.

— Por que tem medo de dormir?

— Tenho medo de voltar a dormir, acordar e novamente não ser mais eu mesma. — Ela mordia os lábios, nervosa. — Tenho medo de continuar esquecendo as coisas, as pessoas, os acontecimentos, não quero perder mais nenhuma lembrança. Por exemplo, não quero esquecer que você esteve aqui comigo. — E olhou-me, desamparada.

Contemplar seu rosto triste e suplicante foi irresistível. Estiquei o braço e toquei sua face levemente com a ponta dos dedos, numa carícia suave e ingênua, vi seus olhos se arregalarem surpresos e em seguida relaxarem, quando parei minha mão em seu queixo.

— Não tema — disse, fitando seu rosto. — Vou ficar aqui até você adormecer e prometo que a partir de hoje você não esquece mais nada.

— Promete mesmo?

— Palavra de honra — garanti.

Ela pegou minha mão, que estava em seu queixo, e a levou aos lábios, beijando-a com doçura. Senti um arrepio percorrer meu braço e meu coração acelerar.

— O que aconteceu com suas mãos? — ela perguntou, olhando curiosa meus dedos com os curativos.

— Eu caí — respondi, procurando disfarçar.

— Segura minha mão até eu dormir? — pediu, entrelaçando nossos dedos.

— Claro! — respondi, feliz.

Em seguida, observei seu rosto relaxar e seus olhos se fecharem devagar. Quando ela estava quase adormecida, perguntou, de súbito:

— Você tem namorada?

Quase morri ao ouvir aquela pergunta, o que estava passando pela cabeça dela para perguntar aquilo? E pior, o que eu iria responder? "Não, sou casado com você!" Queria gritar, porém pensei rápido e soltei:

— Não, não tenho. Por quê? — Ela suspirou de olhos fechados, já quase inconsciente.

— Curiosidade — sussurrou. — Imagino que minhas amigas devam me perturbar por sua causa.

— Por qual motivo? — perguntei surpreso, e ela corou mais uma vez e sorriu. Mesmo estando semiadormecida, sussurrou algo tão baixo que não consegui entender.

— O quê? — perguntei, aproximando meu ouvido de seus lábios.

— Você é bonito — murmurou, e dormiu em seguida.

Pisquei os olhos diversas vezes, ainda sem acreditar no que tinha ouvido, e senti um calor gostoso se espalhar por meu peito, aquecendo um coração gelado pela dor. Pela primeira vez naquele dia, sorri sentindo-me quase feliz, pois somente quem já sentiu a felicidade plena, como eu, saberia que o que eu sentia no momento era só um pálido reflexo de experiências passadas.

Comecei a observar o rosto tão amado que agora repousava sereno, lembrando-me com atenção do diálogo que havíamos acabado de trocar e de cada reação, gesto e expressão. Alguma coisa ali parecia estranhamente familiar, mas não entendia o porquê. Uma mecha de cabelo caía em seu rosto e, distraidamente, ergui a mão, retirando-a de sua bochecha. Então, de uma vez, a compreensão me atingiu: aquele gesto simples ao tocar seu cabelo me fez lembrar de um garotinho curioso, que muitos anos atrás puxou o cabelo de uma garotinha linda, imaginando tolamente se tratar de uma fada. O mesmo garotinho curioso viu aquela menina-fada ter na época essas mesmas reações: espanto, rubor, olhares desconfiados e lábios trêmulos. Só que ele tinha interpretado tudo aquilo como simples timidez. Mas agora, já adulto, sabia muito bem o que aquilo significava e sorri abertamente ao entender. Sim, na minha frente estava deitada uma Marina sem qualquer lembrança a meu respeito, mas consigo repousava a mesma menininha que chegou à minha casa, medrosa e tímida, ansiando por aceitação. E tudo o que foi necessário para selar o destino daquele garotinho curioso e daquela menina-fada foi uma troca de olhares; bastou que eles se encontrassem pela primeira vez para sabermos que pertenceríamos para sempre um ao outro.

Ergui os ombros, sentindo-me triunfante e sabendo o que faria dali em diante: eu reconstruiria aquele mesmo amor, usando os mesmos sentimentos iniciais dela, voltando a transformá-los no amor sublime que havia conhecido. Agora eu entendia que aquele amor, ainda em estado bruto, se escondia em seu peito, mas seriam necessárias paciência e sensibilidade para lapidar novamente essa pedra preciosa.

Ela havia sido trazida à minha vida pelo destino e também por ele quase me foi tirada, mas eu não permitiria que continuássemos fantoches nas mãos desse Ser Invisível. Hoje, quem faz meu presente e futuro sou eu! O destino tinha me dado um grande desafio; pois bem, a sorte estava lançada, vamos ver quem será o melhor jogador.

Este livro foi composto nas fontes Barkentina Test, Electra LH
e impresso em papel *Norbrite* 66,6 g/m² na Assahi.